J. S. WONDA

CATCH THE BILLIONS, BABY!

J. S. WONDA

catch the BILLIONS Baby!

ROMAN

Catch the Billions, Baby!

Neuauflage 2023

Bildmaterial: Shutterstock © conrado, Tarapong Siri, djgis, Romolo Tavani, tonyz20, Mayer George, Kursat Unsal und freepik.
Ideen & Entwicklung, unterstützend: Iris Gierke
Korrektorat: Veronika Schlotmann-Thiessen, Claudia Matheis

ISBN Print: 978-3-98595-660-9

Druck: GGP Media GmbH, Pößneck
Printed in Germany

Jane S. Wonda
Am Himmelkamp 10
30890 Barsinghausen
www.facebook.com/janeswonda
Instagram: @janes_wonda
TikTok: @janes.wonda
www.wondaversum.de/shop

MIX
Papier | Fördert gute Waldnutzung
FSC® C014496

Für Iris & Larry,
ohne die diese Reise ihren Charme verloren hätte.

SOUNDTRACK

ZU CATCH THE BILLIONS, BABY!

Trick Me
Kelis

Northern Rd.
Intergalactic Lovers

Who Shot First?
Elvett

Everybody's Got To Learn Sometime
The Field

Please Tell Rosie
Alle Farben

und viele mehr

Die vollständige Playlist gibt es auf Spotify.
Vielen Dank an die Musiker und Künstler.

Olivia

PROLOG

Ich stehe hinter der Tür. Es ist ein sehr simples Versteck, aber es erfüllt seinen Zweck. Natürlich denkt mein Ehemann, ich sei nicht zu Hause. Ich habe ihm gesagt, ich sei die Woche über in Jackson. Wenn er mich kennen würde, wüsste er, dass ich niemals für eine Woche nach Mississippi zu meinen Eltern jetten würde. Jetzt nicht und in drei Jahren nicht.

Aber er kennt mich nicht. Er hat mich nie so gut kennengelernt wie ich ihn.

Sein durchtrainierter Rücken kommt zum Vorschein. Er trägt nur sein feuchtes T-Shirt, sicher war er gerade joggen. Aus der Ferne betrachtet könnte man meinen, er sähe gut aus. Gerade Brauen, markantes Kinn, dunkelblondes Haar. Ich weiß schon, warum ich ihn mir ausgesucht habe.

Und ich kann nichts dagegen tun, dass es mich verletzt, zu sehen, wie gut mein Plan funktioniert.

Die Flügeltür zum Wohnzimmer gleitet auf. Es ist dunkel, draußen wütet der Ausläufer eines Orkans. Phillip macht dezentes Licht, etwas, auf das er normalerweise nicht achtet. Er schaltet selbst beim Sex die Deckenleuchte ein, so wenig interessiert ihn eine romantische Umgebung – *zumindest dann nicht, wenn er mit mir schläft.*

Es ist nicht das erste Mal, dass ich das hier tue, und ich sollte mich mittlerweile daran gewöhnt haben, dass Männer nun einmal so sind, aber es fühlt sich immer wieder aufs Neue wie ein Dolch an, der sich in mein Herz gräbt.

Ja, ich *liebe ihn nicht.* Weil ich nicht mehr lieben kann, weil es für mich keinen Sinn ergibt, in Gefühle zu investieren, wenn doch nie etwas zurückkommt. *Aber sein Seitensprung bedeutet, dass auch er mich nie geliebt hat.*

Und diese Tatsache fühlt sich wie ein riesiger Verrat an, der mich unkontrolliert erzittern lässt.

Harriet erscheint im Zimmer. Sie trägt nicht mehr als ein Handtuch. Phillip bleibt vor ihr stehen. Er ist sichtlich nervös und weiß nicht, wie er sich verhalten soll. Harriet weiß es. Ich habe sie in ihrem Vorhaben bestärkt. Sie ist ein guter Mensch, ohne meinen Zuspruch hätte sie es nie getan. *Aber er.* Ihn habe ich nicht eingeweiht und er bestätigt meine schlimmsten Erwartungen.

Als sich Harriet nähert, nach oben zu seinen Lippen reckt, weist er sie nicht ab – wie es ein liebender Ehemann tun würde –, nein, er erwidert den Kuss mit einer Leidenschaft, die ich noch nie an ihm erlebt habe.

Auch insofern habe ich recht: Er liebt sie immer noch. Warum muss diese Erkenntnis jedes Mal aufs Neue so schmerzhaft sein?

Der Kuss wird stürmisch, getrieben von Liebe, und auch wenn es mich verletzt, freut es mich auf der anderen Seite, dass sie endlich zueinanderfinden. *Sie. Er. Ich nicht.*

Harriet lässt ihr Handtuch fallen und steht mit einem Mal nackt vor ihm. Ihre Brüste sind rund und prall, ihre

Lippen vom Kuss gerötet, ihr Haar ist blond und wellig, noch feucht von der Dusche, die Phillip ihr angeboten hat, da sie durchnässt vor seiner Haustür aufgetaucht ist. Sie wartet darauf, dass Phillip etwas tut. Beide warten darauf, ob der andere sich traut.

Aber ich brauche gar nicht darauf zu hoffen, dass Phillip sie abweist, nur weil er eine Frau hat – mich. Er schaltet sein Hirn aus und lässt sich von ihr verführen, so wie ich es geplant habe. Reißt sie an sich, küsst sie stürmisch, greift in ihre Brüste. Sie zieht ebenso verlangend sein T-Shirt nach oben, drückt seine Jogginghose nach unten und holt sein bestes Stück hervor. Ja, mein Ehemann ist gut ausgestattet, keine Frage. Phillip zieht sie mit sich, lässt sich rückwärts aufs Sofa sinken. Sein Schwanz ist lang und hart. Ohne weiteres Zögern setzt sich Harriet auf ihn und sie haben hemmungslosen, wunderschönen, verliebten Sex direkt vor meinen Augen.

Arschloch!

Obwohl ich den Impuls verspüre, ihn zu unterbrechen und ihm sehr viel darüber zu erzählen, was mich genau an seinem Verhalten verletzt, bleibe ich im Schatten und schaue weiter stumm zu. Ich habe eine Aufgabe zu erfüllen. Bei Phillip so wie bei jedem anderen. Phillip habe ich mit seiner Jugendliebe zusammengeführt. Und ich werde niemandem offenbaren, dass es mit jedem weiteren Mal ein tieferes Loch in mein Herz reißt, wenn ich begreifen muss, dass geschworene Liebe nichtig ist, dass Lügen in einer Beziehung gang und gäbe sind und ich betrogen werde.

Niemand wird es jemals erfahren.

Ich bin stark.

Und ich habe ein Ziel.

Olivia

Schöne Scheiße. Mein fünfter Louis-Vuitton-Koffer will einfach nicht zu den anderen vieren in den Kofferraum passen. Eine Corvette bietet nun einmal zu wenig Platz.

Sie ist zu mickrig, zu klein, nicht optimal für einen Auszug.

Ich hätte es langsamer angehen sollen, mir eine Massage buchen und einen Umzugsservice bestellen können, und der Tag wäre friedlicher verlaufen. Aber das passt nicht zu der verzweifelten Ehefrau, die ich mimen muss, also musste Louis Vuitton herhalten.

Wer hätte in dieser Situation bedacht, dass ein Zweisitzer so wenig Platz bietet?

»Liebling«, ruft Phillip hinter mir ebenso verzweifelt, wie ich es sein müsste. »Bitte fahr nicht!«

Ich kann hören, wie er in meinem Rücken die Treppen heruntergehechtet kommt. Das bedeutet, dass mir noch zwei Sekunden bleiben, um meine Augen mit Tränen zu füllen.

»Liebste, bitte, lass uns doch darüber reden, es ist nicht so, wie du denkst.«

Oooh, sehr gut! Einwandfreie Vorlage, Phillip-Schatz, zu freundlich!

Ich drehe mich zu meinem Ehemann um und sehe hoch in sein hellhäutiges Gesicht. Der Typ wird niemals braun, selbst wenn er sich in Miamis Sonne legt und grillen lässt. »Ich weiß nicht, wie du so etwas sagen kannst!«, rufe ich mit weinerlicher Stimme. Die Tränen rinnen in kunstvoller Perfektion meine makellosen Wangen hinab. *Sehr schön.* »›Es ist nicht so, wie du denkst?‹ Das sagt man nur in Hollywoodfilmen, und es bedeutet immer, dass es so ist, wie die ...«, ein theatralischer Schluchzer, »wie die ... Ehefrau ...«, zwei weitere, »denkt. Immer!«

»Olivia, bitte.« Phillip fährt sich einmal nervös durchs Haar. »Hör mir doch mal zu und lass es mich erklären.«

»Ich will aber nicht, dass du mir das erklärst!«, schreie ich ihn an. Ein Wutausbruch, ein kurzes Aufkratzen der Oberfläche, dann falle ich wieder in mich zusammen, ziehe die Schultern nach vorne und beginne, bitterlich zu weinen. – Ich habe in der Schule jahrelang Theater gespielt. Es gibt zwei Dinge, die man ausgesprochen gut vortäuschen kann: Tränen und Orgasmen. Bei allem anderen wird es schwierig. »Ich will einfach, dass du mich gehen lässt, und weißt du auch warum?« Ich sehe unter meinen Tränen blinzelnd zu ihm hoch.

»Warum?«, fragt er gequält und streckt den Arm nach mir aus, um mich zu berühren, doch ich weiche rechtzeitig einen Schritt zurück.

»Weil es richtig ist! Du und sie ... das ist richtig! Ich habe es gesehen und ... und ...« Ich tue so, als könnte ich nun wirklich nicht mehr an mich halten, und breche vollends in wilde Schluchzer aus. Das ist auch der Moment, in dem ich ihm gestatte, mich zu berühren. Wenigstens an der Schulter.

Ich ahne, dass er kräftig schluckt, bevor er versucht, sich herauszureden. »Sie bedeutet mir ni-«

»Sag nicht, dass sie dir nichts bedeutet!«, fahre ich ihn an. *Oh ja, ich bin in meinem Element.* »Betrüg nicht auch noch sie, verstehst du?«

»Wie meinst du das denn?«, fragt Phillip und ist, wenn ich so weitermache, ebenfalls bald den Tränen nahe. »Wie könnte ich sie denn –«

»Phillip.« Ich senke ein wenig die Stimme, lasse ein paar meiner Schluchzer versiegen. Ansonsten kommt er womöglich auf die Idee, dass er mich so verheult nicht fahren lassen kann. »Ich habe deine Blicke schon eine Weile bemerkt. Seitdem sie hier aufgetaucht ist. Und ich weiß, dass du immer versucht hast, ihr zu widerstehen. Du hast immer versucht, an uns festzuhalten. Aber es war von Anfang an aussichtslos, verstehst du nicht?«

»Nein«, gibt er trocken zu. »Ich verstehe nicht.«

»Du und sie!« Ich fuchtle wild Richtung Haus, obwohl sich Harriet schon seit gestern Abend nicht mehr dort aufhält. »Ihr gehört zusammen und ich möchte euch nicht länger im Weg stehen! Ihr sollt glücklich werden!«

»Aber … Olive-Süße …«

»Nenn mich nicht so«, flehe ich ihn jammernd an. »Nenn mich bitte nie wieder so! Ich möchte nur noch weg, kannst du das nicht verstehen? Lass mich einfach allein.«

»Und wo willst du jetzt hin?«, fragt er beunruhigt. »Soll ich dir … verdammt, Liebling, ich will nicht, dass du gehst.«

Hm. Er scheint ziemlich an mir festzuhalten. Ich weiß noch nicht, was das für mich bedeutet. Vermutlich ist das ein Vorteil, aber was, wenn ich mich getäuscht habe und die gestrige Nacht nur ein Ausrutscher war?

Egal. So oder so wird er sich von mir in die Zange nehmen lassen.

»Ich muss. Ich muss weg hier, Phillip.« Ich sehe ihn hinter einem Tränenschleier an, betrachte ein letztes Mal seine braunen Augen aus der Nähe, die breite Nase, die hohe Stirn, dann wende ich mich ab. *Bei unserem nächsten Treffen werde ich ihm im Gerichtssaal gegenübersitzen.* »Bitte versuch, mich zu verstehen. Bitte lass mich gehen.«

Er lässt mich los. *So durchschaubar, der Kerl.*

»Ruf nicht an.«

»Ich will dich aber anrufen!«, behauptet er. »Du bedeutest mir etwas, Olivia!«

Ich seufze. *Tja, ein paar hunderttausend Dollar bedeute ich ihm, das stimmt.* »Ich bin mir sicher, dass du glücklich wirst«, sage ich mit fester Stimme, dann nehme ich meinen fünften Koffer in die Hand, knalle den Kofferraum zu und verstaue das kleine Louis-Vuitton-Teil vorne auf dem Beifahrersitz. Ich verabscheue es zwar, wenn dort etwas herumliegt, aber anders ist es wohl nicht möglich. – Es sei denn, ich lasse meine Sommeroberteile zurück und kaufe mir neue. Aber ich versuche trotz allem, nicht allzu verschwenderisch zu sein.

»Mit wem soll ich denn glücklich werden, Olivia?«, ruft er mir hinterher, als ich schon dabei bin, einzusteigen. »Du machst mich glücklich, ja? Hörst du das?«

Ich werfe ihm einen letzten Blick zu, bevor ich meine Sonnenbrille aufsetze. *Vollidiot.* »Aber ich. Ich bin nicht glücklich, Phillip, jetzt, da ich weiß, dass dein Herz nie aufgehört hat, für Harriet zu schlagen. Ich glaube, du hast dir jahrelang etwas vorgemacht. Du solltest damit aufhören.«

Und nach diesen wundervollen, tragenden letzten

Sätzen sinke ich auf den Fahrersitz, stecke den Schlüssel ins Zündschloss und fahre mit einer aufwirbelnden Staubwolke davon. *Phillips Villa war ein zauberhafter Zwischenstopp auf dem Weg in ein köstliches Leben.*

Und wie meinem ungebrochenen Talent nach zu erwarten war, liegt ebendieser Weg nun klar und strahlend vor mir.

Es gibt viele schöne Dinge, die man in Miami tun kann, aber eine Sache ist nicht zu toppen: Man fährt in einem knackigen Luxusschlitten mit offenem Verdeck, Kopftuch und tiefem Dekolleté durch die Straßen und lässt sich bewundern. Die Blicke gleiten erst zum Wagen, dann zu der wunderschönen Frau darin und nicht selten wird gepfiffen oder gehupt.

Heute achte ich jedoch nicht darauf. Ich denke an Romeo und Julia und heule. Das ist mein Trick, um mich zum Weinen zu bringen. Irgendeine traurige Liebesgeschichte, die unverdient schlecht ausgegangen ist, und meine Augenränder und Wangen quellen zufriedenstellend auf.

Aber es ist ja auch so traurig!

Ich biege schluchzend in den Morningside Drive ab und parke die einzige wahre Liebe meines Lebens neben einem Motorrad. Ich schließe das Verdeck und begutachte mich im Spiegel. Mein Mascara ist trotz der Tränen und der Hitze nicht verlaufen – gut so. Dennoch muss ich meinen hellbraunen Augen mit rotem Lipliner nachhelfen, damit sie wenigstens etwas verheult aussehen.

Perfekt!

Mit einem eleganten Schwung setze ich meine Füße in den teuren High Heels auf den Asphalt, greife nach meiner

Marc-Jacobs-Tasche und straffe stolz die Schultern, nur um sofort darauf wieder in mich zusammenzufallen. *Romeo, oh Romeo, where do you have your Juliet?*

Zehn Minuten später sitze ich, vor dem leichten Wind geschützt, in einem der Strandkörbe am Rand der Terrasse einer exklusiven Cafébar von Miami Beach und lasse meinen Blick durch die Menge der Gäste gleiten. Obwohl die Klimaanlage auch hier draußen für Abkühlung sorgt, sind nicht viele Gäste anwesend. Ich erkenne niemanden, vermute aber stark, dass ein Großteil der Anwesenden auf einer meiner Hochzeiten war. Phillip und ich haben dreimal gefeiert, um alle Gäste einladen zu können, aber ich habe kaum einen der zweihundertfünfzig Namen behalten können. *Nur die wichtigen.*

Ich schlürfe gerade genussvoll die Reste meines Cocktails, da begegnet mir der forschende Blick eines Mannes ganz in der Nähe. Er sitzt allein an der Bar und sieht ungeniert zu mir herüber, ein Umstand, den ich unbemerkt durch meine dunkle Sonnenbrille wahrnehmen kann.

Ich müsste mich auf das Gespräch mit Logan vorbereiten, mir die Sätze zurechtlegen, die nötig sind, um ihn dazu zu bewegen, mich zu sich einzuladen, aber dieser Mann schafft es tatsächlich, mich abzulenken. *Was will er von mir?*

Immer wieder neige ich den Kopf so, als würde ich die Aussicht auf das Meer genießen, um einen weiteren Blick auf diesen Mann zu erhaschen, der mir vage bekannt vorkommt. Diese dunklen Haare und breiten Schultern habe ich doch irgendwo schon einmal gesehen …? Vor allem diese stechenden Augen rühren an einer meiner Erinnerungen … *Concentration, Baby!*

Logan ist jetzt angesagt. Er ist nicht nur ein guter Freund meines ›Ex‹-Mannes und wurde ebenfalls von seiner Frau betrogen – nein, er und nur er ist mein

Schlüssel zu New York, zu den Milliardären Manhattans. Denn ihm gehören zwei Hotels nahe dem Central Park und ich würde nur zu gerne als seine nächste Geliebte eine der Suiten beziehen …

Der Gedanke an New York lässt mich den fremden Kerl fast vergessen. Vermutlich meint er nicht mich, sondern die zwei Bikiniweiber mit Plastikbrüsten hinter mir, die nahe der Treppe zum Strand ihre langgezogenen Wimpern klimpernd zur Schau stellen und damit ihren Job so viel schlechter machen als ich. Da sie jünger sind, offenkundig dämlich wie Toast und ihre Brüste von Gott gekauft haben, müssen sie sich nicht anstrengen. Doch geheiratet werden diese Weiber eher seltener und für wesentlich mehr Sex müssen sie auch herhalten. *Nein, danke.*

Ich bin zufrieden mit dem, was ich tue. Dass ich die Männer mag, die ich treffe, ist schließlich nicht geheuchelt. Deswegen bewahre ich sie vor ihren Schicksalen oder verkupple sie wie Phillip mit einer vergessen geglaubten Verflossenen und alle sind zufrieden.

So auch mein Plan mit Logan Westham und seiner Bald-Ex, die treffenderweise *Tiffany* heißt. Ich habe noch nie eine Frau getroffen, die mir unsympathischer sein könnte, und es passt zu ihr, dass sie Logan betrogen hat. Zu meinem Vorteil, aber ganz bestimmt nicht zu Logans Nachteil. Schließlich ist er sie jetzt los, und ich werde ihm dazu verhelfen, dass er nach mir niemals wieder an so eine gerät.

Darin bin ich erstklassig. Ich führe Menschen zusammen. Ich verkupple nicht nur, nein, ich bringe das eine Stück zu seinem Gegenpart wie bei einem Puzzle, das einzig durch mich als Puzzler zusammengesetzt wird. Zudem sorge ich dafür, dass die Männer ihr zuvor schlechtes Leben in ein rein positives verwandeln. Und dafür erhalte ich meinen Lohn bei der Scheidung. *Bisher hat sich keiner von ihnen im Nachhinein bei mir beschwert.*

»Madam, darf ich?« Der Kellner greift nach meinem leeren Glas und stellt mir daraufhin ein neues hin.

»Ich habe keinen Swimming Pool bestellt«, erinnere ich ihn.

»Das kommt von dem Herrn an der Bar und es ist ein Blue Lagoon«, erklärt er geflissentlich, rückt den teuren Cocktail zurecht und verschwindet wieder.

Mist. Etwas in meiner Brust beginnt zu flattern. Ich kann mich nicht daran erinnern, dass ich jemals einen Drink ausgegeben bekommen habe – schon gar nicht von so einem Kerl, dem nicht nur die Bikinigirls blind hinterherdackeln würden. Nein, wenn mir ein Mann einen Drink ausgegeben hat, dann weil ich es so wollte und ich es arrangiert habe. *Ruhig Blut, das wird doch eine wie dich nicht aus der Bahn werfen?*

Natürlich nicht. Ich lege elegant drei Finger um das kalte Glas, hebe den Cocktail an und beuge mich vor, um Mr. Geheimnisvoll zuzulächeln – enttäuscht stelle ich fest, dass er nicht mehr auf seinem Platz sitzt.

»Suchst du mich?«

Ich schrecke zusammen. »Logan!«, rufe ich eine Spur zu irritiert und stelle den Cocktail zügig ab. *Hat er mir den Drink bezahlt*? »Ich bin so froh, dass du es einrichten konntest.« Ich stehe elegant auf und lasse mich von ihm zur Begrüßung auf beide Wangen küssen.

»Das war einfacher als gedacht. Meine Abende sind seit Neuestem recht frei.« Ich weiß, worauf er anspielen will. Seine fast schwarzen Augen werden trüb und sein Lächeln verliert an Aufrichtigkeit. Logan ist ein attraktiver schwarzer Amerikaner, der seinen Südstaatenakzent nie ganz losgeworden ist. Er hat vor Jahren die Unternehmen seiner Adoptiveltern übernommen und sie zu einem Spitzenimperium ausgebaut. »Schlimmer noch, dass es dir nun ähnlich ergeht.« Er öffnet den unteren Knopf seines Jacketts und setzt sich rechts neben meinen Strandkorb auf einen der Stühle. Schade eigentlich, denn so werden wir kaum dazu kommen, uns aus Versehen zu berühren. »Wie ich sehe, hast du schon bestellt?«

»Ja, ich bin schon seit sechs hier.« *Also war es doch nicht Logan, der mir den Drink ausgegeben hat ...*

Logan greift nach der Karte und schlägt sie auf. Er hat das eine Bein auf dem Knie des anderen abgestützt. Seine Pose ist männlich, dominant und elegant. Jemand wie er musste sich sein Geld erarbeiten, so viel steht fest, und dieser Lebensweg schmeichelt ihm verdammt gut. Er trägt eine Sonnenbrille in der Brusttasche des weißen Hugo-Boss-Hemdes, eine hunderttausend Dollar teure Uhr und seinen Platin-Ehering. Er ist ganze zehn Jahre älter als ich und damit kurz vor den Vierzigern. Sein Personal Trainer verdonnert ihn zu Sport, und außerdem habe ich gehört, dass er sehr auf die Ernährung achtet. Sein kurz geschorenes, schwarzes Haar wirkt ordentlich und lässt seine markante Stirn, die kräftigen Augenbrauen und die Ohren frei. Er ist *immer* rasiert, hat ein auffällig breites Kinn und sehr sinnliche, dunkle Lippen, die besonders dann, wenn er denkt, parallel zu seinen Gehirnwindungen zucken. Sein Gesicht ist nicht das eines typischen Schönlings, aber diese Tatsache macht er durch seine Ausstrahlung wett. Außerdem hat er einen interessanten Charakter. Er war nicht nur Tiffany immer treu – er schenkt auch den albern kichernden Plastikbarbies drei Tische weiter nicht das geringste bisschen Aufmerksamkeit. Solche Männer gefallen mir. Sie haben noch Geschmack und suchen Frauen wie mich. Ich habe mich im letzten Jahr oft dabei erwischt, wie ich heimlich davon geträumt habe, Logan könnte *der* Richtige für mich sein und ich würde ihn jedem Realismus zum Trotz aus wahrer Liebe heiraten.

Aber das ist Illusion. So nett er auch ist, irgendwann wird es scheitern, und dann bin lieber ich diejenige, die die Fäden in der Hand hält und die Schere zückt, um sie im richtigen Moment zu durchtrennen.

»Sie will mich ausnehmen.« Logan legt die edel gebundene Karte zurück auf den Tisch und löst seine Krawatte. »Ich weiß, es ist unhöflich, wenn ich hierherkomme und dir von mir erzähle …«

»Nein, bitte, erzähl ruhig. Wie kommst du darauf?«

Logan seufzt auf. So gebeutelt wirkt er wie jeder andere Mann auch, der eine zu schwere Last zu tragen hat. Er ist einfach wundervoll. »Wir streiten nicht nur um das Geld, sondern auch um den Anwalt.«

»Was darf ich Ihnen bringen, Sir?« Der Kellner taucht aus dem Nichts neben uns auf, wie ein Schatten in der Sonne, und wartet erpicht auf die Bestellung des wohlhabenden Gastes.

»Ein kaltes Bier«, bestellt Logan abwesend, ohne mich aus den Augen zu lassen. *Tiffany will ihn ausnehmen?* »Sie betrügt mich und ist dann so abgebrüht und schnappt mir den Anwalt vor der Nase weg, den einzigen, dem ich vertraue.«

Ich runzle die Stirn. »Sie denkt jetzt schon an eine Scheidung?« Damit habe ich nicht gerechnet. Ist sie wirklich so schnell bereit, Logan aufzugeben, und sieht nur das Geld?

Er lacht schnaubend. »Aber sicher. Als hätte sie die Scheidung die ganze Zeit gewollt.«

»Oh …« Ich könnte innerlich hüpfen vor Glück. *Das macht alles so viel einfacher.* »Das tut mir wirklich leid.«

»Ach was.« Er winkt mit seiner breiten Hand ab. »Ich

musste es ja wenigstens nicht miterleben. Du Ärmste. Phillip hat mir schon gebeichtet, dass du ihn in flagranti erwischt hast. Glaub mir, ich habe ihm sofort ins Gesicht gesagt, was ich von seinem Verhalten halte. Wir waren immer gute Freunde, aber das hätte ich ihm nicht zugetraut.«

Ist Logan nicht herrlich? So ehrlich, so treu? Er kann sich nicht einmal vorstellen, dass andere Männer mit ihrem Schwanz denken und die vollbusigere Blondine der kompliziert gewordenen Ehefrau vorziehen. Das macht ihn wirklich sympathisch. »Ich kann es noch gar nicht begreifen«, erkläre ich stockend und schlürfe verloren an meinem Cocktail. »Ich kriege … ich glaube, ich werde diese Bilder von ihm und ihr …« Ich senke das Glas und beiße mir wirkungsvoll auf die Unterlippe. Nach außen hin wirkt es so, als würde ich mich bemühen, nicht in Tränen auszubrechen.

»Es tut mir leid.« Logan beugt sich vor und greift nach meiner Hand. Seine Haut ist weich und warm und ich genieße die Berührung. Außerdem liebe ich es, wie unsere verschiedenen Hauttöne miteinander harmonieren. Hell und dunkel … »Olivia, ich weiß, was du durchmachst. Du hast all das hier auf dich genommen, bist an die Ostküste gezogen und kennst hier niemanden. Es tut mir aufrichtig leid, dass dir das geschehen musste.«

Ich schluchze dankbar auf und verberge die fehlenden Tränen hinter meiner Sonnenbrille. »Danke.«

»Kann ich etwas für dich tun? Wo wirst du jetzt wohnen? Gehst du zurück nach Mississippi?«

Er weiß sogar, woher ich komme! Wow. Meine Vorarbeit war erste Sahne.

Ich schüttle den Kopf. »Nein … zu meinen Eltern? Ich will ihnen keine Sorgen bereiten … außerdem versauere ich in dem Kaff dort.« Ich lasse ein wenig meiner Persönlichkeit durchblitzen, streiche eine Strähne zur Seite und lache verschämt.

Logan lächelt ebenfalls. »Das kann ich verstehen. Ich würde dir anbieten, in unser Gästehaus zu ziehen, aber das ist vermutlich ebenfalls keine gute Idee.«

Was? Wieso denn nicht? Das Gästehaus! Darauf habe ich spekuliert. »Wegen Tiffany meinst du?«, frage ich schüchtern. Noch immer hält er meine Hand. Es ist eine freundschaftliche Berührung und das ist gut so. Freundschaft ist die beste Grundlage für eine vertrauensvolle Beziehung und daher so viel besser als ein erotischer Flirt. Ich habe nicht vor, seine Ablenkung oder sein Trostpflaster zu werden. Dafür können gerne andere herhalten. Nein, ich plane eine Freundschaft, aus der sich mehr entwickelt und die so besonders ist, dass er mich letztendlich allen anderen vorziehen wird.

»Ich will nicht, dass du dazwischengerätst«, erklärt er einfühlsam. »Wir führen tagein, tagaus sinnlose Dispute. Schlimm genug, dass die Angestellten alles mitbekommen. Zum Glück interessiert sich die Klatschpresse nicht für mein Leben. Noch nicht.« Sein Lächeln wird bitter.

Ich habe davon gehört, dass letzte Woche Paparazzi auf seinem Grundstück aufgetaucht sind, die eine Story über einen Milliardär wittern, aber bisher ist dazu nichts in der Presse erschienen. Dafür ist er dann doch zu unbekannt. Logan besitzt einige Firmen und ein paar Hotels, nichts von öffentlichem Interesse.

»Ich habe mir ein Hotelzimmer genommen«, erkläre ich nüchtern. »Ich weiß nicht, was danach geschehen soll. Bist du denn wirklich sicher, dass Tiffany dich schon seit Längerem verlassen wollte?«

Er sieht auf, als würde er sich erst erinnern müssen, dass ich vor ihm sitze. Dann verziehen sich seine Mundwinkel zu einem abfälligen Grinsen. »Sie hat keine Scheu, einen der besten Scheidungsanwälte anzuheuern, von dem sie weiß, dass er besonders gut darin ist, für die weibliche Partei alles herauszuholen, was möglich ist. Das ist sein Ruf, man tritt schon gar nicht mehr gegen ihn an. Das beweist doch, dass sie nur auf eines hofft.«

Ich horche auf. Ein Scheidungsanwalt, der die Gegenpartei ausnimmt? So etwas suche ich! »Kennst du diesen Anwalt denn?«, frage ich unbekümmert.

Sein Lächeln friert auf seinem Gesicht ein. »Carter? Er ist einer meiner besten Freunde. Jedenfalls glaubte ich das mal.«

Uuh, bitter.

»Aber es scheint mir, als würden langsam alle meine Freunde ihr wahres Gesicht zeigen.« Er spielt auf Phillip an. Und jetzt auch dieser Carter. Logan tut mir wirklich leid.

»Kann ich dich irgendwie ablenken?«, schlage ich fröhlich vor. »Wir sollten am Wochenende bei der Bootstour versuchen, einmal nicht daran zu denken, was uns widerfahren ist. Ich freue mich schon darauf. Vielen Dank, dass du mich eingeladen hast.«

»So wie ich dich kennengelernt habe, wird das ein Leichtes sein.« Sein Kompliment wärmt meine Seele. Er hat recht. Auf Events und Partys und zu Gelegenheiten, bei denen ich nicht die verletzte Ehefrau mimen muss, bin ich meistens recht ausgelassen und lustig. Ich stehe bei den Männerrunden und unterhalte mich mit ihnen ausgiebig über Sport, Autos und den Finanzmarkt, alles Dinge, die ich langweiligen Illustrierten vorziehe. Man muss natürlich darauf achten, die anderen Frauen bei solchen Festen nicht zu vernachlässigen – Feinde in Form von Ehefrauen will niemand. Mein Trick ist es, im entscheidenden Moment allen zu bedeuten, dass ich glücklich verheiratet bin. Zumindest war es das bis jetzt. Nun steht es mir frei, mich herumzutreiben, und ich weiß genau, dass einige nur darauf gewartet haben. Aber ich werde mich unnahbar geben – ich bin nicht leicht zu haben und schon gar nicht für *irgendeinen* Mann.

Das weitere Gespräch verläuft ereignislos. Wir unterhalten uns, schwelgen in gemeinsamen Erinnerungen an vergangene Partys, bedauern uns gegenseitig und lassen durchblicken, was uns jeweils beschäftigt. Mich überrascht die Aufmerksamkeit, die er mir schenkt, und die Anteilnahme, die er bereit ist, mir zu geben. Ja, Phillip habe ich nicht aus Liebe geheiratet, aber ich weiß, wie es ist, verlassen, betrogen und enttäuscht zu werden. Bei so viel Einfühlungsvermögen muss ich mich zügeln, ihm nicht doch noch etwas mehr von meiner Vergangenheit zu erzählen.

Aber das würde ihn nur abschrecken. Er soll denken, dass ich schon immer die starke Frau war, die heute vor ihm sitzt, und Phillip ihr erster Schicksalsschlag ist, den sie nicht verdient … *Wenn er wüsste.*

Auch wenn er mich dazu drängt, mich gegen neun Uhr ins Hotel zu bringen, lehne ich dankend ab. Ein freundschaftliches Date mit Logan heute Abend ist in Ordnung, aber in sein Auto steigen? Das ginge zu weit. Wir verabschieden uns mit einer etwas festeren Umarmung, die mir mehr als gefällt. Mist! Ich darf nicht mein Ziel aus den Augen verlieren! Nicht dass ich mir doch noch etwas einbilde und zu viele Gefühle zulasse. Vielleicht, weil sich etwas in mir danach sehnt …

Ich unterdrücke alle weiteren Gedanken und bestelle einen neuen Drink. Zeit, allen zu zeigen, wie sehr ich verletzt wurde. Diese Location bietet die perfekte Kulisse.

Jaden

Sie ist eine Bitch. Warum das niemandem sonst auffällt, kann ich nicht begreifen. Ihre lügnerische Art enttarnt man auf drei Meilen. Tiff hatte recht.

Sie hatte auch recht damit, dass Logan sich von ihr einwickeln lassen wird wie eine einfältige Fliege, die im Schein der Neonlampe ins Netz gerät, obwohl es doch von allen Seiten bestrahlt wird. *Was* hat der Typ für ein Problem? Wo sind seine Sensoren? Warum *checkt* er nicht, dass diese Fremde hier auftaucht und sich erst an Phillip und jetzt an ihn ranschmeißt?

Niemand weiß etwas über sie. Ja, sie ist beliebt, sie soll auf Partys witzig sein, aber ihre Schauspielerei vorhin war durch nichts zu unterbieten. Und Logan nimmt ihr das ab?

Ich könnte verstehen, wenn er sie knallen will, selbst wenn ein mieser Charakter jedes noch so ansehnliche Äußere zerstört. Er wurde betrogen, jedenfalls glaubt er das, und sucht nach Ablenkung, was weiß ich. Ich war noch nie in so einer Situation und kann nur spekulieren. Doch das Gespräch vorhin war alles andere als oberflächlich. Logan hat ja nicht einmal daran gedacht, sie sich zu nehmen, und hat damit das Bild bestätigt, das ich immer von ihm hatte. Treu bis in die Haarspitzen, galant bis in die Zehen. Nur so hat er überhaupt das Vermögen seiner Eltern retten können, mit bewusster Zurückhaltung und echter Bescheidenheit. Und dann soll es an einer kleinen Schlampe scheitern, die sein Geld ergattern will?

Während Olivia sich einen Drink nach dem anderen hinter die Binde kippt und jedem von dem Betrug ihres Mannes erzählt, der es hören und weitertratschen will, stehe ich im Schatten an der Bar. Ich warte darauf, dass sie betrunken genug ist, um es nicht mehr mitzubekommen, wenn sie mir ihre wahren Absichten verrät, und lasse sie daher keinen Moment aus den Augen.

Gerade hat sie sich Elouise und Cathryn vom Tennisclub geangelt und seufzt ihnen in einer langwierigen Tour nach der anderen vor, wie sehr sie sich doch betrogen fühlt. Wenn ich es nicht besser wüsste, könnte ich denken, die Übelkeit in mir käme vom Alkohol. Aber natürlich bleibe ich in so einer Situation nüchtern. Ich kenne Elouise und Cathryn. Beide sind ebenfalls hoffnungslos schlecht darin, Lügner zu enttarnen, und haben schon mehrmals ihr Geld an irgendwelche Idioten verloren. Daher wundert es mich nicht, dass sie von Olivia angetan sind. Vermutlich tun sie ab morgen so, als wären sie die besten Freundinnen, und werden eine eingeschworene Einheit gegen Phillip bilden. Genau das wird Olivias Plan sein.

Ich zweifle keine Sekunde an meiner Theorie, dass sie sich innerlich darüber freut, Phillip wieder los zu sein und ordentlich etwas dafür einstreichen zu können. Solche Frauen kenne ich viel besser als irgendjemand sonst. Jahrelang habe ich für sie gearbeitet, anfangs noch, weil ich glaubte, für sie einstehen zu müssen, dann, weil es äußerst bequem war, hübsche, verlorene Mandantinnen zu ficken, und schließlich, weil am Ende diejenigen Frauen zu mir kamen, die darauf spekuliert haben, ihren Ehemann ausnehmen zu können, und ich das mit der Zeit eben am besten konnte.

Nicht ohne Grund bin ich für drei Jahre nach London gegangen, um diesen Ruf loszuwerden. Solche Weiber deprimieren mich, und kaum bin ich zurück, sind zwei meiner Freunde in Olivias Fängen?

Aus Langeweile bestelle ich bei dem Barkeeper eine Schachtel Zigaretten und zünde mir eine mit einem der bareigenen Streichhölzer an. Ich war nur zwei Minuten abgelenkt, aber als ich aufsehe, sind Elouise und Cathryn plötzlich verschwunden und Olivias Platz ist leer. Die Strandbar ist an einem Mittwochabend nicht besonders voll und doch kann ich sie nicht finden.

So schnell können sie doch gar nicht gegangen sein?

Beruhigt stoße ich den Rauch aus, als ich Cathryns schrilles Gackern aus dem Flur zu den Toiletten höre. Zu dritt aufs Klo – natürlich.

Ich greife nach meinem Handy und überlege, in der Zwischenzeit eine SMS zu schreiben. Vielleicht wird es Tiffany aufbauen, wenn ich ihr sage, dass alle ihre Vermutungen richtig waren.

»Für Sie, Mister.«

Der Barkeeper stellt mir einen Drink auf den Tresen.

»Ich habe nichts –« Ich stoppe mitten im Satz, als mir die blaue Farbe des Cocktails auffällt, und sehe mich um.

»Guten Abend.«

Ich halte inne.

Phillips Ex sitzt geschmeidig wie eine Katze zwei Plätze weiter an der Bar und flirtet mich mit ihrem Blick so offensiv an, dass ich mich kurz fragen muss, ob es dieselbe Frau ist, die Logan vorhin nicht einmal einen erotischen Wimpernaufschlag geschenkt hat. Ihre Haare sind dunkelbraun, voll und lang, ihre Beine schlank, ihre Hüften weiblich. Ihr niedliches Gesicht wirkt durch ihre Stupsnase spitzbübisch und ihre Augen nehmen einen unmittelbar gefangen. Sie hat irgendetwas an sich, das Männer in den Bann zieht, so viel steht fest.

»Gefällt Ihnen die Aussicht?« Sie streicht sich kokett eine Strähne hinters Ohr. Man sieht ihr deutlich an, dass sie getrunken hat, aber wenigstens tut sie jetzt nicht so, als wäre sie durchgehend den Tränen nahe. Nein, sie hat ihre Augen getrocknet, die schwarze Tusche nachgezogen und ihre Lippen blutrot übermalt. Nicht mehr die verlassene Ehefrau, sondern die Aufreißerin – und dann kommt sie ausgerechnet zu mir?

Ich stoße stumm den Rauch aus und asche ab. Den Drink ignoriere ich vorerst. »Ich komme nur wegen der Aussicht hierher.« Das stimmt sogar, jedenfalls war es früher so. Meine heutige Kanzlei, in der ich anfangs gejobbt habe, liegt keine fünfzehn Minuten von hier in Downtown, und früher eignete sich dieser Ort wunderbar dafür, französische Urlauberinnen abzuschleppen. Damals war ich zwanzig, half Logan im Studium bei seinen Hausarbeiten und ließ mir im Gegenzug die teuren Drinks bezahlen. Mittlerweile ist der Schuppen so exklusiv, dass man ihn als Zwanzigjähriger nur in Begleitung seiner millionenschweren Eltern betreten darf – die Aussicht auf einen Teil Miamis und das ruhige Meer ist dieselbe.

»Das dachte ich mir«, erwidert Olivia sanft und legt das eine Bein über das andere. Sie hat ihre Bluse abgelegt, die sie für den anständigen Logan bis zum Hals zugeknöpft trug, und sitzt nun nur in ihrem schwarzen Minikleid vor mir. Diese Frau ist nicht ohne Grund in die High Society aufgenommen worden. Sie ist äußerst sexy; zwar sportlich durchtrainiert, aber doch mit genügend natürlichen Kurven, um eine Augenweide zu sein. Sie kennt ihre eigenen Vorzüge genau und kurz muss ich über diese Tatsache schmunzeln. Wann ist mir das letzte Mal eine Frau begegnet, die sich ihrer Reize auf Männer so bewusst war …? »Ich habe den ganzen Abend darüber nachdenken müssen, warum Sie mich beobachtet haben und es bei einem einzelnen Drink beließen, aber es hat sich mir nicht erschlossen, verstehen Sie?« Sie lächelt ironisch zu mir hoch, legt ihre Handtasche auf den Tresen und holt betont gleichgültig einen Zigarettenfilter hervor. Tatsächlich eines dieser Teile, die Audrey Hepburn berühmt gemacht haben.

Ich zögere. Natürlich erwartet sie, dass ich ihr eine anbiete, aber es gefällt mir nicht, dass sie nach all dem Theater plötzlich so tut, als wäre sie auf Männerfang. Also bleibe ich stehen und rauche ungerührt weiter.

Wie ich es erwartet habe, hat sie selbst Zigaretten dabei. Sie lässt sich nichts anmerken, als sie sich eine hervorholt, in den Filter steckt und anzündet. Aus den Augenwinkeln beobachte ich, dass Cathryn und Elouise die Strandbar durch einen der Seitenausgänge verlassen, ohne sich noch einmal nach Olivia umzusehen. Ein Glück, denn sie hätten mich erkannt und vielleicht Phillip davon erzählt.

»Ihre Freundinnen gehen, wollen Sie gar nicht hinterher?« Wenigstens den Aschenbecher schiebe ich ihr über die Theke zu, sodass sie ebenfalls abaschen kann. Im Hintergrund läuft leise irgendein Song der Ronettes, und die anderen Gäste sitzen weit genug entfernt, sodass uns niemand hören kann.

»Wenn ich das wollte, wäre ich wohl gegangen, oder?«, fragt sie kokett und beweist damit ihre Schlagfertigkeit.

Scheiße. Diese Frau hat mehr als zwei Gesichter und

genau das macht sie für jemanden wie Logan und Phillip so attraktiv. Ich stecke mein Handy weg. Tiffany zu schreiben hat sich wohl erledigt, stattdessen sollte ich lieber all meine Pläne umwerfen. »Danke für den Drink«, sage ich also nur und leere das Cocktailglas mit einem Zug. Der blau gefärbte Wodka rinnt mir brennend durch die Kehle und erinnert mich einmal mehr daran, warum ich harten Alkohol seit der Uni meide.

Olivia nickt mir lächelnd zu. »Also, warum beobachten Sie mich?«

»Sie haben Brüste und ich will Sie vögeln, was dachten Sie?« Ich kann mein Grinsen nicht verbergen.

Sie versucht, sich nichts anmerken zu lassen, aber die Schamesröte in ihrem Gesicht ist unverkennbar. Sie senkt ihre Augenlider, was nicht zu dem Bild passt, das ich bisher von ihr hatte. Eine wie sie, verschämt? »Und deswegen beobachten Sie mich die ganze Zeit?«, fragt sie neugierig, als würde sie wirklich glauben, dass es stimmt, was ich gerade gesagt habe.

Ich warte zwei Züge an meiner Zigarette ab, ehe ich knapp antworte. »Es scheint zu funktionieren.«

Auch mit dieser Antwort hat sie nicht gerechnet und sie lacht ehrlich belustigt auf. Ihr Lachen wandelt sich zu einem Kichern und zum ersten Mal an diesem Abend wird sie mir sympathisch. Wenn sie *auf diese Art* bei Phillips Partys gelacht hat, kann ich verstehen, wieso die Leute sie mögen.

Auch ich muss schmunzeln. »Wo werden Sie heute Nacht schlafen?«

»Unter der Brücke?«, fragt sie keck lächelnd. »Ich wurde verlassen, das sollten Sie doch mitbekommen haben. Sind Sie so einer, der das sofort ausnutzt? Das ist wirklich beschämend. Vor allem stört es mich, dass ich Sie irgendwoher kenne.«

»Für eine Frau wie Sie, die zehn Drinks intus hat, denken Sie äußerst kombinatorisch«, erwidere ich ruhig und drücke meine Zigarette aus. Ich mache einen Schritt auf Olivia zu und stehe nun so nah, dass ich die Gesichtszüge unter ihrem Make-up ausmachen kann. Zarte Lachfältchen, Sommersprossen, ein Muttermal oberhalb der Augenbraue. »Woher kennen Sie mich?« Ich dürfte ihr bei ihrer Hochzeit kaum aufgefallen sein, denn ich kam zu spät und blieb nicht lange. Nur Logan zuliebe habe ich Phillip und ihr meinen Segen ins Gästebuch geschrieben. Eigentlich war ich nur gekommen, um Susan abzugreifen, bevor sie mit einem anderen die Party verlassen hätte, aus keinem anderen Grund. Am nächsten Tag bin ich schon zurück nach London gejettet.

Ich verabscheue Hochzeiten abgrundtief.

»Woher ich Sie kenne? Ich glaube, wir sind uns schon begegnet, nur wo?«

»Sie befinden sich in Miami Beach und in einem der teuersten Clubs«, antworte ich charmant, aber ausweichend. »Man kennt sich.«

»Diese Antwort gefällt mir nicht«, erwidert sie und senkt leicht argwöhnisch ihre Brauen. »Aber wenn das alles ist, was Sie mir zu sagen haben, kann ich auch …« Sie stößt sich von der Theke ab, setzt ihre High Heels auf den Boden und stolpert. Ganz automatisch greife ich nach ihrem Arm und stütze sie. »… gehen.«

Ich hebe eine Braue. »Wenn Sie jetzt ein Taxi bestellen, müssen Sie bei dem Andrang zwanzig Minuten warten. Sehen Sie? Die meisten sind in den letzten zehn Minuten gegangen.« Ich weise um mich herum auf die leeren Plätze. »Wollen Sie nicht hier warten?« *Und noch ein bisschen ›plaudern‹?*

Olivia lacht auf und befreit sich aus meinem Griff. »Ich warte lieber draußen und rede mit den Steinen.«

»Sie wollen selbst fahren«, kombiniere ich und habe das Bedürfnis, sie zurückzuhalten. Trotz allem, was ich über sie denke, habe ich doch Skrupel, sie im schlimmsten Fall in den Tod fahren zu lassen, so unsicher, wie sie steht und läuft.

»Nein?«, fragt sie nonchalant über die Schulter und wankt unbeirrt weiter. Sie muss sich zwischendurch an einem der Barhocker abstützen. »Hups. Ich meinte … ich stehe lieber bei den Steinen als bei Ihnen an der …« Das Ende ihres Satzes vergisst sie. Der Typ, der am Ende der Theke sitzt, gafft sie schamlos an und ein unwohles Gefühl breitet sich in mir aus. Bei aller Ehre, nachher liegt es in meiner Verantwortung, dass sie heile nach Hause findet – oder in ihr Hotel oder sonstwohin. Schläft sie bei einer Freundin? Shit, ich weiß noch zu wenig über sie.

Sie schafft es, sich gerade auf ihren wahnsinnig hohen High Heels zu halten. Ich mag es, wenn Frauen diese Schuhe tragen. Vor allem großen Models steht es ausgezeichnet und sie wissen sich damit in Szene zu setzen. Auch Olivia beherrscht die Kunst trotz ihres Alkoholpegels ausgesprochen gut. Sie passt perfekt in diese Welt, auch wenn ich ahne, dass sie nur gelernt hat, sich anzupassen.

So wie ich.

Ich stecke dem Kellner das Geld für ihre und meine Getränke zu und folge ihr in einigem Abstand durch die vereinzelt stehenden Tische nach draußen. Hier und da grüßen mich Bekannte, häufig weiblicher Natur, aber die meisten von ihnen nehme ich kaum wahr. Ich verabschiede mich beim Türsteher und folge Olivia auf den Parkplatz. Weder sie noch ich haben unser Fahrzeug abgegeben. Sie parkt direkt neben mir, vielleicht eine Vorsehung.

Sie ist dermaßen benebelt, dass sie gar nicht mitbekommen hat, wie ich ihr gefolgt bin. Mit unkontrollierten Handbewegungen sucht sie nach ihrem Schlüssel, findet ihn in ihrer Tasche und schließt die silbern-golden schimmernde Corvette damit auf. Ein wirklich schönes Auto, das ein Vermögen wert sein muss. Gerade als Olivia die Tür aufziehen will, trete ich an ihre Seite, lege meine Hand um ihre Taille, damit sie nicht vor Schreck fällt, und nehme ihr den Schlüssel aus der Hand.

Sie gibt ein ersticktes Geräusch von sich und sieht mich überrascht an. »Sie sind mir gefolgt!«

Ohne Widerstand lässt sie sich von mir um die Motorhaube des edlen Wagens führen, hin zur Beifahrertür. Ich öffne sie und drücke Olivia auf den Sitz, nicht ohne vorher ihren niedlichen Koffer im Fußraum zu verstauen. *Was tut eine Frau da hinein?!* Erst dann fällt mir auf, dass ich mich unbewusst dafür entschieden habe, sie zu fahren. Ich könnte auch ein Taxi rufen … aber vielleicht werde ich ihr nie wieder so nahe sein können wie heute Abend, ohne dass sie es mitbekommt.

Sie starrt ungläubig zu mir hoch, und ich spüre ihre Blicke auf mir, als ich längst die Tür geschlossen habe und um den Wagen herumgehe. Schweigend setze ich mich auf den Fahrersitz, lasse mein Motorrad mit einigem Wehmut stehen und starte den Motor.

»Wohin?«, frage ich knapp.

»Nimmst du mich nicht mit zu dir?«

Irritiert neige ich den Kopf und bin kurz versucht, ›Wie bitte?‹ zu fragen. »Sie haben kein Hotel?«

»Noch nicht.« Sie lächelt mich offen an, leicht schief, ja, aber dennoch offen und ungeniert. »Aber vielleicht brauche ich auch keines.«

Die Ex von Phillip lädt sich bei mir ein und hat dabei allem Anschein nach auch noch Hintergedanken? Shit, wer hätte diese Wandlung erwartet?

»Ich fahre Sie zum Bal Harbour«, erkläre ich, setze zurück und lehne so ihr Angebot ab. Vorerst. Es dürfte sich mir trotzdem die Gelegenheit bieten, sie aufs Zimmer zu begleiten – und wenn sie schläft, werde ich nicht sofort gehen, sondern mich ihrem Gepäck widmen.

»Ich hasse dieses Hotel«, murmelt sie und lehnt sich schlaftrunken ans Fenster, die Augen halb geschlossen.

»Es ist eines der besten in Miami«, halte ich dagegen. Außerdem liegt es besonders nah.

»Ich hasse leere Hotelzimmer. Diese Brücke, wenn man kein Zuhause hat, ich hasse es.«

Das mit der Brücke ist metaphorisch gemeint, aber sie erwähnt sie zum zweiten Mal an diesem Abend. »Ich verstehe. Diese Putzfrauen, die ständig aufgefüllte Minibar, der Zimmerservice, der einem alles von den Lippen liest. Es muss ein grausames Leben sein.«

»Sie machen sich über mich lustig«, erkennt sie matt und beobachtet die Reklametafeln an der rechten Straßenseite, die sanft an uns vorbeirauschen. Ich werfe ihr einen Blick zu. Ihre Stirn ist nachdenklich verzogen. »Lieber schlafe ich im Auto als in einem Hotel.«

»Das ist keine Option.« Nachher fährt sie doch noch in ihrem Zustand weiter. »Haben Sie eine Freundin, zu der ich Sie fahren kann?«

»Nein, mein einziger Freund in Florida meldet sich seit fünf Tagen nicht und der andere hat eine ätzende Ex-Frau zu Hause, die mich hasst.«

Logan?

»Dabei wäre das Gästehaus …« Sie nuschelt undeutlich und schließt vollends ihre Augen. »… so schön gewesen.«

Logan. Sie hat also darauf spekuliert, bei ihm einzuziehen. Wie gut kennen die beiden sich wirklich? Ich war einfach zu lange weg. Wenn Logan sich nicht so stur stellen würde, könnte ich ihn selbst fragen, was hier vor sich geht! Ich spüre das dringende Bedürfnis, die Corvette beim Bal Harbour stehen zu lassen und zum Strandclub zurückzulaufen. Ich bin weder ein guter Privatdetektiv, noch geht es mich etwas an, wen Logan bei sich im Gästehaus wohnen lässt – wäre da nicht Tiffany, deren Bitten mich nicht loslassen wollen.

Also füge ich mich den Zufällen, halte vor dem opulenten Haupteingang des Hotels, gebe den Wagen ab und beauftrage einen Pagen damit, Olivias zahlreiche Koffer auf einen Gepäckwagen zu stellen. *Wozu braucht eine Frau so viel Zeug?*

»Ich wollte doch gar nicht hierher …«, nuschelt sie und hängt sich in meinen Arm, als ich ihr aus dem Wagen helfe.

Ich antworte nicht, es hätte eh keinen Sinn. Zum Glück sind um die Uhrzeit keine Gäste in der Lobby und das Hotel ist im August nicht ausgebucht. Wir steigen mit einigen Schwierigkeiten die Treppe hoch, da Olivia sich an jeder Stufe die Zehen stößt, erreichen die Rezeption in der gläsernen Empfangshalle und stellen uns davor. »Ein Einzelzimmer, bitte.«

»Wie viele Nächte, Sir?«

»Ein paar«, erklärt Olivia lallend.

Die Rezeptionistin wendet sich vor ihren Bildschirm. »Wir hätten ein Einzelzimmer mit Meerblick frei, vierter Stock, Balkon.«

Das dürfte locker in Phillips Budget liegen. »Perfekt.«

»Dürfte ich Ihren Ausweis haben, Mister?«

»Das Zimmer ist nicht für mich«, weiche ich aus und blicke zu Olivia, die ihre Hand zwar fest um ihre Tasche geschlossen hält, aber nicht auf die Idee kommt, ihren Ausweis hervorzuholen. Es wäre nur zu interessant, welcher Name darauf steht. »Olivia? Ihr Ausweis?«

Sie sieht blinzelnd zu mir hoch. »Woher kennen Sie

meinen Namen …?« Sie ist viel zu betrunken, also nehme ich ihr die Tasche einfach aus der Hand und hole den Ausweis und ihre Kreditkarte selbst hervor.

Olivia … Bloom, steht dort. Das klingt fast nach einem Künstlernamen. Wie hat sie es nur geschafft, ihre Vergangenheit hinter sich so auszuradieren? Wenn mich nicht alles täuscht, heißen ihre Eltern Farr. Wie kam sie zwischenzeitlich zu dem Namen Bloom? Und warum heißt sie nicht Raines, so wie Phillip?

»Vielen Dank, Mister.« Die Rezeptionistin reicht mir Olivias Kreditkarte, ihren Ausweis und die Zimmerkarte und ich nehme alles entgegen.

»Wieso ein Einzelzimmer?«, fragt sie mich schlaftrunken und lehnt sich beim Gehen an mich. Sie riecht nach Alkohol und Zigaretten und anders, als ich es erwartet hätte, nicht nach schwerem Parfum. Ich bugsiere sie in den Fahrstuhl und lege ihre rechte und linke Hand jeweils an das vergoldete Geländer, damit sie sich festhalten kann und nicht umkippt, während ich auf die Vier tippe.

Mein Körper verspannt sich, als etwas Dünnes über meinen Rücken fährt. Ihr Finger.

Olivia lächelt mich schief an. »Dieses enge Shirt schmeichelt deinem Körper erstaunlich gut.«

»Danke.« Was will sie von mir? »Wie lange betrügt dich Phillip schon?«

Ihr Lächeln weitet sich und wird eine Spur herausfordernder. »Im Kopf oder mit dem Körper?«

»Gibt es da Unterschiede?«

Der Aufzug hält, doch wir bleiben voreinander stehen und ignorieren die aufgleitenden Türen. *Jetzt wird es spannend.*

Olivia hebt einen Finger und wickelt kokett eine verlorene Strähne ihrer dunkelbraunen Haarmähne darum.

Ihre Stimme ist nur ein Raunen. »Ich kann mit einem Mann schlafen und einen anderen dabei lieben. Oder ich liebe die Person, mit der ich schlafe, habe aber eigentlich einen anderen.«

»Und bei Phillip war es wie herum?«, hake ich nach.

Gerade als die Türen sich wieder schließen und ich den Fuß vor die Lichtschranke stelle, damit sie es nicht tun, stolpert sie auf mich zu.

»Hups!« Sie krallt sich an meine Brust und sieht mit großen Augen zu mir hoch. *Eine Frau mit zu vielen Gesichtern.* »Warum bringen Sie mich hierher, Mister Unbekannt? Ich traue Ihnen nicht.«

»Ich bin Anwalt, Sie sollten mir nicht trauen.« Lächelnd greife ich nach ihren Handgelenken, halte sie von mir und geleite sie schließlich durch die Fahrstuhltüren in den pompös dekorierten Flur. Flache Springbrunnen, moderne Kunst an den Wänden und helle, im Fußboden eingelassene LED-Leuchten verleihen dem St. Regis Bal Harbour seinen Charme. Olivias Zimmer liegt nur ein paar Schritte vom Fahrstuhl entfernt. Sie geht stöckelnd an meiner Seite, wartet geduldig, bis ich die Tür geöffnet habe, und lässt sich schließlich von mir durch den Rahmen geleiten. Der Blick auf das Meer und die seitliche Sicht auf die glitzernde Skyline Miami Beachs ist atemberaubend. *Vielleicht komme ich deswegen nicht von Florida los.*

Olivia wirft geräuschvoll ihre Schuhe ab und schrumpft dadurch um eine halbe Kopflänge. Als würde sie der Ausblick magisch anziehen, geht sie auf die bodentiefen Fenster zu, schiebt die leichten Vorhänge beiseite und öffnet die Balkontür. Da ich ohnehin noch warten muss, bis der Page ihre Koffer bringt, folge ich ihr. Sie lehnt sich über die Balustrade und nimmt die schwüle Nachtluft und den herausragenden Ausblick in sich auf. Ich lehne mich in den Türrahmen und hole meine frisch erstandene Packung Zigaretten hervor. *Jugendsünden.* Wann habe ich vor dem heutigen Abend zuletzt geraucht?

»Nicht anzünden.«

Mit dem Feuerzeug vor der Kippe halte ich inne.

Olivia dreht sich leicht zu mir um. Ihre Augen funkeln dunkel, und vermutlich ist es Absicht, dass sie mir ihren Hintern in bester Pose entgegenstreckt.

»Wie heißt du?«, fragt sie mit rauchiger Stimme. Sie hat offenkundig Schwierigkeiten damit, mich klar zu erkennen, und ihre Alkoholfahne weht bis hierher.

»Jad.« Sie wird meinen Namen vergessen.

»Jad?« Sie dreht sich wankend um, stößt sich vom Geländer ab und kommt auf mich zu. Ihr Blick ist dunkel, verklärt und unfassbar sexy. Sie ist durch eine gute Schule gegangen, wenn sie selbst mich mit ihren Reizen nicht unberührt lässt. Wieder kommt sie mir so nah, dass sie ihre Hände auf meine Brust legen kann. Ihre Gestik hat etwas von der Jungfrau in Nöten, die sich an einen wie mich lehnt, um beschützt zu werden.

Meine Zigarette habe ich längst heruntergenommen. Ich sollte sie ins Bett verfrachten, warten, bis sie schläft, und die Dinge tun, deretwegen ich sie hierher begleitet habe. Aber als sie sich auf ihre Zehenspitzen stellt, sich zu mir hochreckt, mir auffordernd in die Augen sieht und sich meinen Lippen nähert, bleibe ich dennoch stehen.

Vielleicht liegt es daran, dass sie an einer meiner Erinnerungen rüttelt. Einer Erinnerung, in der es um Phillip, Logan, mich und eine Frau geht, in der ich mich nicht davon abhalten kann, ein Spiel mitzuspielen, das so lange zurückliegt, dass ich es längst vergessen haben müsste.

Ihre Lippen treffen auf meine, doch ich bleibe passiv. Klar, es wäre nichts einfacher, als sie jetzt noch hier auf dem Balkon gegen die Fensterscheibe zu ficken, aber so funktioniert das Spiel nicht. Ich verschwimme nicht gerne in einer Erinnerung, die alkoholbedingt bei Olivia nachlassen wird. Wenn sie mich bekommt, soll sie sich an jedes Detail erinnern können.

Ihre Zunge stößt sich sanft in meinen Mund vor und gleitet zärtlich zurück. Obwohl sie so betrunken ist, hat ihr Kuss etwas Gemäßigtes. Ein kleines Antesten, ein Zeichen.

Das Zeichen dafür, dass ich noch einige Anläufe brauchen werde, bis ich in Erfahrung bringe, wer sie ist.

Olivia

Das Problem daran, betrunken zu sein, ist, dass man sich den letzten Idioten ins Bett holen kann und es doch nicht merkt. Der Mann vor mir riecht gut, spricht gut, stützt mich gut, aber ob mir sein Gesicht wirklich gefällt, kann ich nicht mehr so genau sagen. Ja, ich habe ihn an der Bar sitzen sehen, und ich glaube auch, dass er mir dort gefallen hat, aber ist er es überhaupt?

Auf jeden Fall habe ich so viel Lust auf Sex wie noch nie. Noch nie? Nun ja, Phillip war nicht unattraktiv, ich schlafe ausschließlich mit Männern, die mir gefallen, aber es war eben … weder prickelnd noch außergewöhnlich, und seit Monaten habe ich mich rar machen müssen, damit er auf die Idee kommt, mich zu betrügen, was dazu geführt hat, dass ich richtiggehend ausgetrocknet bin. Ein riesiger Nachteil an meinem ›Job‹! Es gibt nur einen einzigen Abend, an dem ich mich gehen lassen darf. Eine einzige Nacht, in der ich bekommen kann, was ich will, und die ist heute. Jeder wird es verstehen und mir nachsehen, wenn herauskommt, dass ich betrunken, hilflos und überaus verzweifelt den Nächstbesten gevögelt habe. Es würde mein Drama unterstreichen, wenn ich danach wieder zu der braven Ehefrau werde, die sich so etwas nüchtern niemals erlauben würde. Ein Aussetzer, ein Fehltritt. Etwas, das das Gericht nachvollziehen kann, eine Revanche, eine Racheaktion, die jeder versteht.

Und da mir der Typ gefällt, der gerade sanft die Hände an meine Taille legt und meinen Kuss langsam erwidert, werde ich umso entschlossener. *Ich will ihn.*

Heute Nacht ist die einzige Möglichkeit, mich auch einmal gehen zu lassen. Und er hätte mich nicht heraufgebracht, wenn er es nicht ebenfalls wollen würde.

Ich knabbere sanft an seinen Lippen und spüre, wie sich die Lust zunehmend in mir ausbreitet. Er ist ein wahrlich guter Küsser! Es gibt so viele Männer, die auch noch dann scheiße küssen, wenn man betrunken ist, aber er beherrscht es perfekt. Ich lasse meine Hände langsam nach unten gleiten, hin zu seinem Gürtel. Der Stoff seines Shirts fühlt sich gut unter meinen Fingern an, aber noch gespannter bin ich auf den muskulösen Körper darunter. Er ist ein echtes Prachtexemplar! Das habe ich vorhin schon in dem Strandcafé erkannt. Und jetzt hat es sich so gefügt, dass ich ihn bekomme. Ja, vielleicht hätte ich weniger trinken sollen, damit ich nichts von alldem vergesse, aber vermutlich hätte ich ihn mir dann versagt und es für immer bereut.

»Ich will dich«, flüstere ich schmeichelnd an seine Lippen und schmiege mich noch enger an ihn.

»Das habe ich begriffen.«

Ich stutze. »Was?«

Er löst sich von mir, greift bestimmend an meine Handgelenke und zieht mich nach drinnen. »Zieh dich aus und leg dich ins Bett.«

Es klopft an der Tür, und während er mich Richtung

Bett drückt, kommt der Page herein. Er braucht eine gefühlte Ewigkeit, bis er meine vielen kleinen Koffer in das Zimmer verräumt hat, dann steckt ihm mein One-Night-Stand üppiges Trinkgeld zu und er verschwindet. Die ganze Zeit über sitze ich auf dem Bett und versuche, den Boden scharf zu stellen. Er wankt allerdings so sehr, dass ich das Gefühl habe, mich auf einem Schiff zu befinden, und mir wird wie bei einer Reisekrankheit übel.

»Hier.« Mein sexy Typ drückt mir ein Glas Wasser in die Hand. »Trink alles aus.«

Ich gehorche. Noch immer brennt kein Licht, weshalb er nur aus einer Silhouette besteht. Der Page hat uns unterbrochen, aber irgendwie verläuft das hier alles gar nicht so, wie ich es erwartet habe. Warum vögeln wir nicht längst? Jetzt ist er wieder weg, füllt mein Wasserglas auf. Er kümmert sich wie eine Mutter um mich, das ist doch schrecklich!

Habe ich es übertrieben? Bin ich zu betrunken, um ihn verführen zu können? Toll! So habe ich mir selbst ein Bein gestellt, weil ich einmal die Sau rauslassen wollte wie ein unvernünftiger Teenie, und jetzt klemmt das Gatter und ich kann das wilde Tier nicht befreien.

Frustriert sinke ich ins Himmelbett und betrachte die fernen Sterne der Stadt.

Und dann ist dieses Gefühl der Kissen unter meinem Kopf irgendwie doch recht angenehm und alles wird allmählich sehr, sehr dunkel …

Jaden

»Und?«

»Fehlanzeige.« Genervt werfe ich die Schuhe in den größten der drei Louis-Vuitton-Koffer zurück. »Keine doppelten Böden, alle Geheimverstecke leer, nichts.«

Tiff schluchzt. »Sie muss doch irgendwo was haben!«

»Süße, es ist zwei Uhr morgens. Geh schlafen, wir finden schon noch etwas.«

»Oh, Jad …«, seufzt sie. »Es muss etwas in ihren Sachen sein! Phillip hat schon die ganze Villa auf den Kopf gestellt –«

»Er hat was?!«, rufe ich zu laut ins Telefon.

»Na ja, er hat …«

»Tiff, er weiß davon?!«

»Ich habe … ich war so … es …«

Das ist nicht ihr Scheißernst! Ich senke meine Stimme und schiele zu Olivia, ob sie wie eben noch ruhig und selig in ihrem Bett schläft. »Hast du Phillip erzählt, dass ich dir helfe?«

»Ich war …« Sie druckst herum. Tiffany hat eine wunderschöne Stimme – normalerweise. Seit einigen Tagen allerdings ist sie durchgehend zu hoch und zu schrill, da sie ständig kurz vor einem Nervenzusammenbruch steht. »Ich dachte, wenn ihr beide etwas sucht …«

»Tiff, *weiß* Phillip, dass ich heute in der Bar war?«

Sie schweigt. Das ist eine Bejahung und mein Fallstrick. Ja, Tiffany vertraut Phillip und mir gleichermaßen. Sie wird ihm davon erzählt haben, dass ich ihr helfe, so wie sie mir gerade bereitwillig erzählt hat, dass sie mit ihm gesprochen hat.

»Ich dachte, ihr seid Freunde …«, erklärt sie ausweichend und schnupft. Sie trägt mittlerweile auch im Dunkeln eine Sonnenbrille, weil ihre Augen dauergerötet sind, und so stelle ich sie mir gerade vor. Zwei Uhr morgens, die Sonnenbrille aufgesetzt, einen Scotch vor sich, den sie nicht anrührt. »Du kannst ihm doch auch helfen, wenn er sich eine Schwindlerin angelacht hat! Du weißt schon, dann musst du ihm helfen!«

»Wir wissen doch überhaupt nichts über sie!«, fahre ich sie ungehalten an und bereue es sofort. Angespannt streiche ich mir durchs Haar. »Tiff, unsere Vermutungen können völlig falsch sein. Außerdem hat Phillip Olivia *wirklich* betrogen, das ist doch ein ganz anderer Sachverhalt.«

»Sie hat das eingefädelt«, zischt Tiffany aufgelöst. »Sie will, dass Phillip sich von ihr trennt, weil Logan …«

»Wir verschieben dieses Gespräch. Geh schlafen, Honey. Du hast es bitter nötig.« Ohne eine Antwort abzuwarten, lege ich auf. Dass Phillip nun weiß, dass ich mich in dem Zimmer seiner Ehefrau befinde, könnte für mich echte Schwierigkeiten bedeuten. Dieser Mann ist chronisch eifersüchtig und er liebt seine dämliche Olivia wirklich. Daran besteht so gut wie kein Zweifel, auch wenn er sich vorgestern von Harriet verführen ließ. Das war dieser typische Moment, in dem ein Mann in die verbotene Frucht beißen *muss*, weil sie ihm so lange verwehrt geblieben ist. Schon tausendmal auf der Gegenseite im Gerichtssaal gehabt. Unbedeutend, nicht wichtig. Die Männer lieben ihre Frauen, selbst wenn sie sich entsagen, kompliziert werden, Forderungen stellen und, und, und. Doch wenn ihnen eine alte Jugendliebe begegnet oder das Pornohäschen, dem sie fünf Jahre im Internet zugesehen haben, müssen sie kosten. Meistens, um herauszufinden, dass es vollkommen unnötig war. So erging es Phillip.

Darauf verwette ich einen Großteil meines Arschs.

Und weil er sie aufrichtig liebt und auf jeden Fall zurückhaben will, ist es nicht von Vorteil, dass ausgerechnet *ich* in ihren Sachen wühle. Vermutlich ist er längst unterwegs ins Bal Harbour, entweder um mir die Fresse zu polieren, sollte er jemals herausfinden, dass ich Olivia auch nur *angefasst* habe, geschweige denn mich küssen ließ, oder aber, um sie anzuflehen, zu ihm zurückzukehren.

So oder so habe ich nicht mehr viel Zeit. Eilig verschließe ich den Koffer und stelle ihn zurück. Ich sehe mich um und überprüfe, ob ich Spuren hinterlassen habe, lösche das Licht im Bad und schleiche mich durch die Dunkelheit zurück zur Zimmertür.

Dann höre ich es.

Ein Wimmern.

Auch das noch!

»Mason?«

Ich habe den Türknauf schon in meiner Hand.

»Mason?« Olivia murmelt im Traum. Ein Albtraum. »Mason! Nein!«

Fuck off! Ich lasse den dusseligen Türknauf wieder los und gehe zurück ins Zimmer. Olivia wälzt sich im Bett hin und her.

»Mason! Ich … Mason, hier! Nimm meine Hand! Geh nicht zu ihr!« Olivias Gesicht ist feucht.

Ich zögere. Das hier ist eine meiner schlechteren Ideen. So wie sie daliegt und sich quält, bekomme ich Mitleid, und das kann ich am allerwenigsten gebrauchen. Aber ich bin kein Sadist, also drücke ich den Lichtschalter, beuge mich zu ihr vor und rüttle sanft an ihrem Arm.

Sie windet sich und ich packe fester zu. Anstatt allerdings aufzuwachen, greift sie alkoholbedingt nach meiner Hand und zieht mich bestimmend zu sich heran. Sie murmelt und seufzt und ihr plötzlich entspanntes Gesicht ist mädchenhaft, geradezu unschuldig.

Und das ganz ohne Absicht.

Bevor ich mich von ihr lösen kann – denn schließlich ist ihr Albtraum vorbei –, öffnet sie die Augen. Braun und klar starren sie mich an. Interessiert, vorwurfsvoll, überrascht – eine Mischung aus allem.

»Wer bist du?«

»Wer ist Mason?«, frage ich sofort.

Sie betrachtet mich für eine Weile schweigend. »Warum bist du noch hier?«

Ich verdrehe die Augen. »Wer ist Mason?«

»Mein Hund.« Sie lässt mich los, als ob sie sich verbrannt hätte, und legt ihre Hände unter ihre Decke, als würde sie sich mit einem Mal vor mir schämen. Ihr Alkoholpegel dürfte ihr noch immer zu schaffen machen, obwohl ich ihr einige Gläser Wasser aufgezwungen habe.

»Dein Hund«, wiederhole ich spöttisch.

Sie nickt stoisch. Eine Lüge.

Was ich dann tue, gleicht reinem Automatismus. Da ich eh schon über sie gebeugt dastehe, lasse ich meinen Kopf sinken und drücke ihr einen Kuss auf die Lippen.

Überrumpelt lässt sie es zu.

Ich greife an ihr Kinn und ziehe es leicht nach unten,

um mit meiner Zunge zwischen ihre Zähne gleiten zu können. Sie schmeckt nach Wokda pur. Ich könnte genauso gut einen Shot trinken. Aber egal. Als ihr Atem sich beschleunigt und ihr Körper sich unter der leichten Sommerdecke, die ich ihr vorhin übergeworfen habe, windet, lasse ich von ihr ab.

»Wer ist Mason?«, frage ich ebenso ruhig wie zuvor.

»Sag ich nicht.«

»Also ist er nicht dein Hund«, bringe ich schmunzelnd zusammen. Mason ist mein nächster Anhaltspunkt, sollte ich auf die abstruse Idee kommen, dieses Detektivspiel noch weiter zu betreiben. Jedenfalls ist diese Information nützlicher als das Wissen über die verschiedenen Farben ihrer Schuhe.

Sie presst die Lippen böse aufeinander und sieht anklagend zu mir hoch. Doch anstatt in meine Augen schaut sie auf meine Brauen. Olivia Bloom wird sich an nichts aus dieser Nacht klar erinnern.

»Warum hast du mich nicht gevögelt?«

Nun, das scheint sie zu wissen. – Noch. »Haben wir doch.« Ich grinse breiter und richte mich endgültig auf. »Du hast deine Pussy an meinem Arsch gerieben und das ganze Hotel zusammengestöhnt, erinnerst du dich nicht?«

Ihre Miene entgleitet ihr. »Wirklich?«

»Du erinnerst dich nicht?«

Sie schüttelt den Kopf und zieht ihre Decke fast unmerklich höher. Sie wird meine Lüge entlarven, sobald sie feststellt, dass sie noch ihren Slip trägt. Oder aber sie wird sich irgendetwas zusammenreimen, und das ist mir ebenso recht.

»Ich werde jetzt gehen«, entscheide ich und lösche das Licht wieder. »Schlaf dich aus.«

»Bleibst du nicht die Nacht?«

»Du hast ein Einzelzimmer.«

»Das Bett reicht für zwei.«

»Vielleicht solltest du dir wirklich einen Hund anschaffen, wenn es für dich so schwierig ist, allein zu sein.«

»Kaufst du mir einen?« Ich sehe im schwachen Licht, wie sich ihre Lippen zu einem Lächeln weiten.

»Ich hasse Tiere.« Mit diesen Worten gehe ich zurück zur Tür. *Mason.* Bestimmt wird er mit allem zusammenhängen – oder aber, von was auch immer sie geträumt hat, erklärt ihr Verhalten.

»Ich glaube, du hasst vor allem Menschen«, seufzt Olivia zum Abschied und dreht sich zurück ins Bett.

Sie ist schon eingeschlafen, noch bevor ich die Tür erreiche, aber ihre Worte lassen mich auch beim Durchschreiten der Lobby nicht los. Die Kleine wird ganz schön philosophisch, wenn sie gesoffen hat. Und ich muss aufpassen, dass ich nicht auf die Idee komme, genau das könne mir gefallen.

Olivia

»Ich glaube, hier war gestern so ein Typ.« Ich halte mir stöhnend die Stirn. »Aber ich erinnere mich nicht.«

»Schatz, das ist so typisch für dich.«

Er hat keine Ahnung. »Was heißt hier typisch?«, fluche ich laut ins Telefon. »Ich habe mich anderthalb Jahre nicht betrunken, okay? Daran ist gar nichts typisch. Mir geht es abscheulich, Mason …«

»Fragst du auch mal, wie es mir geht?«, näselt er. *Endlich erreiche ich ihn!* Wie es ihm geht? Vermutlich liegt er mit einer Flasche Bacardi am Strand und beobachtet die Wellen. Er wird in seinem Urlaub gar nicht erst nüchtern genug, um einen Kater bekommen zu können. Er hat mir definitiv etwas voraus, aber vielleicht sollte ich auch froh sein, dass mein Körper noch so abstoßend auf Alkohol und Zigaretten reagiert. *Und auf irgendwelche fremden Männer …*

»Ich glaube, ich habe mit ihm geschlafen!«, heule ich

auf. Es ist natürlich nicht so klug, solche Intimitäten auf dem Balkon zu verkünden, aber mir bleibt keine Wahl. Ich kann mich kaum aus meinem Stuhl schälen, so elend ist mir.

»Nein, ernsthaft?«, fragt Mason ironisch. »Ich hab die ganze Zeit überlegt, was ihr wohl getan habt.«

»Ich habe ihn geküsst oder schlimmer noch … Er … Auf jeden Fall kann ich mich kaum erinnern!« Da war kein Sex. Das wüsste ich doch! Kein benutztes Kondom, keine Gerüche, alles sauber. *Da war nichts.* Bis auf diesen einen Kuss. Als er sich über mich beugte. Ein Schatten, nichts weiter, eine blasse Erinnerung, aber seinen Kuss werde ich nie vergessen.

»An *was* erinnerst du dich denn, Olive?«

Ich schildere Mason einen groben Abriss des gestrigen Abends, ohne dabei Namen zu verwenden oder allzu indiskret zu werden. Mason versteht auch so, was ich meine, und keiner, der mich möglicherweise belauscht, könnte sich einen Reim darauf machen. Besser so. Ich bin nicht gerade paranoid, aber man muss eben *sehr* vorsichtig sein, wenn man sich in die Gefilde von Männern begibt, die das Gehalt eines Privatdetektivs nicht einmal im Portemonnaie spüren und auf die Idee kommen könnten, einem hinterherzuspionieren.

»Hast du wenigstens einen Namen von Mr. Hottie?«, fragt Mason nach meinem Monolog.

Ich versuche mich angestrengt zu erinnern, aber da ist nichts. »Nein«, verkünde ich enttäuscht.

»Oh, Schatz.«

»Es war eben nur ein Ausrutscher!«

»Aus dem nichts geworden ist«, seufzt Mason mitleidsvoll. »Da hast du mal eine Nacht frei und dann das.«

Ich fasse mir vor Schmerz an die Stirn. Er hat recht.

Obwohl ich es wollte, ist nichts gelaufen. Wer also war dieser Mann? Was wollte er in meinem Zimmer? »Vielleicht ist er auch verheiratet, hat Kinder und war einfach nur nett, als er mich ins Hotel gebracht hat.«

»Ja, oder aber er war schwul. Du solltest ihn mir vorstellen.«

Ich strecke Mason die Zunge heraus, auch wenn er es natürlich weder sieht noch mitbekommt. Wenn Mr. Unbekannt wirklich vergeben gewesen wäre, hätte er mich nicht geküsst. Aber wieso hat er mich geküsst und ist einfach so verschwunden …?

Einen Tag und zehn Entschuldigungsmails von Phillip später fahre ich mit meinem Cabrio zum Shoppen in den Design District. Ich brauche für morgen Nachmittag ein passendes Outfit, irgendetwas, das zu einer Bootstour passt und doch geschlossen ist – schließlich bin ich eine trauernde Ehefrau, die sich ihrer Reize nicht mehr allzu sicher ist.

Gedankenverloren streife ich durch die Gänge der exklusiven Boutique und denke über meine nächsten Schritte nach. Solange Tiffany bei Logan wohnt, kann ich das Gästehaus nicht beziehen und müsste weiter im Bal Harbour wohnen bleiben. Vielleicht kann ich darauf hoffen, dass Elouise oder Cathryn mich zu sich einladen, aber … sie denken womöglich, mir gefiele es im Hotel, und werden es mir nicht von sich aus vorschlagen.

Aus lauter Frust, dass mir keines der Oberteile zusagt, bediene ich mich bei den Kopftüchern und suche mir zwei farbenfrohe heraus. Ich liebe es, meine langen, dunkelbraunen Haare in einem Tuch vor Gegenwind zu schützen, und finde, es verleiht mir erst recht den Look einer selbstbewussten, reifen Frau, die sich sehr gerne älterer Werte – wie zum Beispiel einer Heirat – bedient.

An der Kasse krame ich meine Kreditkarte hervor und muss feststellen, dass sie nicht am selben Platz ist wie sonst. Hat dieser Typ gestern für mich bezahlt …? Ja, er muss mich eingecheckt haben. Dann weiß er also meine Kontodaten und meinen Namen?

Ein neuer Schreck durchfährt mich. Vielleicht war er nur ein Dieb!

Aber dann hätte er doch das Cabrio mitgenommen … oder nicht?

»Diese Farben stehen Ihnen wirklich gut«, schmeichelt mir die Verkäuferin, als sie das dunkelrot-pink gemusterte Tuch zusammenfaltet und in eine Tragetasche packt. »Ich liebe auch Ihre Sonnenbrille. Sie haben wirklich Geschmack.«

»Danke«, erwidere ich zuckersüß, wobei ich ihr nichts von ihrer Oberflächlichkeit abnehme. Wenn *ich* eine Boutiqueverkäuferin in der 39. Straße wäre, würde ich auch so einen Mist von mir geben, ganz egal, ob mir irgendetwas am Äußeren des Kunden gefällt oder nicht. »Sie aber auch. Ich mag Ihre Ohrringe.« Im Gegensatz dazu bin ich immer ehrlich. Ihre Ohrringe haben einen kleinen Stein am Ohrläppchen und laufen dann in einer geschwungenen Linie nach unten aus. Hübsch.

Die Verkäuferin lächelt irritiert und greift sich ans Ohr. »Ach, meinen Sie …?«

»Olivia?!«

Ich schrecke zusammen. Hups! Damit habe ich nicht gerechnet, oder ich habe nicht damit rechnen wollen. Dabei ist meine Recherche, was diese Frau betrifft, doch wasserdicht, und ich hätte wissen müssen, dass sie an diesem wie an jedem anderen Freitag einen Ausflug in den Design District macht, um die Milliarden ihres Mannes in nutzlose Konsumgüter umzutauschen. »Tiffany!«

Sie schluchzt demonstrativ auf, bevor sie sich mir nähert. Sie ist trotz der Hitze in schwarze Trauerfarben gekleidet, ihr blusenartiges Gewand reicht bis zu den Knien und auf ihrem zierlichen Kopf thront ein schwarzer Hut, der so ihre blonde, üppige Dauerwelle im Zaum hält – Extensions. Sie war einmal wunderschön, bevor sie sich die Nase hat operieren lassen – okay, ich gebe es zu, ich bin neidisch, selbst diese OP hat ihrem Äußeren nicht geschadet. Sie ist ein paar Jahre älter als ich, um genau zu sein, sieben Jahre, und doch ertappe ich mich immer wieder dabei, wie ich sie beneide. Jedenfalls, bevor ich wusste, dass auch sie so leicht von ihrem schimmernden Pfad der Tugend abzubringen ist wie die meisten anderen Menschen.

»Wie schön, dich zu treffen!«, rufe ich fröhlich, stecke meine Kreditkarte zurück und greife blind nach der Tüte. Tiffany kommt mir durch die offene Glastür entgegen, sie war kurz davor, mit leeren Händen den Laden zu verlassen. »Sind wir gerade die ganze Zeit blind aneinander vorbeigelaufen?«, frage ich sie freundlich. Bei dieser Frau fällt mir der Smalltalk immer schwer. Besonders dann, wenn man so gerne so viele andere Fragen stellen würde. *Liebe Tiffany, wieso betrügst du deinen Mann? Liebe Tiffany, wärst du mir sehr böse, wenn ich das ausnutze? Stimmt es, was Logan sagt, du hättest einen der besten Anwälte genommen, um ihn vor Gericht auszupressen? Tiffy, sind wir uns am Ende doch so viel ähnlicher, als ich es wahrhaben will?* Seufz. All diese schönen, interessanten Fragen verklingen in meinem Kopf, während sie verklemmt zurücklächelt.

Sagte ich eigentlich schon, dass diese Frau mich hasst?

Daher rührt meine Antipathie für sie. Sie hasst mich. Aber anstatt offen darüber zu reden, tut sie scheinheilig nach außen hin so, als wären wir gute Barbecue-Bekannte, die mehr gemeinsam haben als die befreundeten Männer. »Ich glaube schon.« Sie nimmt ihre Brille ab und zeigt mir demonstrativ ihre geröteten Augen. »Ich habe dich jedenfalls nicht bemerkt. Hast du etwas Nettes gefunden?«

Wie ein Geier starrt sie auf meine Tüte. Vermutet sie etwa, dass ich nur hier war, um mir etwas für morgen auszusuchen? Ach nein, das ist Quatsch. »Nur ein paar Kopftücher. Bist du ganz alleine hier?«

»Ich habe die Kinder gerade zum Tennis gebracht«, erklärt sie stolz.

Nicht *ihre* Kinder selbstverständlich. Ich dränge mich in keine Beziehung, bei der Kinder leiden müssten. Logan und Tiffany sind kinderlos, und Tiffany kümmert sich daher in den Sommerferien um die drei Kinder ihrer Schwester und tut nach außen gerne so, als wäre sie die – viel bessere – Mutter. Ich weiß, warum Tiffanys Schwester damit kein Problem hat: So hat sie ohne viel Aufwand Ruhe vor den drei Teenies, die besonders in den Ferien versuchen, zu jeder Tageszeit die Sau rauszulassen. Mit der ältesten Tochter – sie ist fünfzehn – habe ich mich vorletzte Woche auf einer Party unterhalten – sie war betrunkener als ich vorgestern. Aber Hauptsache Tennis!

»Oh, und was plant ihr für den Nachmittag?«, frage ich fröhlich und gehe schwungvoll an ihr vorbei nach draußen. Sie folgt mir, begutachtet mich mit anklagenden, blutunterlaufenen Augen und führt den Smalltalk fort. Ich weiß noch nicht, wieso sie sich nach ihrem Seitensprung als Opfer hinstellt. Sie hat genau denselben Fehler begangen wie Phillip. Wieso steht sie nicht dazu? Wieso trägt sie ihre Trauer noch offener zutage als ich?

Mir gefällt das nicht und ich gefalle ihr – wie immer – nicht.

Nach einem gezwungenen Gespräch können wir uns am Parkplatz endlich trennen. Ich werfe meine Tüte durch das offene Verdeck ins Auto, setze meine Sonnenbrille auf und mich hinters Steuer. Ich musste heute Morgen schon daran denken, dass ich es – betrunken – zugelassen habe, dass ein völlig Fremder mein Baby fährt. Wieso hat er nicht sein eigenes Auto genommen? Wie ist er vom Hotel zurückgefahren? Warum hat er mir überhaupt geholfen?

Zwanzig Minuten später halte ich vor einem modernen Einfamilienhaus, dessen Adresse man mir in der Kanzlei nicht weit von Downtown genannt hat. Da mich die Empfangsdame als eine ›Freundin‹ von Tiffany erkannt hat, hat sie mich direkt zu Carters Privatadresse geschickt. Je näher ich dem Haus komme, desto kleiner wirkt es. Es ist schmal – verglichen mit den anderen Klötzen der Straße – und befindet sich auf einem großen, begrünten Grundstück, das bis zum Wasser reicht. Die kleine Insel in der Bucht zwischen Miami und Miami Beach ist ausschließlich mit Villen bebaut, die eine prunkig, die andere schlicht, eine extravagant, eine modern, aber dieses Haus hebt sich deutlich von seinen Nachbarn ab. Die Holzfront ist weiß gestrichen, die Rahmen der bodentiefen, schmalen Fenster hellblau, außen angebrachte, farbige Jalousien schützen vor der Sonneneinstrahlung. Es sieht eher nach einem Feriendomizil als nach einem Wohnhaus aus. Und die am Steg angebundenen Boote, die ich aus dieser Entfernung nur erahnen kann, zeugen davon, dass der Bewohner den Wassersport ebenso liebt wie Logan.

Ich ziehe den Reißverschluss meines Kleides bis zum Hals zu, rücke meinen Kragen zurecht und öffne das Gartentor. Bisher wurde ich vor Gericht von Frauen vertreten, das hier wird eine neue Erfahrung. Und eigentlich habe ich keine Ahnung, was mich erwartet. Ich nehme die drei schlichten Steinstufen zur Haustür hoch und will gerade die Hand zur Klingel bewegen, als ich eine Bewegung hinter dem Glas der Tür bemerke. Ein näher kommender Schatten, eine Reflexion im Spiegel, dann plötzlich zwei Körper und ein dumpfes Geräusch, das bis zu mir nach draußen dringt.

Ein Mann und eine Frau. Sie lacht gedämpft. Erst nach einer weiteren Sekunde wird mir klar, was ich da sehe. So schnell ich kann, trete ich zurück und stelle mich mit dem Rücken gegen die vertäfelte Seite der Haustür. Mein Herz klopft mir bis in die Ohren und meine Finger werden leicht schwitzig. Wieso eigentlich? Es ist wirklich nicht das erste Mal, dass ich jemanden bei einem Quickie erwische, und doch fühlt es sich so an. Vielleicht, weil ich erwartet habe, dass ein Scheidungsanwalt, der für die weibliche Seite seinem Ruf nach so viel wie möglich herausholt, alt, grau und eher der Typ gutmütiger Opa ist. Der gutmütige Onkel dritten Grades von Logan, etwas in der Art. Auf jeden Fall ging ich befremdlicherweise nicht davon aus, dass er überhaupt noch Sex hat – vielleicht war das auch mein Wunschdenken, denn mit einem alten Daddy an der Seite ist ein Gerichtssaal gleich ein wenig heimelig. Fehlanzeige.

Der Typ ist keine vierzig und kurz davor, seine Freundin-Klientin-Reinigungskraft-was-auch-immer zu vögeln. Neugierig linse ich ganz leicht durch den Glasausschnitt in den Flur.

Sie sitzt mit blankem Hintern auf der weiß getünchten Kommode im Flur und reißt dem Mann vor sich den Gürtel auf. Er packt sie dominant, legt ihre Beine um seine Hüfte und stößt sich ohne weiteres Vorspiel in sie vor.

Kein Kuss, keine Romantik, einfach nur schneller, harter Sex. Ein Quickie. Der Quickie, auf den ich gestern Nacht gewartet habe! Wie lange habe ich darauf verzichten müssen ... Ehemänner vögeln selten ihre Ehefrauen auf diese Art. Nein, für so etwas haben sie ja ihre leichten Mädchen. Und auch wenn es mir lieber ist, dass sie sich den meisten Sex woanders holen, vermisse ich es doch, von einem Mann wie diesem verführt zu werden.

Verstohlen beobachte ich die Szene und kann mich nicht davon lösen.

Sein Gesicht ist mir abgewandt, ihres kann ich jedoch sehen. Sie ist dunkelhaarig und trägt eine strenge Frisur, die sich allmählich löst. Ihre Lippen sind dunkel umrandet und ihr Rouge ist zu kräftig. Ganz eindeutig ist sie diejenige, die nicht genug von ihm bekommen kann. Sie krallt sich in seinen Rücken, presst sich an ihn, genießt die schnellen Bewegungen, doch –

Dann sieht sie mich und schreit vor Schreck auf.

Mist! Ich zucke zurück und verberge mich abermals hinter der Haustür, aber sie hat mich gesehen und es ist zu spät. *Es war noch nie eine gute Idee, den Anwalt, der einen vertreten soll, beim Sex zu stören.* Ob ich einfach wieder gehen soll? Vielleicht würden sie gar nicht nachschauen, wer hier steht, und einfach weitermachen. Oder aber ich tue so, als hätte ich nichts gesehen und klingle ganz normal. Ja, warum nicht?

Ein letzter, schweifender Blick über die Einfahrt, mein Cabrio und den dunklen Mustang in der Einfahrt, dann setze ich ein zuversichtliches Lächeln auf, drehe mich um und strecke den Finger nach der Klingel aus. Im selben Moment wird die Tür geöffnet.

Und als ich erkenne, welcher Mann vor mir steht und ohne Scham seinen Gürtel schließt, rutscht mir das Herz sprichwörtlich Richtung Mageninnendecke.

Shit! Das kann nur ein Traum sein.

Es ist eine ganze Minute verstrichen, in der wir uns nur angestarrt haben. Trotz Sonnenbrille habe ich das Gefühl, als würde er mich röntgen. Es ist absolut unmöglich, dass dieser Typ vorgestern in meinem Zimmer war. Was für ein Zufall soll das sein? Aber wieso sollte J. Carter, ein Freund von Logan, mir in der Bar auflauern, um mich abzuschleppen? Das macht keinen Sinn. Vielleicht macht es auch Sinn. Ich fühle mich wie ein Puzzle, das auseinandergebrochen ist und sich nicht wieder zusammenfügen lässt.

»Jad? Treffen wir uns heute Abend zum Dinner?«

Jad? So wie J.? Damit ist es bewiesen. Der Mann vor mir ist J. Carter und der Anwalt, den ich suche. Mist.

Die Frau, die sich eben noch vögeln ließ, schlüpft auf ziemlich akrobatische Weise in ihre Pumps und greift nach ihrer Saint-Laurent-Handtasche auf dem Boden.

Carter lässt mich nicht aus den Augen, während er die Tür für sie öffnet und ihr antwortet. »Achtzehn Uhr, ich rufe dich an, Caroline.«

»Ja, das will ich hoffen«, erwidert Caroline wenig charmant, richtet sich auf und streicht ihre derangierte Frisur glatt. Sie ist eine kleine Sexbombe und so, wie sie aussieht, eher eine von Carters Kolleginnen als seine Putzhilfe. Sie trägt eine enge, weiße Bluse und einen noch engeren Rock, dazu weiße Schuhe. Die Markennamen an ihrer Kleidung sind nicht sichtbar, weswegen ich nur erraten kann, dass jedes ihrer Kleidungsstücke die Monatsmiete eines Studentenzimmers wert ist.

Caroline geht an Carter vorbei, nickt mir wenig begeistert zu und klackert die kleine Treppe hinunter in den

Vorgarten. Sie stolziert zum Mustang, ohne sich noch einmal umzudrehen. *Wo ist Carters Auto?*

»Ich denke, ich muss mich bei dir bedanken.«

Ich sehe auf. Carter lächelt entwaffnend. Scheiße! Er ist es. Er ist dieser Mann, der mir einen Drink ausgegeben, mich ins Hotel gefahren und mich geküsst hat – und vielleicht auch noch mehr, an das ich mich nicht erinnere. *Und den will ich nun als Anwalt?*

»Bedanken? Inwiefern?«, antworte ich mit klarer Stimme. Wenn ich einfach so tue, als würde ich mich nicht erinnern, stünde uns nichts im Weg. Nach meiner zweistündigen Google-Recherche weiß ich, dass er der Mann ist, den ich brauche, damit Phillip mich nach nur einem Jahr Ehe nicht mit ein paar Kröten abspeist.

»Ich habe Caroline gevögelt und wurde dankenswerterweise unterbrochen. Wer hätte gedacht, dass es jemals so weit mit mir kommt?« Er tritt zurück und bittet mich mit einer fließenden Armbewegung hinein. »Du hast mich also gefunden.« Seine Augen strahlen und in seiner Mimik findet sich eine leichte Neugierde.

Ich räuspere mich. Gefunden? Nun ja … »Ich wollte zu J. Carter.«

Augenblicklich gefriert sein Lächeln. »Und wieso?«

Wir bleiben im Hausflur stehen. Der Boden besteht aus Holz, die Wände sind weiß vertäfelt. Gleich am Anfang des schmalen Flures geht eine Tür zu einem Raum ab, in dem sich Aktenschränke und ein großer Schreibtisch befinden. Die Tür ist nur angelehnt. Eine Holztreppe führt nach oben.

»Sind Sie Mr. Carter?« Etwas an seinem Verhalten verunsichert mich doch.

Seine Augen werden kühler. »Was wollen Sie von mir? Hat Ihnen die Nacht vorgestern nicht gereicht?«

Oh Gott! Stark bleiben. »Daran erinnere ich mich nicht«, lüge ich kühl.

»An gar nichts?«, fragt er raunend und tritt näher. Sein männlicher Geruch nimmt mich gefangen, und ich habe Schwierigkeiten damit, die Konzentration aufzubringen, die ich brauche. Er riecht leicht nach teurem Aftershave und Meer. War er heute Morgen schon schwimmen? »Nun, wenn Sie hier sind, um die Nacht zu wiederholen –«

»Ich brauche einen Anwalt!«, gehe ich schnell dazwischen. Es könnte mir passieren, dass ich schwach werde. Dafür sieht er mit seinem marineblauen Sweatshirt, dem leichten Bartschatten und den verführerisch leuchtenden Augen einfach zu sehr nach einem Mann aus, den ich selbst Logan vorziehen würde. *Und das geht nicht.*

»Einen Anwalt«, wiederholt er emotionslos.

»Einen Scheidungsanwalt«, ergänze ich und nehme unmerklich etwas Abstand. Erst jetzt setze ich meine Sonnenbrille ab, und der Blick, der mich aus seinen grünen Augen trifft, lässt mich beinahe zurückschrecken. *Hätte ich sie doch nur aufgelassen!*

In seiner Miene steht unverhohlener Spott, wenn nicht gar Hass. Ich habe das Gefühl, als würde er eine Kakerlake betrachten und keine Hemmungen besitzen, sie notfalls auf dem Boden zu zertreten.

»Wer hat Ihnen meine Privatadresse gegeben?«, fragt Carter abweisend.

Es fällt mir unheimlich schwer, seinem Blick standzuhalten. »Ihre Sekretärin in der Kanzlei.«

Seine Lippen werden schmal. »Warum sollte sie so etwas tun?«

»Ich bin eine Freundin von Tiffany Westham.«

Er stutzt. »Was?«

»Sie hat mich erkannt … und mir helfen wollen.« Ich

recke stolz mein Kinn. Auch wenn meine Instinkte mich anschreien zu gehen, bleibe ich. Anwälte wollen Geld, alle. An einem Prozess mit Phillip würde Carter viel verdienen, und wenn er ihn gewinnt, ich mit ihm. Da sogar Logan ihm vertraut, werde ich es auch tun. Ganz egal, was vor zwei Nächten gewesen ist. So einem Fauxpas darf nicht mehr Bedeutung beigemessen werden, als er hat. »Ihr Ruf eilt Ihnen voraus, und ich kenne so gut wie keine Kanzlei hier in Miami. Ich wäre froh, wenn Sie mich vertreten.«

Carter schnaubt spöttisch. »Bei was? Bei der Auseinandersetzung Ihrer Ehe? Deswegen sind Sie hier? Damit ich Ihren Mann auspressen kann, darum geht es Ihnen?« Er verschränkt locker die trainierten Arme vor der Brust und bedenkt mich mit einem abfälligen Lächeln.

Ich straffe die Schultern. »Exakt.«

Er lacht wieder, dreht sich mit einem Mal um und geht tiefer in den Flur. Vor einer zweiten, weißen Tür hält er inne, öffnet sie und geht hinein. Da er die Tür offen lässt, ist das vermutlich eine Einladung an mich, ihm zu folgen.

Dieser Raum ist eindeutig sein privates Büro. Die Schränke an den Wänden sind aus glänzendem, weißen Holz, die Fenster hinter seinem Schreibtisch verstrebt und bodentief. Sie zeigen zu dem Garten der Nachbarn hinaus und bieten einen Ausblick auf die Bucht und das Wasser. Carter geht schwungvoll um den edlen Schreibtisch herum, der bis auf ein schmales Schubfachelement nur aus einer Arbeitsplatte besteht, und setzt sich in den hochlehnigen Drehstuhl dahinter. Er greift nach einem Notizzettel und sucht einen Stift. Obwohl er mich nicht auffordert, setze ich mich zögernd auf einen der zwei Besucherstühle und sehe mich weiter in dem Raum um. Es gibt keine Familienfotos oder sonstige Dekoration. Der einzige Gegenstand, der nicht so aussieht, als wäre er aus einem Katalog, ist der etwa faustgroße, kugelartige Briefbeschwerer auf seinem Schreibtisch, den ein Kind geformt und bemalt haben muss.

Noch immer kramt Carter in seinen Schubladen. Was auch immer er sucht, die Ordnung um ihn herum scheint ihn zu verwirren.

»Suchen Sie einen Stift?« Ich zücke meinen eigenen aus meiner Handtasche und halte ihn ihm hin.

Carter sieht auf und betrachtet mich ohne jedes Lächeln. Für eine Sekunde überlegt er, dann schlägt er sein Schubfach zu und nimmt mir den Kugelschreiber aus der Hand.

»Sie scheinen sich nicht besonders gut in Ihrem Büro auszukennen, oder?«

Er schweigt und kritzelt etwas auf den kleinen Notizblock vor sich. Hochkonzentriert, als wäre ich nicht hier.

»Ich finde Ihre Aussicht aus dem Fenster traumhaft.« Klare Anspielung darauf, dass ich gerne öfter hierherkommen würde.

»So?«, fragt er desinteressiert und hält mir den Zettel nebst Kugelschreiber hin, den ich ihm abnehme. »Reicht Ihnen der Blick über die Stadt nicht, war es das?«

»War es was?«, erwidere ich unschuldig. Kann es sein, dass er auf etwas anspielt? Phillips Villa liegt am Stadtrand auf einer künstlichen Anhöhe. Man hat von der Terrasse aus zwar einen grandiosen Blick über Downtown, aber das Meer ist nicht viel mehr als ein blauer Streifen am Horizont. Woher kennt er Phillip so gut? Hat Phillip ihn etwa auf mich angesetzt? Das ist unlogisch. Nein, das muss alles ein Zufall sein. »Sie meinen das Hotel?«

Carters Mundwinkel zuckt und wieder ist da diese Kälte in seinen Augen. »Jaa«, sagt er gedehnt, »selbstverständlich meine ich das Hotel. Was sonst?«

»Können wir das nicht einfach vergessen?«, schlage ich vor und lasse meine Stimme besonders sorglos klingen.

»Ich war betrunken, Sie haben das ausgenutzt, ich kann mich nicht erinnern … Es sollte unserer Zusammenarbeit nicht im Weg stehen.«

»Ich übernehme das Mandat nicht.« Er lehnt sich zurück und faltet die Hände. Zum ersten Mal an diesem Vormittag wirkt er auf mich wie der Anwalt, den ich finden wollte. Unnahbar und berechnend. Er nickt auf den Zettel in meiner Hand, und ich überfliege, was darauf steht.

C. Shephard
Fachanwalt für Familienrecht
786-625-83746

»Ich möchte Sie!«, halte ich stur an meinem Plan fest und lege den Zettel zurück auf die Tischplatte.

»Ich habe keine Zeit.«

»Ich bin eine einfache Klientin, Sie brauchen nicht viel Ihrer Zeit.«

»Sie haben absolut keine Ahnung, wie viel Zeit ich brauche und wie viel ich für Sie aufbringen müsste.«

»Dann warte ich, bis Sie wieder welche haben.«

Carter lacht auf. »Sie sind ausgesprochen hartnäckig.«

»Sie wurden mir von jemandem empfohlen, dem ich vertraue. Sie und nicht irgendein C. Shephard.«

»Und ich empfehle Ihnen jemanden weiter. Seien Sie froh, dass ich überhaupt eine Sekunde meiner Zeit für Sie opfere. Wenn Sie dann gehen –«

»Hören Sie, ich wurde von meinem Mann betrogen. Ich kenne hier niemanden. Diese Stadt ist mir fremd. Es tut mir schrecklich leid, dass wir uns vor zwei Tagen schon einmal begegnet sind, aber ich bin Ihnen auch wirklich dankbar, dass Sie mich ins Hotel gebracht haben. Ich habe einfach zu viel Gutes über Sie und Ihre Kanzlei gehört, ich weiß, ich werde mich nur bei Ihnen wohlfühlen. Sie kennen doch Phillip Raines? Er ist sehr bekannt und wohlhabend, und er hat mich betrogen. Ohne einen guten Anwalt bin ich verloren.« Jaden Carter ist genau die Mischung aus Arsch und Anwalt, die ich brauche. Das spüre ich, das sieht man doch! Er wird Phillip ordentlich einheizen, sollte dieser auf die Idee kommen, mich austricksen zu wollen.

Carter betrachtet mich schweigend. Sein Blick ist derart dunkel und ernst, dass ich nervös auf meinem Stuhl herumrutschen möchte. Himmel! Das ist mein Mann! Ich müsste ihn nur dazu bewegen, auf *meiner* Seite zu kämpfen.

Ich lächle ihn zuversichtlich an, doch seine Miene rührt sich nicht. Als wäre sie in Granit gemeißelt, verändert sich nichts an seinem Gesichtsausdruck, während seine Hände zu seinem Hosenbund wandern und er die Finger um seine Gürtelschnalle legt.

»Wir machen einen Deal.« Seine Stimme hat jeden freundlichen Klang verloren. Sie ist rauchig und ernst und – ja – auch ein wenig sexy.

»Was für einen?« Deals sind meine Spezialität.

Carter öffnet seine Gürtelschnalle, und ich bin mir im ersten Moment nicht sicher, ob er das mit Absicht tut. »Sie blasen mir einen, dann vertrete ich Sie.«

Ich falle aus allen Wolken. »Wie bitte?«

Seine Mundwinkel verziehen sich zu einem bitteren Lächeln. »Kommen Sie, Olivia, ich weiß, dass für eine wie Sie ein kleiner Blowjob auf dem Weg zum Ziel bedeutungslos ist. Und ich könnte einen gebrauchen. Eine Win-win-Situation, oder nicht?«

Ich starre ihn an.

»Ja, der offene Mund gefällt mir schon mal.« Sein Lächeln wird breiter, seine Augen werden dunkler. Er zieht den Reißverschluss nach unten und greift sich in die Hose.

Doch bevor er dazu kommt, seinen Schwanz hervorzuholen, springe ich auf, stoße den Besucherstuhl dabei zurück und stürme aus seinem Büro.

So ein Arschloch! Ich weiß nicht, wann ich das letzte Mal so gedemütigt wurde.

Vor allem deshalb, weil er zu wissen scheint, wer ich bin. Weil es nicht ganz unwahr ist, was er gesagt hat. Und das erzeugt nicht nur grenzenlose Scham in mir – es macht mir Angst.

Jaden

Ich sagte ja schon, dass sie eine kleine Fotze ist. Und jetzt bin ich sie hoffentlich für immer los. Wie schlecht sind ihre Recherchen, wenn sie *mich* bittet, ihre Interessen bei der Scheidung *von Phillip* zu übernehmen?

Diese Frau hat sie nicht mehr alle.

Frustriert widme ich mich den Akten zu meinem letzten Fall, die Caroline heute Abend in ausgedünnter Form benötigt. Ich habe nicht gelogen, als ich Olivia sagte, dass ich ihr danken muss, dass sie uns unterbrochen hat. Was ist los mit mir, dass ich sogar mit einer wie Caroline …?

Ich schicke meiner Assistentin eine Nachricht, lege die Akten zusammen und ziehe mich noch in meinem Büro aus. Ich brauche Abkühlung, Miami tut mir nicht gut.

Zwei Minuten später springe ich in meinen Boxershorts in den Pool und ziehe eine Bahn nach der anderen.

Für dreißig Minuten denke ich an nichts. Da ist nur Wasser, Luft, Wasser, Luft, Sonne, Schatten. Ich habe es im

Gefühl, sobald ich vierzig Bahnen geschwommen bin, und schwimme für eine Pause langsam aus. Man erwartet mich erst um halb vier in der Kanzlei, und auch nur, um einen Kollegen mit einer Ehrung in die Sommerpause zu verabschieden. Wenn ich will, könnte ich darauf scheißen und weiter das Einzige tun, das mir in Miami wirklich gefällt: das gute Wetter genießen und den Ausblick. Ich tauche mit einem tiefen Zug zum gegenüberliegenden Beckenrand und wische mir dort das Wasser aus den Augen. Die Skyline von Miami Beach glitzert im Norden, nicht weit entfernt liegen die Bucht, meine Boote und das Meer. *Vielleicht bin ich auch zurückgekommen, um London den Rücken zu kehren und hierbleiben zu können. Nachdem ich meine alten Freunde für mich zurückgewonnen habe.*

»Sind das alles Ihre?«

Ich fahre im Wasser herum.

»Sammeln Sie alte, gammelige Boote? Die meisten davon sehen ziemlich vergilbt aus.«

Ungläubig registriere ich Olivia, die auf einer meiner Liegen unter einem Sonnenschirm sitzt und in die Ferne sieht. Sie trägt einen weißen Sonnenhut und das bunte kleidartige Etwas, das erst im Wind hier draußen seine Wirkung zeigt. Dieses verschlossene ›Gewand‹ macht sie um zwanzig Jahre älter, aber vermutlich entspricht es der momentanen Kleidungsordnung der Oberschicht. Will sie so tun, als wäre sie eine alte, langweilige Schachtel?

»Mache ich Sie sprachlos?«, fragt sie keck und schenkt mir ein ironisches Lächeln.

Gottverdammt. Das ist der Nachteil, wenn man kein Hauspersonal hat. Ungebetene Gäste schleichen sich aufs Grundstück und nerven einen zu Tode. Ich denke darüber nach, sie einfach zu ignorieren, bis sie wieder geht. Wie kann es sein, dass ihr die Demütigung vorhin noch nicht gereicht hat?

»Ich weiß, wer Sie sind.« Olivia schlägt triumphierend das eine Bein über das andere und bringt sich in Pose. Ich mache ein paar Schwimmbewegungen in ihre Richtung. Je näher ich komme, desto mehr denke ich darüber nach, ob sie unter der Seidentunika nicht höllisch schwitzt. *Es sollte mir egal sein, oder?*

»Ich bin ganz Ohr.« Ich stütze meine Unterarme auf den Beckenrand und sehe zu ihr hoch. Mein intensiver Blick scheint sie wie vorhin zu verwirren, denn sie richtet sich fast unmerklich auf. Natürlich sind ihre Augen hinter ihrer Sonnenbrille verborgen. Aber sei es drum. Ich kann auch so ziemlich gut erahnen, was in ihrem Kopf vor sich geht.

»Sie sind mit Phillip befreundet.« Sie mustert mich kühl. »Mit meinem Ehemann. Warum haben Sie mir am Mittwochabend nachgestellt?«

Ich verdrehe die Augen. *Deswegen ist sie zurückgekommen?* Ich stoße mich ohne eine Erklärung vom Beckenrand ab und tauche unter. Ich habe ein paar Möglichkeiten. Wenn sie die Demütigung von vorhin nicht ausreichend abschrecken konnte, müsste ich gegebenenfalls deutlicher werden. Oder aber ich ignoriere sie. Möglichkeit drei: Ich rufe die Polizei.

Besorgniserregenderweise interessiert es mich, warum sie noch einmal zurückgekehrt ist, daher tauche ich mit offenen Augen durch das Wasser zur Leiter und steige aus dem Pool.

Mir ist wohl bewusst, dass ich nun nicht nur klitschnass, sondern beinahe nackt vor ihr stehe, und obwohl Olivias Sonnenbrille von ihren Augenbrauen bis fast zu ihren Wangenknochen reicht, sehe ich die Errötung auf ihrer Haut. Ich muss schmunzeln. So knallhart, das Weib, aber einer wie ich bringt sie aus dem Konzept?

Ich greife nach dem Handtuch, das noch von heute

Morgen in der Sonne trocknet, und werfe es mir über die Schultern. Meine Anziehungskraft auf sie genießend gehe ich langsam auf sie zu und bohre meinen Blick in das dunkle Glas ihrer Brille.

»Sie erinnern sich ja doch.«

Sie schürzt die Lippen. »Ein wenig.«

»Ich habe Ihnen nicht nachgestellt«, erkläre ich ruhig und trete noch näher, sodass mein Körper auf ihren einen Schatten wirft.

Olivia versucht, streng und unnahbar zu wirken, aber das leichte Zittern ihrer Finger verrät sie. »Sie haben mich abgefüllt und mich in meinem Hotelzimmer …« Sie bricht ab.

»Ja, was habe ich in Ihrem Hotelzimmer getan?«, frage ich sie lächelnd.

»Sie haben meine Trunkenheit ausgenutzt«, bringt sie hervor, doch ihre Stimme ist längst nicht so scharf, wie sie es vermutlich beabsichtigt hat.

»Nein.«

»Doch, haben Sie!«

Ich beobachte interessiert, wie sich Olivias Körper ihrer Kontrolle entzieht. Das Wasser muss auf meiner Haut perlen und die klitschnassen Boxershorts kleben an meinem Schwanz. Es tut gut, zu sehen, dass ausgerechnet *ich* sie nervös machen kann. *Das könnte alles vereinfachen.*

»Sehen Sie mich nicht so an!«, verlangt sie errötend und weicht auf ihrer Liege vor mir zurück.

Ich hebe die Brauen. Es passiert mir selten, dass jemand herausfindet, worüber ich nachdenke. »Was wollen Sie hier?«

»Sie sind ein Arschloch und ein Schwein und gerade deshalb möchte ich Sie als meinen Anwalt.«

Ich schüttle ungläubig lachend den Kopf. »Das mit dem Blowjob hatten wir doch schon geklärt, oder? Da sind Sie Hals über Kopf weggelaufen. Ich werde Ihnen nicht helfen.«

»Was meinen Sie, wird Phillip dazu sagen, wenn er erfährt, dass Sie mich abgefüllt und entführt haben?«, fragt sie spitz.

»Ich habe Sie ins Hotel gebracht und dafür gesorgt, dass Sie nicht betrunken Auto fahren. Ich fürchte, er wird mir den Hals umdrehen, falls er darauf hofft, Sie tot zu sehen. Falls nicht, ist er mir wohl eher dankbar.«

»Sie haben mit mir …!«

»Ich dachte, Sie können sich nicht erinnern?«, frage ich süffisant. Gott, es macht Spaß, sie in die Ecke zu drängen. Wenn es stimmt, was Tiffany behauptet, ist Olivia selbst es gewesen, die Phillips Seitensprung eingefädelt hat. Vier Ehen, keine Ausbildung, reich wie Heu durch ihre Scheidungen. Ich habe die schlimmste Sorte Frau vor mir, die es geben könnte, und ausgerechnet so eine will, dass ich ihr Mandat übernehme.

»Vielleicht erinnere ich mich ja doch«, behauptet sie und richtet ihren Kopf nach rechts, um mich nicht mehr ansehen zu müssen. »Wenn es Ihnen egal ist, was Phillip dazu sagt, kann ich ja einfach mit ihm darüber sprechen.«

»Ja, tun Sie das. Ich bin mir sicher, das wird ein fruchtbares Gespräch. Wollten Sie das von mir? Einen Beziehungstipp?«

Ihre Lippen werden schmaler, und dann geht es mir auf.

Was für eine Verrückte! Deswegen ist sie hier? Sie will mich …? Wenn ich vorher über sie lachen musste, kann ich mich jetzt kaum noch halten. Diese Frau hat Nerven, unglaublich! Mit jeder weiteren Sekunde meines Lachens schrumpft sie mehr auf ihrer Liege zusammen, und ja, sie verdient das Gefühl der Demütigung wie keine Zweite. »Sie wollten mich erpressen?«, frage ich sicherheitshalber nach, als ich mich beruhigt habe. »Sie *mich*? Weil Sie sonst zu Phillip gehen und ihm von unserem Techtelmechtel erzählen? *Das nicht einmal stattgefunden hat?*«

»Ich bin eben verzweifelt!«, ruft sie aus, und es fällt mir wirklich schwer, zu glauben, dass auch das nur Show ist. »Ich dachte … vielleicht … Sie verdienen doch Ihr Geld genau damit!« Sie fuchtelt einmal um sich herum. »Den Pool, das Grundstück direkt am Ufer. Sie leben davon, die reichen Ehemänner verzweifelter Frauen auszunehmen, damit verdienen Sie Ihr Geld! Warum helfen Sie dann *mir* nicht?«

Macht es Sinn, mit dieser Person zu reden? »Gehen Sie nach Hause.« Ich wende mich ab und werfe das Handtuch auf einen hölzernen Beistelltisch.

»Ich will doch nur eine Antwort!«, ruft sie mir hinterher.

Ich mahle mit dem Unterkiefer, doch all meine inneren Befehle, ihre Worte einfach zu vergessen, nützen nichts. Als ich mich zu ihr umdrehe, steht sie plötzlich vor mir und hat die Brille abgenommen. Ihre braunen Augen mustern mich herausfordernd und anklagend, sodass ich gar nicht anders kann, als mich zu rechtfertigen.

»Wenn Sie es wissen wollen –«

»Ja.«

»– war ich einer der Besten meines Jahrgangs. Und wie das mit Naivlingen so ist, die von der Uni kommen und Tag und Nacht nichts anderes getan haben, als Gesetzestexte zu wälzen, dachte ich wohl, ich sei ein kleiner Held, wenn ich die ach so schwachen Frauen vor ihren ach so monströsen Männern beschütze. Ein bisschen das Ego polieren, Sie können sich vorstellen, wovon ich spreche, oder?«

»Und dann?«, fragt Olivia leise und kommt näher.

Zu nahe. »Und dann ist mir aufgefallen, dass sich ein

Paar, das sich irgendwann einmal vor dem Altar die ewige Liebe geschworen hat, bis aufs Äußerste zerfleischt, nur wegen ein paar Tausend Dollar. Nur des Geldes wegen.«

»Ooh«, macht sie ironisch. »Und da haben Sie ein Gewissen bekommen?«

Ich verenge die Augen und trete so nah an sie heran, dass wir uns beinahe berühren. »Dann habe ich davon profitiert, damit ich mir das Grundstück in der Bucht leisten kann. Wir wissen beide, warum Sie hier sind. Und das ist nicht, weil Sie darauf hoffen, ich könne Ihnen Ihre Tränen im Gerichtssaal trocken, Sie wollen Phillip ausnehmen. Und dabei stehe ich Ihnen wahrhaftig nicht im Weg. Versuchen Sie alles, was möglich ist, wenn Sie daran Ihre Freude haben, aber *ich* werde kein Teil davon sein.«

»Sie wollen nicht zwischen Phillip und mir stehen?«, fügt sie zusammen und hält meinem Blick ohne Weiteres stand. »Aber wieso arbeiten Sie dann gegen Logan und für Tiffany Westham? Zwei Ihrer Freunde? Tun Sie nicht so, als ob Ihnen Freundschaft etwas bedeuten würde. Ein Anruf bei meinem Mann hat genügt, um herauszufinden, dass er nicht besonders gut auf Sie zu sprechen ist. Wir könnten beide profitieren.«

Ich könnte innerlich vor Wut zerbersten. Was zur Hölle bildet sie sich ein? Vor allem aber kann ich ihr nicht widersprechen, solange ich mich nicht verraten will. Also atme ich tief durch, zwinge mich zur Ruhe und überlege mir eine Lüge als kurze Antwort. »Sie haben mich enttarnt.« Ein charmantes Lächeln. »Trotzdem lehne ich Mandanten aus Prinzip ab, die versuchen, mich zu erpressen. Ich habe nach wie vor –«

Olivia greift sich ohne Vorwarnung an ihren Hals und zieht den Reißverschluss ihres Kostüms herunter.

»– kein Interesse«, beende ich den Satz.

Ihr Kleid fällt zu Boden und sie steht nur noch in Unterwäsche vor mir.

»Ja, das habe ich verstanden«, sagt sie fröhlich. »Darf ich eine Runde im Pool schwimmen, bevor ich gehe? Es ist wirklich heiß, und im Bal Harbour sind einem beim Schwimmen ständig die Kinder der Touristen im Weg.«

Wie bitte? Mir fällt keine passende Erwiderung ein, also bleibt mir nichts anderes übrig, als einen Schritt zur Seite zu machen und sie an mir vorbei zur Treppe gehen zu lassen. Ich hätte damit rechnen müssen, dass sie versuchen würde, ihre Tricks auch bei mir anzuwenden – und fuck, ja, ich sehe ihrem schlanken, fast nackten Körper hinterher, so wie sie es beabsichtigt hat.

Miami wimmelt nur so von hübschen, jungen Frauen, aber Olivia ist anders. Ihre Bewegungen sind kontrollierter und gleichzeitig so geschmeidig wie die einer wachsamen Katze. Sie macht sich nicht viel aus Make-up und wirkt dadurch natürlich. Außerdem wurden weder ihr runder Hintern noch die perfekten, handgroßen Brüste operiert. Am anziehendsten sind die Kurven um ihre Hüfte, die sie wie keine andere zur Schau trägt. Alle Frauen, die ich kenne, sind nicht nur dem Schlankheitswahn verfallen, keine von ihnen hätte sich jemals vor mir ausgezogen – hemmungslos – , ohne dabei etwas von ihrer Anmut zu verlieren. Ein Gegensatz.

Wenn ich es zugeben muss, dann habe ich eine Frau wie Olivia seit Ewigkeiten nicht gesehen, und genau das ist vermutlich auch der Grund, weshalb es ihr so leichtfällt, erst Phillip und dann Logan zu bezirzen.

Sie hat ihr Auftreten perfektioniert und weckt damit sogar meinen Jagdtrieb. Wenn ich nicht vorsichtig bin, stehe ich am Ende als der aufgeblasene Macho da, der den billigen Reizen nicht widerstehen kann und glaubt, er könne jede haben. Obwohl ich weiß, dass sie glaubt, bei ihrem perfiden Spiel gewonnen zu haben, bleibe ich am Beckenrand stehen und beobachte Olivia eine Weile dabei, wie sie, darauf bedacht, ihren Kopf nebst Sonnenhut über Wasser zu halten, Bahnen zieht, dann springe ich von der kurzen Seite mit einem Kopfsprung in den Pool. Das kalte Wasser lässt mich klarer werden – und genau aus diesem Grund ist Schwimmen und Wassersport meine Leidenschaft. Ich tauche an ihrem Körper vorbei und komme vor ihr am Beckenrand wieder an die Oberfläche.

Sie tut überrascht, macht einen Bogen um mich herum und stützt sich mit dem Ellenbogen seitlich am Beckenrand auf. Die Augenbraue erhoben, lächelt sie mich wissend an.

Ich wische mir durchs feuchte Gesicht.

»Wer hätte das gedacht«, beginnt sie säuselnd, doch ich entscheide kurzerhand, dass keine Zeit ist für irgendwelche Phrasen. Ich stoße mich mit meiner rechten Hand ab, schwimme mit einem kräftigen Zug vor sie und keile sie mit meinem Körper ein. Die eine Hand neben ihrer Schulter, die andere an ihrem Kiefer. Ich drücke ihren Kopf hoch – und gleichzeitig meinen Schwanz in ihren Schritt – und fahre mit den Lippen ihren Hals entlang.

Überrumpelt lässt sie alles geschehen, ja sie seufzt sogar auf und zittert in meinem Griff. Gewollt wehrlos reckt sie mir ihren Hals entgegen, auf dem sich die feinen Härchen aufstellen. Ich fahre mit der Zunge bis zu ihrem Ohr und nehme den Duft ihrer Haare auf. Unfassbar, dass er mir schon bekannt ist.

Ich bewege mich rhythmischer an ihr, doch noch immer tut sie nichts dagegen. Kurz halte ich gedanklich inne. Ich habe damit gerechnet, dass sie eine große Show abzieht, mir eine knallt und sich unter lautem Gekreische von mir stößt, mich irgendwelcher sexueller Übergriffe beschimpft oder weiß Gott, was einer Intrigantin einfällt, doch stattdessen beugt sich ihr Körper meinem Willen, wird weich und schamlos und sexy. Das ist kein Plan, den sie verfolgt, das ist ihr Gefühl, das sie gerade leitet. Oder?

Ich gleite mit der freien Hand unter Wasser, an ihrem Körper entlang hinunter zu ihrem Slip. Olivias Atem beschleunigt, noch immer ist sie vollkommen passiv. *Fuck.* Wenn ich wollte, könnte ich sie ausziehen und nur zwei Sekunden später in sie stoßen. Sie tief ficken, noch hier im Pool. Sie würde es wollen. *Sie will es.* Warum?

»Wo bleibt deine Abfuhr?«, flüstere ich ihr ins Ohr. Mein Griff um ihren Hals wird fester. »Wo bleibt dein Geheule, die nächste Drohung, was hast du davon, wenn ich dich jetzt hier in meinem Pool vögle? Welchem Plan soll das dienen?«

Sie neigt ihren Kopf und sieht mich aus braunen, funkelnden Augen an. »Keine Ahnung, wovon Sie reden.«

»Du weißt genau, wovon ich rede«, zische ich und ziehe ihren Hals zu mir heran, sodass sie schmerzerfüllt aufkeucht. Doch sie wehrt sich nicht. Scheiße, warum ist sie so devot? »Wenn du mich verarschen willst, weißt du nicht, mit wem du dich anlegst.«

Sie presst die Lippen aufeinander, bleibt stumm.

»Okay, Süße, ich lege die Karten für dich auf den Tisch.« Ich nehme Abstand, doch ihr Kinn halte ich weiterhin umschlossen, damit sie mir in die Augen sieht. »Ich weiß, wer du bist und was du mit Phillip getan hast. Die gesamte Ehe war ein abgekartetes Spiel. Du willst sein Geld und hast nach einem Grund gesucht, ihn verlassen zu können.«

Sie weitet die Augen.

»Was?«, frage ich lächelnd. »Überrascht, dass ich darüber Bescheid weiß? Phillip ist mein *Freund.* Und du kleine, miese Fotze wagst es, hier in meinem Haus aufzutauchen und *mich* zu fragen, ob ich den heldenhaften Anwalt für dich spiele? Für wen? Für eine Bitch vom Land, die sich bis zu den Millionen durchfickt? Glaubst du wirklich, ich hätte es nötig, mich mit so einer wie dir abzugeben? Glaubst du das?«

Ihr Atem hat sich zu einem wütenden Schnauben gewandelt, und auf ihren Wangen zeichnet sich die Schamesröte ab, doch sie sagt noch immer kein Wort.

»Warum auch immer dein Körper mich gerade wollte, ich würde dir *wärmstens* empfehlen, deine Triebe zurückzustecken, deine zehn Koffer zu packen und zu verschwinden. *Weit weg.* Solche Frauen wie du haben bei uns nichts verloren, verstehst du das? Du willst Phillip um sein Geld erpressen und dich an Logan ranschmeißen, für noch mehr Geld? Und dafür mich benutzen?« Ich lasse sie endgültig los und stoße mich vom Beckenrand ab. »Vergiss es.«

Sie hat ihre Zähne zusammengepresst und verkneift sich die Erwiderung. Vielleicht weiß sie auch nichts zu sagen.

Sei es drum. Mit ihr bin ich fertig. Warum habe ich es nicht gleich so gemacht? Ohne weiter auf sie zu achten, tauche ich zurück durch den Pool zur Leiter, steige hinaus und gehe, ohne mich abzutrocknen, ins Haus. Es gibt wichtige Leute, die in der Kanzlei auf mich warten.

Es wäre Schwachsinn, meine Zeit noch weiter zu vergeuden.

Olivia

»An diesem Hebel regelst du die Geschwindigkeit, siehst du? Es ist nichts einfacher als das. Geschwindigkeit, lenken, auf die Bojen achten. Notfalls bin ich ja da und bringe dich zurück auf Kurs. Willst du es probieren?« Logan trägt ein lockeres weißes Hemd auf seiner dunklen Haut und lächelt mich zuversichtlich an.

Klar, nichts leichter als das. Ich lege meine Hand auf den Hebel und tue so, als ob ich mich nicht trauen würde, ihn nach oben zu schieben. Zögernd greifen meine Finger nach und ich gebe mich konzentriert.

»Komm schon«, lacht Logan vergnügt, dann legt er, wie ich es geplant habe, die Hand auf meine und schiebt den Hebel nach oben. Der Motor dröhnt los und wir preschen aufs offene Meer hinaus. Augenblicklich stelle ich mich dichter an ihn heran, zeige ihm, dass ich die Nähe genieße.

Seine Hand ist warm, und für einen kurzen Moment wünsche ich mir, dass er mich tröstend in den Arm nimmt. Freundschaftlich, stützend. Die vergangenen Tage, seitdem wir uns das letzte Mal gesehen haben, waren furchtbar. Ich habe mich ausgerechnet an den Mann rangeschmissen, der sich später nicht nur als kaltes Arschloch, sondern auch als ausgezeichneter Anwalt entpuppt hat. Dann ist da Phillip, der mich einfach nicht in Frieden lässt. Ich musste aus dem Hotel fliehen und mich durch den Garten wieder hineinschleichen – zweimal –, weil er in der Lobby auf mich gewartet hat. Mein Handy ist ausgeschaltet, so häufig ruft er an. Daher kann Mason mich nicht erreichen und macht sich vielleicht Sorgen … Wie gut es jetzt täte, alles stehen und liegen zu lassen und nach Hause zu fahren. An einen Ort, den andere Menschen Heimat nennen, zurückkehren und Rotz und Wasser bei Verwandten und Geschwistern heulen, weil es guttut und weiterhilft.

Ich hasse diese Phasen, in denen ich mich selbst bedauere, weshalb ich die Gedanken, so schnell es geht, von mir schiebe und nach außen hin glücklich lächle. Phasen. Alles Phasen, die vorübergehen, und ich habe wirklich keinen Grund, mich zu beschweren.

»Tolles Gefühl, oder?«, ruft Logan über den Wind hinweg und sieht mich von der Seite an.

»Es ist großartig!«, antworte ich ebenfalls rufend und recke mein Gesicht der Luft entgegen. Sie pustet mir die Schwermut beiseite und lässt mich frei fühlen. Kein Wunder, dass Logan den Wassersport so sehr liebt.

»Wir machen vorne bei der Bucht eine Drehung und dann einen Abstecher zu meiner Yacht.« Logan wendet sich zu seinen Freunden, die jeweils im eigenen Boot fahren, und gibt ihnen Handzeichen. Er strahlt übers ganze Gesicht, was seine weißen, makellosen Zähne zeigt, und repräsentiert genau diesen selbstbewussten Businessmann, den eine Frau sich wünscht.

Plötzlich bekomme ich Gänsehaut und meine Hoffnung schwindet abermals dahin. Diesen Kerl werde ich niemals dazu bringen, mich zu wollen! Ha, lächerlich! Er kann wirklich jede haben und ist so überaus begehrenswert, wieso sollte es mir gelingen?

Ich sehe schnell zur anderen Seite und versuche, mich zu sortieren. Woher kommen jetzt diese Zweifel? Mehr als ein Jahr lang habe ich mich hierauf vorbereitet, habe meine Pläne sorgfältig durchdacht und glaubte nicht ans Scheitern. Und nun? Verflucht, es könnte mit dieser Sehnsucht nach seiner Nähe zusammenhängen, die ich nun schon das zweite Mal empfinde und die nicht zu meinem ausgeklügelten Plan passt. – Oder aber Carter hat mich mit seinen plumpen Anmachen und der zweifachen Abfuhr schlicht verunsichert. Kaum denke ich an ihn, wird mein Gesicht heiß vor Scham. Ich Idiotin! Warum bin ich auch zurück zu seiner Villa gefahren, nachdem ich erfahren hatte, dass er und Phillip sich kennen? Ich sollte nichts überstürzen, das ist nicht meine Art. Dann mache ich Fehler und nichts kommt so, wie ich es haben will. Jetzt habe ich mich doppelt vor ihm blamiert und noch immer keinen Anwalt.

Mann!

»Nein, verdammt.«

»Du sagst es«, seufze ich gedankenlos.

»Was?« Logan sieht mich irritiert an und drosselt die Geschwindigkeit. Wir sind gut zehn Minuten gefahren und steuern auf eine große, weiße Yacht zu. »Da sind Tiffany …«, er stöhnt auf, »und Phillip.«

»Phillip?« Ich kreische beinahe und fasse den Schemen in der Ferne stärker ins Auge. Tatsächlich: Der Mann, der dort an die Reling gelehnt steht, ist mein Ehemann. Und daneben befindet sich die Ehefrau des Milliardärs, den ich mir gerade zu angeln versuche.

Gott, schlimmer kann es nicht kommen. Wieso denn gleich im Doppelpack?

»Sie ist chronisch eifersüchtig.« Logan schüttelt den Kopf und schaltet den Motor aus. Seine Freunde rufen ihm etwas zu und über Handzeichen verständigen sie sich. Ein Mittfünfzigjähriger und seine Frau drehen ab, zwei seiner Freunde, die hinten auf der Sitzbank ihre Partnerinnen sitzen haben, halten ebenfalls an. Der eine von ihnen holt eine Sektflasche hervor und die Runde lacht. Ich hatte ja befürchtet, dass Logan nicht mit mir alleine im Boot fahren würde – doch diese Ahnung hat sich nicht bestätigt. »Tiffany taucht überall dort auf, wo ich mit einer anderen Frau hingehen will. Selbst wenn es nur meine Cousine ist.« Logan sieht zur Yacht, die noch fast eine halbe Meile entfernt ist, und runzelt die Stirn. »Dabei hat sie mich betrogen, ich verstehe das nicht.«

»Vielleicht hofft sie ja noch auf eine Versöhnung?«, schlage ich vor, wobei es ihr sicherlich nur darum geht, zu beweisen, dass er ebenfalls nicht viel in ihre Ehe investiert hat, um vor Gericht besser dazustehen. Die Frau hat ja auch einen guten Anwalt, Carter wird ihr diese Taktik empfohlen haben. *Hm, vielleicht brauche ich ihn doch nicht, wenn ich selbst auf so etwas komme.* »Vielleicht will sie dich nicht vergessen?«

»Und warum schreibt sie dann zwei Jahre lang Mails mit einem zehn Jahre Jüngeren, die ziemlich eindeutig sind?« Logan wirft mir ein spöttisches Lächeln zu. »Entschuldige, ich will dich damit nicht langweilen.«

»Das tust du nicht!«, halte ich sofort dagegen und streichle aufmunternd seinen Oberarm. »Wenn du darüber reden willst, reden wir. Oder aber …« Ich senke den Blick, betrachte seine makellos rasierte, muskulöse Brust, die unter dem locker geöffneten Hemd sichtbar wird, und überlege mir meine nächsten Worte genau. »Du zeigst ihr, dass du kein Interesse mehr an ihr –«

Das Ende meines Satzes geht in einem Kuss unter. Logan hat seine Hand in meinen Nacken gelegt und mich zu sich herangezogen, und nun dringt seine Zunge forschend zwischen meine Lippen. *Oh mein Gott!* Das war *so* nicht geplant!

Logan riecht gut und schmeckt fantastisch, und ich bin kurz davor, mich in diesen Kuss fallen zu lassen. Gedanken ausschalten, Pläne über Bord werfen! Es genießen, dass mich ein unfassbar attraktiver Mann dafür benutzt, seine Ex eifersüchtig zu machen. Mich!

Ich seufze leicht auf und erwidere seinen Kuss zaghaft, während er drängender wird. *Wie gut es doch tut, begehrt zu werden. Von jemandem wie ihm.*

Und doch muss ich es beenden, ich habe gar keine andere Wahl. Unter einigem inneren Kraftaufwand löse ich mich von seinen weichen Lippen und drücke ihn von mir. Ich sehe zur Seite, weg von seinen Augen, und gebe mich durch und durch beschämt.

»Entschuldige«, sagt er daher auch sofort und rückt ab. Ich mag den Klang seiner Stimme, besonders dann, wenn sie diesen reuevollen Unterton hat. Tief und klar. »Es tut mir leid, das hätte ich nicht tun dürfen.«

Ist es nicht süß, wenn ein Mann, der alles auf dieser Welt haben kann, sich bei einer Frau dafür entschuldigt, sie geküsst zu haben? Es ist unglaublich süß. Ich bleibe stumm. Es ist viel besser, wenn ich nichts sage, damit er sich die für mich positivsten Gedanken über mich machen kann.

Logan legt mir zwei Finger an die Wange und zieht meinen Kopf in seine Richtung. Er lächelt und dieses Lächeln schießt Schmetterlinge durch meinen Magen. Es ist verwegen und keineswegs oberflächlich. »Ich zeige ihr, dass ich kein Interesse mehr an ihr habe, wolltest du das nicht sagen?«

»Doch, schon! Aber Logan, ich kann auf keinen Fall dazwischen –«

»Phillip hat dich nach nicht mal einem Jahr Ehe hintergangen«, beschwört er mich. »Ich werde das nicht tun. Du kannst mir vertrauen.«

Was bitte?! Wovon redet er? »Ich kann nicht dafür herhalten, deine Ex-Frau eifersüchtig zu machen. Jedenfalls nicht so plump, direkt vor ihren Augen. So eine bin ich nicht.«

»Herhalten, um meine Ex-Frau eifersüchtig zu machen?«, wiederholt er zweifelnd und streicht mir eine Strähne zurück. »Denkst du, es geht mir um Tiffany?«

Mein Herzschlag poltert los. »Um wen sonst?«

Er legt eine Kunstpause ein. Seine Augen funkeln wie die eines Mannes, von dem ich eben noch sprach. Der bekommt, was er will. Das ist nicht süß, sondern gefährlich, und ich bin absolut viel zu kurz davor, ihm zu verfallen. »Es geht mir um dich.«

Ich weiß nicht, ob in diesem Moment alle meine Träume wahr werden oder ob ich mir einbilde, was gerade geschieht. Dass Logan zugibt, ich sei ihm wichtig. Dabei kennt er mich doch kaum?

»Ich dachte schon bei eurer Hochzeit, was für ein unverschämtes Glück Phillip mit dir gefunden hat.« Seine Stimmlage ist ernst, seine dunklen Augen blicken tief in meine. Mist! Ich bekomme weiche Knie! Es ist wahr und ich muss etwas dagegen tun – doch mir fällt nichts ein. »Aber ich war natürlich mit Tiffany zusammen und habe nicht darüber nachgedacht. Ich habe Abstand gehalten, aus Angst, dass ich mich zu etwas hinreißen lassen könnte, was Phillip oder Tiff gegenüber nicht fair gewesen wäre.« Er schnaubt abfällig auf. »Tja, wer hätte gedacht, dass sie meine Aufrichtigkeit so ausnutzt? Und nun stehst du vor mir, in diesem Boot, und ich musste … es einfach wissen.«

»Was wissen?«, wispere ich.

»Wie es sich anfühlt, diese wunderschönen, vollen Lippen auf meinen zu spüren.« Er streicht mit einem Daumen über meine Unterlippe und ich schließe für einen kurzen Moment genießerisch meine Augen. Er lacht wieder. »Ich bin so aus der Übung.«

»Aus der Übung?« Ich schlage die Augen wieder auf. Was auch immer er damit meint, alles, was er tut, ist so perfekt! Dieser Mann wird niemals aus irgendeiner Übung sein. »Es ist nur so, Logan …« Zeit für den Rückzieher.

»Ja?«

»Ich … bin noch …«

»Nicht so weit«, schließt er den Satz und er klingt tatsächlich enttäuscht. Ich schiele zur Yacht. Tiffany und Phillip sind nicht mehr an Deck zu sehen.

»Du bist mit Phillip befreundet …«

»Nicht mehr so eng, wie du denkst.«

Ich horche auf. »Was ist zwischen euch passiert?«

Logan lacht bitter und lässt meine Wange los. »Das ist eine lange Geschichte. Möchtest du, dass wir zurückfahren?«

»Nein. Ja.« Ich schlucke. »Also ja.« Das entwickelt sich alles so ganz anders, als ich dachte. Meint er seine Worte ernst? Unmöglich. Liegt ihm wirklich etwas an mir? Nur weil er mich aus der Ferne beobachtet hat? »Ich möchte zurück ins Hotel.« Das will ich wirklich. Versuchen, mir über alles klar zu werden.

»In Ordnung.« Logan nimmt diese Abweisung gefasst.

Eigentlich ist sie zu hart, vielleicht übertreibe ich. Aber gerade kann ich kein Spiel spielen. Gerade bin ich zu verwirrt, zu überrumpelt. Er startet den Motor und wendet ab, ohne seinen Freunden zu winken. Man kann ihm ansehen, dass er ebenfalls nachdenklich ist.

Ob er genauso wenig wie ich weiß, was die nächsten Schritte sein sollten?

Jaden

»Erzähl noch mal von ganz von vorn.«

Ich stöhne innerlich auf und stelle mich in den Schatten eines Baumes am Ufer. Sonntag, eigentlich ein freier Tag. Jedenfalls in London. In Miami muss ich seit Wochen Seelsorger für Tiffany spielen, und so gerne ich mein Gewissen reinwaschen würde, so nervenaufreibend ist es.

»Sie stand vor deiner Haustür.« Tiffany spricht leise ins Telefon, vermutlich ist sie auf der Yacht nicht allein. »Und wollte, dass du sie vertrittst.«

»Ja.« Ich sehe sehnsüchtig in die Ferne, wo die Segler den windigen, freien Tag nutzen.

»Und dann kam sie zurück, obwohl du sie abgewiesen hattest? Jad! Wieso hast du sie denn überhaupt abgewiesen?«

Ich verdrehe die Augen. »Tiff, ich werde –«

»Jad! Das wäre doch *die* Gelegenheit, alles über sie herauszufinden! Wieso hast du das nicht genutzt?«

»Ich gehe mal davon aus, dass sie mir nicht alles preisgeben würde.«

»Aber du könntest ihr viel näher kommen und sie wird sich früher oder später vor uns verraten, ich bin sicher!«

»Das wird sie so oder so. Ich habe ihr deutlich gemacht, dass ich nichts von ihr halte.«

»Dann entschuldige dich bei ihr!«, kreischt sie aufgelöst. »Geh hin, sag, du hattest einen schlechten Tag, und bitte sie, doch noch für sie arbeiten zu dürfen.«

»Tiff, ich bitte dich …« Diese Frau ist wirklich verzweifelt, wenn sie auf solche Ideen kommt.

»Du weißt, dass ich recht habe! Es wäre *die* Möglichkeit! Du wärst ihr Verbündeter –«

»Ich werde nicht zwischen irgendeiner Frau und Phillip stehen!«, brülle ich ins Telefon. Gottverdammte Scheiße. Wann checkt sie das endlich? »Ich bin zurückgekommen, um die Dinge von damals klarzustellen und zu zeigen, dass ich mich verändert habe, verdammt, Tiff. Wie sieht das vor Phillip aus, wenn ich sie vertrete?«

»Du vertrittst mich auch.«

»Aber du willst dich ja auch nicht scheiden lassen.« Ich streiche mir genervt durch die kurzen Haare. *Fuck, wieso muss ich ihr so einfache Zusammenhänge auch noch vorbeten?* »Das ist etwas ganz anderes. Ich helfe dir und damit euch beiden. Olivia will sich aber scheiden lassen, und wir beide wissen auch, warum und mit welcher Absicht sie ausgerechnet zu mir gekommen ist.«

»Weil du der Beste bist«, schmeichelt sie mir.

»Weil ich ein Wichser bin, ja. Toll. Tiff, können wir dieses Gespräch beenden? Seit Tagen denke ich nur über diese Frau nach. Vielleicht solltest du auch mal etwas entspannen. Logan braucht vielleicht noch Zeit.«

»Zeit wofür?!«, schreit sie.

Shit. Das war genau das Falsche, was ich da gesagt habe.

»Ich habe ihm hundertmal gesagt, dass ich das nicht war! Dass ich diese ganzen … diese ganzen E-Mails … und all das, dass ich das nicht war, okay?«

Ich nicke für mich selbst. »Ja, ich weiß.«

»Und ich habe ihn auch nicht betrogen.«

»Ich weiß.«

»Du glaubst mir nicht!«

»Doch«, lüge ich. Mir ganz egal, ob sie ihn nun wirklich betrogen hat oder nicht. Entkräften kann sie es nicht und Logan hat angeblich eindeutige Beweise. Das ist auch nicht wichtig. Wichtig ist, dass sie Reue empfindet, ihn aufrichtig liebt und zurückwill. Allein deshalb muss Logan ihr *einmal* zuhören. Und wenn er das erst im Gerichtssaal tun wird, werde ich wenigstens dabei sein und für den geeigneten Rahmen sorgen. Sie sprechen sich aus, Logan erkennt seine Fehler, Tiffany verspricht ewige Treue und ich habe das Ganze eingefädelt und bin aus dem Schneider.

Ich finde meinen Plan hervorragend, wäre da nicht eine gewisse Südstaatenschlampe, die sich an die Milliarden der Westhams ranschmeißen will.

»Oh mein Gott.«

»Was?«, frage ich beunruhigt.

Tiffany klingt verändert. »Sie sind … es ist … oh mein Gott.« Rauschen. Sie ist nach draußen aufs Deck in den Wind getreten, so hört es sich an. »Phillip … wusstest du, dass sie kommen? Oh Gott. Sind sie das?«

»Wie bitte?«, keuche ich ins Telefon. »Phillip ist bei dir?!« Ich hätte es ja wissen müssen. Da ich mich physisch gesehen rarmache, ruft sie eben ihren Sandkastenfreund Phillip an, damit er mit ihr den Tag auf der Yacht verbringt. »Tiff, was ist los?«

»Mit wem telefonierst du?«, höre ich Phillip fragen.

Sie antwortet ihm nicht. »Olivia und Logan. Sie … sie sind alleine auf einem Motorboot und steuern direkt auf uns zu … und … jetzt halten sie an.«

»Wem erzählst du das?«, fragt Phillip wieder. Seine Stimme ist unverkennbar. Immer ein bisschen unrein, wie ein falsch eingestellter Verstärker.

»Ich gehe wieder rein. Das ertrage ich nicht. Direkt vor meiner Nase! Er ist so … so …«

»Beruhige dich«, beschwöre ich sie. »Olivia und Logan sind auf einem Boot?« Das wundert mich wirklich. Das heißt, meine Worte haben keinerlei Wirkung gezeigt. Sie macht einfach weiter wie bisher.

»Ja, sie, sie …« Tiffany heult. Es ist so unfassbar anstrengend, mit ihr zu sprechen, wenn sie heult. »Oh nein!«

Ich warte einfach ab.

»Sie haben … Jad, sie haben … sich … Sie küssen«, ein lauter Schluchzer, »sich.«

»Hat Phillip gehört, dass du mich Jad genannt hast?« Das ist wichtiger. Er soll verdammt noch mal nicht wissen, dass ich Tiffany helfe, er wird nur die falschen Schlüsse daraus ziehen.

»Er liebt mich nicht mehr. Er küsst diese schreckliche Schlampe! Das ist so furchtbar!«

Ich fahre mir über den Mund, um sie nicht anzuschreien, dass es uns am wenigsten weiterhilft, wenn sie so aufgelöst ist. »Tiff, sei stark. Er will dich vielleicht einfach nur eifersüchtig machen, das ist doch naheliegend, oder? Was triffst du dich auch mit Phillip auf Logans Yacht? Das hatten wir alles doch schon …«

»Hm?«, fragt sie irritiert. »Das ist doch aber Jahre her! Er ist doch nicht so blöd und glaubt, zwischen mir und Phillip …« Ein nervöses Kichern.

»Er glaubt, du hättest ihn betrogen, vermutlich traut er

dir gerade alles zu. Fahr nach Hause, denk *einen* Tag mal nicht über alles nach –«

»Ich werde mit Phillip reden«, unterbricht sie mich mit fester Stimme. Eine Tür öffnet und schließt sich. Wenn sie oben an der Reling stand, befindet sie sich jetzt im Salon auf Deck zwei.

»Worüber reden?«

»Ich werde ihm sagen, was wir über Olivia wissen. Und zwar alles. Alles, was wir herausgefunden haben –«

»Nein!«

»– das ist überfällig. Und dann wird er verstehen, wenn du sie vertrittst. Er wird es sogar selbst wollen. Er wird unseren Plan unterstützen.«

»Gott, nein!« *Mach es nicht noch schlimmer. Es ihm jetzt sagen? Nachdem er gerade seine Frau beim Knutschen mit Logan erwischt hat?* »Hör zu, ich mach's, klar? Ich werde Olivia anbieten, alles zu vergessen und ihr zu helfen. Okay? Aber bitte, bitte lass Phillip aus dem Spiel. Vorerst. Wenn überhaupt, werde ich es ihm selbst sagen, verstehst du mich? Er darf es auf keinen Fall über dich erfahren.«

»Du wirst Olivias Anwalt?«

»Ja.«

»Oh, ich danke dir so sehr!« Sie macht stimmliche Freudensprünge.

»Ja, ist ja gut.«

»Jad, ich liebe dich! Du bist der beste Freund, den ich habe.«

»Mhm.«

»Wir werden diese Frau so fertigmachen, dass sie es nie wieder wagt, auch nur einen Schritt nach Miami zu setzen.«

»Jaa …«, sage ich gedehnt. »Klingt großartig.«

»Wir sehen uns in einer Woche auf der Party. Bye!«

Sie legt auf. Ich atme einmal tief durch und nehme das

Handy langsam vom Ohr. Dann habe ich große Lust, das Telefon in einem hohen Bogen ins Meer zu werfen. Ich hätte einfach nicht abnehmen sollen, dann befände ich mich jetzt nicht im Zugzwang. Ich werde meinen gesamten Charme einsetzen müssen, um Olivia dazu zu bewegen, mir wieder zu vertrauen.

Und für wen? Für Logan?

Er soll am Ende bloß erkennen, dass ich mir hier für ihn und seine Beziehung den Arsch aufgerissen habe. Sonst wäre alles umsonst.

Olivia

»Es gibt da ein Problem, Ma'am .«

Ich höre gar nicht richtig hin. Das Wasser des Pools plätschert, Kinder spielen am Beckenrand und die Sonne bräunt wärmend meine Haut. »Mhm.«

»Mit Ihrer Kreditkarte. Ma'am.«

Er kann nicht mich meinen.

» Ma'am?«

Ich reiße die Augen auf. Er meint mich. »Wie jetzt?«

Vor mir steht ein Hotelangestellter und macht ein zerknirschtes Gesicht. Ich nehme meine Sonnenbrille ab und setze mich auf.

»Meinen Sie mich?«

»Ja, Ma'am . Entschuldigen Sie die Umstände, aber wir können Ihre Kreditkarte nicht belasten.«

Ich muss laut lachen. »Unsinn! Das ist eines von Phillips …« Mist. »… Konten.«

»Ihr Ehemann, Mrs. Bloom? Er hat angerufen.«

»Ja, das tut er doch öfter. Habe ich nicht gesagt, ich will nicht, dass Sie Anrufe zu mir durchstellen …«

»Er hat uns darüber unterrichtet, dass er Ihr Konto sperren wird, Ma'am. Und er hat Wort gehalten. Es tut mir leid, aber ich muss Sie bitten …«

»Oh Gott!« Ich schlinge meinen Wickelrock um meine Beine und stehe auf. »Er hat angerufen und es angedroht? Er ist verrückt!«

»Es tut mir äußerst leid wegen dieser Umstände …« Der Page knickt gleich ein vor triefender Ergebenheit. Ihm muss es noch unangenehmer sein als mir, mich wegen so etwas zu belästigen.

»Ist gut, ich zahle mit einer anderen Karte.«

Sein Gesicht hellt sich auf. »Ich werde an der Rezeption auf Sie warten.« Er nickt und huscht davon. Warum musste er mich unbedingt am Pool beim Entspannen stören?

Wütend packe ich meine Sachen und gehe zurück ins Zimmer. Ja, ich habe mein eigenes Konto, aber es ist nicht besonders gut gefüllt. Es hat mich Unmengen an Geld gekostet, damals Phillip auf mich aufmerksam zu machen. Ich brauchte neue Kleider, Beautybehandlungen und meine Corvette ein paar kostspielige Reparaturen … Was denkt er sich, mir das Konto zu sperren? So ein Idiot!

Und noch immer habe ich niemanden, der mich vor so etwas beschützt. Frustriert krame ich im Hotelzimmer im Safe und ziehe meine Kreditkarten hervor. Normalerweise verstecke ich meine persönlichsten Dinge im Auto, aber dem Hotelsafe vertraue ich doch mehr. Ich suche die Karte, auf der sich mit der größten Wahrscheinlichkeit ein fünfstelliger Betrag befindet, schalte mein Handy ein und wähle gleichzeitig Masons Nummer. Aber natürlich geht er nicht ran. Nicht dann, wenn ich ihn brauche.

Was mache ich denn jetzt? Wo soll ich wohnen? So wie ich Phillips zahlreiche SMS deute, will er, dass ich zurück zu ihm ziehe. Verstehe das, wer will! Und solange ich keine Klarheit darüber habe, was er wirklich von mir will, halte ich mich von ihm fern.

Dasselbe gilt für Logan, der ebenfalls ein paarmal angerufen hat. Ich habe mir die Situation mehrmals durch den Kopf gehen lassen und festgestellt, dass er mich nur aus einem Grund geküsst haben kann: um Tiffany eifersüchtig zu machen. Und dafür halte ich ganz sicher nicht her! Das zeige ich ihm mit meiner kalten Schulter.

Mein Telefon klingelt.

»Gottverdammt, endlich!«, murmle ich und halte es mir hektisch ans Ohr. »Er hat meine Kreditkarte gesperrt, Mason! Er hat sogar im Bal Harbour angerufen und es der Rezeption selbst gesagt! Um mich zu zermürben, weil er mich zu irgendwas bringen will! Und ich weiß nicht mal, zu was! Was soll ich denn jetzt tun?«

»Phillip hat deine Kreditkarte gesperrt?«

Über meinen Rücken fährt ein schrecklicher Schauer. *Oh Gott.*

»Nicht auflegen, Olivia. Was ist passiert?«

»Ich … ich …«

»Du kannst mir vertrauen«, sagt Logan beruhigend.

»Das war eine unbekannte Nummer!«, werfe ich ihm panisch vor und überlege händeringend, ob ich mich vielleicht verraten habe. Kennt Logan Masons Namen …?

»Mein Firmenhandy. Entschuldige, ich wollte es noch mal versuchen. Und wie ich vermutet habe, hatte ich Glück. Im Unglück. Bitte sag mir, was geschehen ist.«

»Ich kann dich da nicht mit reinziehen!« Oh Gott! Logan sollte doch nicht mein Retter in der Not werden, das war alles ganz anders geplant! Je mehr er über mich und Phillip weiß, desto eher kann alles außer Kontrolle geraten. Was, wenn er herausfindet, dass ich Phillip nie geliebt habe?

»Ich stecke längst mit drin. Ich bin auf dem Weg zum

Golfplatz, aber wenn du willst, hole ich dich vorher ab. Du bist also im St. Regis Bal Harbour? In zehn Minuten bin ich da.«

Ich kaue auf meiner Unterlippe. Nein, das ist alles falsch.

»Olivia. Ich kenne Phillip. Lass mich dir helfen.«

Wieso ist er so? »Okay.« Was soll ich sonst sagen? So ein Angebot würde keine Frau ausschlagen.

»Dann bis gleich. Und grüß Mason von mir.« Ich kann mir vorstellen, wie er lächelt, als das Freizeichen erklingt.

Oh Gott. Oh Gott, oh Gott, oh Gott. Wenn das alles wahr ist, wenn er sich so plötzlich um mich bemüht und nicht nur freundschaftliche Absichten hegt …

Dann brauche ich dringend etwas zum Anziehen!

Schon als kleines Mädchen habe ich mir meine Traumhochzeit ausgemalt. Mit vielen gelben Blumen, meiner gesamten Familie in den Sitzreihen vor mir und der wahren großen Liebe an meiner Seite. Die Traumhochzeit einer jeden Südstaatlerin. Countrymusik, greller Sonnenschein, ein kurzes Kleid und dann dieser Traummann, auf den man, mit einem Strauß billiger Blumen in der Hand, zuschreitet …

Doch es ist nicht wie im Bilderbuch. Irgendwann trifft man vielleicht diesen Mann, der einem die Welt vor die Pumps betet und die eigenen Eltern noch vor einem selbst von sich überzeugt. Aber dann stellt sich auf der Verlobungsfeier heraus, dass er einen nur des Geldes wegen heiraten wollte. Denn als die Spielschulden meines Vaters aufgedeckt wurden, hat er einen Abgang gemacht. *Des Geldes wegen.* Von wegen Liebe.

Und so zerbrach das erste Mal meine idyllische Vorstellung von einem Südstaatenleben mit eigener Farm, die wir verkaufen mussten.

Ein Collegeabschluss ohne Studienkredit? Ein Stipendium für die Uni, obwohl man vor lauter Nebenjobs nie die Zeit findet, Hausaufgaben zu machen? Unerreichbar.

Trotzdem kann ich von Glück sprechen, dass ich nicht in die Verlegenheit kam, jemals aus ›Liebe‹ zu heiraten. Wenigstens davor hat Gott mich bewahrt.

»Ich verstehe, dass du der Konfrontation aus dem Weg gehen willst. Aber es könnte wirklich sein, dass es ein Missverständnis ist. Soll ich mit ihm reden?«

Nein, auf keinen Fall! »Das würdest du für mich tun?« Ich neige den Kopf schwermütig zurück in Logans Richtung und lächle ihn vorsichtig an.

»Wenn es dir weiterhilft, ja.«

»Ich sollte besser selbst mit ihm reden«, weiche ich aus. Nicht auszudenken, was Phillip denken wird, wenn ich Logan vorschicke. Ich kann und muss das selbst regeln. Schließlich muss ich das perfekte Opfer mimen, und dabei wäre es kontraproduktiv, wenn mir jemand hilft.

»Wenn du das möchtest …« Logan setzt den Blinker und fährt auf den kleinen Parkplatz des Golfclubs. »Wenn du es dir anders überlegst; du kannst auf mich zählen.«

Ich runzle die Stirn. Da sind schon wieder diese schrecklichen Schmetterlinge, als ich in sein Gesicht hochblicke, das mich allzu liebevoll mustert. Mitleidsvoll, aber auch aufrichtig, freundschaftlich und doch interessiert. »Warum bist du so?«

»So was?«, fragt er grinsend. »So nett?«

»Wir kennen uns kaum und du tust so viel für mich. Das hätte ich niemals von dir –«

Sein Grinsen wird breiter. »Gedacht? Gott, ich bin kein schlechter Mensch. Was hattest du bisher für ein Bild von mir?«

»Nein, so wollte ich das nicht sagen!«

Er streichelt mir wie nebenbei beim Fahren durch eine Strähne. »Ist schon gut. Ich finde die Umstände, durch die wir uns näher kennenlernen, auch grenzwertig, aber andererseits bin ich froh, dass es geschieht. Spielst du Golf?«

Es gibt wahrhaftig nichts Langweiligeres als Golf. »Ein wenig«, sage ich mit einem tapferen Lächeln.

»Wenn du willst, zeige ich dir ein paar Techniken, bevor meine Partner kommen und mit mir über die drögen Geschäfte sprechen wollen.«

»Das Angebot nehme ich gerne an«, lüge ich und öffne die Tür seines Sportwagens, nachdem er gehalten hat. In Ermangelung passender Kleidung trage ich eine Art Tennisoutfit. Weißer Rock, flache Sandalen, geschlossenes Top.

Logan steigt ebenfalls aus und schließt per Funk die Türen. Er bietet mir den Arm an und führt mich zum Eingang des Clubhauses. Kurz davor hält er plötzlich inne. »Jesus Christ.«

»Hm?«, frage ich beunruhigt und sehe mich um. Tiffany? *Muss diese Frau denn überall auftauchen?*

»Das gibt es doch nicht. Das Aas ist hier.«

»Das wer?« Ich wusste nicht, dass Logan über Menschen so spricht.

Er verdreht die Augen und deutet auf das Motorrad, das neben einem einzelnen, verlorenen Fahrrad steht. »Ich wollte dir einen unbeschwerten Vormittag bieten und werde nun selbst von meinen Dämonen verfolgt.«

»Ein Dämon auf einem alten Motorrad?«, frage ich kichernd.

Er wirft mir einen kritischen Blick zu und ich verstumme sofort. »Tatsächlich. Carter hat es schon immer vorgezogen, sich durch seinen weniger prunkvollen Stil hervorzuheben.«

»Carter?«, frage ich spitz. Gott. *Der* Carter? Jetzt fällt es mir ein. Ist das nicht dasselbe Motorrad, das vor einer Woche vor dem Café in Miami Beach neben meinem Cabrio geparkt hatte …?

Meine Füße wollen nicht so recht vorwärts gehen, doch Logan zieht mich bestimmt weiter. »Das wird nicht lange dauern, Olivia, ich verspreche es dir.«

»Mhm«, mache ich kleinlaut und folge ihm in mein Schicksal. Auf eine Begegnung mit ihm verzichte ich viel zu gerne! Hoffentlich kann ich ihm aus dem Weg gehen …

Doch mein Wunsch wird nicht erhört.

Kaum durchschreiten wir das Clubhaus, grüßen ein paar von Logans Bekannten und betreten die Terrasse, sehen wir ihn. Nun, ich bemerke ihn, ob Logan es mir gleichtut, kann ich nur vermuten.

Jaden Carter steht an die Hauswand gelehnt. Eine Zigarette glüht in seiner Hand, das eine Bein ruht lässig vor dem anderen. Obwohl er demselben Dresscode wie die meisten anderen folgt, wirkt er dennoch fehl am Platz. Ich weiß nicht, wieso. Vielleicht liegt es daran, dass er so viel Abstand von den Tischen und den anderen Gästen genommen hat wie nur möglich. Oder an seinem spöttischen Lächeln, das um seine Mundwinkel zuckt, während er den Blick über den Rasen gleiten lässt.

Als er uns kommen sieht, verändert er seine Haltung. Er stößt sich von der Wand ab und sieht auf. Seine Miene, vorher bereits aalglatt, erstarrt völlig und seine Augen verengen sich zu Schlitzen.

Mist, er hasst mich abgrundtief. Ich sollte verschwinden. Er wird Logan sagen, was er über mich denkt, und damit hätte ich alles verloren. Wieso war ich überhaupt so risikofreudig und habe seine Worte einfach ignoriert?

»Wartest du bitte hier? Bestell dir einen Drink, ich lade

dich selbstverständlich ein. Wie gesagt, ich denke nicht, dass es lange dauert.«

»Du willst mit ihm sprechen?«, frage ich panisch. »Ich wusste ja gar nicht, dass ihr euch *so* gut kennt.«

»Ich will ihm sagen, dass er verschwinden soll«, erklärt Logan kühl.

»O-okay.« Was soll ich auch sonst sagen? Mit einem schrecklich unbequemen Gefühl im Bauch suche ich mir einen Platz im Schatten und beobachte Logan, wie er auf Carter zugeht. Doch dieser verschwindet ins Innere des Hauses, gerade als Logan ihn erreicht, und da dieser ihm hinterhergeht, kann ich nicht einmal von Weitem sehen, worüber sie sprechen.

Wird er mich verraten? Und wenn Logan doch offensichtlich sauer auf Carter ist; wird er ihm glauben?

Jaden

Ich hasse Golf. Das ist die dümmste Sportart, die je nach Florida importiert wurde, aber jeder, der etwas auf sich hält, spielt es – oder wird dazu gezwungen, es zu spielen. Dieses ständige Gelatsche über den bewässerten Rasen, der nervige Smalltalk, bevor es ans eingemachte Geschäftliche geht, die sinnlose Betätigung des Schlägers. Es ist langweilig und dröge. Aber man gewöhnt sich daran, so wie Logan, der die Plattform »Golfplatz« für seine Geschäfte braucht. Dass er ausgerechnet mit Olivia an seiner Seite auftaucht, hätte ich im Leben nicht erwartet. Was ist denn in ihn gefahren? Wie soll das vor seinen Geschäftspartnern aussehen, wenn er mit seinem neuen Flittchen hier aufkreuzt und damit allen beweist, dass die langjährige, stabile Ehe mit Tiffany für immer Schnee von gestern ist?

Der braucht ein paar Selbstmarketingtipps, dringend! So ein schrecklicher Idiot.

Vielleicht war es doch ein Fehler, so lange wegzubleiben. Ich hätte schon Phillip von seiner Hochzeit abhalten sollen.

Logan lässt Olivia stehen und kommt auf mich zu. Sein dunkles Gesicht ist in Stein gemeißelt und sein Blick bereit, mich zu töten. Ich drücke meine Kippe pflichtbewusst in einem der Aschenbecher aus und öffne die Tür links von mir, bevor er mich erreicht. Unter Olivias Beobachtung werde ich sicher nicht mit ihm reden.

Vielleicht auch, weil ich vorhabe zu brüllen und es unklug wäre, die Aufmerksamkeit des Clubs auf mich zu ziehen.

»Was zur verfickten Hölle ist in dich gefahren?!«, begrüße ich ihn lautstark, sobald er die Tür hinter sich geschlossen hat. Er setzt zum Sprechen an, doch ich unterbreche ihn glatt. »Diese Frau dort«, ich gestikuliere Richtung Fenster, »ist eine betrügerische Schlampe, und du *bringst sie hierher*, wo jede Welt sie sehen kann? Was ist bloß los mit dir? Was ist mit Tiffany? Denkst du gar nicht an sie? Wie das wirkt? Wo ist der Typ, der mir mein Leben lang erzählt hat, was man tut und was man lieber sein lässt, ohne den ich nicht stünde, wo ich jetzt bin? Wo ist der? He?«

Wenn überhaupt möglich, ist seine Miene noch härter geworden. »Geh einfach, Jad.«

»Fick. Dich. Logan.« Wir stehen im leeren Raucherzimmer, und niemand, der es nicht darauf anlegt, kann uns hören. Olivia habe ich gut im Blick, sodass ich sicher sein kann, dass sie sich nicht nähert, um uns zu belauschen.

Er holt schnaubend Luft. »Also schön, du holst deine Gossensprache raus, um mich zu demütigen? Ist das dein –«

»Es ist mir todernst!«, brülle ich ihm ins Gesicht und muss mich krampfhaft davon abhalten, nicht auf ihn loszugehen und ihn kräftig, überaus kräftig zu schütteln. Das wäre zudem kein leichtes Unterfangen, denn seine Schultern sind breiter als meine und etwas größer ist er auch noch. Der Nachteil eines Schwimmers gegenüber einem Fitnessclubjunkie. »Ernsthaft, Logan, was ist in dich gefahren? Willst du deinen Namen in den Dreck ziehen? Machst du das absichtlich, sehe ich vielleicht den Plan dahinter nicht?«

Er verschränkt die Arme vor der Brust und bleibt steif stehen. »Ich überlege gerade, warum ich überhaupt mit dir reden sollte.«

»Weil ich dein Freund bin, gottverdammt, Logan!« Bin ich hier der Pubertierende oder er? Ich raufe mir die Haare und schiele ein weiteres Mal zu Olivia. Sie trägt einen weißen, viel zu kurzen Rock. Liegt es daran? Denkt Logan nur noch mit seinem Schwanz? »Ich helfe dir. Komm schon. Lass es mich wiedergutmachen und *hör auf mich.*«

»Du hilfst mir«, wiederholt er abfällig und sieht sich im Raum um. Wie ich wird er registriert haben, dass bis auf die verstaubten runden Tische niemand hier ist. Die Vorhänge vor der kleinen Bühne sind ebenfalls zurückgezogen, sodass sich niemand verstecken kann. Der rote Teppich auf dem Boden schluckt den Schall. »Ich glaube, wir haben sehr unterschiedliche Auffassungen davon, was Hilfe bedeutet.«

»Ja, tatsächlich, denn wenn es dir darum geht, die verheulte kleine Braut dahinten, die *Phillips* Ex ist, zu trösten, dann muss ich dich schwer enttäuschen. Sie tut nur so.«

Er runzelt die Stirn. »Olivia? Wieso geht es dir um Olivia?«

Gott! Endlich hört der Knabe mir zu. Ich hole meine Schachtel Zigaretten hervor und biete ihm eine an.

Er schüttelt den Kopf. »Ich rauche nicht mehr. Und du auch nicht.«

»Spießer«, murmle ich und stecke mir eine an. Ja, ich hatte aufgehört zu rauchen. Aber das hier ist ein *Golfclub* und er erinnert mich an alte Zeiten, außerdem lässt mich das Nikotin ruhiger werden.

»Du nennst mich einen Spießer«, sagt Logan lachend und löst ein wenig seine abweisende Haltung.

»Du spielst Golf, obwohl wir es beide immer verabscheut haben. Ja, du bist einer.«

»Du spielst auch Golf.«

»Ich bin Anwalt. Es ist die einzige Möglichkeit, meine Mandanten zu bestrafen, wenn sie mich nerven.«

»Indem du gewinnst?«

»Indem ich sie über den Platz jage. Also schön. Ich habe dich gefühlte dreihundert Mal angerufen und komme mir schon vor wie eine verrückte Verflossene. Hast du dich nie gefragt, was ich von dir wollte?«

Er hebt die Brauen. »Mein Geld?«

»Was?«, frage ich fassungslos.

»Warum sonst bist ausgerechnet du es, der Tiffanys Anwalt spielt? Dir geht es doch nur um das Eine, wie immer.«

Ich mache einen deutlichen Schritt auf ihn zu und hebe die Hand mit der Zigarette als Unterstreichung für meine Worte. »Ich habe noch nie, noch *niemals,* meine Freunde wegen ein paar läppischen Dollar verraten. Das weißt du. Unterstell mir nicht, dass ich Abschaum bin.«

»Okay, okay«, sagt Logan und hebt abwehrend die Hände. »Dann hat Tiffany dich eben dazu überredet, aber du hättest nicht –«

»Sie *liebt* dich, Logan.« Himmel, dass ihm das wirklich nicht klar ist. »Sie will dich zurück. Sie steht nervlich jeden Tag vor einem Zusammenbruch, und rate mal, wer das ausbaden muss?«

»Du?«, fragt er unbeeindruckt.

»Ja, mein Gott. Das ist *dein* Job. Es ist deine gottverdammte Frau. Rede mit ihr. Rede einfach mit ihr. Hat dir Larkin nicht gesagt, dass wir eine Mediation wollen? Warum weigerst du dich, ihr zuzuhören?«

»Moment mal.« Logan lächelt plötzlich und steckt seine Hände in die Taschen. Er trägt eine lockere Hose zu dem Poloshirt. »Du lauerst mir hier im Club auf, nur um mir zu sagen, dass ich mit meiner Ex-Frau sprechen soll? Ist das dein Ernst?«

Ich zucke die Achseln. »Ja.« Ich hielt das für einen ganz guten Plan, schließlich will der Typ nicht freiwillig mit mir reden. »Noch ist sie deine Frau.«

»Sie hat mich betrogen.«

»Und es tut ihr leid!« Ich verdrehe die Augen und asche auf den alten Teppich ab. »Außerdem behauptet sie stur, dass da nichts gewesen ist.«

»Ich habe sie mit diesem jungen Typen gesehen!«, beschwört er mich wütend. »Da kann sie behaupten, was sie will. Und dann diese ganzen E-Mails? Larkin hat dir doch die Unterlagen geschickt? Weißt du, was sie für ein Zeug geschrieben hat?«

»Da habe ich nicht reingeschaut.« Das ist das Problem daran, wenn du die Korrespondenz einer engen Freundin zu sehen bekommst, weil du ihr Anwalt bist. Ich hatte überhaupt keinen Nerv darauf, ihre Sexstorys durchzublättern.

»Dann tu das. Und dann komm noch mal her und verlang von mir, dass ich ihr verzeihen soll. Dann kann ich dich endgültig für bescheuert erklären.«

Ich spiele nachdenklich mit dem Feuerzeug in meiner Hand. Sollte mir tatsächlich ein Detail entgangen sein und die Chatverläufe und E-Mails würden mir eine völlig neue Sicht der Dinge offenbaren? »War er wirklich so jung?«, wechsle ich das Thema.

»Was?«, fragt er irritiert. »Ach so … nein, keine Ahnung. Er war ein attraktiver Schnösel und … gesprächig und, na ja.«

»Okay, gut. Ich kümmere mich darum. Hauptsache, du weißt jetzt, dass ich mir verdammt noch mal hier den Arsch für dich und deine Ehe aufreiße.«

»Lass es doch einfach bleiben«, schlägt er vor. »Ich brauche deine Hilfe nicht. Du willst irgendetwas wiedergutmachen? Dann halt dich raus.«

Ich presse meinen Kiefer zusammen. Raushalten. Ob er schon vergessen hat, wie es ist, wenn Tiffany einen anbettelt, ihr zu helfen? Ich stehe zwischen den Stühlen. Und außerdem wäre da noch eine andere Sache … »Ich versuche es. Ja, ich sage Tiff, dass ich sie nicht weiter vertrete. Abgemacht? Geh zurück zu deiner hübschen Begleitung da hinten …«

Logan dreht sich zu Olivia um. »Du findest sie hübsch?«

»Wie ich sie finde, ist an dieser Stelle nebensächlich. Wir können ihr nicht vertrauen.«

»Wir?« Seine schwarzen Brauen wandern noch höher. »Hör mal, Jad«, sagt er grinsend, »jetzt machst du dich langsam lächerlich. Was soll das alles? Ihr ist dasselbe mit Phillip passiert wie mir mit Tiffany. Und ob ich sie treffe und was ich mit ihr mache, ist wirklich meine Sorge.«

»Klar.« Ich nicke aufmunternd. »Lass dich von einer Heiratsschwindlerin ausnehmen, ich wünsche dir viel Spaß dabei. Achte darauf, dass du dir wenigstens für deinen kleinen Loggy holst, was er braucht, bevor du am Ende nicht mal mit ihr vögeln konntest für all das Geld, das sie dir abnehmen wird. Ich wünsche dir aufrichtig viel

Spaß dabei.« Fast wäre ich auf die Idee gekommen, ihm auf die Schulter zu klopfen, doch auf einen Faustschlag seinerseits verzichte ich gerne.

Logan und ich haben uns ein paarmal geprügelt. Das liegt an unserem verdammt ähnlichen Frauengeschmack, weswegen diese Freundschaft auch nicht mehr die ist, die sie einmal war. Ich habe zwar ausgeteilt, aber wer gegen Logan kämpft, steckt auch ein – und all das wegen einer wie Olivia?

Ich habe Besseres zu tun.

»Wir machen einfach einen Deal.«

»Ich mache keine Deals mit dir«, presst er zwischen den Zähnen hervor.

»Du sprichst mit Tiffany, dafür bekommt dein Anwalt keine Post mehr von mir.« Ich nicke ihm zu, bevor ich an ihm vorbei nach draußen gehe. »Du solltest es dir überlegen. Meine Schreiben sind sehr lang und ich kann verdammt ausdauernd sein. Vor allem im Gerichtssaal. Viel Spaß mit deiner Bitch, Loggy!« Ich stoße die Tür auf, gehe hindurch und trete sie mit meinem Fuß schwungvoll wieder zu. Dann schnappe ich mir pfeifend einen Golfschläger aus meiner Golftasche und begebe mich Richtung Rasen. Olivias Augen verfolgen mich.

Und zum Glück ist mir das scheißegal.

»Das letzte Mal, als er mit Elisha und Noah allein war, hat er ihnen Tiefkühlpizza warm gemacht und den ganzen Abend die Glotze laufen lassen. Das ist doch keine Kindererziehung! Das kann ich nicht zulassen!«

»Mrs. Caulfield«, raunt Leroy. »Wir hatten doch darüber –«

»Das war ein Film!«, regt sich Mrs. Caulfields Ehemann neben mir auf. »*Ein* Film, Jacky. Das ist ja wohl absolut im Rahmen.«

»Disney! Es war Disney!«, schreit sie spitz. »Ich will nicht, dass unsere Kinder sich so einen Schund anschauen.«

Ich hasse meinen Job.

»Mrs. Caulfield, bitte …«

»Alle Kinder schauen Disney!«, brüllt Mr. Caulfield und verteilt Spucke über meinen Tisch. »So einen Scheiß diskutiere ich nicht.«

»Scheiß?!«, schreit Mrs. Cauflield. »Durch Disney bekommen Kinder ein falsches Verständnis von Schönheit und werden magersüchtig!«

Mrs. Caulfield ist magersüchtig.

»Schwachsinn.« Mr. Caulfield das Gegenteil davon.

»Mr. Carter.« Leroy wirft mir entschuldigende Blicke zu. Wir kennen uns von der Uni und mit den Caulfields haben wir beide so richtig Pech. »Könnten wir uns darauf einigen –«

Ich lächle ihn freundlich an. »Ich denke nicht, nein.«

»Aber …« Er fleht. Natürlich will er das Ganze einfach nur über die Bühne bringen. Auf eine Mrs. Caulfield in meinem Büro hätte ich auch keine Lust. Nur werde ich ganz sicher keinen Unterpunkt über Disney in einen Vergleichsentwurf einfügen. Unifreundschaft hin oder her. »Meine Mandantin …«

»Wir können diesen Punkt auch außergerichtlich klären, Leroy. Mrs. Caulfield«, lenke ich charmant ein. »Wenn Sie Ihren Kindern Medien verbieten, werden sie sich woanders Zugang dazu verschaffen –«

»Ja, zum Beispiel bei meinem Ex-Mann!«, kreischt sie aufgelöst.

»Oder bei einer Ihrer Freundinnen, die doch mitunter auch auf die beiden aufpassen.« Ich hasse Kinder. Streitigkeiten über Kinder noch mehr. Können die Leute ihre Verletzungen nicht auf dem Kopf des Goldfisches austragen? Oder dem Hausrat? Oder dem Auto? Warum die Kinder? Gott im Himmel. Ich hätte Barns niemals den Gefallen tun und Mr. Caulfield, der ursprünglich sein Mandant war, übernehmen sollen, damit er früher in den Urlaub kann. »Ich sehe keine Notwendigkeit, das weiter auszuführen.«

»Mr. Carter …« Das kann Leroy natürlich auch nicht auf sich sitzen lassen. Wenn das so weitergeht, sitzen wir noch morgen hier. Der einzige Vorteil an diesem Theater ist, dass Leroy und ich gerade so viel Geld verdienen, dass wir unsere Nasen vergolden lassen könnten. Also lehne ich mich entspannt zurück und schaue weiter zu. Leroy braucht bereits eine volle Stunde, um die völlig an den Haaren herbeigezogenen Forderungen seiner Mandantin vorzutragen, die ich jeweils mit ein paar griffigen Worten abschmettern kann. Mr. Caulfield ist zufrieden, Mrs. Caulfield tobt.

Ist schon Zeit für Lunch?

»Wenn Sie uns in keinem unserer Punkte entgegenkommen, Mr. Carter …«

Ich lehne mich vor und lächle gefährlich. Aha, eine Drohung, so verzweifelt ist er. »Ja, was dann, Leroy?«

Er streicht sich die Krawatte glatt. Er ist ein so viel schlechterer Anwalt als ich. »Dann …«, ein nervöser Blick zu Mrs. Caulfield, »sehe ich mich gezwungen –«

Die Tür knallt auf und unterbricht Leroys nervöse Ausflüchte. Alle vier Köpfe fahren vom Meetingtisch herum zur Tür. Kurz bin ich froh, unterbrochen zu werden, dann wünsche ich mir, ich hätte die Tür von innen verriegelt.

Tiffany stampft auf ihren High Heels herein. Mrs. Caulfields Wut ist nichts gegen ihre. Tiffanys Wangen sind gerötet, ihre Haare sind zerzaust, und als sie mich sieht, weitet sich ihre verwahrloste Fratze zu einem komplett irren Strahlen.

Ja, ein wenig habe ich Angst vor ihr.

Sie ignoriert die Anwesenden völlig, rempelt Mr. Caulfield beim Vorbeigehen an und knallt mir den Ordner auf den Tisch, den sie wie ein nutzloses Schild vor ihrer Brust getragen hat.

»Nicht jetzt«, raune ich leise.

»Du hast nicht angerufen«, sagt sie vorwurfsvoll, aber ihr triumphierendes Lächeln vergeht ihr nicht. »Ich kann nicht warten.«

« Ich hebe den Ordner an und will ihn ihr zurück in die Hand drücken. »In einer Stunde komme ich zu dir raus.«

»Nein, Jad!« Sie drückt ihn mir zurück auf den Tisch und schlägt ihn auf.

Ich brauche einen Moment, um zu begreifen, was ich vor mir habe, dann schlage ich den Ordner zügig wieder zu. *Shit.* Sie ist verrückt geworden. Sie braucht Hilfe. Ich bin Anwalt, kein Psychologe. Leroy hat eine Schwester, die mit einem verheiratet ist. Ich sollte sofort die Nummer besorgen.

»Bitte, Jad, sieh es dir an!«, jammert Tiffany und tut noch immer so, als wären wir alleine im Raum. Sie stellt sich vor allen bloß. Sie hat überhaupt kein Schamgefühl mehr. Es ist eine Katastrophe.

»Okay, ich komme«, flüstere ich leise. »Warte in meinem Büro.«

Sie rührt sich nicht vom Fleck.

»Bitte«, flehe ich, woraufhin sie nachgibt und etwas zurückweicht. »Gib mir fünf Minuten.«

Sie zieht die Nase hoch. Wenn ich es nicht besser

wüsste, könnte ich mir vorstellen, dass sie Kokain geschnupft hat, so wild wirkt sie. »Okay.«

»Guut«, sage ich gedehnt, als sie kehrtmacht, den Ordner Unheil verkündend vor mir liegen lässt und den Meetingraum mit klackernden Schritten und theatralischen Seufzern verlässt. Als die Tür hinter ihr ins Schloss fällt, herrscht drückende Stille.

»Gentlemen«, erhebe ich das Wort und richte mich auf. Ich schließe bereits den Knopf meines Jacketts. »Meine Dame. Sie haben es gehört. Wir müssen diese Sitzung leider verschieben.«

»Das können Sie nicht machen!«, sagen Mr. Caulfield und Leroy synchron.

Tja. Sie haben so keine Ahnung davon, was ich kann und was ich nicht kann. »Es tut mir leid«, lüge ich lächelnd, stehe auf und greife nach dem Ordner. »Nächste Woche Dienstag?«

»Aber …« Leroy gerät aus der Fassung. Vielleicht hat er gehofft, es heute hinter sich bringen zu können. *Kleiner Tipp, Roy, such dir deine Mandantinnen besser aus.*

»War das nicht Tiffany Westham? Die Ex von Logan Westham?« Mrs. Caulfield macht große Augen und wittert heißesten Tratsch.

»Ja.«

»Aber sind Sie nicht …« Ihre Augen weiten sich. Ein weiterer Nachteil, dass Logan bei so gut wie jedem in der High Society bekannt ist. »Sie helfen ihr bei ihrer Scheidung? Unfassbar!«

Ich hebe die Brauen. *Auf das Urteil dieser Schnepfe verzichte ich gerne.* »Wie Sie meinen. Genießen Sie den Lunch.« Ich verlasse den Raum, ohne mich noch einmal umzusehen.

Tiffany liegt in meinem Büro auf dem schwarzen Sofa und hat die Augen geschlossen. Auch als ich die Tür schließe, regt sie sich nicht.

»Pscht!«, zischt sie, als ich etwas zu laut meinen Bürostuhl heranziehe. »Ich meditiere.«

»Lass das. Es scheint dir nicht zu helfen.«

Sie setzt sich schnaubend wie von der Tarantel gestochen auf. »Was?!«

»Was ist das hier?« Ich deute auf den Ordner, den ich vor mir abgelegt habe und den ich eigentlich nicht noch einmal öffnen möchte.

Sofort beginnen Tiffanys Augen zu strahlen. »Fotos. Und Infos. Und … eigentlich alles, was wir bisher nicht über die kleine Schlange wussten!«

»Woher hast du das?«

»Habe einen Privatdetektiv beauftragt!«, erklärt sie selbstverliebt.

»Das ist ein Eingriff in ihre Privatsphäre«, unterrichte ich sie nüchtern.

»Na und?! Lies dir durch, was dieser Coreay herausgefunden hat! Sieh es dir an! Das sind all die Informationen, die wir brauchten.«

»Hat Logan mit dir geredet?«

»Was? Nein! Noch nicht.«

Ich stutze. »Wolltest du nicht …?«

»Doch, schon!«, weicht sie aus. »Aber … gestern passte es mir nicht. Und davor war ich mit Abigail verabredet. Und am Mittwochnachmittag hatte ich die Kinder …«

»Er wollte also mit dir reden und du bist ihm ausgewichen?« Ich fahre mir stöhnend über den Mund. »Fuck, Tiffany, ich habe ihn endlich dazu bekommen, dass er mit dir redet, und dann weist du ihn ab?«

»Wir haben SMS geschrieben«, erklärt sie stur. Sie sitzt gerade auf dem Sofa und muss sich in den fünf Minuten, bevor sie meditiert hat, ihre Haare gerichtet haben. Sie ist perfekt darin, sich in Sekundenbruchteilen zu stylen.

»Und was stand in diesen SMS?«

»Ich habe ihm vorgeschlagen, dass wir auf der Party sprechen. Das ist schließlich ein wichtiges Event für uns beide und wir werden beide da sein …«

»Und keine Zeit haben«, gehe ich dazwischen. »Das ist kein Ort für ein klärendes Gespräch.«

»Das ist *unsere* Sache, okay?«, sagt sie zickig. »Sieh in den Ordner. Wir müssen Phillip beschützen. Und Logan werde ich auf der Party auch davon erzählen.«

»Ich bin mir sicher, dass er Olivia einladen wird.«

Sie lächelt böse. »Umso besser.«

Ich seufze. »Also schön …« Mit einem mulmigen Gefühl schlage ich den Ordner ein weiteres Mal auf. Gleich in der ersten Folie befinden sich Fotos. Die in Olivias Hotelzimmer aufgenommen wurden. Auf denen sie nackt ist. Ich hätte gedacht, dass es mich nicht weiter kümmern würde, ihre Brüste entblößt zu sehen, aber jetzt stellt es doch etwas mit mir an. Olivia, wie sie mit nassen Haaren aus der Dusche kommt, die geschwungene Linie ihrer Hüfte, die schlanke Taille und runde, perfekte Brüste … Harte Nippel … Mein Mund wird trocken und ich schlage die Folie beiseite. Shit. Mein Schwanz stellt sich auf. Eine weitere Folie mit Fotos. Ihr Hotelzimmer, in dem sie mich verführen wollte … Ich muss an ihre devote Haltung im Pool denken, an die feinen Härchen auf ihrer Haut und das fast schon sehnsuchtsvolle Gieren nach mehr … bevor ich sie auf ziemlich harte Art abgewiesen habe.

»Tiffany, diese Fotos darf niemals jemand zu Gesicht bekommen.« Ein Privatdetektiv macht Fotos von Olivia in ihrem Hotelzimmer? »Das geht zu weit.«

»Sie ist eine Betrügerin, Jaden!«

»Das ist ein Fall für die Polizei oder die Staatsanwaltschaft«, sage ich eine Spur zu laut. »Das ist nicht legal.«

»Du hast ihre Sachen durchwühlt!«, wirft sie mir vor.

»Nachdem ich sie in ihr Zimmer gebracht hatte, weil sie betrunken war! Das Durchwühlen kann ich geschickt rechtfertigen. Aber wie willst du jemandem erklären, dass du eine Fotokamera in ihrem Zimmer installiert hast?«

»Das sind Fotos aus einem Zimmer gegenüber«, sagt sie achselzuckend.

»Gottverdammt.« Ich blättere weiter. Ignoriere Olivias in Szene gesetzten Körper. Beim Rasieren, auf dem Balkon, im Bett. Der Fotograf muss einen Narren an ihr gefressen haben, denn nichts Wichtiges ist auf den Fotos zu erkennen, außer dass Olivia ihr Leben genießt. Großartig.

»Blätter weiter zu der Adressliste!«, ruft Tiffany aufgeregt vom Sofa aus und ich höre dankbar auf sie.

Nach den Fotos folgt ein Ausdruck. Sechs Adressen stehen darauf. Zwei Kanzleien, vier männliche Namen. Mississippi, Alabama, Tennessee, Florida. Eine Adresse gehört zu Philipp.

»Ihre Ehemänner.« Tiffanys Stimmlage schäumt über vor Glück. »Sie hat sie alle geheiratet und dann verlassen. Jedes Mal etwas mehr Geld herausschlagen können mithilfe der aufgeführten Kanzleien. Ihre Ehen gingen maximal neun Monate. Eher kürzer.«

Ich blättere weiter. Eine genaue Auflistung von Zeiten und Abständen.

»Genau so, wie ich es vermutet habe«, seufzt sie glücklich.

»In der Tat.«

»Sie hat Phillip bei einem Pferderennen kennengelernt. Sagt er. Ganz zufällig. Aber das glaube ich nicht. Ihr damaliger Mann, irgendein Corn oder Cornhouse oder so, veranstaltet diese Rennen. Sie wusste bestimmt, dass

Phillip gerne wettet! Sie hat ihn sich extra ausgesucht, um immer näher an Logan zu kommen!«

»Warum hat sie sich dann nicht gleich Logan gekrallt?«, frage ich müde.

»Vielleicht hat sie es ja versucht! Aber er hat sie nicht wahrgenommen! Oder andere Multimillionäre haben sie nicht wahrgenommen! Vielleicht wollte sie vorsichtig sein, sich langsam hocharbeiten. Den Cornhouse hat sie vollständig ausgenommen! Er ist pleite, musste die Rennbahn verkaufen!«

»Mhm.«

»Du musst ihr anbieten, für sie zu arbeiten. Nur so wirst du herausfinden können, woher sie all diese Informationen über uns hat. Warum sie gerade mein Leben zerstören muss. Wieso sie gerade Logan will. Und nicht irgendeinen reichen Typ, der Single ist. Wieso nicht jemanden wie dich!«

Ich lache auf. »Wie bitte?«

»Wieso sucht sie sich ausgerechnet Logan? Er ist verheiratet!«

»Er ist reich?«, schlage ich vor.

»Aber dieser ganze Betrug … Bestimmt steckt sie dahinter!«

»Ich bitte dich«, gehe ich genervt dazwischen. »Olivia hat dich nicht gezwungen, dich mit diesem Kerl zu treffen. War sie dabei? Es war deine freie Entscheidung. Du kannst ihr nicht …« Ich unterbreche meinen Satz und fahre mir über den Mund. Ihre Augen füllen sich wie auf Kommando mit Tränen. »Entschuldige.«

»Es ist *nichts* gelaufen.«

»Ja, ich weiß.«

Sie holt ein Taschentuch hervor und putzt sich theatralisch die Nase. »Du glaubst mir nicht.«

»Doch.«

»Dann geh zu Olivia und übernimm das Mandat! Dann brauchen wir auch keinen Privatdetektiv!«

Ich knirsche mit den Zähnen. Sie weicht Logan aus und will nicht mit ihm reden? Und trotzdem soll ich den Hampelmann für sie spielen?

»Tu es für uns alle. Auch für Phillip.« Sie sieht von unten zu mir hoch. Ihre blonden Haare stecken in einem Dutt und ihre Augen brennen für ihre Sache. »Wenn du sie entlarvst und uns alle vor ihr bewahrst, machst du alles gut. Alles, was gewesen ist. Sie werden dir verzeihen.«

»Logan glaubt mir nicht«, gebe ich preis.

»Er wird es tun.«

Warum ist sie sich so sicher?

»Aber dafür brauchst du Beweise! Bisher haben wir nichts als Vermutungen und ein paar Adressen. Wir müssen wissen, wie sie das mit Harriet eingefädelt hat. Phillips Verflossene. Das war *ihr* Plan! Aber wie? Du wirst es herausfinden. Dann wissen wir genug. Und gehen zu Logan. Diese Frau soll nicht einen Cent von uns bekommen. Weder von Phillip durch die Scheidung noch von … Logan. Jeder Drink, den er ihr ausgibt, ist zu viel!«

»Kein Wort zu Phillip.« Ich schlage den Ordner zu. »Wenn ich das mache, sprichst du mit Phillip *nicht* mehr darüber. Ich werde es tun.«

Sie presst die Lippen zusammen. »Wieso?«

»Weil ich das sage!«, fahre ich sie an.

»Er ist einer meiner besten Freunde! Ich brauche ihn!«

»Wie kann jemand dein bester Freund sein, mit dem du geschlafen hast?!«, frage ich aufgebracht. Ich habe das Gefühl, dass Sex jede Freundschaft für immer zerstört. Jedenfalls ist das bei meinen Mandanten so.

Sie zuckt die Achseln. Ich weiß, was jetzt kommt. »Habe ich mit dir auch, na und?«

»Einmal.« Das kann man nicht vergleichen.

»Also gut, ich werde nicht mit ihm reden.« Sie fährt sich mit zwei gespitzten Fingern über die Lippen. »Versiegelt. Aber du hältst mich auf dem Laufenden! Ich will alles über sie wissen!«

»Natürlich.« Habe ich eine Wahl?

Olivia

»Ja, und dann hat er mich seinen vielen Geschäftsfreunden vorgestellt, einfach so! Ist das nicht der Wahnsinn?«

»Klingt wirklich leicht wahnsinnig. Warum tut er so etwas?«

Ich verdrehe die Augen, was er nicht sehen kann. »Mason … weil er mich mag. Er mag mich wirklich!«

»Sicher, dass er dich … na ja, keine Ahnung warum, aber er könnte dich auch nur benutzen, Hase.« Ein lautes Schlürfen kündigt an, dass er seinen Longdrink leert. Er befindet sich an der Westküste, ich an der Ostküste, und jeder von uns genießt seinen Cocktail.

»Und bei dir? Hat dieser Jack sein Versprechen gehalten und dich seinen Eltern vorgestellt?«

»Jack ist ein Traummann«, seufzt Mason ins Telefon. »Du, Olive, ich muss dir da noch was sagen …«

»Miss? Für Sie.« Der Barkeeper legt neben mein halb leeres Cocktailglas eine weitere Serviette und stellt einen Drink darauf. Einen blauen Drink.

»Was ist das?«, frage ich spitz. Meine Alarmglocken läuten. *Ich habe das nicht bestellt!*

»Sex on the Beach mit Blaubeersaft. Wir haben keinen Blue Curaçao, Miss.«

»Ich nehme das nicht!«, fahre ich ihn an.

»Olivia?«, fragt Mason ins Telefon.

Meine Augen gleiten über den Poolbereich.

»Also sei mir nicht böse, du weißt, dass ich dich liebe und alles, aber –«

Er steht mir direkt gegenüber. Shit! »Ich muss aufhören«, sage ich schnell und drücke auf den Hörer. Mist. Keine gute Idee, denn so zeige ich ihm, dass mich sein Auftauchen nervös macht. Ob ich vertuschen kann, dass ich aufgelegt habe?

Zu spät, er beobachtet mich längst und jetzt stiehlt sich ein gemeines, grausames Lächeln auf seine Lippen.

Idiot!

»Wie viel macht das?«, frage ich den Barkeeper.

»Äh.« Er weiß nicht, was ich meine. »Ihre Drinks? Sind bezahlt, Madam.«

»Was?!«, fauche ich ihn an. »Ich zahle sie selbst, in Ordnung?! Wie kommen Sie darauf …« Ich verschlucke meine hastigen Worte, als ich bemerke, dass Carters Platz leer ist. Nein! Er bewegt sich schon auf mich zu. Die Hand locker in der einen Tasche seines hervorragend sitzenden Maßanzugs. Ein Maßanzug, der seine sportliche Taille besonders zur Geltung … Gott! *Ich hasse ihn.* Ich grabsche nach meinem Smartphone, stopfe es in meine kleine Handtasche, greife nach meinem Zimmerschlüssel und will fliehen. Einfach weg. Soll er doch mit einer der anderen tausend Heiratsschwindlerinnen reden, die sich hier am Pool sonnen. Mich bekommt er nicht.

Ich rutsche von meinem Barhocker, quetsche mich an meinem Nachbarn vorbei, und dann passiert, was in der

Hektik passieren muss; ich bleibe mit meiner Tasche hängen, werde zurückgezogen, stolpere und bin auf die Arme angewiesen, die mich davon abhalten, zu Boden zu stürzen.

Starke, schreckliche, furchtbare Arme. Im Maßanzug.

»Hoppla.« Carter lächelt mich an.

»Ich hasse Sie, gehen Sie einfach.«

Sein Griff ist fest. So fest wie im Pool. »Was haben Sie gegen Blaubeeren, Miss Bloom?«

»Die gehören nicht in einen Sex on the Beach!«, fauche ich und mache mich von seinen Armen frei. Gut möglich, dass uns einige der anderen Gäste beobachten, aber das kann nur mein Vorteil sein, sollte ich die Polizei wegen Belästigung rufen.

»Was haben Sie dagegen, wenn man den Sex ein bisschen aufpeppt?«, fragt er anzüglich.

Ich verenge die Augen und sehe wütend von unten zu ihm hoch. »Ich habe nichts gegen Sex. Aber gegen Männer wie Sie, die mir zu nahe kommen.«

»Sie meinen, weil man normalerweise nicht kombiniert, was nicht zusammenpasst?« Carters Lächeln wird breiter und seine grünen Augen blitzen neugierig auf.

»Ja, genau!«, rate ich. Keine Ahnung, was er meint.

»Aber erst dann wird es aufregend, oder?«

Ich schüttle irritiert den Kopf. »Sind Sie hier, um blöde Sprüche zu klopfen?«

Er hebt beschwichtigend die Hände. »Ich verteidige nur den Barkeeper. Es war seine Idee. Das Ganze«, Carter wedelt mit der Hand, »mit den Blaubeeren und dem Sex. Ich wollte es ja subtiler, aber die mangelhafte Ausstattung dieser Hotelbar kam mir dazwischen.«

Hä? »*Was* wollen Sie?«, zische ich.

»Reden«, erklärt er vergnügt. »Setzen wir uns?«

»Nein.«

»Schwimmen?«

»Nein!«

»Am Strand spazieren? Die Meerluft genießen, weg von den Leuten, die uns schon anstarren, als wären Sie und ich geisteskrank?«

Ich sehe mich um. Tatsächlich sehen uns unverhältnismäßig viele Leute dabei zu, wie wir streiten. »Meinetwegen«, murmle ich. »Aber ich nehme mein Smartphone in die Hand und werde sofort die Polizei –«

»Schscht«, raunt er und führt mich mit einem sanften Druck an meinem Rücken Richtung Terrasse und Strand. »Nicht so laut.«

»Wieso? Ist die Polizei nicht der beste Freund der Anwälte?«

»Staatsanwälte. Der Staatsanwälte«, erinnert er mich. »Wie geht es Ihnen? Langweilen Sie sich nicht den ganzen Tag?«

»Jetzt wieder so höflich, hm?«, frage ich schnippisch und lasse beim Gehen einen Schritt Abstand zwischen uns. Ein kurzer Blick zurück sagt mir, dass uns noch immer einige hinterhersehen. Der fesche Mann im Anzug sorgt eben für Aufsehen. *Wieso muss er auch so wahnsinnig gut aussehen?* Das ist nicht fair! Anwälte haben hässlich zu sein. Gute Anwälte sowieso. Wer es erträgt, Jura zu studieren, muss mindestens genauso staubig sein wie die vielen Gesetzbücher. Oder nicht? Zumindest wäre das fair.

»Sie haben also ziemlich schlechte Laune. Ist etwas geschehen?«

»Nein«, antworte ich zuckersüß. »Alles bestens. Und Sie sind hier, weil …?« Ich bin wirklich neugierig. Denn soweit ich es mitbekommen habe, hat Carter Logan nichts von dem erzählt, was er mir im Pool an den Kopf geworfen hat. Warum nicht? Das lässt mich misstrauisch werden, genauso wie es mich wahnsinnig neugierig macht.

»Um meine gesamte schwarze Seele vor Ihnen auszubreiten, Miss Bloom.« Er macht eine Armbewegung zum Wasser und verneigt sich leicht. »Gehen wir ein Stück im Sand?«

»Meinetwegen …«

Doch bevor ich richtig entscheiden kann, hat er sich schon hingehockt und begonnen, seine Schuhe zu öffnen. Sicherlich irgendwelche superteuren Dinger, so sehen sie aus. Es scheint, als käme er direkt aus seiner Kanzlei, denn bisher habe ich ihn eher in legerer Kleidung erlebt. Er zieht auch seine Socken aus, knüllt sie in die Öffnung der Schuhe und legt diese unter die Hecke, die den Strand vom Gehweg abgrenzt.

»Soll ich helfen?«, bietet er mir grinsend an und deutet auf meine hochhackigen Sandalen.

»Nein, danke.« Ausziehen, ernsthaft jetzt? Keine Ahnung, wann ich jemals einem Mann dabei zugesehen habe, wie er barfuß über den Strand geht. Gibt es so etwas überhaupt? Ich kenne Jogger, Sportler, Surfer. Aber barfüßige Spaziergänger? Doch nicht in Florida. Ich ziehe die Sandalen von meinen Füßen und nehme sie in die Hand. Kaum betreten wir den Strand, gleitet der Wind über die freie Fläche unter meinen Wickelrock und lässt ihn im Wind tänzeln. Ich bin jetzt seit einer Woche hier in diesem Hotel und war nicht einmal am Strand spazieren. »Wir gehen zum Wasser«, bestimme ich und laufe direkt darauf zu. Der Sand unter meinen nackten Füßen fühlt sich traumhaft an. Carter folgt mir mit geringem Abstand. Warum ist ausgerechnet er es, mit dem ich hier spaziere? Das ist falsch. Vielleicht könnte ich Logan anrufen und ihm vorschlagen, am Wasser zu spazieren und zu reden …

Am Schatten erkenne ich, dass Carter sich mitten im

Gehen bückt und etwas aufhebt. Drei Schritte weiter erreichen wir die sanften Wellen des Atlantiks und er wirft mit gekonntem Schwung einen flachen Stein auf die Wasseroberfläche. Der Stein springt fünfmal.

»Toll«, lobe ich ihn ironisch. »Sie haben mich hierhergebracht, um Steine zu werfen?«

Er bückt sich gleich für den nächsten Stein. »Ja, ich dachte, das bringt Sie dazu, mich wieder zu mögen.« Konzentriert holt er aus und wirft den Stein in die Ferne. Viermal. »Und? Klappt's?« Er sieht auf und sein warmes Lächeln trifft mich unvermittelt.

Für einen Augenblick wanke ich. Ich wanke! Meine Beine, weich. Mein Atem, zu schnell. Nur weil er mich anlächelt? »Sie sind ein Arsch«, sage ich tapfer. Hoffentlich fällt ihm nicht auf, was für eine Wirkung er auf mich hat. Obwohl; sollte es ihm auffallen, ist es auch egal. Dann bin ich eben schwach, na und? Wenn ich es richtig anstelle, werde ich Carter ab Oktober, wenn Logan den Winter über nach New York geht, eine sehr lange Zeit nicht wiedersehen. Soll er bis dahin denken, was er will. »Ich fürchte, ich werde Sie niemals mögen.«

»Oh, das ist wirklich bedauerlich.« Sein Lächeln wird ironisch.

Ich recke mein Kinn. »Was wollen Sie?«

»Ich brauche Geld.«

»Was?«, stoße ich unüberlegt hervor. »Wie jetzt?«

»Ich brauche Geld. Sie haben mit allem recht, Olivia, ich bin ein Arsch und ich brauche das Geld. Ich will Ihnen ein Angebot machen.«

»Ääh.« Wie? Das ist der Grund, weshalb er hergekommen ist? *Ja, aus welchem Grund auch sonst?*

»Können Sie das lesen?« Er holt mit einem schnellen Griff einen gefalteten Papierzettel hervor und legt ihn mir in die Hand, ohne mich dabei zu berühren.

Ich falte ihn auseinander. Eine Zwölf und sechs Nullen. »Zwölf Millionen.«

»Ja, genau. Zwölf Millionen Dollar. Was meinen Sie, wäre das eine angemessene Entschädigung dafür, dass Phillip Sie betrogen und Ihre ›zart blühende‹ Ehe zerstört hat?« Seine Augen blitzen. Er meint das ernst.

»Mit so viel …« Habe ich nicht gerechnet.

»Ja, ich weiß. Aber es steht ja auch nicht irgendwer vor Ihnen, sondern ich selbst. Das ist die Summe, die ich mit absolut größter Wahrscheinlichkeit für Sie herausschlagen kann.«

»Und wie viel springt dabei für Sie heraus?«, frage ich fassungslos.

Seine Mundwinkel kräuseln sich. »Die Hälfte.«

»Was?!«, keuche ich. Ich sehe mich um, niemand ist in Hörweite. Nur zwei Jugendliche im Wasser, eine Viertelmeile von uns entfernt. »Sechs Millionen Dollar? Das ist doch nicht Ihr Ernst!«

Er zuckt mit den Achseln und wirft einen weiteren Stein, der viermal über das Wasser springt. »Das sind immer noch sechs Millionen für Sie. Viel mehr, als Sie jemals erwartet haben.«

»Wie wollen Sie das anstellen?!«

»Sagen Sie es mir.« Er richtet sich auf, steckt selbstbewusst die Hände in seine Taschen und betrachtet mich neugierig. »Sie sind die Meisterin darin, Ihre Ehemänner zu verführen und anschließend auszunehmen. Wie haben Sie das angestellt?«

»Ich war vorher nicht verheiratet«, lüge ich. *Woher weiß er davon?*

Er hebt eine Braue. »Um eines vorab klarzustellen: Wir können nur zusammenarbeiten, wenn Sie ehrlich zu mir sind. Ansonsten werden aus den zwölf Millionen schnell weniger als ein paar Tausend.«

»Phillip hat mich betrogen! Er wird mir so oder so etwas zahlen müssen.«

»Nicht, wenn ich ihn vertrete.« Ganz plötzlich wird sein Grinsen diabolisch.

»Wie bitte?« Meine Miene entgleitet mir. Was für ein abgekartetes Spiel.

»Ja, Olivia«, erklärt er schmeichelnd. »Ich kann meinem Bekannten helfen und ihn vor einer Schwindlerin beschützen. Aber dadurch gewinne ich gar nichts. Wenn ich aber auf Ihrer Seite stehe – und wir ehrlich zueinander sind –, gewinne ich sehr viel mehr. Ich kann meine Schulden begleichen, Sie können sich Ihren Zirkus kaufen oder was Sie schon immer tun wollten, und beide haben wir profitiert.«

»Sie wollen Ihren Freund ausnehmen?« Das gefällt mir nicht. »Warum?«

Carter hält stutzend inne. »Wieso nicht?«

»Ich weiß noch genau, was Sie im Pool zu mir gesagt haben.«

»Und ich weiß es auch. Das war, bevor ich herausgefunden habe, dass Philipp gerade eine gewaltige Summe verschwinden lässt, damit *Sie* an diese nicht herankommen können. Und diese Summe ist verlockend hoch … Ich habe zwei nicht abbezahlte Häuser. Eins hier in Miami, eins in London. Dann liebe ich diesen sauteuren Bootsport –«

»Sie fahren ein altes Motorrad.«

»Ja, warum wohl?«, fragt er lachend. »Es stand noch in der Garage. Wenn Sie es wissen wollen; ich bin blank. Absolut blank und ich kann mir nicht mal einen neuen Wagen leisten. Verstehen Sie mich?«

Mir wird unwohl. »Ich habe ja gehofft, dass Sie gerissen sind …«

»Aber das überrascht Sie nun doch?«

»Ich halte es nicht für richtig. Ich fühle mich nicht wohl.« Ich gebe es ganz offen zu. Mit diesem Typen stimmt doch irgendetwas nicht.

»Sie haben keine Wahl«, erklärt er mir feierlich, wirft einen kleinen Stein spielerisch hoch und fängt ihn wieder auf. Seine Augen funkeln gefährlich. »Sie sind zurück in mein Haus gekommen, haben sich an meinen Pool gesetzt und wollten mich erpressen. Das hat nicht geklappt und ich habe Sie gewarnt. Jetzt bin ich es, der Sie erpresst. Tut mir leid, wenn ich das etwas besser kann als Sie. Aber Sie sind ja auch noch Anfängerin.« Er legt mir eine Hand auf die Schulter und lächelt von oben herab.

Mein Blick gleitet zu meiner Schulter, zu seiner Hand und zurück in sein Gesicht. Er ist erstarrt. Plötzlich steht etwas ganz anderes in seinem Gesicht. Eine Gefühlsregung, die ich nicht deuten kann, und als ob er sich verbrannt hätte, lässt er meine Schulter wieder los.

Er steckt die Hand zurück in seine Tasche und sieht an meinen Augen vorbei. »Also, wie entscheiden Sie sich?«

»Sie wollen meinen Ex-Mann um zwölf Millionen erleichtern, obwohl Sie mit ihm befreundet sind? Und wenn ich nicht mitspiele, werde ich leer ausgehen, weil Sie dafür sorgen? Sie sind noch immer das allergrößte Schwein, das mir jemals begegnet ist.«

Er fährt sich durch die kurz geschnittenen, dunklen Haare und lächelt verwegen. »Das ist mein Job.«

»Ich will meinem Anwalt vertrauen können.«

»Vertrauen Sie nie einem Anwalt. Wenigstens wissen Sie jetzt etwas über mich, das Sie unter normalen Umständen nie erfahren hätten. Ja, auch mir geht es ums Geld. So wie jedem anderen da draußen auch, der das für Sie regeln könnte. Mit dem Unterschied, dass …«

»Ich nicht die Hälfte abtreten müsste«, fasse ich zusammen.

Carter lächelt vieldeutig. Er weiß, was er mir anbietet und dass ich kurz davor bin, unüberlegt zuzusagen. Aber er kennt mich. Weiß zu viel. Und trotz des Angebots ist es noch immer Erpressung. Wie er sagt, habe ich keine Wahl. Jedenfalls scheint es so. Sollte Logan sich allerdings wirklich weiter annähern … wären sechs Millionen verglichen mit den Milliarden nichts.

»Kann ich darüber nachdenken?«, frage ich und schlinge die Hände um meine Arme. Obwohl die Mittagssonne heiß auf uns scheint, fröstelt es mich plötzlich.

Carter hebt eine Braue.

»Ich meine … wie lange habe ich Bedenkzeit?«

»Worüber müssen Sie nachdenken?«, fragt er ungeduldig. »Was ist an meinem Angebot nicht überzeugend?«

»Es ist eine Erpressung.«

»Deswegen zögern Sie?«, fährt er mich genervt an.

Ich stutze. Wieso will er es mit einem Mal unbedingt? »Ja. Das ist mein gutes Recht. Also geben Sie mir irgendeine Karte und ich rufe Sie an, wenn ich mich entschieden habe.«

Er schnaubt abfällig, zückt allerdings sein Portemonnaie. »Ich bin nicht der geduldigste Mensch.«

»Tja, dann bringen Sie Phillip eben dazu, mich lieblos abzuspeisen«, erwidere ich zwinkernd und nehme die Karte aus seiner Hand. »Die Freundschaft mit ihm ist Ihnen offenbar die sechs Millionen wert.«

Carters Mund öffnet sich leicht vor Erstaunen, dann lacht er laut auf. »Sieh einer an! So leicht drehen Sie den Spieß um. Aber wir wissen beide«, er tritt näher, viel zu nahe, und sein mir bereits bekanntes Aftershave erfüllt meine Atemwege, »dass Sie nicht weniger gierig sind als ich. Also lassen Sie sich mit dem Nachdenken in Ihrem hübschen Kopf nicht zu viel Zeit. Vertrauen Sie nicht darauf, dass Logan Ihnen die Welt zu Füßen legt. Er besitzt nicht aus Dummheit milliardenschwere Firmen.« Ich schlucke hart, als sein Lächeln und die Nähe seines Körpers mich ein weiteres Mal innerlich verkrampfen lassen, dann rückt er glücklicherweise ab und wendet sich zum Gehen. »Rufen Sie mich an«, sagt er mit einem lockeren Winken und geht durch den Sand zurück zum Gehweg. »Ich bin mir sicher, das wird ein nettes Gespräch.«

Ich presse meine Lippen aufeinander, um nichts Dummes zu erwidern, und versuche, nicht zu sehr auf diesen knackigen Hintern zu achten, der von der edlen Anzugshose allzu sehr betont wird. Fuck! *Bleib klar.*

Wie automatisch greife ich zu meiner Handtasche, um Mason anzurufen. Doch mir ist natürlich klar, was er mir raten wird. Er geht immer auf Nummer sicher. Und Nummer sicher ist in diesem Fall nicht das Vertrauen darauf, dass Logan mich retten wird. Nummer sicher sind sechs Millionen, mit denen ich Logan nicht einmal mehr bräuchte.

Davon könnte ich mir alles kaufen. Sogar nach Hause zurückkehren. Sechs Millionen verdammte Dollar! Über so viel habe ich nicht einmal ansatzweise verfügt – bisher. All das könnte sich ändern. Wozu soll ich mich bemühen, all diese Anstrengungen aufbringen? Wenn Carter über Phillips Vermögen Bescheid weiß – und das ist durchaus möglich, denn sie sind alte Freunde – und aufdeckt, ob und warum er Geld vor mir verborgen gehalten hat, dann könnte er wirklich gewinnen. Er würde mich – und sich – reich machen. *So unglaublich reich!*

Mason würde mich fragen, warum ich überhaupt noch zögere.

Ich würde antworten, dass es Logan nicht gefallen wird, sollte ihm Carter erzählen, was ich bereit bin zu tun.

Mason würde einwenden, dass Logan nichts mehr an

mir gefallen wird, sollte er irgendetwas über mich herausfinden.

Und ich müsste ihm recht geben.

»Halt!« Ich löse meine Anspannung und rufe gegen den Wind. »Ich mach's!«

Carter hat gerade seine Schuhe unter der Hecke hervorgeholt und richtet sich mit fragendem Gesichtsausdruck auf.

»Ich mach's!«, wiederhole ich, sollte er mich nicht gehört haben.

Ein ironisches Lächeln wandert auf sein Gesicht, doch er antwortet nicht. Vermutlich will er, dass ich es ausspreche.

»Sie dürfen mein Arsch von Anwalt sein und kriegen dafür die Hälfte.« Zum Glück befindet sich niemand sonst am Strand.

»Morgen. Mein Büro«, ruft er grinsend zurück und hebt die Hand zum Gruß. Dann geht er, die Schuhe in seinen Händen, über den Gehweg zurück zum Hotel. Da der Wind die Melodie zu mir trägt, höre ich, wie er pfeift. You Got It, Roy Orbison.

Idiot!

Jaden

Phillip Raines ist einer dieser Männer, die nicht wissen, wie man das Wort ›Arbeit‹ buchstabiert. Seine Mutter hat ihn stets verhätschelt, und durch das College ist er nur gekommen, weil Logan und ich ihm Spickzettel geschrieben und gezeigt haben, wie er sie an den unmöglichsten Orten verbirgt. Beide Elternteile früh gestorben, keine Geschwister und ausschließlich Verwandte in Europa, sitzt er seit ein paar Jahren auf dem fetten Erbe und gibt es nicht aus.

Einen so verdammt zimperlichen Mann wie ihn muss man erst einmal finden. Wieso angelt Olivia sich ausgerechnet einen wie ihn? Klar, er sieht gut aus. Weiß, wie man sich kleidet, und das einzige Hobby, dem er wirklich nachgeht, ist Sport. Ansonsten spekuliert er hier und da den Tag über mit ein paar Aktien, ist aber so vorsichtig, dass er kaum Gewinne erzielt.

Dass er irgendwo zwölf Millionen Dollar versteckt hält, ist natürlich reine Erfindung. Vielleicht kommt so viel zusammen, wenn er seine Autos und die Villa am

Stadtrand verkauft, aber nicht einmal dann ... Natürlich kann er von dem Erbe bis zu seinem Tod leben, aber für Olivia wird nicht viel zu holen sein. *Es muss andere Gründe haben, weshalb sie mit ihm zusammengekommen ist.*

Ich halte mit einer Staubwolke in seiner runden Einfahrt, direkt vor der Treppe, die zu der breiten Haustür hoch führt. Der gesamte steinerne Eingangsbereich ist überdacht. Prunkige Blumen und Pflanzen werden zu allen Seiten bewässert, und irgendein Student oder Schüler poliert gerade einen von Phillips Sportwagen.

Ich nehme meinen Helm ab und lege ihn auf den Sitz. Gerade in diesem Moment geht die Haustür auf und einer meiner ältesten Freunde tritt heraus.

»Ich werde nie verstehen, warum du noch immer mit so einem Ding rumfährst.« Phillip hält die Arme vor der Brust verschränkt und blickt von oben auf mich herab. Er ist nicht gut auf mich zu sprechen – noch immer nicht. Und gerade die Sache mit Tiffany wühlt vermutlich in allzu schmerzhaften Erinnerungen. Der Typ ist generell chronisch eifersüchtig und hegt viel zu schnell Besitzansprüche.

Er wird Olivia nicht einfach gehen lassen. Das wird ein langwieriges Scheidungsdrama, und es ist eine unbequeme Vorstellung, diejenige Schlüsselfigur zu sein, die das verhindern kann. Erst Logan und Tiffany, jetzt Olivia und Phillip? Ich hätte meinen Freunden verbieten sollen, jemals zu heiraten.

»Du würdest es verstehen, wenn du arbeiten gehen würdest und dir so etwas wie ›Rush Hour‹ ein Begriff wäre«, begrüße ich ihn scherzhaft und gehe auf die Treppenstufen zu. Dass ich kein Geld für einen Wagen habe, ist natürlich ebenfalls Bullshit. Aber nachdem ich Olivia die Lüge aufgetischt habe, sollte ich nicht einfach meinen Maserati aus der Werkstatt holen und fröhlich damit angeben. Ich bin schließlich der Bettelknabe, der es dringend nötig hat.

»Ist das noch immer die Karre, mit der du schon im Studium rumgefahren bist?«, fragt Phillip rätselnd und sieht zu meiner Maschine. »Und jetzt bist du zurück und holst sie aus Nostalgiegründen raus, oder was?«

»Ja, genau dieses Motorrad. Du bist noch nie eins gefahren, sonst hättest du auch Schwierigkeiten damit, sie abzugeben. Kann ich reinkommen, oder soll ich dir auf deiner Türmatte dein Herz brechen?«

Er grunzt unfreundlich und tritt zurück. Phillip und mein Humor; das hat noch nie gut funktioniert. Wir haben andere Dinge geteilt. Frauen, Drogen, Partys. Die gesamte Jugendsündenzeit geht auf seine Kosten und wird mit ihren ausschweifenden Erinnerungen für immer zwischen uns haften. Eben darum vertraue ich auf sein Urteilsvermögen. Er ist nicht wirklich so blind, wie es gerade den Anschein hat.

Phillip geht durch die Eingangshalle Richtung Salon. Das Haus wurde von seiner Mutter ein- und hergerichtet und so sieht es noch immer aus. Nicht geschmacklos, aber auch nicht stilvoll. Zu viele Vasen und Prunk und Gardinen, zu wenig Luft zum Atmen.

Phillip setzt sich breitbeinig auf eines der vier im Rechteck angeordneten Sofas und sieht grimmig zu mir hoch. Toll, er ist sauer. *Das hat Tiffany gut hinbekommen.*

Ich greife nach dem Whiskey auf der Anrichte, den ebenfalls seit dem Tod von Phillips Eltern niemand mehr angerührt hat, und hole zwei Gläser aus dem Schrank hervor.

»Was tust du da?«, fragt Phillip schlecht gelaunt.

»Du brauchst einen Drink. Und ich brauche vermutlich auch einen Drink, wenn ich mich hier so umsehe.« Ich hatte in diesem Raum auf allen Möbeln Sex. Besoffen und mit Frauen, deren Namen ich nicht mehr weiß. Die wildesten Partys in der Collegezeit fanden immer bei ›Mr. Raines‹ statt, wenn eben dieser verreist war.

»Was willst du, Carter?«

»Dein Leben retten, Ray.« Eine alte Angewohnheit von uns, den anderen jeweils bei seinem Nachnamen zu nennen. Ich schenke ihm ein und setze mich vor ihn.

»Aha.«

Geduldig schiebe ich das Glas in seine Richtung. »Das ist mein Ernst. Du brauchst was Starkes.«

»Tiffany hat mir schon alles erzählt.« Phillips braune Augen mustern mich klar und kühl. Er hat ein durchschnittliches Aussehen. Braune Augen, braune Haare, schmale Lippen, eine etwas zu breite Nase und leicht abstehende Ohren. Vor zehn Jahren, als er noch nicht so viel Sport getrieben hat, ist er ein richtiger Pummel gewesen und wurde deswegen ständig von uns verarscht. Das ist er jetzt nicht mehr, aber neben Logan oder mir ist er auch heute noch derjenige Mann, den man einfach übersieht. Shame on me, warum sind meine Gedanken so überheblich?

»Was hat sie dir erzählt?«, frage ich beiläufig und schwenke mein eigenes Glas Whiskey in der Hand.

»Dass sie glaubt, Olivia wäre nicht ehrlich. Aber ich sag dir was. Tiff ist einfach nur todunglücklich und das hat alles rein gar nichts mit Olivia zu tun. Ich habe die ganze Villa auf den Kopf gestellt. Es gibt nichts, was darauf hindeuten würde –«

»Dass sie dich schamlos ausgenutzt und betrogen hat?«, frage ich lächelnd. »Welche Beweise erhoffst du dir zu finden? Ein Tagebuch, dem sie alles anvertraut?«

Seine Mundwinkel zucken wütend. »Zum Beispiel. Aber so etwas hat sie nicht.«

»Und das beweist natürlich, dass Tiffanys Intuitionen

Schwachsinn sind, was?« Zeit, ihm endlich die Augen zu öffnen. Ich hole mein Handy hervor, öffne die App und lege es vor ihm auf den Tisch. »Olivia Bloom war gestern und heute Morgen in meinem Büro. Sie ist zu mir gekommen, da sie nicht wusste, dass wir befreundet sind.«

»Was tut sie in deinem Büro?«, fragt er alarmiert.

»Na, was denkst du? Ich vertrete sie.«

»Du Schwein!«, brüllt er und springt auf. »Was soll das heißen, du vertrittst sie!«

»Mann, beruhige dich.« Ich deute auf das Whiskeyglas. »Sie hat sich nur mit dir liiert, weil sie an Logan rankommen will. Verstehst du das? Du warst ihr Absprungbrett, und nachdem sie die ganze Sache mit Harriet eingefädelt hat –«

»Die hat sie nicht eingefädelt«, behauptet er stur und ich verdrehe nur die Augen.

»– hat sie nun freie Bahn, um dich vor Gericht auszunehmen. Sie ist gewissenlos und egoistisch. Und es wäre mir wirklich so was von scheißegal, ob du ein paar hunderttausend Dollar an sie verlierst oder nicht, wenn sie sich nicht auch zwischen Logan und Tiffany drängen würde. Ich weiß, dass du stur bist und Olivia … abgöttisch liebst, und ich würde dir meine Hilfe wirklich nicht aufzwingen, wenn es nicht sein müsste.« Er will mich unterbrechen, doch ich rede weiter. »Ich werde vor Olivia so tun, als würden wir gemeinsam daran arbeiten, dich um zwölf Millionen Dollar zu erleichtern.«

Er stutzt. »Zwölf …?«

»Viel zu viel, schon klar, aber sie hat angebissen. Ich hintergehe dich dabei nicht und vor Gericht werde ich sie auflaufen lassen. Ich will nur, dass sie ein für alle Male aus unser aller Dunstkreis verschwindet. Kannst du mir folgen? Verstehst du, dass es mir vor allem darum geht, Tiffany und Logan zu helfen?«

Phillip setzt sich langsam zurück und verschränkt wieder die Arme vor der Brust. »Was hast du davon?«, fragt er misstrauisch.

Tja. Das ist mein schlechter Ruf, der mich selbst vor meinen Freunden immer wieder einholen wird. »Nichts. Ich reiße mir ganz ohne Lohn meinen Arsch für euch auf.«

»Uns? Logan und mich? Bewahrst uns vor meiner gefährlichen Ehefrau? Und vögelst sie vermutlich noch in deinem Büro, was? Weil das ja das Beste für uns alle ist?«

Meine Miene bleibt ohne jede Regung. »Wenn du einen weiteren plumpen Beweis willst, dass sie dich nie geliebt hat, kann ich das gerne tun.«

Seine Nasenflügel blähen sich auf. »Du bist derselbe Wichser wie vor ein paar Jahren.«

»Willst du die Aufnahme hören oder nicht?«, frage ich unbeeindruckt.

Phillip greift nach dem Whiskeyglas und leert es in einem Zug. »Steck dir deine Aufnahme in den Arsch. Was auch immer du vorhast, am Ende willst du mich nur manipulieren. Wie immer schon. Du lügst an allen Ecken, niemand weiß wirklich, was du vorhast. Würde mich wundern, wenn du Tiffany gegenüber ehrlich bist. Läuft da was zwischen euch? Kommt sie zu dir heulen und tröstest du sie auf *deine* Art?«

Gott, ist er stumpf, wenn er verletzt ist. »Und du?«, frage ich mit einem kühlen Lächeln. »Ist gar nicht Harriet die Liebe deines Lebens, so wie Olivia das dachte, sondern Tiffany? Wartest du auf die Chance, die du damals verpasst hast?«

»Raus.«

»Du bist ein Idiot, Phil. Mach deine Augen auf. Ich muss nicht hier sein, in London wartet ein süßes Leben auf mich. Keine amerikanischen Gesetze, keine voll verrückten Scheidungsangelegenheiten und keine Hitze. Aber ich *bin* hier. Um etwas wiedergutzumachen. Ich habe eine bessere Idee.« Ich nehme das iPhone zurück in die Hand und leite die Aufnahme per Mail weiter. »Ich schick sie dir. Hör sie dir an, wenn du es vor mir nicht erträgst, dass ich recht habe. Oder lass es bleiben. So oder so wird Olivia dich nicht ausnehmen, dafür werde ich sorgen.«

»Ich will sie zurück!«, brüllt er plötzlich und mit einem Mal tritt seine ganze Verzweiflung zutage. »Ich will keine dämliche Scheidung, das mit Harriet war nichts. Weißt du, wie sie hierherkam? Das war … sie hat mich verführt, Jad, glaub mir, niemand wäre da stark geblieben. Niemand. Erst einen auf Mitleidstour gemacht, erzählte mir irgendetwas davon, dass sie so froh sei, mit einem alten Freund sprechen zu können, und dann ging sie duschen und kam einfach nackt zurück! Verdammt!« Er knallt das leere Glas zurück auf den Tisch. »Ich habe es nicht mal genossen! Ich wollte das gar nicht. Ich war einfach schwach und dämlich und Olivia geht mir seit Tagen aus dem Weg und will nichts dazu wissen. Und dann fährt sie vor meinen Augen mit Logan …«

»Schnellboot, und er benutzt sie, um Tiffany eifersüchtig zu machen. Ich verstehe dein Problem.«

»Nein, verstehst du nicht!«, schreit er, sodass mich ganz knapp Spucke aus seinem Mund verfehlt. »Du hast keine Ahnung davon, was Treue ist und was sie bedeutet. Und wie es ist, wenn man einen Fehler begangen hat und eine Frau zurückwill. Du bist doch ständig nach jedem Fehler abgehauen. Zuletzt nach London. Schön bei deiner Tante untergeschlüpft wie so ein richtiger Mann. Und jetzt glaubst du, mir helfen zu können?« Er ballt seine Hände zu Fäusten und presst seinen Kiefer aufeinander. »Ich will nicht, dass du mir hilfst. Du bist ein Lügner, nichts sonst. Verlass dieses Haus und komm nicht zurück.«

Idiot. Dann will er eben keine Hilfe. »Nicht ich lüge hier, sondern du machst dir selbst etwas vor. Und nenn mich noch einmal Lügner, Phil, dann komme ich tatsächlich nicht mehr wieder. Ich habe dich nie angelogen. Das weißt du. Wenn du eingesehen hast, dass ich nichts dafür kann, dass deine Ehefrau eine miese Schwindlerin ist, dann ruf mich an. Vielleicht kann ich dich noch davor bewahren, in die Scheiße geritten zu werden. Oder lass es bleiben. Ist deutlich weniger Papierkram für mich.« Ich schließe meine Jacke und wende mich zum Gehen. »Ach, eins noch. Vor Gericht könnte es leicht dämlich wirken, wenn du jede freie Minute mit deiner Ex-Freundin Tiffany verbringst. Ich wäre da etwas vorsichtiger. An deiner Stelle. Aber du willst ja keine Tipps.«

Er grummelt etwas zur Antwort. Soll er selbst entscheiden, ob er sich die heimliche Tonaufnahme von heute Morgen aus meinem Büro anhört oder nicht. Ich habe zwar nichts aufgezeichnet, was mir später das Genick brechen könnte – es soll maximal zufällig wirken –, aber ihre reine Anwesenheit in meinem Büro sollte Phillip reichen, um zu erkennen, dass sie ihn auspressen will. Aber vielleicht erkennt das nur jemand, der keine quietschrosa Brille trägt.

Vielleicht erkenne das nur ich.

Olivia

Ich kann nicht aufhören, an ihn zu denken.

Mist!

Ich hasse Gefühle. Jahrelang kam ich ohne sie zurecht. Und jetzt sind sie dennoch da. Ausgerechnet ein vollkommen bescheuerter Macho weckt sie in mir.

Die Termine in Carters Büro wurden mit jeder weiteren Minute mehr zur Hölle. Er versteht es auf eine perfide Art, mir jedes meiner Worte noch im Mund herumzudrehen und mir Dinge zu entlocken, die ich niemandem erzählen darf. Letztendlich war ich gezwungen, eine ganze Menge zu erfinden. Und obwohl ich ihn heute Morgen unbedingt fragen wollte, warum ich das Gefühl habe, dass er viel mehr über mich weiß, als er preisgibt, habe ich mich doch nicht getraut.

Das ist nicht meine Art! Himmel! Alles hat an diesem dämlichen Abend im Café begonnen! Wieso ist er mit auf mein Zimmer gekommen? Wusste er zu diesem Zeitpunkt schon über Phillips Vermögen Bescheid und hat darauf spekuliert, es durch mich zu bekommen?

Oder bin ich Teil eines ganz anderen Spiels? Geht es hier um Phillip und ihn? Eifersucht, Vergangenheit, Drama?

Es ist nicht zum Aushalten, so wenig über seine Beweggründe zu wissen. Und allein meine Schuld, dass er mich trotzdem vor sich hertreiben kann.

Die Faszination treibt mich um. Ja, vielleicht habe ich noch nie einen Mann getroffen, der mir ähnelt. Der nichts von Gefühlen hält und sich nur nimmt, was er selbst will. Egoistisch, berechnend, gefühlskalt – und nervenaufreibenderweise attraktiv.

Mist.

Ich denke schon wieder an ihn.

Ich erreiche Phillips Haustür und krame meinen Schlüssel hervor. Der Schlüssel gleitet ins Schloss und ich kann ihn ohne Probleme drehen. *Hervorragend, Phillip hat es nicht ausgewechselt.* Ich weiß, dass er sich um diese Uhrzeit zum Joggen mit irgendeinem Cousin trifft, und nutze daher die Gelegenheit, unbehelligt ins Haus zu gehen und eines der langen Abendkleider aus meiner Garderobe zu holen, die ich nicht mitnehmen konnte.

Morgen ist die Party auf Logans Yacht und er hat mich persönlich eingeladen. Carter hat durchblicken lassen, dass ich mich nicht mit ihm treffen sollte, aber eine Einladung zu einer Party ist kein Date, und überhaupt werde ich nicht auf Carter hören, wenn ich andere Pläne habe.

Gerade als ich durch die Haustür husche, fängt es in meinem Rücken an zu schütten. Ich betrachte missmutig vom Fenster aus die plötzlichen Wassermassen, die vom Himmel stürzen, und mir wird klar, dass ich mich beeilen muss. Phillip könnte seine Joggingtour verkürzen wollen, selbst wenn der Schauer nur fünf Minuten andauert.

Also laufe ich schnell über die breite Wendeltreppe ins obere Stockwerk und in mein ehemaliges Ankleidezimmer, das in dem einen Jahr, in dem ich hier gewohnt habe, nicht einmal halb voll geworden ist. Das meiste habe ich mitgenommen, nur die drei Abendkleider, von denen ich mir eines selbst gekauft habe, hängen noch zwischen den Holzwänden des Schrankes. Ich greife nach dem roten. Ich habe es noch nie in Miami getragen. Denn damit falle ich auf und stehle genügend anderen Frauen die Show.

Daher ist es für morgen perfekt.

Ich lege es zügig in eine Kleiderhülle, schließlich über meinen Arm und laufe mit leisen Schritten über den Teppich zurück in den Flur.

Ich zucke zusammen, als der plötzliche starke Wind ein Fenster im Erdgeschoss zuschlägt, und mein Atem beschleunigt. Phillips Villa war mir nie unheimlich, aber heute fühlt sich alles anders an …

»Olivia?«

Ich erstarre mitten auf der ersten Treppenstufe. *Nein!*

»Was machst'n da?« Phillip taucht in der Eingangshalle auf. Keine Zeit für eine Flucht. Shit. Shit, Shit, Shit. Ich stehe wie angewurzelt mit meinem Kleid auf der Treppe und wir sehen uns direkt an. »Was'n das auf deinem Arm?«

Er wankt. Er hält eine Whiskeyflasche in der Hand und wankt.

»Ich wollte mein Kleid abholen«, sage ich kleinlaut, obwohl ich es schnippisch und forsch hatte klingen lassen wollen. *Großartig!* Jetzt schüchtert mich auch noch Phillip ein.

»Wozu brauchst du ein Kleid?«, fragt er mit einem scheelen Grinsen. Sein sonst so treuäugiges Gesicht ist entstellt. Seine Stimme lallt und er kann sich nur schwer aufrecht halten. »Ich habe dich hundertmal angerufen.«

»Ja, ich weiß.« Mutig setze ich meinen Fuß eine Treppenstufe tiefer.

»Du hast dich nicht zurückgemeldet.« Sein Blick gleitet an mir vorbei, als ob er mich doppelt sehen würde. »Kein einziges Mal.«

»Phillip, Darling …« Ich habe ihn noch nie betrunken erlebt. Vermutlich ist es das Beste, wenn ich einfach schnell verschwinde. Ich gehe zügig die Treppe hinunter und halte direkt auf die Haustür zu. »Du bist betrunken, wir sprechen ein anderes Mal.«

»Wie, 'n anderes Mal?!«, fragt er laut. Zu laut. Er ist sauer *und* betrunken. *Nichts wie weg.* Als ich nach dem Türknauf der Haustür greife, ist er bei mir und zieht meinen Arm weg.

»Bleib hier«, knurrt er drohend und ein gewaltiger Geruch nach Whiskey schlägt mir entgegen. »Rede mit mir. Hast du mich betrogen?«

»Gott, Phillip, nein!«

Er zerrt mich an meinem Arm herum – er ist viel stärker und sportlicher als ich – und drückt mich gegen das Milchglas der Haustür.

Seine Augen sind blutunterlaufen, er ist nicht rasiert und sein Atem stinkt. *Ich will einfach nur weg.*

»Du kleine Schlampe, hast du mich betrogen? Bist du zu Carter gegangen, weil du mich ausnehmen willst? He?«

Woher weiß er das? »Nein, ich habe –«

»Lüg mich nicht an!«, brüllt er und schlägt mir mit der flachen Hand ins Gesicht.

Scheiße! Ich ziehe scharf die Luft ein und unterdrücke die Tränen. Mit Würde aushalten. Ihn beruhigen, verschwinden, zur Polizei gehen. Ganz einfach. Ruhig Blut. »Du hast mich geschlagen«, werfe ich ihm leise vor und konfrontiere ihn mit der Wahrheit. »Du sagst, du liebst mich, aber –«

Er umgreift hart mein Kinn. »Und ich werde es gleich noch einmal tun«, zischt er mir ins Gesicht, sodass mich seine Spucke trifft. Meine Wange brennt lichterloh. Ohne dass er es bemerkt, greife ich blind nach dem Türknauf, während ich ihm weiter stur in die Augen sehe. »Du hast mich nie geliebt. Du wolltest immer nur an mein Geld.«

»Das ist nicht wahr!«, halte ich mit fester Stimme dagegen.

»Wieso gehst du dann zum schlimmsten Scheidungsanwalt dieser Stadt? Der berühmt dafür ist, die Gegenseite so in die Scheiße … zu reiten, dass sie alles verliert?« Er hat Probleme, seine Sätze klar zu formulieren.

Mein Arm reicht nicht bis zum Türknauf und Phillip drückt mich mit seinem halben Körpergewicht gegen das Glas der Tür. Scheiße!

»Er wurde mir empfohlen«, spucke ich zurück. »Lass mich sofort los, Phillip. Oder ich werde dir nie wieder verzeihen.«

»Du bist eine Scheißschlampe!«, brüllt er, packt mich am Hals und wirft mich zu Boden. Das Kleid fällt mir aus der Hand und ich stürze auf den Stein.

Ich schreie vor Überraschung und Schmerz auf, dann ist er schon über mir.

»Los, zeig mir, dass du mich liebst«, knurrt er verlangend. Ich höre, wie er seinen Gürtel öffnet.

Oh Gott. »Phillip …«, wimmere ich hilflos. Mein Kopf schmerzt, für einen Moment dreht sich alles. Da ist der Steinboden unter mir, die Wand an meiner Schulter und dann er.

Seine Hose geöffnet, mit einem fiesen, gemeinen und vom Alkohol verzerrten Grinsen im Gesicht. Ich rutsche über den Boden zurück, schüttle panisch den Kopf, doch er zieht mich mit einem einfachen, festen Griff an meine Wade zu sich heran.

»Nein!«, schreie ich aus vollem Hals und er schlägt ein weiteres Mal zu. *Nein!* Tränen strömen mir übers Gesicht, ich trete nach ihm, doch er scheint keine Schmerzen zu spüren. Er legt sein gesamtes Körpergewicht auf mich, drückt mich zu Boden. Wir kämpfen um meine Arme, aber er hat sie viel zu schnell gepackt und hält sie mit einer Hand über meinem Kopf fest. Ich strample, doch es hat keine Wirkung. Er ist zu stark. Überall. Zu schwer und zu brutal.

Er reißt an meiner Hose und ich flehe ihn wimmernd an.

»Phillip, bitte, Darling, nicht …«

»Halt dein Maul!«, brüllt er mir ins Gesicht.

»Ich liebe dich!«, rufe ich verzweifelt, und dann tue ich das, was ich mir immer ausgemalt habe zu tun, sollte ich einmal in so eine schreckliche Situation kommen. Ich beuge mich zu ihm hoch und küsse ihn. Vielleicht weckt das sein Mitgefühl?

Aber anstatt meinen Kuss zu erwidern, schlägt er mich mit seiner freien Hand zurück auf den Stein, sodass mein Kopf hart aufschlägt und ich noch mehr Tränen sehe. Mir wird schwindelig, nicht nur vor Schmerz, sondern weil ich so schnell und panisch atme.

Beruhige dich. Du hast schon mit ihm geschlafen. Es wird nicht viel anders sein als sonst. Bilde dir einfach ein, dass …

Ich schreie wehklagend auf, als ich seine Erektion zwischen meinen Schenkeln spüre. Nackt und vollkommen bereit, mich gegen meinen Willen zu benutzen. *Ich kann mir nichts einbilden.*

Phillip legt mir eine Hand auf den Mund. Ich wimmere und sehe ihn flehend an. »Vögelt dich Carter? Ist es das? War das von Anfang an euer gemeinsamer Plan? Mich zu hintergehen?«

»Was?«, stöhne ich gegen seine Hand. »Ich habe gar nichts mit ihm zu tun!«

»Lüg mich nicht an«, stößt er zwischen seinen Zähnen

hervor. »Du warst heute in seinem Büro. Du willst mich ausnehmen.«

»Phillip, er ist nur mein Anwalt …«, weiche ich kraftlos aus, dann drückt er seine Hand zurück auf meinen Mund und schnaubt.

Gleich darauf spüre ich seinen Schwanz in meinem Schritt und will es nur noch hinter mich bringen. Angeekelt, erniedrigt, die Augen krampfhaft geschlossen, warte ich auf mein Schicksal.

»Sir, ich bin fer-. Fuck, was tun Sie da!«

Meine Rettung. Ich reiße die Augen auf, Phillip löst augenblicklich seine Griffe. Der Junge nimmt seine Kopfhörer aus seinen Ohren und versucht vermutlich in Sekundenbruchteilen zu erfassen, was geschieht. Die Tür zum Keller fällt hinter ihm ins Schloss.

Als er endlich begreift, dass ich nicht freiwillig am Boden liege, weicht er zurück, zückt sein Handy und wählt sofort den Notruf. »Gehen Sie sofort von ihr runter!«, brüllt er und hebt die Hand. Er ist wesentlich schmächtiger als Phillip, aber nicht doof. Wenn er will, könnte er durch den Keller entkommen, sollte Phillip auf ihn losgehen. So oder so ist Phillip nun von mir abgelenkt.

Ich krabble unter ihm hervor.

»Kein Grund, gleich die Polizei zu rufen«, sagt Phillip lallend und richtet sich auf. Er ist zu betrunken, um die Situation, die ihn überfordert, überhaupt zu erfassen.

Ich ziehe meine Hose über den Po, werfe dem Studenten einen dankbaren Blick zu, greife nach dem Kleid auf dem Boden und reiße die Haustür auf. Ich bin hindurch, ehe Phillip mich zurückhalten kann, und schon beim Cabrio, als er anfängt zu rufen.

»Olivia, ich will dich zurück!«, brüllt er in den Abend hinaus. »Ich will, dass du zurückkommst!«

So eine Arschgeige. Ich schmeiße das Kleid auf den

Rücksitz und starte den Motor. Hoffentlich ist auch dieser Jungspund klug genug und verschwindet einfach, bevor er Phillips Wut abbekommt.

Als ich durch seine Einfahrt fahre, beginnen die Tränen zu laufen und es schüttelt mich am ganzen Körper. Wie konnte das passieren?

Jaden

Es gewittert. Eine häufige Angelegenheit während Floridas Sommer. Es donnert und schüttet. Ich hätte auch in London bleiben können, dort ist es wenigstens angenehm kühl. In Miami ist es schlicht und ergreifend heiß, und selbst das Wasser, das vom Himmel fällt, hat Körpertemperatur. Als es an der Tür klingelt, ahne ich nichts Gutes. Ich habe eine Nachbarin, die sich ständig mit Tipps rund um das Haus aufdrängt, weil sie zu viel Langeweile hat, und vielleicht will sie mir sagen, wie ich mich bei Orkanen zu verhalten habe.

Oder aber es ist irgendeine wichtige Eilsendung von der Post, auf die ich an diesem Freitagabend gerne verzichte. Ich schalte das Laufband aus, werfe mir ein Handtuch über und gehe durch den dunklen Flur. Das Holz knarzt unter meinen Füßen und ein kalter Windzug schleicht durch die schlecht isolierte Außenfassade an meinen Beinen entlang.

Ich mache draußen vor der Tür sowie drinnen Licht.

Dabei fällt mir der wohlbekannte Wagen auf, der an der Straße parkt. Shit. Ich reiße die Tür auf.

Auf meiner Vortreppe steht keine andere als Olivia Bloom. Im ersten Moment überlege ich beinahe genervt, ob ihr die letzten zwei Vormittage nicht gereicht haben, dann registriere ich die Röte auf ihrer rechten Wange und ihr von Tränen überschwemmtes, verzweifeltes Gesicht, und ich vergesse alles, was jemals zwischen uns war.

Ja, sie ist plötzlich eine andere Frau und etwas wie Schrecken und Mitgefühl schnürt mir die Kehle zu.

Ich trete zur Seite und lasse meinen Blick sicherheitshalber durch den Vorgarten gleiten, dann fasse ich sie leicht an ihrer Schulter und ziehe sie zu mir ins Trockene. Sie ist von oben bis unten durchnässt. Sie muss ein gutes Stück mit offenem Verdeck gefahren sein.

»Wer hat dir das angetan?«, frage ich drängend und drehe sie und ihre Wunden ins offene Licht. Ihre Wange glänzt rot, ihr rechtes Auge ist geschwollen und sie blutet am Kinn.

Ihre Lippen bibbern, sie steht unter Schock.

»Wo kommst du gerade her? Was ist passiert?«

»Ich … ich …«

»Du musst dich umziehen.« Ich lege eine Hand um ihre Taille und drücke sie sanft Richtung Kaminzimmer. Sie lässt sich von mir führen und zittert dabei am ganzen Körper. Sie wurde geschlagen, irgendetwas ist passiert. Und ich habe nicht den blassesten Schimmer, wer das gewesen sein könnte. *Mich hat bisher ja auch nur ihre trügerische Seite interessiert.* Dass ihr vorheriges Leben auch eifersüchtige Männer und generell Feinde anziehen kann – daran habe ich nicht gedacht.

»Setz dich. Ich hole dir ein Handtuch. Soll ich jemanden für dich anrufen?«

Noch immer stumm, schüttelt sie den Kopf und lässt

sich auf dem geschwungenen Sofa nieder. Sie beobachtet mich mit großen, braunen Augen. Als würde es sie überraschen, dass ich mich um sie kümmere, wenn sie in so einem Zustand ist.

Ich schlucke meine Fragen vorerst hinunter, laufe hoch ins obere Stockwerk und suche ein großes Handtuch und meine engsten Joggingsachen heraus. Auf dem Weg zurück ins Kaminzimmer setze ich in der Küche Wasser für einen Tee auf. *Tee. Ist doch eine gute, britische Idee, oder?*

»Der Kamin ist nur elektrisch«, erkläre ich entschuldigend, schalte ihn aber dennoch mit der Fernbedienung ein. Augenblicklich wird der Raum in ein warmes, flackerndes Licht getaucht. »Möchtest du Tee?«

»Mhm«, macht sie dankbar und lächelt zaghaft.

Ich lege den Stapel Kleidung auf einem Beistelltisch ab und ziehe mich zurück. Im Flur zücke ich mein Smartphone und sage meine Verabredung ab, auf die ich sowieso keine Lust hatte. Geradezu dankbar krame ich Tassen aus dem Schrank. Ich nutze meine Küche wie jeder Vollbeschäftigte kaum, aber Tee habe ich vermutlich noch niemals gekocht.

Kurz darauf vibriert mein Handy.

Ich stöhne auf und nehme den Anruf leise sprechend an, als ich den Namen auf dem Display erkenne. »Ist gerade ungünstig.«

»Du hast Abby versetzt.«

»Kommt vor.«

»Ich habe dir dieses Date extra besorgt und du versetzt sie einfach?«, fragt Tiffany spitz.

»Dir ist langweilig«, erkenne ich müde und streiche mir über die Augen. Es war keine gute Idee, das Date überhaupt zuzusagen. Ich stehe nicht auf Essen mit anschließendem Vögeln. Entweder das eine oder das andere.

»Mir ist nicht langweilig«, zischt sie in den Hörer. »Ich glaube nur, dass *du* versauerst.«

»Tiff, wir sprechen uns morgen.« Ich horche auf vermeintliche Geräusche aus dem Kaminzimmer.

»Ich habe Abby für morgen Abend eingeladen.«

»In den letzten fünf Minuten?«

»Nein, jetzt gerade, per SMS. Also benimm dich morgen.«

»Natürlich«, sage ich ironisch. Ich lasse ihr zu viel durchgehen. Aus Langeweile beschäftigt sie sich mit meinem Sexualleben und aus Freundschaft lasse ich es geschehen.

»Wie war es heute mit Olivia?«, will sie gleich darauf wissen. Ihr Hobby Nummer zwei.

Ich zögere kurz. »Sie ist gerade hier.«

»Was?«, ruft sie aufgelöst. »Um die Zeit …? Habt ihr etwa … du hast Abby ihretwegen …?«

»Ihre Wange ist blutunterlaufen. Irgendjemand hat sie geschlagen. So stand sie gerade vor meiner Tür und jetzt schält sie sich aus ihren nassen Klamotten.« Ich mache einen Schritt zur Seite und kann so über den Spiegel im Flur durch die verglaste Holztür ins Kaminzimmer sehen. Das Feuer flackert, etwas bewegt sich, und dann taucht Olivia auf, die halb nackt das Handtuch über einen Stuhl ablegt und nach einem Pullover von mir greift. Das Licht spielt auf ihrem schlanken Rücken und ihre durch die Dunkelheit bronzegefärbte Haut wirkt geschmeidig und weich.

»… daran gedacht, dass sie nur so tut?«

»Hm?« Verfluchte Scheiße. Ich trete schnell zurück. Da stehe ich in meinem eigenen Haus und spanne. Ich hätte das Date mit Abby vielleicht doch nicht canceln sollen. Ich brauche Ablenkung. Drei Tage Olivia hintereinander tun meinen Eiern nicht gut.

»Sie könnte dir auch nur etwas vorspielen, hast du daran gedacht?«

»Vorspielen?«, frage ich langsam. »Was genau?«

»Wenn sie dir gleich sagt, irgendein Mann hätte ihr das angetan. Vielleicht will sie nur Mitleidspunkte bei dir sammeln.«

Ich lache leise auf. »Das ist dein Ernst? Meinst du nicht, ich könnte falsche Wunden von echten ziemlich gut unterscheiden?«

»Na, ich weiß nicht. Sie ist witzig, attraktiv und hat eine lose Zunge und sie war mit Phillip zusammen. Logan hat auch schon ein Auge auf sie geworfen –«

»Was willst du damit andeuten?«, zische ich.

»Dass es nur typisch für dich wäre, wenn du alles um dich herum vergisst, bis du sie einmal im Bett hattest.«

»Es reicht, Tiff.« Ich habe große Lust, einfach aufzulegen. »Wir sehen uns morgen.«

»Und Abby siehst du auch morgen!«, ruft sie noch warnend, bevor sie selbst auflegt und ich das Handy wegstecken kann.

Scheiße. Ich weiß genau, warum mich ihre Worte so wütend machen, und das ist ein Grund mehr, die Gedanken an Olivias nackten Körper zu verdrängen. Ich setze den Tee auf und gehe zurück ins Kaminzimmer.

»Warum bist du zu mir gekommen?«, frage ich Olivia und kann einen leichten Vorwurf in meiner Stimme nicht verbergen. Warum zu mir und nicht zu Logan? Oder Phillip? Oder irgendeinem Mann in ihrem Leben, der keine Probleme bekommt, wenn er sie fickt?

Olivia hat ihre Haare geöffnet und holt sie gerade aus meinem Pullover hervor. Lang, voll und noch immer feucht wellen sie sich über ihren Rücken, und als sie ihren Kopf in meine Richtung dreht, verbirgt die Haarmähne ihre Verletzungen an der Wange. »Ich weiß nicht«, sagt sie ungewohnt schüchtern. »Sie sind mein Anwalt.«

»Soll ich den Notarzt rufen? Du stehst unter Schock.« Ich drücke ihr eine Decke in die Hand. Vielleicht hat Tiffany recht und sie macht mir etwas vor. Ich bin Anwalt, kein Arzt.

Sie nimmt die Decke misstrauisch an. Ihr scheint nicht zu entgehen, dass ich plötzlich abweisend bin. Vielleicht hat diese Schärfe in meiner Stimme aber auch etwas damit zu tun, dass ich sie am liebsten packen und an mich ziehen würde. »Könnten Sie die Polizei rufen, Carter?«

Ich hebe eine Braue und werde sofort wieder klar. *Gott, es geht hierbei doch nicht um deinen Schwanz!* »Nenn mich Jad. Möchtest du jetzt gleich eine Aussage machen?«

»Nein.« Sie schüttelt den Kopf. »Ich möchte nur wissen, ob Phillip den Jungen gehen lassen hat. Er hat ihn unterbrochen. Und ganz vielleicht hat Phillip …« Sie stockt und wird bleich. »… seine Wut … an ihm …«

»Moment mal. Wovon redest du da?« Ich mache unbewusst einen Schritt auf sie zu. »Was hat das alles mit Phillip zu tun? Warst du gerade bei ihm?«

Sie blickt mich stumm an. In ihren Augen steht ein Schmerz, den sie unmöglich schauspielern kann.

»Warst du gerade bei ihm?«, frage ich knurrend und würde sie gerne schütteln, damit sie endlich hervorbringt, was geschehen ist. »Hat *er* dir das angetan?!«

Sie starrt mich weiter an. Da ist mehr. Da ist mehr gewesen als nur zwei Schläge ins Gesicht.

»Olivia!« Ich schreie fast. Phillip … hat sie …? *Das kann nicht sein.* »Bitte …«

»Er wollte mich ...« Sie stockt wieder. »Wäre da nicht dieser ...«

Ich mache noch einen Schritt auf sie zu und umfasse

ihre Schultern. Sie zuckt zusammen. »Du warst gerade in Phillips Villa?«

Sie nickt.

»Und er war auch da?«

Sie nickt.

»Ihr habt gestritten? *Er* hat dich geschlagen?«

»Ja«, bringt sie hervor und weicht meinen Augen aus.

»Er wollte dich sexuell …?« Das Wort 'vergewaltigen' bringe ich nicht über die Lippen. Phillip ist nicht der Typ für so etwas. Niemals … außer er hat … »War er betrunken?«, setze ich tonlos nach, als mir ein schrecklicher Einfall kommt.

Sie presst die Lippen aufeinander. »Mhm.« Dann fällt sie in sich zusammen. Sie gibt laute, klagende Schluchzer von sich und ihr gesamter Körper wird von diesen durchschüttelt. Würde ich sie nicht an den Armen aufrecht halten, wäre sie längst zu Boden gesunken.

Eine ganze Weile stehe ich so vor ihr – hilflos. Nicht einmal Tiffany habe ich jemals so erlebt – fürs Heulen hat sie schließlich ihre Freundinnen –, und auch sonst kam ich noch nie in die Bedrängnis, eine verletzte Frau vor mir stehen zu haben und sie trösten zu müssen.

Nach einigen Sekunden inneren Kampfes weite ich schließlich meine Arme und ziehe sie an meine Brust. Sofort schmiegt sie sich geborgen an mich und legt ihre eigenen Arme jeweils an die Seiten meines Oberkörpers.

Es wäre jetzt nichts einfacher – und vielleicht auch schöner –, als ihr Kinn leicht zu mir hochzuziehen und sie zu küssen. Tröstend, die Versprechung gebend, so etwas niemals mit ihr zu tun, sie aufs Sofa zu legen und meine Hände unter ihre Kleidung gleiten zu lassen …

Fuck. Ich werde hart und ich trage nur eine Jogginghose. Und ein untervögelter Anwalt, der es nötig hat, ist ganz bestimmt der Letzte, den sie jetzt braucht.

»Ich rufe die Polizei an«, sage ich schnell und löse mich von ihr. Ein wenig zu lieblos, ein bisschen zu plötzlich. Ich brauche verdammt noch mal eine Jeans, wenn ich ihr unter die Augen treten will.

Beim Hinausgehen bringe ich fieberhaft zusammen, was sie mir gerade anvertraut hat. Wenn Phillip wirklich so betrunken und so dämlich war, Olivia etwas anzutun, muss ich mich stark bremsen, nicht sofort zu seiner Villa zu fahren und ihm die Haustür einzutreten, sollte er mir nicht freiwillig öffnen.

Aber ich bremse mich. Denn nicht er ist schuld, sondern ich. Ich hätte schließlich wissen sollen, dass sich Liebeskummer und Alkohol bei Phillip absolut nicht miteinander vertragen.

Wäre ich heute Nachmittag nicht bei ihm gewesen, wäre Olivia das nicht geschehen. Diese Schuld wird für immer auf mir lasten.

Dabei wollte ich eigentlich *ihm* helfen …

Olivia

Carters Sofa ist verdammt bequem. Dieser gläserne Dekokamin verdammt schön und mir ist verdammt unwohl. Ich möchte auf diese Art nicht mehr leben. Das geht alles zu weit. Wieso ist Phillip nicht einfach mit Harriet zusammengekommen? Wo ist Harriet überhaupt? Ich müsste dringend nachforschen …

Nein, stattdessen muss er seinen sexuellen Frust an mir auslassen. *Toll.* Das schreckliche Gefühl, ohnmächtig unter ihm zu liegen, wandelt sich in Stolz. Jedenfalls ein wenig.

Innerlich weiß ich, dass ich so nicht weitermachen kann, wenn ich nicht todunglücklich werden will. Vielleicht habe ich es bei Phillip zu sehr überstürzt. Ja, es war meine längste Ehe, aber er ist auch der schwierigste Mann bisher gewesen. Wieso mache ich so einen Unsinn überhaupt? Ich könnte mir auch einen suchen und für immer mit ihm zusammenbleiben, ihn betrügen, so wie man seinen Partner eben betrügt, und zufrieden und abgesichert alt werden.

Aber es ist wie eine Sucht nach mehr, die mich befallen hat. *Genau das, wovor Mason mich gewarnt hat.*

Als Carter hereinkommt, ziehe ich die Decke enger um meine Schultern und dann sprudelt es aus mir heraus.

»Ich bin wirklich eine Schwindlerin«, gebe ich leise zu und schluchze ein weiteres Mal auf.

Er stellt die zwei Teetassen mit einem dumpfen Geräusch auf dem Couchtisch ab und sieht mich schweigend an. Sein Blick ist undurchsichtig. Ich habe absolut keine Ahnung, was er denkt.

»Eine Heiratsschwindlerin«, ergänze ich, obwohl er nun wirklich nicht derjenige ist, vor dem ich mein Herz ausschütten sollte. *Absolut nicht.* Aber es scheint, als wäre ein Ventil geöffnet. Ich *muss* jetzt einfach darüber reden. *Und außerdem unterliegt er als Anwalt der Schweigepflicht, oder nicht?*

»Warum?«, fragt er.

Ich schnäuze ein weiteres Mal in das Taschentuch, das er mir gegeben hat, und sehe fragend zu ihm hoch – *vermutlich sehe ich schrecklich aus, so verheult.* »Wie warum?«

»Warum tust du es?«, fragt Jaden mit ruhiger Stimme und setzt sich zu mir. Zu dicht, zu nah heran. Sein Knie berührt fast das meine. Aber nur fast. Und die Spannung, die sich von meinem zu seinem ausbreitet, macht mich schier wahnsinnig – obwohl die Decke dazwischen ist.

»Es ist …« Ich lege meinen Kopf in den Nacken und lache nervös. »Wenn du anständig wärst, würdest du mich jetzt einfach ins Hotel bringen. Oder mich in dein Gästezimmer verfrachten und schlafen lassen.«

»Ich bin nicht anständig.«

Wieder stellen seine Worte etwas mit meinem Solarplexus an und ich ziehe scharf die Luft ein. Weshalb müssen mich seine Andeutungen ständig so verwirren?

»Warum hat es dir nicht nach deinem ersten Mann gereicht?«, fragt er und eine Spur Neugier liegt in seiner Stimme. »Warum macht man weiter?«

»Das interessiert dich wirklich?«, frage ich skeptisch und neige meinen Kopf leicht, um ihn ansehen zu können. Die alte Olivia hätte ihn gebeten, mich ein weiteres Mal in den Arm zu nehmen und zu halten. Ich brauche jetzt Nähe und Vertrauen und nicht noch mehr Unsicherheiten durch blöde Andeutungen. Die neue Olivia ist befangen. Und nervös. Und vollkommen verunsichert – sie würde ihn nicht einfach bitten.

Als unsere Augen sich treffen, schmunzelt er und ich verliere mich in der ungewohnten Wärme seines Blicks. »Ja, es interessiert mich.«

»Es ist das Einzige, was ich wirklich gut kann«, wispere ich leise.

»Betrügen?«, fragt er ironisch.

»Ich betrüge nicht«, widerspreche ich, und zum ersten Mal glaube ich, mit jemandem darüber sprechen zu können, der mich versteht. »Ich verändere.«

Ein diebisches Lächeln stiehlt sich auf sein attraktives Gesicht. »So nennt man das?«

»Ich läutere meine Ehemänner. Jeder einzelne hat mich verdient – oder eben auch nicht.«

Seine Augenbrauen wandern höher, aber er versucht, nicht allzu spöttisch zu schauen. »Wie darf ich das verstehen?«

Ich rücke näher – ich muss. Diese schreckliche Anziehung zwischen uns ist greifbar, und ich kann gerade nicht einmal darüber nachdenken, woher sie kommt – und dass sie absolut falsch ist. »Mit meinem ersten Mann hatte ich Glück. Ich war enttäuscht worden und wollte irgendwen heiraten. Nur war er leider schwul.« Ein albernes Kichern befällt mich. »Er war nicht in mich, sondern in meinen besten Freund verliebt. Als ich das erfuhr, hätte ich die blöde Ehe auch einfach annullieren können, da ist ja nie etwas gelaufen. Aber das hätte ihn geoutet, also hat er mir sehr viel für die Scheidung gezahlt.«

Seine Stirn legt sich in nachdenkliche Falten. »Und das Geld hat dir nicht gereicht?«

»Ich wurde vor meiner ersten Hochzeit am Altar stehen gelassen, weil mein Verlobter erfahren hatte, dass meine Familie verarmt ist, und mein zweiter Mann – der erste, den ich tatsächlich geheiratet habe - war schwul und …«, zische ich zu meiner Verteidigung. »Ich fühlte mich vom Leben hintergangen und habe das Geld schneller ausgegeben, als ich schauen konnte. Ich war zwanzig.«

Jadens Mundwinkel zucken. Ich mag den Namen. Jaden. Dadurch wird er gleich menschlicher. Ich sehe ihm an, dass er etwas fragen möchte, doch er öffnet den Mund und schließt ihn wieder.

»Was hast du mit zwanzig gemacht?«, frage ich leise.

»Ich?« Völlig überrascht rückt er leicht ab. »Wieso ich?«

»Wo bist du aufgewachsen? Hat man dir nie gesagt, dass du bloß früh heiraten sollst und ›Anwalt‹ doch kein richtiger Beruf ist?« Ich lächle ihn keck an.

Er wirkt in die Ecke getrieben, als hätte ich etwas Richtiges vermutet. »Ich bin Vollwaise.«

Oh, Fuck. »Oh.«

»Kleiner Scherz.« Er grinst. »Ich kann nicht mit dir über meine Vergangenheit sprechen. Dann würdest du ein Bild von mir bekommen, das du von deinem gerissenen Scheidungsanwalt nicht haben solltest.«

»Du hast Schwestern«, rate ich.

Jaden grinst breiter. »Einige.«

»Vier?«

»Drei.«

»Und sie leben nicht in Miami?«

»Wisconsin.«

»Besuchst du sie oft?«

»Nie.«

»Also doch eine Art Vollwaise.«

»Eben.«

»Sind sie stolz auf dich?«

»Ich glaube, sie wissen nicht einmal mehr, wie ich aussehe«, gesteht er, und ich bin mir nicht sicher, ob er mir gerade wirklich etwas preisgibt oder lügt. »Aber ja. Sie sind stolz.«

Seine Augen verlieren für einen kurzen Moment ihren Glanz.

»Ich schicke ihnen einen monatlichen Scheck«, fügt er an, und mir wird klar, dass er nicht lügt. Die Konflikte, die er mit seiner Familie hat, gleichen meinen, wobei sie vermutlich vollkommen verschiedenen Ursprungs sind.

»Also ein Kind des Nordens«, lenke ich ein wenig ab. Meine Stimme wird zunehmend leiser.

»Ich konnte mich nie entscheiden. Seitdem ich klein war, habe ich die Schulferien bei Logans Tante verbracht.«

Ich verkrampfe innerlich. »So gut kennt ihr euch?«, stoße ich hervor. Das lässt alles in einem anderen Licht erscheinen.

»Logan und ich? Seit meiner Kindheit? Nicht ganz. Er ist nicht wie seine Tante hier in Miami aufgewachsen. Erst seit dem Tod seines Vaters und der Übernahme dieser ganzen …«, er wedelt mit der Hand, »milliardenschweren Geschäfte ist er fest hierhergezogen. Vorher war er nur zum Studieren hier. Seine Tante ist verrückt, eine echte Schrulle aus dem Märchenbuch. Sie hat einen Narren an dem klugen, blassen Jungen gefressen, den sie in ihrem Urlaub kennengelernt hatte. Meine Eltern besitzen ein schlecht laufendes Hotel im Nirgendwo am See und sie kam jedes Jahr dorthin. Sie hat mich und eine meiner

Schwestern regelmäßig zu sich in den Süden eingeladen und ich verfiel dem Charme des Luxus. Nur ihretwegen war es mir überhaupt möglich, hier zu studieren.«

»Und wo ist sie jetzt?«

»Sie ist vor drei Jahren gestorben.« Er streicht sich durch die kurzen Haare. »Insofern, ja. Halbwaise trifft es. Habe ich dir das gerade wirklich erzählt?«

»Du hast versucht, nett zu sein«, necke ich ihn.

»Das ist nicht meine Art, oder?«, vergewissert er sich und mustert mich lange. Dann streckt er plötzlich eine Hand nach meinen Haaren aus und wickelt gedankenverloren eine Strähne um seinen Finger. »Wenn du anständig wärst, würdest du jetzt schlafen gehen …«

Ich rücke nach vorne und verschließe seinen Mund mit meinen Lippen. Atemlos halte ich inne und bange darauf, was geschieht. Er riecht, wie ich ihn in Erinnerung habe, männlich, gepflegt und eine winzige Spur nach Meer. Seine Lippen halten wie meine inne und für zwei lange Sekunden regt sich niemand von uns. Dann packt er mich mit einem Mal und zieht meinen Kopf zu sich heran.

Was er tut, ist mehr als ein Kuss. Es ist pure Leidenschaft, ausgehungertes Stöhnen und Erforschen. Seine Zunge gleitet drängend und erkundend zu meiner und seine Hände wandern ohne weiteres Federlesen direkt unter den Pullover, hoch zu meinen Brüsten. Er massiert sie sanft, drückt etwas fester zu, dann lässt er von ihnen ab und zieht meinen Pullover nach oben, über meinen Kopf.

Ich schleudere ihn von mir und vergrabe meine Hand in seinem Haar, ehe ich mich wieder sehnsüchtig auf seine Lippen stürze.

Carter zieht mich mit einem kräftigen Ruck um meine Hüfte auf seine Schenkel und zieht den Bund meiner Jogginghose hinunter. Als mein Slip zum Vorschein kommt, drückt er mich hoch, sodass ich zu beiden Seiten seiner

Schenkel knie und er mit den Lippen meinen Bauch berühren kann. Ganz langsam umfährt er meinen Bauchnabel und gleitet währenddessen mit seinen warmen Händen unter meinen Slip zu meinem Po.

Ein unkontrolliertes Stöhnen entweicht mir.

»Ich will dich ficken«, stöhnt Jaden an meiner Haut und zieht meinen Slip langsam hinunter. »Schon viel zu lange.« Kurz bevor er meine Scham enthüllt, hält er inne. Er gleitet mit seiner Nase über meine Haut und atmet tief ein. Als würde er etwas kontrollieren. Einen Geruch. »Du riechst.«

Jaden unterbricht sich, greift an meine Taille und setzt mich von sich herunter. Ich fühle mich augenblicklich abgewiesen und möchte in Scham versinken. In mir explodieren Hunderte Gefühle und die Erkenntnis, nicht und niemals geliebt zu werden, erfüllt mein gesamtes Herz.

»Das ist nicht der richtige Moment.« Carters Lippen sind schmale Striche. Er greift nach dem Pullover am Boden und drückt ihn mir zurück in die Hand.

»Weil ich nach Phillips Parfum rieche?«, frage ich belanglos, tue so, als ginge es mir gut. Tue so, als wäre ich gerade nicht zerbrochen.

»Exakt!«, fährt er mich ungehalten an und richtet sich auf. »Und willst du etwa, dass ich deine momentane Verfassung jetzt ausnutze? Ist es das? Fändest du es gut, wenn ich dich ausgerechnet heute Abend vögle, einfach nur, weil ich den Sex so gut gebrauchen kann?«

Ich ziehe ganz automatisch die Knie an meine Brust, um mich so vor seinen Worten zu schützen. »Warum hast du mich vorletzten Mittwoch in mein Hotel gebracht? Und bist einfach wieder gegangen? Was sollte das?« Ich kann nichts dagegen tun, dass ich weinerlich rede und mir Tränen die Wangen entlanglaufen. Erst Phillip, jetzt er. Ich hasse Miami!

Er sieht fassungslos auf mich hinunter. »Du meinst, warum ich dich, als du besoffen warst, nicht damals schon geknallt habe?«

Ich zucke gespielt gleichgültig die Achseln und schlucke den Kloß in meinem Hals herunter. »Du bist also doch ganz der anständige Typ, ja?«

Er beugt sich zu mir hinab, sodass sich unsere Augen auf derselben Höhe befinden. »Ich versuche im Gegensatz zu dir, einer zu sein, ja. Ich glaube nicht, dass du morgen aufwachst und es nicht bereuen würdest. Wollen wir wetten?«

»Ich werde es bereuen«, bringe ich hervor. *Ich bereue es jetzt.*

Er lächelt kühl. »Siehst du. Dann sei einfach froh, dass ich ganz ohne eine Ehe mit dir geläutert werde. Du kannst oben das Gästezimmer nehmen oder einfach hier das Sofa ausziehen, im Schrank liegt Bettzeug. Wenn du ein Taxi ins Hotel willst; das Telefon in meinem Büro funktioniert einwandfrei.«

»Und du gehst jetzt einfach?«, stelle ich emotionslos fest. Wieso war er eben noch so liebevoll und ist jetzt plötzlich so ein Arsch?

Jaden ist schon bei der Tür und präsentiert mir seinen durchtrainierten, schlanken Rücken. »Gute Nacht, Olivia.« Damit öffnet er die Tür, lässt sie hinter sich ins Schloss fallen und mich damit zurück.

Ich starre für eine ganze Weile ins Feuer und stopfe die Löcher in meinem Herzen nach einem alten Muster. Verdrängung und Entscheidungskraft. Ich werde mich an Phillip ohne Carters Hilfe rächen. Ich brauche ihn nicht.

Ganz sicher.

Jaden

Ich schlage die Augen auf und mir wird sofort unangenehm bewusst, dass eine Frau in meinem Haus ist, aber mein Bett dennoch leer. Ich fasse nach links, um mich zu vergewissern. Warum?

Habe ich etwa gehofft, sie hätte sich in der Nacht zu mir geschlichen? Damit ich sie trösten kann? Was ist nur in mich gefahren?

Ich nehme eine kalte Dusche und ziehe mich an. In weiser Voraussicht eine Jeans, wobei es ihr wahrscheinlich schmeicheln würde, käme ich in Jogginghose und mit Megalatte nach unten. Tatsächlich bin ich seit dem Aufstehen hart, und wenn ich verdammt noch mal wollte, könnte ich meinem alten Image frönen und sie noch gleich vor dem Frühstück ficken.

Wäre es dann wieder vorbei? Wie immer? Würde es seinen Reiz verlieren, und die folgenden Gespräche in meinem Büro mit ihr wären erträglich, weil ich nicht ständig daran denken müsste, wie sie schmeckt?

Überall, vor allem aber an ihren verbotensten Stellen?

Ich bin ein Triebmensch und genau das habe ich an mir hassen gelernt.

Vielleicht ist es das Beste, wenn ich auf Tiffany höre und mich heute Abend tatsächlich mit Abby beschäftige. Vielleicht bringt mich irgendeine unkomplizierte, langweilige Frau zurück auf den Boden.

Als ich aus meinem Schlafzimmer trete, nehme ich den Geruch im Haus wahr. Geschmorte Zwiebeln, Teig, Brot? Ungläubig nehme ich die Treppenstufen nach unten und finde Olivia in meiner Küche vor. Der kleine Raum liegt in der hintersten Ecke des schmalen Hauses und zeigt mit den verstrebten, bodentiefen Fenstern nach draußen in den Garten und zum Wasser hinaus. Vom Unwetter keine Spur.

Olivia steht am Herd, mit nackten Beinen, nur in meinen Pullover gekleidet, und schwenkt die Pfanne. Auf der winzigen Theke, vor der zwei Barhocker gequetscht stehen, befinden sich bereits Teller mit Pancakes, geschnittenem Dosengemüse, getoasteten Scheiben Brot, süßem Aufstrich und tatsächlich auch weißen Bohnen. In der Pfanne schmoren Champignons. Sie muss meinen gesamten Vorratsschrank geplündert haben.

Die Musik aus dem Radio ist so laut, dass sie mich erst bemerkt, als ich mich direkt neben sie stelle.

Sie erschrickt kurz, fasst sich schnell und sieht lächelnd zu mir hoch. »Guten Morgen, Mr. Carter. Frühstück?«

»Ich esse nie Frühstück«, sage ich unüberlegt.

Das stimmt zwar, aber ich könnte netter zu ihr sein. Schließlich wurde sie gestern von Phillip gegen ihren Willen genötigt. Ich habe zwar keine genaue Ahnung, wie man mit so etwas üblicherweise umgeht, aber Nettigkeit ist vermutlich der goldene Anfang.

»Oh«, sagt sie enttäuscht.

»Aber ich mache eine Ausnahme«, erkläre ich freundlich und greife nach einer Scheibe Apfel, die sie geschnitten hat. »Champignons zum Frühstück?«

»Ich dachte, irgendetwas Warmes gehört dazu«, erklärt sie leichthin und füllt die Champignons in eine Schüssel um. »Du bist nicht wirklich gut ausgestattet«, erklärt sie mir tadelnd. »Dein Kühlschrank ist fast leer.«

»Dafür gibt es ja Dosen«, sage ich grinsend und setze mich auf einen der Hocker. Frühstücken und so tun, als ob? Ernsthaft? »Wie geht es dir?«, frage ich einfühlsam.

»Gut«, lügt sie gekonnt und bleibt hinter der Küchenzeile stehen, ohne sich zu mir zu setzen. Der Apfel auf dem Tisch ist das Einzige, das nicht zuvor konserviert wurde. Tatsächlich hat sie meinen Geschmack mit der eher unkonventionellen Zusammenstellung des Essens getroffen. Vor allem an die Bohnen habe ich mich in England gewöhnt. Sie bestreicht sich selbst eine Scheibe Toast mit Marmelade und legt Apfelscheiben darauf. Das habe ich auch noch nie gesehen. Statt diese zu essen, starrt sie allerdings nachdenklich in die Luft und gibt mir das Gefühl, etwas sagen zu müssen.

»Gut geschlafen?«

»Ich habe nachgedacht.«

Ich verkneife mir einen ironischen Spruch und kaue ungerührt weiter. »Worüber?«

»Ich werde nicht zur Polizei gehen.«

Ich lasse meine Gabel wie ein peinlicher Idiot fallen. »Und wieso nicht?«, frage ich und versuche, mein Erstaunen zu vertuschen.

»Ich will ihn nicht erpressen. Ich will gar nichts. Ich will einfach nur die Scheidung.« Olivias Augen wandern durch den Raum, bis sie in meine finden. Nur kurz schafft sie es, dem Blick standzuhalten, dann sieht sie wieder weg.

»Du musst zur Polizei gehen«, beschwöre ich sie. Das

letzte Mal ist Phillip davongekommen – mehr schlecht als recht. Aber dieses Mal war er kurz davor, eine Frau zu vergewaltigen. Und ganz egal, ob er mein Freund ist oder nicht, das darf auf keinen Fall ein weiteres Mal geschehen.

»Wieso?«, fragt sie spitz und sieht an meiner Augenbraue vorbei. »Damit wir ihn noch besser ausnehmen können?«

»Was?«

»Du willst mich benutzen, damit es einfacher für dich wird. Vergewaltigung, Nötigung, Gewalt. Ich kenne die Tricks, die Ehefrauen anwenden, um eine Scheidung zu ihren Gunsten zu erzwingen.«

»Deine Scheidung ist mir doch so was von egal!«, blaffe ich sie an. Was denkt sie sich? Dass es mir nur ums Geld geht?

»Es geht dir also nur ums Geld?«

Ja, das tut sie. Im nächsten Moment möchte ich mir imaginär gegen die Stirn schlagen. Ich Vollidiot habe vor ihr ja so getan, als hätte ich Schulden und würde nun händeringend nach Möglichkeiten suchen, diese zu tilgen.

»Phillip hat eine Straftat begangen«, erkläre ich ungehalten. »Es gibt einen Zeugen. Du hast die besten Chancen, ihn dafür büßen zu lassen. Und die Scheidung bekommst du obendrauf. Warum entscheidest du dich dagegen?«

»Wieso hasst du ihn so sehr?«, fragt sie geradeheraus.

»Hassen?«, frage ich zweifelnd. »Ja, ich hasse Männer, die sich an Frauen vergehen. Macht mich das unsympathisch? Wenn du ihn nicht anzeigst, werde ich es tun. Das nächste Mal, wenn er trinkt, kann wieder etwas passieren, wenn er nicht lernt, dass es Konsequenzen hat. Dann trifft es Harriet.«

»Woher weißt du von Harriet?«, fragt sie beunruhigt.

Ich lächle kühl. »Du meinst, woher ich weiß, dass du

sie benutzt und vor Phillips Nase gesetzt hast, damit er dich betrügt?«

Sie zieht ihre Schultern zusammen. »Ich will nicht, dass du ihn anzeigst. Ich werde nichts tun, solange er die dämlichen Scheidungsunterlagen unterschreibt, und ich möchte, dass du sie mir fertigstellst. Ich verlange nichts weiter von ihm und bezahle dich aus eigener Tasche.«

»Das ist verrückt«, stelle ich fest.

»Wieso? Weil du auf deine Millionen verzichten musst?«

Ich mahle mit dem Kiefer. Ich möchte ›Nein!‹ schreien, ›So ein verfickter Arsch bin ich nicht!‹. Aber dann wäre meine Deckung aufgeflogen, und daher schweige ich.

Sie lächelt wissend. »Es geht dir nur ums Geld.«

Ich tue so, als würde sie richtigliegen, und nehme einen Schluck Kaffee. Ganz nebenbei bemerkt, schmeckt ihr Frühstück hervorragend. Aber das mit der Anzeige meint sie nicht ernst. »Überleg es dir noch mal.« Was sind meine Argumente? Vielleicht befürchtet sie, Phillip könne ihr nachstellen und noch einmal handgreiflich werden – das ist durchaus möglich, wird aber vor allem dann nicht passieren, wenn er eine Klage am Hals hat. Er ist kein Säufer, und dass er gestern betrunken war, geht auf meine Kappe. Schließlich stand der Whiskey von seiner Mutter noch auf der Anrichte. Und wenn er nicht trinkt, wird er auch nicht dämlich. Außerdem wäre da noch Tiffany, die perfekt mit ihm umzugehen und ihn von Dummheiten abzuhalten weiß. Ja, er hat einen Fehler gemacht, aber er wird ihn Olivia gegenüber nicht wiederholen. Mir behagt die Vorstellung trotz allem nicht, dass er einfach so davonkommt.

»Ich überlege es mir nicht«, erklärt sie stur und nippt an ihrem Tee. »Machst du mir die Papiere fertig oder nicht?«

Warum ist sie eigentlich so verdammt sexy, wenn sie den Sturkopf raushängen lässt? »Gleich heute?«

»Gleich heute.« Sie schürzt die Lippen. Ihr dürfte mein Blick nicht entgangen sein. »Hast du eine Idee, wie ich ihm sagen kann, was ich von ihm möchte … ohne mit ihm allein sein zu müssen?«

»Du schickst einen Briefträger?«, schlage ich ironisch vor. »Ansonsten gibt es da noch E-Mails und Telefone …«

»Du verstehst nicht, dass es mir darum geht, dass es nicht noch einmal passiert«, zischt sie.

Sofort weckt sie in mir das Gefühl, sie ein weiteres Mal in den Arm schließen zu wollen. Halten, versprechen, dass sie beschützt wird. Von einem wie mir? Wie lange wird das gut gehen? Vielleicht ist sie viel klüger, als ich es wahrhaben will, wenn sie sich überlegt, die Sache schnell zu beenden.

Auch die Sache, die zwischen mir, ihrem Anwalt und ihr läuft.

»Ich verstehe es.« Ich wische mir den Mund an einer Serviette ab und stehe auf. »Ich mache sie jetzt gleich fertig. Deine Aussage solltest du dir trotzdem auf Band aufzeichnen. Falls du später etwas vergisst und dich doch anders entscheidest.«

Sie betrachtet mich misstrauisch.

»Gott«, stöhne ich und verdrehe die Augen. »Nimm es auf und schick es an einen Ort, an den niemand sonst rankommt außer dir. Ich werde ganz bestimmt nicht gegen deinen Willen –«

»Okay, gut«, unterbricht sie mich.

Ich bin schon bei der Tür. Scheidungspapiere! Toller Samstag.

»Du, Jaden?«

Ich halte inne.

»Kann ich hierbleiben?«

Merkwürdigerweise bin ich davon ausgegangen und die Vorstellung hat mich nicht im Geringsten gestört. Fuck, es würde mich sogar eher nervös machen, wenn sie geht. Trotzdem ist sie immer noch Phillips Ex, und sollte Logan herausfinden, dass … Scheiß auf Logan. »Ich hätte dich gar nicht gehen lassen«, erkläre ich, dann verlasse ich die Küche mit einem Kaffee in der Hand und vertreibe die elenden Gedanken an die Dinge, die ich auf meinem Schreibtisch, Olivia betreffend, viel lieber machen würde, aus meinem Kopf.

Lange halte ich diese Standhaftigkeit nicht mehr durch. Außer es geschieht endlich etwas, das mich sie wieder hassen lassen kann.

Olivia

Es ist ein komisches Gefühl, die Wunden im Spiegel zu betrachten. Und noch komischer, davon Fotos zu machen. Ich fühle mich so, als betrachte ich das Leben einer anderen. Bei allem, was mir widerfahren ist, wurde ich noch nie geschlagen. Ja, ich habe Ohrfeigen verteilt. Einige Male und nur aus guten Gründen, aber dass mir jemand gegenüber handgreiflich wurde …?

Ich muss mich davon abhalten, Mason anzurufen und ihm davon zu erzählen. Er würde nicht verstehen, dass ich nicht zur Polizei gehe. Er hat immer gesagt, dass Schluss sei, sobald Gewalt ins Spiel kommt. Dass man das Weite suchen sollte und es sich nicht lohnt, zu bleiben und das Risiko einzugehen.

Ich fotografiere gerade den Bluterguss unter meinem rechten Arm, da springt die Kamera plötzlich um und Logans Foto erscheint im Display. Vor Überraschung lasse ich das Handy beinahe fallen, bevor ich das Gespräch mit zittrigen Fingern annehme.

»Ja?«

»Wie geht es dir?«

Weiß er davon?

»Ich habe lange nichts von dir gehört und wollte mich nur vergewissern, ob das Hotel die Rechnung auf mich umgeschrieben hat und alles in Ordnung ist.«

»Das hast du getan?!« Oh Gott. Und ich bin nicht einmal im Hotel, um mich zu vergewissern.

Er lacht gut gelaunt. »Ich bin es gewöhnt, die Fehler meiner Freunde auszubaden. Sehen wir uns heute Abend?«

Wow! Er ruft extra an, um sicherzugehen, dass ich seine Einladung annehme. »Hältst du es wirklich für eine gute Idee?«

»Ich habe Phillip nicht eingeladen, keine Angst. Er hat sich noch nie für den Yachtclub interessiert.«

Ich weiß. Das ist auch der Grund, weshalb ich mich schon so lange darauf freue, auf die Party gehen zu können. Der Miami Yachtclub trifft sich alle zwei Jahre zu einer großen Party auf einer der wunderschönen Yachten eines der Mitglieder. Die Präsidenten des Clubs geben ihr Amt weiter, und das sind dieses Jahr Tiffany und Logan. Daher werden sie auch gemeinsam dort sein – trotz ihrer Trennung. Vermutlich fiebert die gesamte High Society diesem Abend entgegen und hofft auf eine grandiose Show des zerstrittenen Paares. Neid, Missgunst, Klatsch und Tratsch sind auch bei den Reichsten der Reichen gern gesehen. Man hat ja sonst nichts zu tun.

»Ich komme sehr gerne«, sage ich nach einem Zögern und lasse meine Stimme besonders sanft klingen. Die Party wird Ablenkung genug vom gestrigen Abend sein.

»Ich freue mich. Wir legen schon heute Vormittag ab, aber für alle Nachzügler steuert einer von Williams Jungs regelmäßig mit einem Speedboot den Hafen an. Gegen achtzehn Uhr kommen die Gäste. Soll ich dir ein Taxi schicken?«

Wie aufmerksam! »Nein, das ist nicht nötig.« Ein Taxi? Direkt zu Carter, oder wie? »Wir sehen uns heute Abend«, sage ich schmeichelnd.

»Ich freue mich.« Er legt auf.

Ein nervöses Kribbeln ergreift mich und ich schalte das Handy aus. Genug Fotos, genug Erinnerungen an etwas, das sich nicht wiederholen wird. Ich werde einen Selbstverteidigungskurs belegen und für das nächste Mal vorbereitet sein – das nächste Mal, das es nicht geben wird, weil ich mir so einen Fauxpas wie mit Phillip nicht mehr erlauben werde.

Ich lenke mich damit ab, zu überlegen, mit welchem Make-up ich meine blauen Flecken abdecken kann. Und als mir bewusst wird, dass heute Abend niemand auch nur eine Spur des gestrigen Vorfalls an mir sehen wird, bekomme ich ausgesprochen gute Laune.

Auf diese Party freue ich mich seit meiner letzten Heirat. Es wird traumhaft!

Jaden

»Was soll das bitte werden?« Ungläubig bin ich in den Türrahmen getreten und beobachte Olivia dabei, wie sie ihr Kleid hereinträgt. Will sie es bügeln? Mir vorführen? Mich zum Dinner ausführen? Es sieht aus wie ein langes Abendkleid und mich befällt eine dunkle Ahnung. Erst dachte ich, sie sei ohne ein Abschiedswort gegangen – nun, vielleicht ist das hier noch schlimmer.

»Das ist ein Kleid und es wird hinreißend an mir aussehen«, erklärt sie zuckersüß und stolziert über den kurzen Weg vom Zaun zum Haus. Das Haupt erhoben, die Augen herausfordernd funkelnd.

»Und warum holst du es zu mir herein?«, frage ich wenig charmant und lehne mich gegen den Türrahmen. »Ich veranstalte heute Abend keine Dinnerparty, falls du das erwartet haben solltest.«

»Nein«, sagt sie lächelnd und nimmt die Stufen zu mir hoch. »Du nicht.« Sie tritt zwinkernd durch meine Haustür und geht schnurstracks auf das Kaminzimmer zu, in dem sie sich offenbar bereits zu Hause fühlt. »Ich darf mich doch bei dir zurechtmachen, oder?«

»Du willst auf Logans Party heute Abend«, stelle ich missbilligend fest und schließe die Haustür hinter ihr. »Das ist keine gute Idee.«

Sie lacht, ohne sich zu mir umzusehen. »Sie halten generell wenig von meinen Ideen, Mr. Carter.«

Ja, natürlich. Aber sie geht mit vollkommen falschen Erwartungen an die Sache. Tiffany wird die Gelegenheit nutzen und Logan vor Olivias Augen darüber informieren, was sie herausgefunden hat. Den Missbrauch wird sie natürlich ausklammern, denn er könnte dazu führen, dass Logan Olivia nicht augenblicklich abserviert.

Es sollte mir egal sein. Aber mir ist nicht einmal die Tatsache egal, dass sie hingehen will – um sich mit Logan zu treffen. Oh, wie ich dieses Gefühl der Eifersucht hasse.

Ich folge ihr ins Zimmer. »Wir gehen gemeinsam.«

Olivia ist damit beschäftigt, das teure Ding hoch konzentriert aus seinem Kleiderbeutel zu lösen. »Ist das eine Frage?«

Nein, gottverdammt! »Ich bin auch eingeladen, falls dir das irgendwie nicht klar war.« Und daher kann ich zumindest bis heute Abend den Beschützer für sie spielen. Sie scheint den Vorfall mit Phillip zu verdrängen. Das ist in Ordnung, da ich sicherlich nicht der richtige Ansprechpartner für das Ganze bin, aber eine Party, um ihr Selbstwertgefühl zu pushen und dann gnadenlos abserviert zu werden? Das ist für keine Psyche gut.

Sie richtet sich auf. »Du?«

»Natürlich. Wir fahren um halb sechs hier los.«

Olivia hebt die Brauen und grinst mich überheblich an. »Ich gehe alleine hin.«

Das hatte ich befürchtet. »Wozu hast du dann das Kleid hereingeholt?«

Sie wedelt mit der Hand, wie um eine nervige Fliege zu vertreiben, und seufzt. »Es wäre doch einfach Zeitverschwendung, noch vorher ins Hotel zu fahren.«

»Klar, natürlich«, sage ich gedehnt. Sie will mir eins auswischen, deswegen tut sie es. »Es darf also niemand erfahren, dass ich dein Anwalt bin?«

Sie verdreht die Augen. »Hast du die Scheidungspapiere fertig?«

Ich knirsche mit den Zähnen. »Ja.«

»Dann bist du nicht mehr lange mein Anwalt. Du hast recht, ich hätte gestern nicht zu dir kommen sollen. Dein Haus lag schlicht und ergreifend auf dem Weg, und ich habe es sehr genossen, heute den Pool für mich allein zu haben. Mit dem Frühstück habe ich mich revanchiert, und ich sehe keinen Grund, weshalb wir für Tratsch sorgen müssen, wenn wir zusammen erscheinen. Vor allem, da Logan nicht gut auf dich zu sprechen ist. Da möchte ich nicht dazwischenstehen.«

»Es geht dir um Logan. Du willst dich an ihn ranschmeißen und gehst seinetwegen hin.« Ich klinge wie der allerletzte jämmerliche Loser. Great.

Sie grinst breiter, aber ihre Augen blitzen kühl. »Na und?«

»Tiffany wird …« Ich presse die Lippen aufeinander und unterbreche mich. Wollte ich ihr gerade sagen, dass Tiffany Logan zurückwill, und Tiffany und mich verraten? Ja, ich wollte. »Sie wird alles tun, damit du schlecht dastehst. Du bist ihr seit dem Gefummel auf dem Speedboot ein Dorn im Auge.«

»Das war ein Kuss!«, korrigiert sie spitz und lässt endlich von ihrem Kleid ab, um mich richtig anzusehen. »Und warum auch immer sie das tun sollte, es ist mir egal. Ich wurde von Logan eingeladen und ich freue mich sehr.«

Ich setze zum Sprechen an, aber sie ist schneller.

»Außerdem zählt unsere Vereinbarung, ich solle mich von Logan fernhalten, nicht weiter. Das mit Phillip hat sich erledigt und ich brauche nicht mehr vorsichtig zu sein.«

»Das wirst du Montag wieder anders sehen«, beschwöre ich sie eindringlich.

»Werde ich nicht«, zischt sie. »Also willst du mich jetzt ins Hotel fortschicken oder darf ich mich hier umziehen?«

»Und dann nimmst du dir ein Taxi?« Wie bescheuert. Es wurmt mich, dass sie nicht einmal mit mir gesehen werden will. Aber ganz ehrlich: Will ich das? Es würde tatsächlich dämlich aussehen, wenn ich mit Phillips Ex aufkreuze. Und außerdem ist es so viel einfacher, Abby davon zu überzeugen, mich herunterzukühlen. Ja, es ist sogar besser, wenn ich allein hingehe. Sie hat gewonnen.

»Ja, und du? Fährst du mit deinem Motorrad?«, foppt sie mich, bevor sie sich wieder abwendet.

Nein … »Nimm das Bad oben, nur dort ist eine Dusche.«

»Und du? Musst du dich nicht auch umziehen?«

»Ich dusche draußen beim Pool.«

»Oh.« Sie wird plötzlich rot. Keine Ahnung, was sie denkt.

»Also dann …« Ich klopfe mit den Fingern gegen den hölzernen Rahmen der Tür.

»Also dann.« Sie steht stolz und aufrecht vor mir, aber ihr Gesicht wird immer röter. Wie kann sie so abweisend sein und mich gleichermaßen so sehr anturnen? Ich will diese Röte kosten, sie unter mir haben, durchgeschwitzt und wild, um Erlösung bettelnd. Ja, ich will sie besiegen, um sie dann wieder zusammenzusetzen, schöner und perfekter als zuvor.

Keine Ahnung, was ich hier denke.

Als hätte ich irgendeinen Einfluss darauf, wie Olivia Bloom sich verhält. Ich sollte ihn nicht haben wollen.

Siebzehn Uhr fünfzehn. Shit, ich bin spät dran. Wenn ich aufs Boot will, brauche ich noch eine wetterfeste Weste. Als ich sie unten nicht finde, muss ich notgedrungen nach oben, wo Olivia sich seit gefühlten zehn Stunden ›zurecht‹macht. Wie ich dieses Getänzel vor dem Spiegel hasse. Zentimeterdicke Make-up-Schichten, stundenlanges Lockenwickeln und was Frauen sonst noch tun, um ihre natürliche Schönheit zu übermalen. Ich greife nach dem unteren Geländer und hoffe darauf, dass mich oben keine weibliche Parfumwelle erschlagen wird, als die Badezimmertür sich öffnet und Olivia hervorkommt. Ich erstarre unmittelbar vor der untersten Stufe.

High Heels, roter Stoff, Hüften und ein Wahnsinnsdekolleté. Übermäßig geschminkt wirkt sie nicht. Sie hat lediglich ihre Lippen betont. Knallrot, die Farbe des Kleides.

In der Hand hält sie ein Buch. Ken Follett. Sie muss es aus dem schmalen Bücherregal im Flur genommen haben. Ihr Finger steckt als Lesezeichen bei schätzungsweise Seite 300.

Mit ordentlichem Hüftschwung nimmt sie die Treppenstufen nach unten und lächelt mich lasziv an. »Hast du auf mich gewartet? Ich wollte ja eigentlich nur schnell in die erste Seite reinlesen, aber das Buch fing so spannend an …«

»Du hast die ganze Zeit über gelesen?«, stelle ich ungläubig fest.

Sie nickt strahlend. Je näher sie kommt, desto mehr nehme ich wahr, dass bis auf das Kleid und den Lippenstift kaum etwas anders an ihr ist als sonst. Ihre Haare fallen offen und natürlich, die Augen sind kaum betont. Olivia Bloom schließt sich in mein Bad ein und liest zwei Stunden Ken Follett.

Ich bleibe einfach stehen, auch als sie die letzte Stufe erreicht und sich schließlich direkt vor mich auf den Holzboden stellt. Mit den High Heels ist sie genauso groß wie ich.

Olivia hebt eine Braue, da ich nicht zurückweiche, aber es scheint mir, als sei ich unfähig, mich zu bewegen. Diese Party von Logan ist die letzte Scheißidee. Aber ich muss mich beherrschen. Ich habe eine Stunde gegoogelt, und alles, was Olivia nach gestern Abend braucht, ist ein Freund, dem sie vertrauen kann.

Und ich bin garantiert nicht dieser Freund. Ich würde sie kosten und abservieren. So wie alle Frauen vor ihr.

Das ist mir klar und ihr ist es auch klar, und falls sie das will, so ist das jetzt schlicht nicht der richtige Moment.

Oder?

»Beeindrucke ich Sie so sehr, Mr. Carter?«

Ich fasse scharf an ihr Kinn und ziehe es für sie unbequem zu mir hoch. Ja, das ist Gewalt, aber ich kann nicht anders. Sie soll verschwinden, gehen, nie wiederkommen. Ich kann mich nicht beherrschen, ich denke zu sehr an mich selbst und daran, wie gut es tun würde, ihr dieses dämliche Ding von einem Kleid, das jeden Fetzen ihres Körpers perfekt in Szene setzt, vom Leib zu reißen.

Jetzt.

Sofort.

Noch hier im Flur.

»Was willst du?«, frage ich raunend.

Sie hält meinem Blick stand und antwortet nicht.

»Du willst mich herausfordern? Wartest nur auf die Gelegenheit, mir die Abfuhr zurückzuzahlen?«

Ihre Augen weiten sich leicht, und sie gibt mir das Gefühl, dass ich richtigliege.

»Es gab keine Abfuhr«, erkläre ich eindringlich und schaffe es noch immer nicht, sie loszulassen. Zu gut ist das Gefühl, die widerspenstige Olivia mit der lockeren Zunge in meinem Griff zu haben. Und zu berauschend, dass sie genau das genießt.

Ihr Atem geht schneller. Vielleicht erwartet sie etwas, hofft auf mehr, vielleicht bereitet sie sich auch vor und wird mich von sich stoßen, sobald ich ihr näherkomme.

Alles in allem ein sehr reizendes Spiel, wirklich. Und wäre ich ein dummes Arschloch, ja, ich würde spielen und zum nächsten Tisch wechseln, sobald ich gewonnen habe. Aber das bin ich nicht. Arschloch: ja; dumm: nein. Ich werde es nicht ausnutzen, dass sie den gestrigen Abend auf ungesunde Weise verdrängen will, indem sie sich mit mir ablenkt.

»Ich gebe dir einen gut gemeinten Tipp, Olivia.« Ich lasse sie los.

»Mhm?«, fragt sie stolz und tut so, als hätte ich sie nicht einmal berührt. Noch immer stehen wir viel zu dicht voreinander, sodass mir ihr Geruch in die Nase steigt und die Elektrizität, die von ihrem Körper ausgeht, mich gefangen nimmt.

»Geh nicht hin. Dort sind meine Freunde. Logans Freunde. Es ist eine eingeschworene Gemeinschaft, und niemand wird dir helfen, wenn Tiffany sich gegen dich wendet.« Da sie nicht im Entferntesten so tut, als würde sie mir glauben, werde ich deutlicher. »Niemand. Fahr ins Hotel und üb deine Aussage. Du solltest zur Polizei gehen und mit dem Schmerzensgeld aus dem Prozess irgendwo in deiner Heimat ein Haus kaufen. Ich bin mir sicher, in Mississippi kostet eine Villa nicht mal so viel wie hier eine

Garage. Und eine hervorragende Psychologin kannst du dir auch leisten.«

Sie lacht schnaubend. »Ficken Sie sich, Mr. Carter.«

Ich reiße die Augenbrauen in die Höhe. »Wie bitte?«

Olivia, rotes Kleid, zu hohe Schuhe und ganz eindeutig zu viel hochgepushte Titten für eine Party des Miami Yachtclubs, schiebt sich an mir vorbei, als wäre ich nichts weiter als eine mannshohe Zimmerpflanze, die ihr unzulässigerweise im Weg steht.

»Du hast keine Ahnung von meiner Heimat, und falls du glaubst, es ginge mir die ganze Zeit nur darum, mich selbst zu bereichern, dann liegst du falsch.« Sie greift nach der Klinke. »Außerdem ist nichts geschehen. Phillip lag auf mir, dann bin ich entkommen. Das Gefühl der Wehrlosigkeit mag ein Schock sein, aber mich bringt das nicht gleich aus dem Konzept und ich trage nicht für immer ein Trauma davon. Ich brauche keine Psychologin. Aber vielleicht solltest du dir eine suchen, wenn du doch so ein erfolgreicher Anwalt bist und Schulden in Millionenhöhe angehäuft hast.« Sie tippt sich mit einem kühlen Lächeln an die Stirn. »Kann auch ein Problem hier oben sein. Schönen Abend dir, Jad.« Damit entschwindet sie aus dem Haus, rafft ihr Kleid, um die Stufen zu nehmen, und geht im Dunkeln auf das Taxi zu, das bereits am Straßenrand auf sie wartet.

Und obwohl ich lange Zeit so ausgesehen haben muss, als hätte man mir gehörig gegen den Kopf geschlagen, schmunzle ich, als sie wie eine kleine Diva einsteigt. Mir fällt auf, dass sie den Ken Follett, ohne zu fragen, mitgenommen hat.

Olivia

Als ich das mittlere Deck erreiche, drehen sich sämtliche Köpfe in meine Richtung. Shit.

Jeder sieht mich an.

Mich und meine Titten.

Ich bin overdressed, trage als Einzige High Heels, ich kenne niemanden und ich gehöre hier nicht hin. Stille. Man hört die Sandkörner am Meeresgrund herumwirbeln, dann leises Getuschel. Jeder Mann, ob vergeben oder nicht, starrt mir aufs Dekolleté. Und jede Frau, edel in Krokodil-Polo und beigefarbene Hose gekleidet, macht ein Gesicht, als würde sie eine saure Zitrone betrachten.

Himmel! Carter hatte recht. Aber wieso hat er mir nicht wenigstens gesagt, dass mein rotes Kleid absolut nicht hierhergehört? Weil es ihm selbst viel zu sehr gefallen hat.

Ich habe seinen Blick gesehen, und auch wenn er es zu überspielen versucht, reagiert er auf mich – und das ist mir Bestätigung genug. Logan und Tiffany sind nirgends zu sehen, aber es ist eine andere Gruppe Gäste, die mich rettet. Von einem Deck unter uns steigen lachend zwei Männer und drei Frauen nach oben und sind ähnlich edel gekleidet wie ich.

Der eine von ihnen bemerkt mich auch sofort.

»Sieh mal einer an, wir sind nicht die einzigen Außenseiter heute Abend.« Er stupst grinsend seine Begleitung an, die sich daraufhin überschwänglich bei mir vorstellt. Nur zu gerne nehme ich ihre Einladung an, sie an die Bar zu begleiten. Ja, ich wollte auffallen, aber doch nicht so sehr!

Die Gruppe aus drei Frauen und zwei Männern ist bereits deutlich angesäuselt und unterhält sich lachend über alles Mögliche. Generell ist die Stimmung an der Bar im Gegensatz zum restlichen Schiff sehr ausgelassen. Ich brauche noch ein paar Minuten, in denen ich mich vergewissere, dass Phillip nicht anwesend ist, dann lasse auch ich mich gehen.

Ich liebe lockere Partyrunden und wenn der fließende Alkohol die Leute hemmungsloser und lustiger werden lässt. Nach einer Weile habe ich alles vergessen. Da sind nur die Musik, die vorzüglich schmeckenden Drinks, die netten Paare, die mich umgeben, und das sanfte Schaukeln der Yacht. Und alles davon genieße ich.

Bis sich einer der wenigen schwarzen Gäste aus einer Traube löst und mit zwei vollen Gläsern Champagner in die offene Terrassentür stellt. Breite Schultern, dunkles Hemd, braune, klare Augen und ein gewinnendes, weißes Lächeln auf den Lippen, das er ganz allein mir schenkt.

»Ich glaube, der Gastgeber sieht zu dir.« Eine der Frauen, die so wie ich ein langes, tief ausgeschnittenes Abendkleid trägt, stößt mich sanft an und kichert.

»Ich weiß«, raune ich zurück und koste den Moment aus. Ich sitze an der Bar zwischen den Paaren, er steht für sich allein, hinter sich die Gruppe seiner Bekannten und

Freunde. Und doch ist es so, als wäre sonst niemand da. Nur er und ich.

Ich rutsche von meinem Barhocker herunter und gehe bewusst langsam auf ihn zu. Je näher ich komme, desto breiter wird sein Lächeln. Als ich Logan erreiche, hält er mir das Glas Champagner hin und stößt klirrend mit seinem dagegen, als ich danach greife.

»Du bist bezaubernd.«

»Was für eine schmeichelnde Begrüßung«, erwidere ich mit rauer Stimme und senke für einen Moment flirtend die Lider.

»Das sollte sie sein, ich habe zehn Minuten darüber nachgedacht, welches Kompliment angebracht wäre, aber nur diese drei Wörter fielen mir ein.«

Ich werde ehrlich rot. »Zehn Minuten?«, wispere ich.

Logans Grinsen wird breiter. »Begleitest du mich unter Deck? Ich zeige dir, wieso ich dieses Schiff so sehr liebe.« Er bietet mir den Arm an.

»Nur allzu gerne«, sage ich devot und hake mich bei ihm ein. Ich fühle mich wahrhaftig wie eine Prinzessin, als ich so an seinem Arm durch die Menge der Anwesenden geführt werde. Mason hat mir zwar eingebläut, dass auch ein Milliardär immer nur ein Mann ist, und doch ist das Gefühl, an Logans Seite zu sein, bisher unvergleichbar. Wir halten Smalltalk, während er mich durch die Mitte des Salons und an der Bar entlangführt. Reden über den Sturm gestern und über Golf. Nichts von Belang und doch genieße ich jedes seiner Worte.

Warum bin ich gestern zu Carter und nicht zu ihm gefahren? Logan gibt mir das Gefühl, wertvoll zu sein. Nichts an seinem Interesse ist geheuchelt, keine seiner Bemerkungen geht unter die Gürtellinie, er schätzt mich und hört mir aufmerksam zu, ohne darauf zu hoffen, mich mit seinen Fragen in die Ecke drängen zu können – so wie

Jaden die zwei Vormittage in seiner Kanzlei. Er wollte mehr über mich erfahren, ging dabei aber aggressiv vor. Logan hingegen wartet geduldig ab, ob ich bereit bin, etwas von mir zu offenbaren oder nicht.

Eine halbe Stunde dauert die Führung durch die Yacht. Angefangen bei den winzigen Kajüten für die Bediensteten, der Kombüse, dem Motorenraum, hoch zu den Eigner- und Gästesuiten, dem Esszimmer, dem großzügigen Bad mit der Massageliege und dem Fitnessraum. Ein weiterer Salon mit edlen Ledergarnituren ist zu allen Seiten hin geöffnet worden, sodass der laue Seewind zu uns hereinweht und den schwülen Tag vertreibt. Man hat einen fantastischen Blick über das ruhige Meer bis hin zur glitzernden Stadt und den Ausläufern von Miami Beach.

Die Livemusik der Party klingt gedämpft zu uns herunter und über uns unterhalten sich einige Leute, doch sie können uns nicht sehen. Ich trete durch die geöffneten Terrassentüren nach draußen an die Reling und lasse den Wind mit meinen Haaren spielen. Ein prickelndes Hochgefühl ergreift mich. Im gleichen Maß, wie ich zuvor deprimiert war, bin ich jetzt glücklich. Ich trage ein abgöttisches Kleid, stehe auf einer traumhaften Yacht, genieße eine stilvolle Party und bin kerngesund. Meine Hände legen sich um das Metall und ich kann nicht aufhören zu lächeln.

Vor allem, da ich mich nicht allein auf der Terrasse befinde.

Logan tritt von hinten an mich heran und streicht mit einer zärtlichen Handbewegung meine Haare beiseite. Das Prickeln verstärkt sich. Sein Atem legt sich auf meine Haut und ich könnte ewig so dastehen und seine Nähe genießen.

Plötzlich hebt er von hinten seine Arme und etwas Silbriges blitzt vor meinen Augen auf. Ich spüre etwas

Kaltes an meinem Dekolleté und am Hals, als er die Kette nach oben zieht und sie an meinem Nacken schließt.

Ich bin vollkommen erstarrt und meine Finger verkrampfen sich am Geländer. Logan legt meine Haare wortlos zurück, beugt sich vor und legt seine vollen, weichen Lippen an meine Halsbeuge.

Mir wird schwindelig, ich habe den Atem angehalten. Das kann alles nicht sein. Wieso sollte er das tun? So früh? Außerhalb meines Plans?

Seine Lippen wandern tiefer, berühren zärtlich meine Haut und sorgen für ein stärker werdendes Zittern meines Körpers. Ich reagiere überfordert, kann mich noch immer nicht rühren. Müsste ich ihn nicht abweisen? Müsste ich nicht irgendetwas dagegen unternehmen, dass er mich verführt …?

Doch ich rege mich nicht und Logan deutet mein Zittern falsch. Er legt stöhnend eine Hand in meinen Nacken, drückt mich zu sich herum und nähert sich meinen Lippen.

Er will mich. Er will wirklich mich. Und ich sollte nicht mehr zögern.

Ich reiße meine Arme hoch, schlinge sie um Logans breiten Nacken und presse mich ihm entgegen. Ich lege alle Leidenschaft in den Kuss, den er mir gibt, und seufze glücklich auf.

Wie zwei verliebte Teenies stehen wir knutschend am Geländer, bis er seine Hände zu meinem Po gleiten lässt, mich an sich drückt und gleichzeitig das Geländer hochschiebt. Aus Reflex lege ich meine Beine um seine Hüften und er schiebt mich noch höher. Seine Küsse sind unglaublich weich und voll, und ich hätte nicht gedacht, dass sie mir so ausgesprochen gut gefallen würden. Eine ganze Weile stehen wir so da, Küsse, unsere Körper, unter uns die Wellen. Dann löst er sich vom Geländer und trägt mich nach drinnen. Während ich meine Beine und Arme um ihn geschlungen halte, legt er mich vorsichtig auf eines der Sofas ab und bedeckt dabei meinen Ausschnitt mit weiteren Küssen.

Ich fasse nach dem Anhänger und halte ihn hoch, um ihn mir anzuschauen. Ein schlichter Stein. Oder wohl eher: ein schlichter Diamant.

»Gefällt sie dir?«, fragt Logan und seine Stimme ist so dunkel und tief wie nie zuvor.

»Ja«, bringe ich atemlos hervor. »Aber wieso …?«

»Schscht«, macht er und legt mir einen Finger auf die Lippen. »Ich weiß es selbst nicht. Ich sah sie und musste sie für dich kaufen. Und als ob du davon gewusst hättest, bist du heute ohne Schmuck hierhergekommen.«

Ich trage keinen Schmuck, weil ich seit gestern nicht mehr in meinem Hotel war.

»Olivia …« Er sieht auf. Wie konnte ich jemals denken, er sähe nicht blendend aus? Vielleicht wird mir erst jetzt bewusst, wie attraktiv er ist. Nicht nur die breiten Schultern, das breite Kinn, der gesamte männliche Körperbau, auch das dunkle Schimmern seiner Augen und die makellos weißen Zähne seines Lächelns fügen sich zu einem atemberaubenden Gesamtbild zusammen. Mir wird schummrig. »Sag mir, warum ich mich bei dir nicht beherrschen kann. Bei allen Frauen, aber nicht bei dir.«

»Ich weiß es selbst nicht.«

»Willst du es?«, fragt er dunkel und seine Augen durchdringen mich. Noch liegt er neben meinen Beinen, den Unterarm neben meinem Körper aufgestützt. Noch. Mir ist klar, was er mit ›es‹ meint. Mir ist nicht klar, ob ich das will.

Logan streichelt mit seiner freien Hand mein Bein entlang, immer höher, unter dem Kleid entlang hoch zu meiner Taille. Mein Atem beschleunigt. Aber was mich erfüllt, ist Panik, nicht Lust. Ich kann ihn jetzt nicht abweisen. Ein zweites Mal. Gerade jetzt, da er sich mir öffnet. Er könnte nach einer erneuten Abweisung sein Interesse verlieren.

»Mach dir keine Gedanken um Tiffany«, beschwört er mich, da er meinen angespannten Gesichtsausdruck bemerkt.

»Ich mache mir keine Gedanken um sie.« Tatsächlich nicht.

»Und auch nicht um Phillip. Sie verdienen unseren Respekt nicht länger.« Sein Lächeln wird eine Spur bitter und seine Augen verlieren an Wärme. »Lass mich so tun, als hätten wir uns erst vorige Woche kennengelernt«, bittet er ruhig und zieht ganz vorsichtig den Bund meiner Strumpfhose herunter. »Es soll hierbei nur um dich und mich gehen.«

Ich beiße mir auf die Lippe und sage nichts. Mein Herzschlag hat sich verdreifacht und galoppiert hektisch vor sich hin. Das ist keine Nervosität, keine Aufregung. Das ist Angst.

Logan legt sich zurück auf meinen Körper und lässt seine Zunge zu meiner gleiten. Den Kuss kann ich erwidern, ja. Und er ist auch schön, wirklich. Aber das andere … die fremde Hand an meinem Bauch, die Erektion an meinem Schenkel …

Er schiebt den Bund meiner Strumpfhose tiefer, so tief, dass er mit einer Hand zwischen meinen Schritt –

Schlagartig und aus einem Impuls heraus presse ich die Beine zusammen und rutschte von ihm fort. So heftig und so schnell, dass ich mit dem Kopf gegen die Leselampe neben dem Sofa stoße. »Ich kann das nicht«, presse ich als Erklärung hervor.

Logan schaut verwundert, ja, vielleicht auch missbilligend, schließlich hat er mich auf sagenhafte Weise verführen wollen und ich bin so grausam und weise ihn ab – aber er hat keine Ahnung, woran mich diese Szene erinnert. Und dass ich mich hätte überwinden müssen, es zuzulassen.

Ich greife mir unters Kleid, rolle meine Strumpfhose zurück und wende mich von ihm ab. Was soll ich sagen? Was bringt es, mich zu erklären? Soll ich etwa davon erzählen, was Phillip mir angetan hat? Das sollte ich nicht. So etwas kann bei Männern genau die falschen Impulse wecken. Sie wollen keine Frau, an der sich ein anderer vergangen hat. Eine Frau, die überwältigt wurde und vielleicht für immer einen Komplex davontragen wird. Ich bin stark und ich will als starke Frau wahrgenommen werden. Und eine starke Frau hat ganz ohne Phillip gute Gründe, sich auf dieser Party in dieser Situation mit ihrem Hintergrund von dem Gastgeber nicht verführen zu lassen.

Sehr gute.

Ich räuspere mich und atme mehrmals tief durch, damit er mich als ehrbare Frau wahrnimmt, die sich nicht für kurzen Sex für eine Nacht hergibt, aber auch, um das Zittern in meiner Stimme unter Kontrolle zu bekommen. »Logan«, erkläre ich dann einfühlsam. Er hat sich neben mich gesetzt und betrachtet mich schweigend. »Das geht mir … hier und in dieser Situation … einfach ein bisschen zu schne–«

Die Tür knallt auf.

Logan setzt sich augenblicklich gerader hin und ich verschlucke meinen Satz.

»Oh mein Gott!«, kreischt Tiffany und spricht damit aus, was ich denke. Sie hat mich bei etwas erwischt, wobei sie mich niemals erwischen sollte. »Was tut ihr hier drin?«, fragt sie alarmiert. »In meinem Salon?!«

Ich greife nach meiner Tasche und stehe zügig vom

Sofa auf. Das, was hier geschieht, ist billig, das ist nicht mein Stil. Logan Westham auf seiner Yacht verführen? Ja. Während seine Ex-Frau und die gesamte Highest Society Miamis anwesend ist? Nein.

Ich muss lernen, mich wieder an meine Pläne zu halten. Wenn ich nicht gnadenlos scheitern will.

Jaden

Sie so zu sehen reißt an meinen Nerven und an ein paar anderen inneren Organen, die sich normalerweise in so einer Situation zurückhalten. Wie ein bekloppter Idiot bin ich hinter den Vorhang zurückgewichen und muss nun damit leben, die Szene zu beobachten. Warum haben sie auch nur Augen für sich und mich noch nicht bemerkt? Wieso muss ich mir das Gefummel unbemerkt mitansehen?

Mein Blut rauscht. Meine Adern pulsieren. Es fällt mir ungemein schwer, Logan nicht von Olivia fortzureißen. Aber andererseits scheint es ihr zu gefallen, und ein völlig neuer Impuls in mir hält mich daher zurück, die Szenerie zu unterbrechen.

Logan meint seine Gefühle ihr gegenüber ernst. Die Halskette, die zärtlichen Küsse auf ihren Nacken, das viele romantische Kitschgehabe – so habe ich ihn bisher nur bei Frauen erlebt, die ihm etwas bedeuten. Und wenn Olivia ihm etwas bedeutet, habe ich meine Klappe zu halten und hinter dem Vorhang zu warten und nicht dazwischenzustehen.

Denn er ist ein so viel besserer Mann für sie als ich.

»Willst du es?«, höre ich ihn leise fragen, als er über ihrem Oberkörper innehält und sie intensiv mustert. Er sucht nach einer Abweisung, nach etwas, das ihn sofort davon abhalten würde, es zu tun, und auch das macht ihn perfekt – perfekt für sie in dieser Situation.

Hier geht es nicht um meinen Besitzanspruch. Es geht um sie und das, was Phillip ihr angetan hat. »Mach dir keine Gedanken um Tiffany«, beschwört er sie raunend, als sie nicht reagiert. Das äußerst Ärgerliche an meinem Platz hinter dem Vorhang ist, dass ich Olivias Gesicht nicht sehen kann.

»Ich mache mir keine Gedanken um sie«, erklärt sie mit ihrer typisch forschen Stimmlage. Eine Stimme, die ich verdammt noch mal unter mir stöhnen hören will und nicht unter Logan! Gottverdammt.

»Und auch nicht um Phillip. Sie verdienen unseren Respekt nicht länger.« Logan tut auf Mr. ›Weiße Weste‹. Ja, er hat keine Leichen im Keller wie Phillip oder ich. Bis jetzt. Dass er Olivia gerade dann vögeln will, wenn Tiffany nur zwei Metallwände weiter ihren Drink schlürft und zur Livemusik tänzelt, ist unter aller Sau. »Lass mich so tun, als hätten wir uns erst vorige Woche kennengelernt«, bittet er ruhig. »Es soll hierbei nur um dich und mich gehen.«

Ich presse die Augenlider zusammen und löse meine Fäuste, die sich ein ums andere Mal ganz von selbst schließen. Die Reling ist nicht allzu weit. Ich könnte ins Wasser springen und fliehen, sobald sie voll zugange sind und nichts mehr mitbekommen.

Neben die nagende Eifersucht, die ich so von mir nicht

kenne, gesellt sich noch ein anderes Gefühl. Ein noch viel schlimmeres als der Gedanke daran, Logan könnte sich das nehmen, was ich eigentlich eh nicht haben will – das Gefühl von … Wohlwollen.

Anders kann ich es nicht beschreiben. Ich will beinahe, dass dieser verrückten Schwindlerin, die mir seit über einer Woche auf den Senkel geht und die einfach nicht verschwinden will, obwohl ich sie hervorragend schlecht behandle, das Richtige geschieht. Logan, Heirat, Haus, Kinder, Geld. Milliarden.

Das sind zwei Dinge mehr, als ich ihr bieten könnte, und deshalb hat er gewonnen. Wie ein faires Spiel, über das niemand Bescheid wusste. Ich bin so ein Held, dass ich am Ende mein Ego besiegt habe.

Ein dumpfes Geräusch lässt mich meine Augen wieder öffnen.

»Ich kann das nicht«, höre ich Olivia gepresst sagen und nehme auch die Panik in ihrer Stimme wahr.

Shit. Ich bin kurz davor, mein Versteck zu verlassen, aber dann sehe ich, wie Logan sich zurücksetzt und sie nicht weiter berührt. Ein feines Runzeln zeichnet sich auf seiner Stirn ab, und die Missbilligung in seinem Gesicht kommt von der Abweisung, die er ausgerechnet von Olivia erfahren hat. Tja, so ist das, wenn man eine Frau einmal nicht haben kann.

»Logan.« Nun kann ich Olivias Profil sehen und bin wieder einmal beeindruckt, wie schnell sie es geschafft hat, sich zu fassen. »Das geht mir … hier und in dieser Situation … einfach ein bisschen zu schne–«

Ihr Satz geht in dem Aufstoßen der Tür unter, und wir alle drei zucken zusammen.

Auftritt Tiffany.

»Oh mein Gott!«, kreischt sie aufgelöst. »Was tut ihr

hier drin?«, fragt sie, als wäre sie zu dämlich, es zu erkennen. »In meinem Salon?!«

Soweit ich weiß, gehört die Yacht Logan und nur ihm.

Jetzt wird es interessant.

Olivia greift nach ihrer Tasche und steht mit einer anmutigen Bewegung vom Sofa auf. In ihren Augen funkelt der mir bereits bekannte Stolz, und nichts ist mehr von der Frau übrig, die eben noch panisch war.

»Was tut ihr hier?«, ruft Tiffany vorwurfsvoll und bleibt direkt vor der Tür stehen, sodass Olivia nicht vorbeigehen kann. Trotz des Altersunterschiedes stehen die beiden Frauen sich in ihrer Schönheit in nichts nach. Olivia, deutlich gebräunter, ein wenig kleiner und mit erotischeren Rundungen als ihre Konkurrentin – nicht zu vergessen diese braune Haarmähne, in die man seine Hände vergraben will, um sie nach unten zu drücken –, und demgegenüber die groß gewachsene, natürlich blonde Schönheit Tiffany Westham, die, obwohl sie kein rotes, tief ausgeschnittenes Kleid trägt, durch ihre Reife und Sportlichkeit nicht minder attraktiv wirkt. Wobei ich bei ihren Haaren nicht sofort an einen Blowjob denken muss.

»Was bist du nur für ein Mann, dass du ausgerechnet auf meiner Party …!« Tiffany bricht in Tränen aus.

Logan will etwas sagen, doch Olivia kommt ihr zuvor.

»Es ist nicht, wie du denkst«, sagt sie schmeichelnd und legt Tiffany sogar eine Hand auf den Oberarm, die erschrocken zurückweicht. »Wir saßen hier nur und haben uns über untreue Ehepartner unterhalten. Wir empfinden beide Redebedarf.«

Ich kann nicht anders, ich muss breit grinsen.

»Was bildest du dir ein!«, schreit Tiffany, und trüge sie eine Waffe, sie würde sie auf Olivia richten.

»Es scheint mir, als hättet ihr auch welchen. An deiner Stelle, Tiffany, würde ich zuallererst vor meiner eigenen

Tür kehren, bevor ich anderen Frauen, die wirklich betrogen wurden, etwas vorhalte«, erwidert Olivia nonchalant und drängt sich an Tiffany vorbei. Als sie allerdings mit dem Rücken zu den beiden steht, kann nur ich sehen, wie ihre glatte Miene in sich zusammenfällt und ihre Haltung an Würde verliert. Sie huscht durch die Tür, noch bevor in mir der Wunsch entstehen kann, ihr nachzugehen, und ich muss wohl oder übel weiter hinter dem Vorhang verborgen bleiben, wenn ich Tiffany und Logan ihre Chance lassen will, das erste Mal seit drei Wochen miteinander zu reden. Außerdem könnte ich einschreiten, wenn sich das Gespräch nicht so entwickelt, wie es das sollte.

»Schämst du dich nicht?«, fragt Tiffany vorwurfsvoll.

Logan verschränkt abwehrend die Arme vor seiner Brust. Er steht neben dem Sofa und seine Miene ist verschlossen. »Ich wüsste nicht, wieso.«

»Sie ist eine intrigante Schwindlerin und du lädst sie einfach hierher ein!«

Er lacht schäbig. »Wie kommst du dazu, so etwas zu sagen?«

»Sie hat Phillip nur geheiratet, um ihn ausnehmen zu können! Und du lässt ihr das einfach durchgehen! Ich erkenne dich nicht wieder. Wo ist mein Ehemann? Was ist mit ihm geschehen?«

Logans Haltung wird zunehmend abweisender. »Was möchtest du, Tiff.«

Verzweifelt zerteilt sie mit ihren Händen die Luft. »Hat Jaden dir denn gar nicht erzählt, wer sie ist?«

»Jaden?«, fragt Logan abfällig, und ich frage mich spontan, ob ein Schlag ins Gesicht ihn nicht wieder zur Vernunft bringen würde. »Willst du mir übrigens erklären, warum du ausgerechnet mit ihm deine Scheidung planst?«

»Ich plane keine Scheidung!«, kreischt sie so laut, dass

einige Gäste sie bestimmt gehört haben. Das fällt auch ihr auf und sie senkt augenblicklich die Stimme. »Olivia ist zum vierten Mal verheiratet, wusstest du das?«, fragt sie triumphierend und verschränkt ebenfalls ihre Arme vor der Brust.

Logans Lächeln wird zunehmend spöttischer. »Du wartest drei Wochen darauf, mit mir zu reden, und alles, was dir einfällt, ist Olivia? Ich hätte nicht geglaubt, dass du jemals so weit sinkst.«

Ertappt fährt sie zusammen, doch sie fasst sich schnell. »Er wird es dir bestätigen. Jaden vertritt auch Olivia. Sie ist direkt zu ihm hin, nachdem sie – vermutlich durch dich - von Jads Ruf erfahren hatte.«

Logans Miene entgleitet ihm. »Wie bitte?«

»Du glaubst mir nicht?«, fragt sie böse lächelnd und zückt ihr Handy. »Vielleicht sollte er es dir selbst sagen. Ich rufe ihn an und sage ihm, dass er in den Salon unter Deck kommen soll.«

Ungläubig beobachte ich, wie sie etwas auf ihrem Display eingibt, dann ereilt mich die Panik. Shit! Shit, Shit, Shit! Ich grabsche hektisch in meine Anzugtasche und ziehe mein Handy hervor, aber es klingelt, bevor ich es lautlos schalten kann, und verrät mich damit prompt. Verflucht.

Mir bleibt nichts anderes übrig, als hinter dem halb durchsichtigen Vorhang hervorzutreten, der mich aufgrund der Lichtverhältnisse tadellos verdeckt hat. Ich hebe die Hand mit dem Handy zum Gruß und überspiele mein peinliches Auftauchen mit einem ironischen Lächeln. »Hi.«

Beide starren mich voller Entsetzen an.

»Ich war auf der Suche nach Kippen.«

Sie sagen kein Wort.

»Sie haben oben nur Zigarren an der Bar«, erkläre ich

entschuldigend und schlendere auf den Schreibtisch zu, in dessen Schubfächern ich vorhin nach Zigaretten gesucht habe, bevor ich unterbrochen wurde. »Ich weiß, ich sollte das Rauchen nicht wieder anfangen, und ich schwöre euch, das hatte ich nicht vor. Aber nach fast vier Jahren wieder hier zu sein … Dafür brauche ich Nikotin und Whiskey.«

»Du stehst die ganze Zeit dort?«, fragt Logan knurrend.

Ich zucke die Achseln. »Ist nicht so, als wäre es das erste Mal, dass ich dir bei deinem Flirt zusehe.«

Er ballt die Fäuste und stößt einen Wutschrei aus. »Ich wollte dir eine Chance geben! Heute Abend! Und du benimmst dich wie das letzte –«

Ich unterbreche ihn mit einem kühlen Blick. In den Scheißschubladen ist nichts. Diesen Zirkus halte ich ohne Drogen doch nicht aus! Frustriert greife ich nach der Flasche Rum auf der Anrichte, die in einen seegangtauglichen Behälter eingefasst ist, und fülle mein leeres Glas, das ich mir von oben mitgebracht habe. »Was ist, wenn ich dir sage, dass Olivia Bloom die letzten zwei Vormittage absolut freiwillig in meinem Büro saß, weil ich ihr zugesagt habe, Phillip vor Gericht um zwölf Millionen zu erleichtern?«

Er will mich wütend unterbrechen, doch ich hebe die Hand.

»Er weiß Bescheid.«

»Phillip weiß Bescheid?«, wiederholt er irritiert.

»Logan, mein Teuerster.« Ich schwenke den Rum in der Hand und verspüre keine große Lust, ihn zu trinken. »Ich beschäftige mich zurzeit mit genau einer echten Scheidung. Und das ist die von Mr. Caulfield und seiner Disney hassenden Frau. Es ist weder meine Absicht, dich, Tiffany oder Phillip vor Gericht auszunehmen, noch sonst etwas zu machen, das normalerweise meine Art wäre.«

»Das ist so großzügig von dir«, erkennt Logan ironisch.

Ich grinse ihn an. »Ich weiß.«

»Erzähl ihm mehr von Olivia!«, verlangt Tiffany ungeduldig.

Ich bedenke sie mit einem langen Blick. »Nein«, antworte ich gedehnt. »Süße, es geht nicht um Olivia. Ihr solltet reden, aber nicht über sie. Olivia könnte auch eine Kristen, ein Thomas oder eine Bridget sein, versteht ihr? Ihr wart jahrelang glücklich und jetzt wollt ihr euch trennen? Ich halte nichts davon.«

»Beeindruckend, dass gerade du das sagst«, entgegnet Logan wenig verständnisvoll. Seine feindliche Haltung gilt nun mir.

»Ich werde auch erwachsen«, erkläre ich freundlich und proste den beiden zu. »Soll ich den Mediator spielen oder –«

»Verschwinde«, knurrt er.

Ich presse die Zähne aufeinander. Mein Lächeln wird anstrengend. Wir sehen uns in die Augen, und vermutlich denken wir beide an einen Moment vor zehn Jahren zurück, an dem ich alles darangesetzt habe, ihn von der Hochzeit mit Tiffany abzuhalten. Ja, ich hielt es für reinen Schwachsinn, so früh und dann auch noch in eine der konservativsten Familien Floridas einzuheiraten, die nur mit Mühe akzeptieren konnte, dass seine Hautfarbe nun einmal nicht weiß ist. Ich hielt nichts vom Heiraten, und ich wollte meinen Freund nicht verlieren, nicht die Freiheiten aufgeben, die wir damals so genossen haben – aber er war von seiner Idee nicht abzubringen und er behielt recht, denn die meiste Zeit seiner Ehe war er mit Tiffany verdammt glücklich.

Dass sie ihn betrügen – oder auch nicht betrügen – musste und nun alles den Bach runtergeht, ist eine Entwicklung, die beide nicht verdienen.

»Wisst ihr«, Logan wird ungeduldig, »ich gehe selbst.«

»Was? Nein!«, rufe ich.

»Ich habe keinen blassen Schimmer, was ihr gemeinsam ausheckt, und es soll mir egal sein. Wenn es dir hilft«, abschätziger Blick zu Tiffany, »deinen Frust an Olivia auszulassen, dann tu es. Und du?« Noch abschätzigerer Blick zu mir. »Ich weiß ehrlich nicht, was du hier versuchst.«

Ein weiteres Mal werde ich es ihm nicht erklären.

»Logan!«, ruft Tiffany verzweifelt.

Doch Logan ist wutentbrannt losgestürmt und schneller durch die Tür hindurch, als sie ihn zurückhalten könnte.

Stille.

Tiffany und ich werfen uns einen Blick zu, der alles sagt und doch nicht hilft. Dann seufzt sie theatralisch auf und lässt sich auf einen der Sessel sinken. Sie verbirgt ihren Kopf hinter ihrer Hand und ich überlasse sie ihren Selbstzweifeln. Was soll ich dazu noch sagen? Logan hat insofern recht, dass es Tiffany nicht um Olivia gehen sollte. Tiffany hat insofern recht, dass Olivia mir gestern selbst gestanden hat, eine Schwindlerin zu sein.

Als ich mich mit der Schulter an das Fenster lehne, um gedanklich Abstand von dieser miserablen Party zu gewinnen, fällt mir eines der Boote auf, das zurück in den Yachthafen steuert. Etwas Rotes leuchtet auf, vielleicht ein Kleid? Ist sie etwa gegangen? Dann macht es noch weniger Sinn für mich, zu bleiben.

Oder sollte ich ein weiteres Mal mit Logan sprechen? Wenn ich jetzt gehe, wirke ich verdächtig und werde mir von Tiffany anhören müssen, weshalb ich sie im Stich gelassen habe. Ich muss bis zum Schluss bleiben, auch wenn es mich schon jetzt ans Festland und in die Nähe eines gewissen Hotels zieht …

Verzwickt. Wer hätte gedacht, dass es so schwierig werden würde, eine Ehe zu retten, statt sie zu entzweien?

Olivia

»Er hat dir einen Diamanten geschenkt?« Masons Stimme ist ein ehrfürchtiges Flüstern. »Du telefonierst seit einer halben Stunde mit mir und erst jetzt erzählst du mir davon? Wie hast du es geschafft, dass er dich nach so kurzer Zeit so sehr vergöttert?«

»Er vergöttert mich nicht«, halte ich schwach dagegen und übertöne gerade so den Fernseher. Ich bin feige und habe mich verkrochen. In eine der Suiten unter Deck. »Ich habe ihn abgewiesen, weißt du.«

»Aber warum das denn?!«, schreit er näselnd ins Telefon. »Was fehlt dir denn noch? Das war ja beinahe romantisch!«

»Seine Frau war anwesend.«

»Ja, stimmt. Ach, Maus. Du hast ja ein Pech. Hast du denn wenigstens das Ganze aufschieben können?«

»Ich war ganz schön zickig am Ende …« Nervös bearbeite ich meine Fingernägel. Ich hätte Tiffany nicht eine solche Gemeinheit an den Kopf knallen dürfen. Sie sollte mir egal sein. Andererseits habe ich noch immer das Spiel nicht verstanden, das sie spielt. Will sie nun Logan verlassen? Sucht sie nach einem Grund, ihn schlecht aussehen zu lassen? Dann müsste sie es doch eigentlich freuen, wenn Logan einen Fehltritt begeht. Aber in ihren Augen glitzerte kein Triumph, sondern echte Verletzung, die sie versucht hat, mit Hohn zu überspielen. Und welche Rolle spielt Jaden bei dem ganzen Schmierentheater? Wie gut kennen sie sich und warum sollte er sie vertreten? Wobei und wofür? Wenn nicht bei einer Scheidung?

Bei der Vorstellung, dass ausgerechnet die beiden gemeinsame Sache machen, dreht sich mir der Magen um. Warum?

»Ich liebe es, wenn du zickig wirst«, schwärmt Mason. Er malt sich vermutlich bereits meine Hochzeit aus. Zu der er nicht kommen kann, wie jedes Mal. Er ist mein Komplize. Nicht nur das, er war selbst schon mit Frauen zusammen, um an ihr Geld zu kommen. Mit dem wundervollen Bonus, dass er sich hinterher outet und es irgendwie schafft, sich freundschaftlich zu trennen. Als er jung war, hat er wesentlich ältere ›Damen‹ hofiert, da er die Gefühlswelt von Frauen viel besser nachempfinden kann als die meisten Männer, hat sie verführt und glücklich gemacht und sich von ihnen getrennt, sobald es ihm zu viel wurde und die Emotionen der Frau zu stark. Seit meiner ersten ›gescheiterten Ehe‹ steht er mir treu zur Seite. Ich habe sehr viel von ihm gelernt und war eigentlich immer dankbar dafür. Nur jetzt … wünschte ich mir, es hätte weniger Intrigen und Betrug gebraucht, um auf diese Yacht zu gelangen. Ich wünschte mir, ich könnte vollkommen ehrlich zu Logan sein und er würde mich noch immer wollen.

»… du nicht langsam zurückgehen?«

»Hm?« Ich habe gar nicht hingehört und mich gedankenverloren auf die Reality Show im Fernseher konzentriert. Zwanzig Frauen streiten sich um einen Millionär. Zwanzig Frauen, die nicht besser sind als ich.

»Es ist schon spät«, erinnert mich Mason. »Sehr spät bei dir. Willst du nicht zurückgehen? Vielleicht kannst du unauffällig mit einer großen Gruppe verschwinden.«

»Ja, du hast recht.« Ich richte mich schwerfällig auf. Ich saß nicht einmal auf dem Bett, aus Angst, mich könnte jemand beim Hereinkommen finden, sondern daneben mit der Option, mich hinter dem Rahmen zu verstecken. Nun tut mein Rücken von der unbequemen Haltung weh und mein rechtes Bein ist eingeschlafen. »Ich rufe dich morgen an.«

»Nein, ich rufe an. Du vergisst es«, säuselt Mason liebevoll. »Komm gut nach Hause, Schatz.«

Er legt auf.

Und ich fluche, weil mein Bein furchtbar unangenehm kribbelt. Für ein paar Sekunden stehe ich hilflos herum und versuche, mich so wenig wie möglich zu bewegen. Es ist wirklich still auf dem Schiff geworden, auch die Live-Musik ist verstummt.

Wie lange habe ich hier gesessen und mich selbst bedauert?

Verflucht. Endlich kann ich meinen Fuß wieder aufsetzen. Ich stelle den Fernseher aus, nehme meine Tasche in die Hand und verlasse die Kabine ins Innere des Schiffes. Es ist still – zu still.

Als ich die Treppe nach oben nehme, stelle ich mit Schrecken fest, dass ich fast alleine auf dem Deck bin. Nur ein Steward räumt Gläser in einen Schrank.

Ich räuspere mich und er dreht sich um.

»Wo kommen Sie denn her, Mrs.?«, fragt er perplex und sieht an mir herunter.

»Sind die anderen Gäste schon gegangen?«

Er nickt. »Alle fort. Geht es Ihnen gut?«

»Mhm. Wie komme ich zurück an Land?«

»Tja …« Er schielt verlegen auf seine Uhr. »Ich fürchte, da müssen Sie warten, bis die Crew fertig mit dem Aufräumen ist und mit dem letzten Beiboot zurückfährt. Es ist niemand sonst da, der Sie bringen könnte.«

»Oh.« Shit. Noch länger warten?

»Sie können oben an der Bar warten. Es dauert vielleicht gut zwei bis drei Stunden.«

Oh je. Das sind ja Aussichten! Ich seufze auf, gehe an ihm vorbei nach draußen und vergewissere mich, dass wirklich keines der Boote mehr auf mich wartet. Hat Logan mich einfach vergessen? Beißender Zigarettenrauch steigt mir in die Nase und ich beuge mich über die Reling, um zu sehen, woher er kommt.

Meine Ahnung bestätigt sich und ich weiche schnell zurück. Shit! Wieso muss ausgerechnet er der letzte Gast sein?

Obwohl ich bis zur Schiffswand zurückweiche, bemerkt mich Jaden, der gerade dabei war, ein winziges Boot zu besteigen. Er hält in der Bewegung inne, sieht zu mir hoch und lässt die Zigarette zwischen seinen Fingern verglühen.

»Sieh mal einer an.«

Ich stöhne und verdrehe die Augen.

»Wo hast du die letzten vier Stunden gesteckt? Ich dachte, du wärst längst gegangen«, fragt er misstrauisch.

»Ich habe mich mit dem Kapitän beschäftigt, was denkst du?«, frage ich schnippisch. Ich sollte nach oben gehen und auf die Crew warten.

»Also hast du die Party in vollen Zügen genossen?«, fragt er ironisch und zündet sich die Zigarette wieder an. »Und es irgendwie verpasst, rechtzeitig mit einem der Boote zurück an Land zu fahren?«

»So in etwa.«

»Ich kann dich mitnehmen.«

Ich hebe eine Braue. »Mit deinem Paddelboot?«

Sein Grinsen wird breiter. »Nein, mein U-Boot parkt unter Wasser.«

Ich löse meine Anspannung. »Wirklich?«

Er bricht in schallendes Lachen aus, was ihn bedauerlicherweise besonders attraktiv macht. »Komm her.« Jaden streckt eine Hand nach mir aus, und ich müsste einige Schritte gehen, um sie zu erreichen. »Ich bringe dich an Land.«

Zögernd trete ich an die Reling und sehe ein weiteres Mal nach unten. Neben dem ausfahrbaren Steg der Yacht liegt das Beiboot der Besatzung und eines aus schlichtem Holz. Mit zwei Rudern darin. Das Wasser der Bucht ist ruhig und Carters Haus nah, aber zum Ufer … rudern?

»Warum lässt du mich nicht einfach hier?«, frage ich zweifelnd.

Er nimmt seine Hand zurück und seine Miene verliert an Freundlichkeit. »Guter Einwand. Du würdest das Boot nur zum Kentern bringen. Gute Nacht, Olivia.« Er wendet sich ab, hält sich am Geländer fest und besteigt das Boot.

»Würde ich nicht!«, halte ich dagegen. Die Verlockung ist groß, mit ihm zu gehen. Und das nicht nur, weil ich sonst warten müsste.

Jaden sieht auf und hält spielend leicht das Gleichgewicht im Boot. Seine Mundwinkel zucken und seine Augen blitzen herausfordernd auf. Ein ganz klares Zeichen: Beweis es mir.

Keine Ahnung, warum ich nicht einfach hier warte und mir einen Drink genehmige. Ich versuche mir einzureden, es hinge damit zusammen, dass ich besonders ungeduldig und müde bin, als ich auf ihn zugehe.

»Zieh deine Schuhe aus«, rät er mir, und anders, als ich es erwartet hätte, ist er freundlich und nicht etwa siegesgewiss. Vielleicht bin nur ich diejenige, die glaubt, das hier sei ein Spiel.

Jaden hingegen scheint es ziemlich ernst zu nehmen. Er greift nach meiner Hand, nachdem ich meine High Heels ausgezogen habe, und stabilisiert mich, während ich in das Boot steige. Sein Händedruck tut gut. Nein, vielleicht elektrisiert er mich sogar, und als würde es ihm wie mir gehen, hält er mich noch eine ganze Weile fest, bis ich sicher sitze. Dann beugt er sich zu der Metallöse und löst das Tau mit gekonnten Griffen. Er wirft es ins Boot, setzt sich ebenfalls, greift nach den Rudern und stößt uns von der weißen Schiffswand ab. Vom Wasser aus betrachtet wirkt die Yacht noch um einiges mächtiger. Gerade weil unser Boot im Vergleich so winzig ist.

Jaden vollführt mit den Rudern ein paar kräftige Züge Richtung Küstenlinie und bewegt dabei seinen Oberkörper, als hätte er das schon Tausende Male gemacht.

»Bist du Ruderer?«

Er sieht nicht auf, sondern konzentriert sich auf das Wasser.

»Im Sportverein? Golf, Rudern, Boote … Du tust doch nur so, als hättest du kein Geld! Du hättest dir genauso gut eines von Logans Booten leihen können oder eines mieten. Warum diese Nussschale?«

Er sieht auf und sein Lächeln dringt tief in meinen Magen. »Wenn ich welches hätte«, fragt er mit rauchiger Stimme, »würdest du mich dann wollen?«

»Was?« Ich versteife mich und brauche einen Moment, bis mir klar wird, was er angedeutet hat. Soll ich etwa ehrlich zu ihm sein? Er stößt weiter die Ruder ins Wasser, zieht sie hervor und sieht an mir vorbei. Um seine sinnlichen Lippen zuckt das Lächeln. »Es geht mir nicht nur ums Geld«, wispere ich.

Sofort weiten sich seine Mundwinkel zu einem spöttischen Grinsen. »Natürlich nicht. Nicht nur.«

»Du hast doch gar keine Ahnung, wer ich bin!« Ich verschränke die Arme vor der Brust. Tatsächlich habe ich nie darüber nachgedacht, dass er verarmt ist. Ich ›will ihn‹ aus ganz anderen Gründen … nicht.

»Du meinst, wenn das dort hinten meine Yacht wäre, ich nur so aus Spaß mit einer ›Nussschale‹ über das Meer schippern würde und hundert Stunden die Woche damit beschäftigt wäre, meine Milliarden anzuhäufen, würdest du noch immer mit verschränkten Armen dort sitzen und mich anpampen?«

Ich verenge die Augen. »Genau.«

Jaden lacht lauter und tut mir damit wirklich weh. »Klar.«

Ich neige meinen Kopf, da ich es nicht länger ertrage, ihn anzusehen.

»Warum hast du Logan vorhin abgewiesen, mich aber nicht?« Er hält mit den Rudern in der vorgebeugten Haltung inne, doch ich sehe ihn nicht an.

»Woher weißt du das«, frage ich das Wasser tonlos.

»Ich hatte das ungünstige Problem, euch belauschen zu müssen.«

Schockiert reiße ich die Augen auf. »Wie? Du warst da?«

Ein Ausdruck von Schuld gleitet über sein überhebliches Lächeln, bevor er sich wieder fasst. »Nicht mit Absicht, falls du das denkst.«

»Du hast nicht mit Absicht gelauscht?« Ich bin empört. »Warum lässt du mich nicht einfach in Ruhe?«

»Und wenn er dich nicht in Ruhe gelassen hätte?«, beschwört er mich und kommt mit seinem Gesicht noch näher. »Wenn er deine Panik falsch gedeutet hätte, weil er nicht weiß, was gestern Abend vorgefallen ist? Vielleicht war es gar nicht so schlecht, dass ich hätte eingreifen können.«

Jetzt bin ich diejenige, die spöttisch lacht. »Du bist ein Idiot, Jaden. Bist du eingeschritten? Nein. Habe ich es selbst sehr gut hinbekommen? Ja. Spiel dich nicht hinterher als Held auf, wenn du keiner bist.«

Seine Augen verdunkeln sich befriedigend und er lehnt sich zurück. Sein Oberkörper hat sich verspannt, er ist sauer.

»Schon mal daran gedacht, dass ich Logan wirklich mag?«

»Natürlich.« Er sieht an mir vorbei zur Yacht.

Seine Antwort überrascht mich. »Und du kannst es nicht akzeptieren?«

»Logan ist mit Tiffany zusammen. Er ist schlichtweg keine Option für dich.«

»Sie hat ihn betrogen!« Gott. Wie oft muss ich das den Leuten noch einbläuen?

»Sie sagt, sie hat es nicht getan.« Jaden wirft mir einen halb neugierigen Blick zu, und ich deute ihn zu spät, denn da habe ich es schon gesagt.

»Ich weiß, dass sie es getan hat.« Mist.

Er wird wachsam. »Woher?«

»Ich wollte es eben genau wissen und habe mich informiert!«, weiche ich aus.

Jaden hält eine Weile inne und betrachtet mich wortlos, bevor er ein weiteres Mal die Ruder ins Wasser taucht. Da er nichts sagt, schweige auch ich.

Minutenlang ist nichts weiter zu hören als das sanfte Plätschern des Wassers, wenn die Ruder hineintauchen und wieder hervorkommen. Es hat beinahe etwas Melodisches und wir nähern uns im gemächlichen Tempo seinem Haus.

»Hast du etwas damit zu tun, dass die beiden nicht mehr zusammen sind?«, fragt er in die Stille.

Ich habe die Verschränkung meiner Arme gelöst und sie dafür um meine Oberarme geschlungen, denn der Wind ist merkwürdig kühl. Was soll ich darauf antworten? »Du meinst, ob es mein Plan war, dass Logan mir heute einen Diamanten schenkt?«

»Nein, das meinte ich nicht.« Er seufzt auf, schüttelt den Kopf und rudert weiter. »Macht dich das wirklich glücklich? Ein Diamant? Der ganze Prunk, dieses viele Geld? Macht man es deswegen?«

»Das ist eine so bescheuerte Frage von einem erfolgreichen Anwalt, der die Reichsten der Reichen vertritt, obwohl er doch auch in Problemvierteln arbeiten könnte.«

Er lächelt ein freundliches Lächeln. »Wer sagt dir, dass ich das nicht tue?«

Zweifelnd hebe ich eine Braue. »Tust du es?«

Anstatt zu antworten, sieht er abermals zur Seite. Dieses Gespräch ist wenig fruchtbar. Wir wollen beide nicht so recht aus unserer Haut.

»Warum vertrittst du Tiffany vor Gericht?«

»Tue ich nicht. Sie will keine Scheidung.«

»Aber was möchte sie dann von Logan?«

»Sie möchte ihn zurück.«

»Wirklich?« Sie will ihn wirklich zurück? Oder nur weil … »Bist du sicher, dass es ihr um ihn geht?«

»Olivia, Baby«, er rudert ungerührt weiter und in seinen Augen funkelt die Ironie, »erstens ist das eine Sache zwischen Tiffany und Logan, zweitens eine zwischen Tiffany und ihrem Anwalt. Das wäre dann meine Wenigkeit. Warum fällt es dir so schwer, dich nicht einzumischen, obwohl es dir doch ›nicht nur ums Geld‹ geht? Lass sie doch einfach in Ruhe und sieh dich nach einem anderen Milliardär um. War es von Anfang an dein Plan? Hierherzukommen und dich an Logan ranzuschmeißen?«

Ich bleibe stumm, was er als Bestätigung nimmt.

»Also doch.« Er schüttelt abfällig lachend den Kopf und rudert weiter. »Ich weiß nicht, was ich hier tue. Du bist so viel schlimmer als alle Frauen, mit denen ich jemals im Gerichtssaal saß, denn du planst diesen ganzen Scheiß bewusst. Du drängst dich zwischen Beziehungen, schaffst es irgendwie, dass Harriet Phillip verführt, bringst Logan dazu, dir zu verfallen, und verfolgst dabei einen komplexen, ausgeklügelten Plan, den nur Verbrecher aushecken. Das bist du. Eine Betrügerin. Und du redest dir selbst ein, dass ›du Veränderung herbeiführst‹. Ich bitte dich, glaubst du den Scheiß selbst? Wenn es dir in irgendeinem Moment um die anderen und nicht nur um dich gehen würde, würdest du dich raushalten. Allein dass du Phillip geheiratet und abserviert hast, ohne mit der Wimper zu zucken, beweist, wie abtrünnig du bist.«

»Er hat mich nie geliebt!«, schreie ich ihn an. Mein Herz rast, ich wurde noch nie so verletzt wie in diesem Moment. Ein dumpfer Schmerz in meinem Kopf redet mir ein, Jaden hätte recht. Er hat recht, er hat recht. Ich bin eine Betrügerin, egoistisch, ein schlechter Mensch. »Er hat mich nie geliebt. Er liebt Harriet. Schon immer. Ich habe gesehen, wie er sie ansieht. Immer, wenn er sie sah. Er war nur zu feige, dazu zu stehen! Ich habe ihm geholfen und er hat mich belogen. Ich bin nicht selbstlos, das stimmt, aber –«

»Olivia.« Jaden unterbricht mich, hält in der Bewegung inne und sieht ernst zu mir herauf. »Er liebt Harriet nicht … Er liebt dich.«

Jaden

Mit einem Mal wird mir bewusst, dass Olivia Bloom nicht davon ausgeht, jemand – und sei es irgendjemand – könne sie lieben. Sie blendet die Tatsache aus, dass Phillip ihr verfallen ist. Denkt, es hinge ausschließlich mit ihren körperlichen Reizen zusammen, und glaubt nicht, liebenswert sein zu können.

Verfickte Scheiße. Ich schmecke selbst den Schmerz auf der Zunge, den sie gerade empfinden muss, und ich wünschte mir, ich hätte nichts gesagt.

Warum muss selbst die letzte Schlampe bei näherer Betrachtung so viele menschliche Schwächen besitzen, dass man ihr verzeiht?

Frustriert ziehe ich die Ruder durchs Wasser und halte wie sie meine Klappe. Sie schluchzt, verliert eine einzelne Träne, aber ich weiß nichts zu sagen.

Phillip liebt sie. Ja, er ist ein riesiges Baby und betrunken nicht imstande, sich zusammenzureißen, aber er liebt sie. Und Logan? Der hat auch irgendeinen Narren an ihr gefressen und sicherlich geht es einigen ihrer Ex-Männer auch so.

Die Frau schafft es doch gar nicht, bei jemandem nicht mit ihrem Charme in Erinnerung zu bleiben. Sie hat ein getrübtes Selbstbild, auch wenn sie auf der anderen Seite genau weiß, welche Wirkung sie ausstrahlt.

Aber in ihrem Innersten, tief in ihrer Brust, sitzt dieser Schmerz, der aus irgendeiner Zeit stammt, über die sie mir nichts erzählen wird, und macht sie schwach und angreifbar. Und ausgerechnet ich sitze hier und bohre in alten Wunden, obwohl ich doch augenscheinlich der Einzige bin, der über gestern Bescheid weiß und ihr helfen könnte.

»Entschuldige.«

»Nein, ist schon gut.« Sie sieht stur aufs Wasser.

Eine leichte Drehung nach links zeigt mir, dass wir in ein paar Metern den Steg erreicht haben. »Ich hätte nicht von Phillip anfangen sollen.«

»Ich will einfach nur zurück ins Hotel.« Ihre Stimme ist gebrochen, sie hält sich zurück, damit sie nicht in Tränen ausbricht.

Noch nie war der Wunsch in mir stärker, eine Frau, die ich gerade noch zu Tode beleidigt habe, eben dafür zu trösten. Ich bin selbst total bescheuert im Umgang mit ihr. Und ja, es wäre das Beste, wenn sie augenblicklich ins Hotel fährt.

Aber das Beste ist schließlich nie gut genug, nicht wahr?

Ich lasse die Ruder los und strecke eine Hand nach ihr aus.

Sie rückt ab. »Fahr uns einfach nur an Land, es ist doch nicht mehr weit!«

Es ist keine gute Idee, sie jetzt trotzdem zu berühren. Nachher kentern wir noch, wenn wir uns auf dem Boot streiten. Also gebe ich seufzend nach und rudere uns bis zum Steg. Ich nehme gleich den äußersten Pflock und befestige das Boot. »Ich helfe dir heraus«, erkläre ich, ziehe das Boot heran und steige aus. Dann drehe ich mich zu ihr um und reiche ihr die Hand.

Olivia funkelt mich böse an. Sie will meine Hand nicht. Unbeholfen steht sie von selbst auf.

Shit, sie wackelt. Sie schafft es nicht, das Gleichgewicht zu halten, da sie es nicht gewohnt ist.

Sie stürzt mit einem Aufschrei nach vorne, ich fasse ihre Hand, sie greift danach, stolpert gegen die Außenwand des Bootes, und dann wankt es so sehr, dass sie fällt.

Bevor sie sich durch meinen Griff den Kopf am Steg aufschlägt, lasse ich sie los und sie fällt mit einem panischen Schrei ins Wasser.

»Himmel.« Das ist das zweite Mal, dass meine Anwesenheit sie derart panisch macht, dass ihr etwas geschieht.

»Ich kann … nicht … stehen …!« Olivia strampelt im Wasser und wird zunehmend panisch.

Ich beuge mich über den Steg nach unten und reiche ihr meinen Arm. »Hier, halt dich fest. Oder schwimm zur Leiter.«

Doch sie gibt nur ein Gurgeln von sich, schluckt Wasser. Sie schreit auf, verschluckt sich wieder. Sie ist vollkommen in Panik und planscht wie ein hilfloses Kind.

Habe ich eine Wahl?

Zügig befreie ich mich von Schuhen und Jackett und springe ihr kopfüber hinterher. Sie wedelt so wild mit den Armen, dass ich Schwierigkeiten habe, mich ihr zu nähern.

»Olivia!«, beschwöre ich sie.

»Ich kann nicht stehen! Hier sind überall … es ist so eklig! Fische! Überall!«

»Das sind Algen. Kannst du dich bitte beruhigen?« Ich

schwimme so nah an sie heran, dass ich nach ihren Armen greifen kann. Ich stütze sie kurzerhand selbst, sodass sie über Wasser bleibt, und sorge mit meinen Beinen für Auftrieb.

Sie zittert in meinem Griff und prustet mir Salzwasser in die Augen. »Ich hasse … ich war noch … nie im Meer.«

Es ist zu anstrengend, sie über Wasser zu halten, um einen unnötigen Spruch zu erwidern. »Schwimm in die Senkrechte und halte dich an meinem Hals fest. Der Atlantik ist wie jeder andere Pool auch.«

»Nein, hier sind Algen und es ist … und Haie!«

»Doch nicht hier in der Bucht.« Ich verdrehe die Augen, lege ihre Hände an meinen Kragen und schwimme Richtung Ufer. Die Leiter zum Steg hoch zu nehmen, will ich erst gar nicht versuchen. So panisch, wie sie ist, wird sie danebengreifen oder ausrutschen und sich verletzen.

»Geht es so?«, frage ich nach hinten.

Sie ist merkwürdig verstummt. »Ja«, würgt sie und klammert sich wie eine Verrückte an meinem Kragen fest.

Es sind nur ein paar Meter, bis wir stehen können, doch als ich ihr das anbiete, schreit sie vor Ekel auf. Also wate ich durch das Wasser und ziehe sie mit mir mit, damit sie bloß nicht in Berührung mit dem Grund kommt. Olivia Bloom, eine solche Prinzessin? Als das Wasser zu seicht wird, drehe ich mich kurzerhand um und nehme sie hoch auf meinen Arm.

Sie wehrt sich nicht, schmiegt sich sogar wie eine Katze an mich und lässt sich von mir aus dem Wasser tragen. An mein Haus grenzt ein winziges Strandstück, auf dem ich sie absetze.

Ich fühle mich, als wäre ich zehn Meilen geschwommen, sinke dankbar in den Sand und wische mir mit den Händen das Salzwasser aus dem Gesicht.

Olivia lässt sich neben mich sinken. Durch die glitzernde Skyline Miamis, die auf der gegenüberliegenden Seite der Bucht liegt, wird es auf meinem Grundstück nie richtig dunkel, sodass man gut erkennen kann, wie bleich Olivias Gesicht ist. Dann verzieht sie plötzlich ihre Lippen und beginnt zu lachen.

So laut und klar, dass irgendein Hund der Nachbarschaft aufwacht und alarmiert bellt.

»Oh Gott, es tut mir leid!«, ruft sie und verbirgt ihr Gesicht zwischen den aufgerichteten Knien, während ein Lachkrampf nach dem anderen sie durchschüttelt. »Ich habe mich gerade so angestellt!«

Ich steige mit ein. »Ein wenig.«

»Ich finde Algen nur so eklig!«, erklärt sie mir und windet sich bei dem Gedanken daran. »Und Haie …« Sie lacht noch lauter und lässt sich zurück in den Sand sinken. Sie sieht hoch zum Himmel und lacht. Ihre Brust hebt und senkt sich unter dem klitschnassen Stoff ihres roten Kleides und ihr nasses, volles Haar liegt wie eine Krone um ihren Kopf gebettet. »Als wären hier Haie!«

Sie lacht und lacht und lacht und dann beuge ich mich vor.

Keine Chance, den Impuls weiter zurückzuhalten. Ich senke meine Lippen auf ihren offenen Mund und ziehe sie an der Taille zu mir heran. Als hätte sie nur darauf gewartet, gleitet sie stöhnend mit ihrer Zunge zwischen meine Lippen und krallt sich dabei in meinen Nacken.

Ich will sie. Fuck.

Ich presse ihren Körper an meinen und streichle bestimmend ihren Rücken hoch. Sie fühlt sich perfekt an, ihr gesamter Körper erregt mich durch und durch. Ich presse ihr meine Härte in den Schritt, ich kann mich nicht zurückhalten und stoße mit meiner Zunge ein ums andere Mal in sie vor. Sie seufzt auf und gibt sich mir leidenschaftlich hin. Ihre Lippen sind weich, ihre Zunge ist zart, und ich könnte noch eine ganze Weile hier liegen und nichts weiter tun, als sie zu küssen.

Als ich in ihr Haar fasse, werde ich noch härter. Und der Gedanke daran, dass ich sie eigentlich verabscheuen müsste, macht mich besonders schwach. Nur mit Mühe halte ich meine Hände oben und öffne nicht noch hier, gleich im Sand, die Knöpfe meiner Anzughose. Stattdessen streichle ich ihren Nacken entlang, hinunter zu ihrem Dekolleté und meine Hand tastet sich vor zu einer ihrer Brüste. Sie passt perfekt hinein und die Brustwarze drückt mir hart in die Handinnenfläche.

»Fuck, Olivia …«, murmle ich, als sie sich mit sanften Bewegungen an meinem Schritt reibt. Sie will es und sie verspürt keine Panik wie vorhin bei Logan. Wenn sie so weitermacht, werde ich mich nicht mehr beherrschen können.

Sie stöhnt eine Antwort und küsst mich weiter, nagt an meinen Lippen, umfährt sie mit ihrer Zunge und ist in meinem Arm so weich und willig, wie ich sie noch nie erlebt habe.

Ich weiß nicht, wie viele Minuten vergehen, in denen wir uns küssen und ich ihren Körper mit meinen Händen erkunde, aber irgendwann fällt mir der fremde Geschmack nach Salz auf. Ja, natürlich schmecken wir nach Salz, aber … »Du weinst.« Ich rücke ab und betrachte ihre mit Tränen gefüllten Augen.

Sie lacht beschämt auf, bleibt aber weiterhin in meinem Arm liegen, ohne abzurücken. »Weil du mich hasst und ich nicht mit dir schlafen sollte, es aber dennoch will. Das bringt jede Frau zum Weinen.«

Ich weiß nicht, ob ich schmunzeln oder alles beenden soll. Dass sie meine Worte von vorhin als Hass deutet, ist verständlich. »Ich war auch ein Betrüger«, gestehe ich ihr leise, greife nach ihrer Hand und richte mich auf. »Einer der allerschlimmsten Sorte. Wenn ich dich verurteile, verurteile ich nur mein früheres Selbst.«

»Was ist heutzutage anders?«, fragt sie wispernd.

Ich ziehe sie zu mir herauf. »Ich bringe dich rein. Wir brauchen trockene Sachen.«

Olivia lacht nervös. »Ich habe mich schon an deine Joggingsachen gewöhnt.«

Ich werfe ihr einen Blick zu. Ihre Wangen sind rot verfärbt und ganz automatisch haben sich unsere Finger miteinander verschränkt. Noch nie hat es sich so gut angefühlt, eine Frau an der Hand zu halten. Shit, habe ich das gerade wirklich gedacht?

Ich öffne uns die Hintertür und geleite sie hindurch. Statt ins Kaminzimmer führe ich sie direkt nach oben ins Bad. Was ich an meinem Haus in Miami Beach so liebe, ist, dass es klein und praktisch ist. Für alles gibt es genügend Platz und man erreicht von jedem Zimmer das andere mit wenigen Schritten. Das Bad hat eine Dachschräge, eine Eckbadewanne und eine geräumige Dusche. Etwas unbeholfen bleibe ich hinter Olivia stehen. Ich will nicht zu forsch sein, nicht nach dem, was sie erlebt hat. Ich hole Handtücher aus meinem Badezimmerschrank und lege sie auf die Holzbank. Und dann sollte ich gehen.

Sie dreht sich zu mir um und sieht fragend auf. Schüchtern, ja unsicher. Ihre Lippen bilden eine gerade Linie und ihre Augen sind etwas geweiteter als sonst. Schutzbedürftig und gleichzeitig devot. Wenn sie das alles mit kühler Absicht tut, hat es genau die richtige Wirkung.

»Bleibst du nicht?«, fragt sie leise.

»Ich könnte mir nichts Schöneres vorstellen als das«, gebe ich zu und muss feststellen, dass ich vermutlich noch niemals in meinem Leben etwas so Romantisches gesagt oder getan habe.

»Und warum bist du dann so verunsichert?«, fragt sie mit einem leisen Lächeln und macht einen Schritt auf mich zu. Sie greift an meinen klitschnassen Hemdkragen und öffnet den oberen Knopf.

»Ich bin es nicht gewohnt, mich zurückhalten zu müssen.«

Sie hebt eine Braue, ohne aufzusehen, und öffnet mit höchster Konzentration und viel Geduld den nächsten Knopf. »Wo ist der Mann, der mir vorschlug, ihm einen zu blasen, damit er mich vertritt?«

Ich schlucke hart. Mein Schwanz drückt zunehmend stärker gegen die Innenseite meiner nassen Hose. »Das kannst du immer noch tun«, erwidere ich mit einem Grinsen. *Solange sie es freiwillig tut.*

Olivia senkt verführerisch die Augenlider, während sie mit ihren Fingern Knopf für Knopf öffnet. Die Spannung liegt zitternd in der Luft, doch ich gedulde mich.

»Was meintest du damit, dass du auch betrügst?«

»Ich bin Anwalt«, erinnere ich sie abwesend und schließe die Augen. Ihre Finger sind bei meinem Bauchnabel angelangt. *Nur noch ein wenig tiefer ...*

»Und das heißt?«

»Ich bin eine der schlimmsten Sorte Mensch.« Meine Gedanken hören auf, geradlinig zu verlaufen. Sie zieht mein Hemd hervor und öffnet meine Hose. »Menschen glauben, ich würde ihnen helfen, dabei geht es mir nur um den Profit, und ich schreibe Rechnungen für Nonsens in einer Höhe, für die andere ihr Leben lang sparen.«

»Hm«, macht sie nachdenklich, hört aber nicht auf zu lächeln. »Das macht dich in der Tat sehr schlecht.«

Ich entscheide, dass ich lange genug passiv war. Ich umfasse ihre Hand und schiebe sie in meine Shorts. Ihre Finger greifen ganz automatisch nach meinem Schwanz, und ich atme tief durch, um nicht Gefahr zu laufen, schon in ihrer Hand zu kommen.

Wir stehen dicht voreinander, tropfnass, und atmen uns gegenseitig ins Gesicht. Ihre Augen funkeln voller Erregung. Shit! Auch ihr Atem beschleunigt und sie öffnet die Lippen leicht, während sie zu mir hochsieht und ein ums andere Mal mit ihrer Hand meine Länge entlangfährt.

Es fällt mir äußerst schwer, sie nicht sofort nach unten zu drücken – ob sie es nun will oder nicht –, aber ich halte mich zurück. Alles muss von ihr ausgehen, sie ist diejenige, die weiß, wie weit sie gehen will – und kann.

»Gefällt dir das?«, fragt sie verrucht und nähert sich meinem Gesicht zentimeterweise.

Das ist eine selten dämliche Frage, und ich kann sie nicht beantworten, da all mein Blut in tiefere Gefilde geflossen ist. Mein Schweigen ist die Antwort, unser Atem die Bestätigung. Sie stellt sich noch dichter, sodass ihre Brüste meine Brust berühren, und nähert sich meinen Lippen, während ihre Finger weiter über meine Vorhaut streifen.

Noch immer bin ich wie erstarrt. Alles kämpft in mir. Gegen den unbeschreiblichen Drang, sie augenblicklich gegen die Wand zu ficken. Aber es ist nicht wie das letzte Mal. Phillip hat nicht irgendwen, sondern sie geschlagen. Ich kann Olivia nicht mit Sex trösten und sollte es gar nicht erst versuchen. Hier geht es nicht um meine Befriedigung, sondern nur um sie, um das, was ihr widerfahren ist.

Als ihre weichen Lippen meine berühren, zart, viel zaghafter als noch am Strand, lasse ich die Berührung zu und stelle innerlich fest, dass ich mich tatsächlich verändert habe. Das hier hätte ich vor fünf Jahren noch nicht getan.

Und das hier auch nicht: Ich drücke ihre Hände beiseite und ziehe den Bund meiner Shorts über meine Erektion. Olivia löst sich von meinen Lippen und sieht mich fragend an. Vielleicht auch verletzt, irritiert.

»Ich hätte dich gestern Abend nicht abweisen sollen«, flüstere ich leise und streiche mit meinem Daumen über ihre volle Unterlippe. Weich und zart schmeichelt ihre dünne, durchblutete Haut meinem Finger. »Ich war zu sehr von mir selbst eingenommen, es tut mir leid.«

Sie kneift die Augen zusammen, als würde sie sich vor den Worten schützen wollen, die ich sagen werde. Aber ich werde nichts sagen, das sie verletzt.

»Warum bist du zu mir gekommen?«, frage ich ruhig. »Warum hast du geglaubt, dass ich der Richtige dafür wäre, dir zu helfen? Du kennst mich nicht, ich hätte es ausnutzen können. Ich bin jetzt kurz davor. Warum?«

»Weil du ein Proll bist und nur so getan hast, als ob du mich hasst.« Sie streckt mir die Zunge heraus, ihre Stimme hat einen verletzten Unterton.

»Nicht ganz …«, reime ich mir zusammen und langsam wird es mir klar. Sie hofft darauf, ich könne ihr angekratztes Selbstbewusstsein wieder zusammenflicken, deswegen hat sie mich gestern verführt. Um die Bestätigung zu erhalten, dass sie ›geliebt wird‹, auch wenn es nur Sex gewesen wäre.

Das ist vollkommen unlogisch und irrsinnig und menschliche Psychologie.

Ich lasse meine Hand von ihrer Wange sinken und überlege angestrengt, ob wirklich *ich* derjenige bin, der ihr zeigen kann, dass sie liebenswert ist. Denn eigentlich halte ich sie für ein ziemliches Miststück, wären da nicht diese wachen Augen, die lockere Zunge, das feste Haar und so ziemlich jede Rundung ihres Körpers. Und diese zarte Verletzlichkeit hinter all ihrer Kühnheit.

»Es war der Kuss.« Olivia reißt mich aus meinen Gedanken.

»Hm?«

»Es war der Kuss«, wiederholt sie und sieht mir direkt in die Augen. Ihr Blick ist intensiv, und in meiner Brust ranken sich Gefühle, die ich vielleicht noch nie zuvor hatte. »Als du mich ins Hotel gebracht hast. Ich so betrunken war. Nichts mehr wusste, da hast du mich geküsst.«

»Ja.« Ich erinnere mich. »Ich wollte herausfinden, von wem du geträumt hast.«

»Deswegen hast du es getan?«, fragt sie und zieht ihre Schultern enttäuscht zusammen.

Ich fahre mir mit dem Handrücken über den Mund. Wenn ich ihr erzähle, warum ich sie ins Hotel gebracht habe, wird sie erfahren, dass Tiffany mich auf sie angesetzt hat. Und ich sie nicht nur einmal angelogen habe. Etwas, das Olivia in diesem Moment ganz sicher nicht gebrauchen kann und auch Tiffany verraten würde. »Was war mit diesem Kuss?«

»Ich habe ihn nicht mehr vergessen«, offenbart Olivia mir und ihre Wangen verfärben sich rot. Nicht vor Scham, sondern vor Erregung. Zaghaft schlägt sie die Lider hoch und enthüllt ihre hellbraunen, fragenden Augen.

Sie hat meinen Kuss nicht mehr vergessen? Daher die devote Reaktion im Pool? Das erwartungsvolle Heischen nach mehr? Daher meine richtigen Vermutungen, dass sie einige Male nichts dagegen gehabt hätte, wenn ich sie mir hart genommen hätte?

»Warum sagst du mir das?«, muss ich fragen. Ich bin absolut nicht der Typ, in den man sich verlieben sollte. Wenn sie ›mich nicht vergessen‹ und mir alles verziehen hat, was ich getan habe … die Abweisungen. Fuck. Steht es dann jetzt in meiner Verantwortung, das alles auszubaden?

Sie beißt sich auf die Lippe und grinst zaghaft.

»Baby, ich bin nicht –« Ich unterbreche mich mitten im Wort. ›Ich bin nicht der Typ für den Scheiß mit dem Nicht-vergessen-Können. Ich stehe auf One-Night-Stands und hatte zu viele davon in meinem Leben. Ich entspreche dem Bild eines perfekten Arschlochs und ich kenne solche Wörter wie ›Gefühle‹ nicht. Das befindet sich ganz einfach nicht in meinem Wortschatz. Und jetzt kommst du hierher, ich müsste dich eigentlich hassen, einer meiner ehemals besten Freunde hat dir etwas angetan und ich habe ihn noch immer nicht zur Rede gestellt, und du erzählst mir von einem Kuss, den du nicht vergessen kannst – und das Allerschlimmste daran ist, dass ich dir meine Gedanken nicht einmal offenbaren kann, weil es dich, nach dem, was dir widerfahren ist, *verletzen könnte*?‹ Ich bin verrückt. Absolut unbrauchbar. Fast hilflos und hin- und hergerissen zwischen zwei Ichs. Dem alten Carter, der kein Gewissen kennt, und dem neuen, der wie ein Idiot versucht, allen gerecht zu werden.

Mein Schweigen hat sich zu einer ehrfürchtigen Stille aufgeladen und Olivias Grinsen wird eine Spur breiter. »Du hast mich Baby genannt«, sagt sie leise und auf eine so aufreizende Art, dass ich ebenfalls schmunzeln muss.

»Gefällt dir das, ja?« Kein Wort über meine inneren Kämpfe, keine Anzeichen. Sie weiß nichts.

»Vielleicht«, weicht sie aus und ihr Blick gleitet zur Dusche.

Ich fasse mir ein Herz – oder besser: Ich packe meine Eier zusammen, lege eine Hand um ihre Taille und schiebe sie sanft hinter das Glas der Kabine. Ich regle das Wasser für sie hoch und schalte den großen Duschkopf an, als ich glaube, die richtige Temperatur erreicht zu haben.

Ganz sanft schiebe ich sie unter das Wasser und löse langsam die Träger ihres Kleides. Ihre Haut und das Wasser sind eine atemberaubende Konstellation und meine Fingerkuppen durchteilen sanft den Strom des Wassers auf ihrem Oberarm. Olivia beginnt zu zittern, sieht stur zur Wand und regt sich nicht. Das Wasser rauscht um uns, es ist laut, und ich habe das Gefühl, als breite sich eine ehrfürchtige Stille zwischen uns aus.

Ich lege meine Hände auf ihre Schultern und streife sanft die Last ab, die sich spätestens seit gestern darauf gebildet haben muss. Obwohl ich mich dicht hinter sie stelle, berühren nur meine Hände ihre Schultern. Langsam schiebe ich die Träger tiefer, mit unfassbarer Geduld. Allein bei dem Gedanken daran, wie ich auf ihren nackten Rücken sehe und in sie stoße, wird mein Schwanz härter. Allmählich kommt ihre weiche Haut zum Vorschein, bis ich den Stoff vollständig an ihren Armen hinuntergeschoben habe und ihr Oberkörper freiliegt.

Ich will unbedingt von ihren Brüsten kosten, sie berühren und liebkosen, aber ich sollte mich langsam vorarbeiten, mich herantasten.

Ich senke meine Lippen hinab und lege sie an ihren Nacken. Ein Schaudern fährt durch ihren Körper, doch noch immer bleibt sie still. Ich gleite mit meinen Lippen tiefer, zwischen ihre Schulterblätter. Sie atmet so laut und zischend ein, dass man es über das rauschende Wasser hinweg hören kann. Meine Zungenspitze spielt mit dem Wasser auf ihrer Haut und ich gleite ihre Wirbelsäule hinab bis fast zu ihrer Taille. Als ich mich wieder aufrichte, lege ich ihre Haare beiseite, um so besser an ihren Hals gelangen zu können. Ihr Nacken und die feinen Härchen darauf, die sich auch jetzt aufstellen, obwohl die Dusche heiß ist, haben es mir angetan. Ich konzentriere mich auf ihr Ohr, nage an ihrem Ohrläppchen und streichle währenddessen über ihre Arme, hinunter zu ihren Händen und schließlich den Bauch hoch. Als ich meine Hände auf ihre entblößten Brüste lege, stöhnt sie auf und stützt sich mit einer Hand an der Wand ab.

Der Druck in meiner Hose wird immer stärker. Ich lasse meine Finger um ihre Vorhöfe gleiten und nehme schließlich ihre Nippel zwischen Daumen und Zeigefinger. Olivias Körper reagiert sofort. Sie verkrampft sich innerlich, wirft ihren Kopf sehnsuchtsvoll in den Nacken, um mir mehr Fläche für meine Zunge zu bieten, und atmet schwer, wenn nicht getrieben. Immer wieder drücke ich sanft auf die Spitzen ihrer Brustwarzen, nehme sie zwischen die Finger, umfasse die gesamte Brust mit den Handflächen und knete sie leicht, während ich sie am Hals küsse. Ihr Stöhnen wird mit jeder weiteren Minute lauter und ihr Körper zunehmend weicher, er zerfließt regelrecht in meinem Griff. Sie drückt mir ihren Arsch gegen den Schritt und reibt sich unbewusst an meinem Schwanz.

Ich schließe genussvoll die Augen, koste das Gefühl aus, wie sie sich auf diese Art an mich schmiegt, dann zerre ich sie herum. Mit einem Mal packt mich die Ungeduld; ich küsse sie und reiße gleichzeitig ihr Kleid nach unten. Das gestaltet sich durch die Nässe erst schwerer als gedacht, aber dann landet es mit einem dumpfen Platschen im Wasser. Ich befreie sie ebenso schnell und ungeduldig von ihrem Slip. Und da ich mich dafür von ihren heißen Lippen lösen und nach unten beugen muss, bleibe ich gleich bei ihren Brüsten. Fast durstig beiße ich in die weiche Haut ihrer prallen Brüste, sodass Olivia ein weiteres Mal laut stöhnt, und nehme anschließend ihren Nippel zwischen meine Lippen, um daran zu saugen. *Fuck, fühlt sich das gut an.* Ich bin mehr als erregt und kurz davor, in meiner Hose zu kommen. *Aber es geht nicht um mich* ... Mit der einen Hand an ihrer rechten Brust lasse ich die andere nach unten gleiten. An ihrer Taille entlang, der Hüfte, dem Bauchnabel ...

Olivia ahnt, was ich vorhabe, und spreizt dafür nicht nur ihre Beine, sie zittert noch stärker als zuvor. Als ich über den Ansatz ihrer Scham gleite, stöhnt sie meinen Namen, und als ich mit dem Finger zwischen ihre Lippen gleite, die Nässe darin spüre, die nicht vom Wasser kommt, explodiert sie sofort.

Zügig und ohne darüber nachzudenken, schiebe ich zwei Finger in ihren Spalt, um sie auch von innen kommen zu lassen und den Orgasmus so auszudehnen. Sie zuckt unkontrolliert und drückt sich meiner Hand entgegen. Ich lasse von ihrer Brust ab, stelle mich aufrecht hin und nutze die zweite Hand dafür, ihren Kopf in einen harten Kuss zu pressen. Die letzten Züge des Orgasmus atme ich ein, dann gleite ich mit meiner Zunge zu ihrer und genieße die Wildheit, die sie nun erfasst hat. Sie drückt sich ganz von selbst meinen Fingern entgegen, so als würde sie sie am liebsten ficken. Ihre Nässe zu spüren macht mich fast wahnsinnig. Aber noch stehe ich fast vollständig bekleidet vor ihr, und ich will, dass das vorerst auch so bleibt.

»Bitte ...«, seufzt Olivia an meinen Lippen. Ihre Stimme ist ein einziges Flehen, ihre Haltung gebückt, bettelnd, und sie windet sich gequält, als ich es wage, meine Finger aus ihr zurückzuziehen. »Bitte«, wiederholt sie wimmernd.

»Was?«, frage ich lächelnd und nehme etwas Abstand. Das ist keine Bitte, aufzuhören. Es ist eine Bitte nach Erlösung.

Sie holt zischend Luft, als unsere Augen sich treffen. »Bitte«, wiederholt sie etwas ruhiger.

»Was bitte?« Ich grinse. Sie will, dass ich sie ficke. Jetzt, hier, sofort. Sie unterliegt mir gnadenlos, und es steht allein in meiner Macht, das zuzulassen – oder es eben nicht zu tun.

»Mach weiter.«

»Mach weiter?«, wiederhole ich ironisch. »Was willst du? Sag es.«

»Schlaf mit mir«, wimmert sie mit geschlossenen Augen, als ich mit sanftem Druck über ihren Kitzler streiche. Gerade so, dass es sie erregt, aber nicht überreizt.

Und wie gerne würde ich das tun … »Nein.«

Sie reißt die Augen auf und sieht mich groß an. »Ich will es.«

»Ich sagte Nein«, wiederhole ich ruhig und nehme endgültig Abstand von ihr. »Heute nicht.«

»Aber …« Sie versucht, mir zu widersprechen. Ich sehe sie nicht weiter an und drücke sie leicht zur Seite, sodass ich nun selbst unter dem Duschkopf stehe. »Was soll das?«

»Ich dusche mich.«

Olivia sieht so aus, als hätte ich ihr ins Gesicht geschlagen, sodass eine Erklärung unabdingbar ist.

»Olivia, Baby«, erkläre ich sanft über das rauschende Wasser hinweg, während ich mir das Hemd abstreife. »Du bist wunderschön, und es gibt einige Körperteile an mir, die deinen schwachen Willen ausnutzen wollen, aber –«

»Dich stört, dass Phillip mich berührt hat«, geht sie dazwischen und schlingt die Arme schützend um die nackte Brust. Ihr Kleid liegt wie ein Blutfleck am Boden. Als mein Blick an ihr entlangwandert, stelle ich ein weiteres Mal fest, wie perfekt ihr Körper ist.

»Das hat alles nichts mit Phillip zu tun.« Ich greife nach dem Shampoo und verteile etwas davon in meiner Handinnenfläche.

»Du lügst.«

Ich sehe fragend auf. *Was will sie von mir?* »Warum stört

es dich nicht?«, frage ich misstrauisch und merke zu spät, dass es die falsche Frage war.

Noch bevor sie etwas erwidern kann, lasse ich meine eingeschäumten Haare los, mache einen Schritt auf sie zu und drücke ihr einen sanften Kuss auf die Lippen. Sie seufzt auf und folgt mir leicht mit dem Gesicht, als ich mich von ihr löse.

Ich lächle, greife nach einem der großen Handtücher und lege es ihr um die Schultern. »Geh ins Bett und warte dort auf mich.«

Olivia verzieht mokant eine Braue, und alles, was sie dazu sagt, ist »Gut«.

Sie schlingt sich das große Handtuch um ihren Körper und ein kleineres um die nassen Haare, dann wirft sie mir einen mehr als zweideutigen Blick zu, bevor sie die Tür öffnet und mich zurücklässt. Mein Herz schlägt kräftig in meiner Brust, und sobald die Tür hinter ihr zufällt, reiße ich meine Hose auf, drücke sie hinunter und hole meinen Schwanz hervor.

Jetzt bin ich es, der sich vor Erregung an der Duschwand abstützen muss, während das Wasser mich überspült. Es ist nicht viel mehr nötig als der Gedanke an ihr zartes, spöttisches Lächeln, das ich mit meinem Schwanz stopfe, während sie vor mir hockt und stöhnt. Ihre Augenlider, die erregt flattern, ihre Lippen, die sich ein ums andere Mal über meine Spitze schieben, meine Hand, tief vergraben in ihrem Haar, um mich gezielt in sie vorstoßen zu können …

Keine zehn Sekunden später ergieße ich mich in der Dusche. Es ist die einzige Möglichkeit, ihr heute Nacht zu widerstehen, und selbst das … wird verdammt schwer.

Olivia

Es ist eine trügerische Geborgenheit, in die ich mich begebe. Auch wenn es sich gut anfühlt, ja nahezu perfekt, und Jaden sich als ein wahrer Gentleman entpuppt, kann ich mir nicht sicher sein, dass seine Absichten korrekt sind.

Mein Drang, mich ihm anzuvertrauen, wird mit jeder Sekunde größer. Und als ob ich betrunken wäre, stört es mich nicht einmal, dass ich mich offenbare. Oder anders: Selbst betrunken bewahre ich mir einiges an Würde, aber ihm zu erzählen, dass ich seinen Kuss nicht vergessen konnte? Das ist noch so viel schlimmer, als ihm zu offenbaren, dass ich eine Betrügerin bin.

Warum er? Warum gebe ich ausgerechnet ihm meine Geheimnisse preis? Womit hat er mir das Gefühl gegeben, dass ich ihm vertrauen kann? Das kann ich eigentlich nicht, das sollte ich nicht. Alles, was mich treibt, ist Intuition. Oder reine Verzweiflung.

Das Pochen in meinem Schritt wird stärker, sobald ich höre, dass Jaden die Dusche ausgestellt hat. *Ich bin ver-*

rückt. Was, wenn er in das andere Schlafzimmer nebenan geht? Gar nicht zu mir kommt? Wie enttäuscht wäre ich dann? Vielleicht wäre ich nicht einmal enttäuscht. Ich habe auch eine Hand, und je weniger zwischen uns läuft, desto besser ist es für mein Herz. Er hat natürlich recht mit allem, was er sagt. Er ist ein Anwalt, er ist ein Betrüger, er ist ein riesiger Arsch …

Und dennoch wäre es zu verlockend, mit ihm zu schlafen.

Die Tür öffnet sich und ich zucke zusammen. Ich habe auf der Seite gelegen und aus dem Fenster gesehen, und als ich mich jetzt umdrehe und hoch in sein Gesicht blicke, beginnt mein Herz wie wild zu flattern. *Shit!*

Er sieht gut aus. Jaden Carter ist makellos trainiert. Das Handtuch sitzt tief und offenbart die Ansätze seines Intimbereichs. Die deutliche Wölbung darunter verstärkt das Ziehen ausgehend von meinem Schritt, aber all das ist nichts gegen sein Gesicht. Seine Augen liegen im Schatten, denn ich habe kein Licht angeschaltet. Seine sinnlichen, schmalen Lippen sind zum ersten Mal, seitdem ich ihn kenne, ernst und bewegen sich nicht. Sein rauer Dreitagebart ist am Hals gestutzt und an der Wange in Form gebracht. Und seine nassen, dunklen Haare liegen zerzaust auf seinem Kopf.

Wir sehen uns an, und bedauerlicherweise ist es nicht nur so, dass mir nichts zu sagen einfällt, mein Mund wäre auch viel zu trocken.

»Wie hast du mein Schlafzimmer erkannt?«, fragt er ruhig und geht zum Schrank. »Ich hätte gedacht, du nimmst das Gästezimmer.«

»Hier war die Aussicht schöner.« Außerdem wirkte das Bett bequemer. Aber als sein Schlafzimmer habe ich es nicht erkannt. Es gibt so gut wie kein persönliches Einrichtungsstück. Bett, Schrank, Kommode, Spiegel. Alles in matten, grauen Tönen gehalten. Ein riesiges Kunstwerk prangt über der breiten Lehne des Bettes, ein Fernseher hängt an der Wand. Ansonsten ist das Zimmer sehr klein, so wie die anderen des Hauses. Das Fenster reicht zur Biscayne Bay hinaus und in der Ferne schimmern die Yachten und die Apartmenthäuser von Miami Beach.

Jaden gibt einen Laut von sich, der an ein Lachen erinnert, und öffnet die Schranktüren. »Die Aussicht, natürlich.« Er greift nach einer Jogginghose, lässt sein Handtuch fallen und ermöglicht mir einen freien Blick auf seinen Arsch.

Holy shit! Ich hatte ihn mir so vorgestellt, das stimmt, aber ihn jetzt zu sehen … Ich muss meine Beine zusammenpressen, da mich die Lust wie ein Raubtier befällt.

Es ist allerdings ein wenig merkwürdig, dass Jaden sich bückt, um die Jogginghose anzuziehen, und sich erst zu mir umdreht, als sie perfekt auf seiner Hüfte sitzt.

Er wird nicht mit mir schlafen. Er will mich nicht.

Eine Tatsache, die ich begrüßen sollte, aber es führt dazu, dass sich mein gesamter Brustkorb vor Schmerzen verzieht.

»Willst du hier schlafen?«, fragt er und lässt seine Augen starr auf meine gerichtet, ohne wie vorhin mit ihnen meinen nackten Körper zu erkunden.

»Ich möchte, dass du dich zu mir legst.« Es ist ein Befehl. Woher ich den Mut nehme, ihn auszusprechen, weiß ich nicht. Vielleicht ist es der Drang, mir endlich zu nehmen, was ich brauche.

»So?«, fragt er fast schon kühl. »Einfach nur … liegen?« Er grinst plötzlich, als er sich auf das Bett stützt und an meine Hüfte greift. »Du willst mehr, oder nicht?«

Zur Antwort spreize ich wie automatisiert meine Beine. Das bin nicht ich, die bestimmt, aber ich bin es, die sich selbst nicht davon abhält, sich hinzugeben. Ich hätte vielleicht Hemmungen gehabt, wenn er sich in dieser Position auf mich gelegt hätte – es wäre so gewesen wie bei Logan vorhin. Aber wenn er nur …

Jaden nähert sich mit seinem Kopf von unten meiner Hüfte, ohne mich aus den Augen zu lassen. »Du verruchtes kleines Ding.«

Das nehme ich als Aufforderung, meine Beine noch ein Stück weiter zu spreizen. Ich warte nur darauf, dass er mich küsst, um meine Hände in seinem dichten, feuchten Haar vergraben zu können.

Er beugt sich zu meinem Bauchnabel und fährt mit der Nasenspitze darüber. Als er innehält, kommt mir ein schrecklicher Gedanke. Was ist, wenn ich auch heute nach einem anderen Mann rieche …?

Ich will meine Beine schon schließen und mich dem Schamgefühl hingeben, doch Jaden spürt meine Hemmung und drückt seine Hände auf die Innenseiten meiner Schenkel. Nicht stark, nicht so, dass ich mich nicht dennoch wehren könnte, aber bestimmend. Sein Atem gleitet erregend über meine Haut und er sinkt mit seinem Kopf tiefer. Als ich in seinem Griff entspanne, schiebt er meine Beine noch etwas weiter auseinander und dringt mit seiner Zunge zwischen meine Lippen.

Etwas, das ganz sicher kein Orgasmus ist, aber vielleicht noch viel besser als ein solcher, prickelt und explodiert in meinem Bauch. Es ist Glück und noch viel mehr als das. Es ist das Gefühl, dass Jaden mich mag, sonst würde er das hier nicht tun.

Er würde mich nicht küssen und liebkosen.

Und dass es mir wichtig ist, dass er mich mag und anziehend findet, zeigt, welcher Art meine Gefühle sind.

Ich habe fast vergessen, wie es ist. Habe vergessen, wie es sich anfühlt, wenn man sich so sehr danach sehnt, *Gefühle* würden erwidert werden. Aber ich darf mich nicht danach sehnen. Sie werden nicht erwidert. Nicht in dem Maße.

Und schon gar nicht von so jemandem wie Jaden.

»Was ist los?« Seine besorgte Stimme reißt mich aus meinen Gedanken. Ich habe unbewusst seinen Kopf mit meinen Händen weggeschoben. Plötzlich wird mir alles zu viel.

»Warum tust du das?«, frage ich atemlos, hin- und hergerissen zwischen dem drängenden Wunsch, mich von ihm abzuwenden und schützend einzuigeln, und dem Drang, genau so zu verharren. Seinen Atem auf meiner Haut spürend, seine Zunge in der Nähe meiner Scham.

Er seufzt tief und verharrt. Dieser Blick von unten herauf ist unfassbar sexy, da seine dunklen Augen so noch mehr betont werden. »Ich weiß es nicht. Warum tust du es?«

Ich ziehe die Schultern nach oben. *Keine Ahnung!* Ich habe wenig dämlichere Dinge in meinem Leben zugelassen. Und doch liege ich in Jadens Bett. In dem Hunderte Frauen lagen – gut, das stört mich nicht, nein, vielleicht törnt es mich sogar an, dass mich ein Mann will, der jede andere bekommen könnte, aber sein Bett ist trotzdem ein unglaublich intimer Bereich, in dem ich nichts zu suchen habe.

»Worüber denkst du nach?«, fragt er stirnrunzelnd und leicht ungeduldig. »Über die Beziehungskiste?«

Ich beiße mir auf die Lippe. »Vielleicht?«

Er lässt seinen Kopf sinken, sodass seine Haarspitzen über meinen Bauch streicheln, und schüttelt genervt den Kopf. Ich erhasche einen Blick auf seine Schulterblätter, die eine perfekte Kerbe in seinen Rücken zeichnen, und mir wird schon wieder schwummrig.

Fuck!

»Willst du mit mir schlafen?« Er sieht wieder hoch.

Als ich nicht antworte, weil ich nicht weiß, was die richtige Entscheidung wäre, wird sein Blick intensiver.

»Ich schon. Wenn du dich nicht entscheiden kannst, vereinbaren wir einfach ein Safeword und dann sehen wir weiter.«

Ich muss kichern. »So wie bei Shades of Grey?«

Jaden hebt spöttisch eine Braue. »Keine Ahnung. Hast du eines?«

»Nein?« Jetzt wird es langsam lächerlich. Ich kann mich nicht entscheiden und dann soll ich irgendwoher ein Safeword nehmen? Was nimmt man da? Wenn es einem zu viel wird, vielleicht vergisst man es in der Panik eh? Ich winde mich unter seinem Oberkörper. Voller Ungeduld, er möge mir schlicht und ergreifend die Entscheidung abnehmen.

»Sag einfach so was wie ›rot‹«, rät er mir, dann übt er plötzlich mit seinen Händen starken Druck auf meine Unterschenkel aus und ich kann sie nicht mehr bewegen. »Du sagst, wenn es dir zu viel ist. Denn ich werde nicht gerade zart mit dir umgehen. Das ist nicht meine Art.«

»Okay«, keuche ich. Probeweise versuche ich, meine Beine zu bewegen, doch der Druck seiner Hände ist unnachgiebig und fest. Anstatt dass es mich ängstigt, erregt es mich nur noch mehr.

»Halt still«, raunt er und der Befehl ist als ein solcher gemeint. »Bist du bei allen Männern so nervös?«

»Nicht unbedingt«, gebe ich zu. Mein Atem wird flacher.

»Wann hast du das letzte Mal jemanden gefickt, dem du nicht nur die Kohle aus dem Arsch zerren wolltest?«

Ich hole zischend Luft. Noch immer schwebt sein Kopf über meiner Hüfte und mit jeder Sekunde wird das Verlangen nach seinen Lippen größer. »Ich weiß nicht?«

»Wie, du weißt es nicht?«, knurrt er ungeduldig. »Du

musst doch schon mal jemanden wie mich getroffen haben, sonst würde so ein Kontrollfreak wie du es doch niemals zulassen?«

»Ich weiß es nicht!«, fauche ich, jetzt ebenfalls ungeduldig. Noch immer kann ich meine Schenkel nicht schließen, obwohl ich es gerne würde. »Du hast die Kunst, ein Wichser zu sein, eben perfektioniert, was soll ich machen?«

Er grinst und seine Augen strahlen belustigt. »Schade, dass du keinen Anwalt mehr brauchst, es täte zu gut, deinen vorlauten Mund zu stopfen.«

Ich schlucke hart. Mit was er ihn stopfen will, ist klar.

»Also, du hast das dämliche Safeword?«, vergewissert er sich und senkt seinen Kopf tiefer.

»Rot«, wiederhole ich. »Ist das wirklich nötig?«

»Alle Frauenratgeber und Missbrauchsopfer würden sagen, ja. Und ich brauche es auch, weil es normalerweise nicht mein Stil ist, aufzuhören, wenn jemand anderes als ich das will.« Kunstpause. »Klar?«

Oh Gott. Er holt jetzt aber keine Peitsch- … Meine Gedanken verlieren sich in einem erstickten Schrei, als Jaden sich nach unten beugt und meinen Kitzler mit seinem Mund umschließt. Er lässt seine Zunge tief durch meinen Spalt gleiten und leckt meine Schamlippen entlang.

Ich werfe meinen Kopf stöhnend zurück und fasse sehnsüchtig in sein Haar. Er lässt die Berührung zu und konzentriert sich ganz auf meine Mitte.

Ich komme nicht mehr zum Atmen und mein Po und mein Bauch sind ein einziger Ort der Lust. Jaden vögelt mich ausgiebig mit seiner Zunge, spreizt meine Beine dafür so weit wie möglich und lässt seine Hände mit festen Bewegungen über meinen Körper gleiten, bis er die eine unter meine Pobacke schiebt und diese fest knetet.

Immer wieder hält er inne, um die Sehnsucht nach Erlösung in mir bis zum Zerreißen zu spannen, und gibt mir dabei das berauschende Gefühl, dass es ihm ebenso gut gefällt wie mir. Er leckt und küsst meine Schamlippen und dringt immer wieder mit seiner Zunge in mich ein.

Ich nähere mich mehrmals dem Höhepunkt, doch er lässt es kein einziges Mal zu, bis er sich schließlich aufrichtet, ohne mich anzusehen, zum Nachttisch greift und ein Kondom hervorholt. Er setzt sich auf, schiebt seine Jogginghose nur bis zu seinen Perlen hinunter und das Kondom über seinen Schwanz.

Mein Herzschlag gewinnt zunehmend an Geschwindigkeit und eine Stimme in meinem Kopf sagt mir, dass ›rot‹ tatsächlich eine sehr passende Farbe für diese Situation ist. *Aber er soll nicht aufhören. Auf keinen Fall!*

Besonders dann, als mich sein Blick trifft, will ich es so wie nie etwas zuvor. Dunkel und intensiv, vieldeutig und einnehmend treffen seine Augen auf meine, und es scheint, als würde er über etwas nachdenken und sich umentscheiden.

Wir sehen uns an. Es sind nur ein paar Sekunden, aber es gleicht einer Ewigkeit. Seine Brust hebt und senkt sich, meine ebenfalls.

Dann lässt er sich auf seine Arme gestützt über mich fallen und drückt mein Kinn mit der linken Hand nach oben. Er hält mit seinem Mund schwer atmend vor meinem inne, sodass sich unsere Lippen minimal berühren.

»Halt mich davon ab, das zu tun«, bittet er ungewohnt flehend und sein Blick flackert. »Fuck.«

Seine Spitze stößt gegen meine Öffnung, aber ich wehre mich nicht. Ich warte ab, ich will nicht entscheiden, ich bleibe passiv.

Sein Griff um mein Kinn wird fester, und es sieht so aus, als ob er mich am liebsten dafür bestrafen würde, dass ich so vor ihm liege und nichts dagegen tue. In seinem Gesicht kämpfen zwei Schatten, die ich nicht bestimmen kann.

»Willst du, dass ich dich küsse?« Seine Stimme ist hart, aber die Frage ungemein weich.

»Ja.«

»Und es stört dich nicht, dass ich das ebenso sehr will?«

Ich schüttle den Kopf. »Eher nicht.«

Jaden senkt die Augenlider und lächelt voller Schalk. »Na dann.«

Er presst seine Lippen auf meine und intensiviert unsere Berührung. Seine Zunge gleitet zu meiner und tanzt mit ihr, seine Arme schlingt er um meinen Rücken und er presst meinen Körper so an sich. Dann dringt er in mich ein, und auch wenn ich mich im ersten Moment sträuben will, habe ich es im nächsten vergessen.

Sehnsüchtig gebe ich mich ihm hin und genieße seine sanften Stöße. Er ist viel intimer und sanfter, als ich es erwartet hätte. Es fühlt sich wie eine Umarmung an, ein gewaltiger Wunsch nach Nähe. Unsere Körper haben keinen Sex, sie verschmelzen, und noch nie hat es sich so gut angefühlt, sich mit jemandem zu verbinden.

Seine Stöße gehen tief, während er seinen Kopf an meinem Hals vergraben hält und schwer gegen meine Haut atmet. Ich lege meine Beine um seine Schenkel, um ihn tiefer an mich zu drücken, und er kommt diesem Verlangen in mir nach.

Ich will nicht, dass es jemals wieder endet, ganz einfach, weil es sich zu magisch anfühlt. Ich habe es mir anders vorgestellt, härter, gefühlloser, aber das hier ist nichts, wofür man ein Safeword bräuchte. Kein Schmerz, keine Angst, die mich befällt. Meine Hände gleiten über seinen starken Rücken, während er mich mit sanften

Stößen in meine Mitte ausfüllt. Er ist still, kein Stöhnen, nur sein Atem, und auch mich hat eine nahezu ehrfürchtige Stille befallen.

Als ich spüre, wie er drängender wird, stöhne ich vor Lust, und obwohl ich nicht selbst komme, durchrieselt mich eine Welle aus Glück, als er sich in mir ergießt.

Wow. Das war wirklich anders, als ich es erwartet hätte. Hatte er nicht gesagt, er werde nicht zart mit mir umgehen? Das war mehr als zart. Irgendwie war es … liebevoll.

Jaden lässt seine Anspannung los und einen erheblichen Teil seines Körpergewichts auf mir nieder. Er atmet schwer und verharrt für ein paar Minuten völlig regungslos auf mir, ohne mir zu sagen, was er denkt oder fühlt.

Ich habe plötzlich die Ahnung, dass es ihm aus irgendeinem Grund nicht gefallen hat, und als er sich wortlos von mir löst, bestätigt er diese.

Er setzt sich auf, weicht zurück und steht wenige Sekunden später neben dem Bett. Er greift nach einem Taschentuch aus seiner Nachttischschublade, zieht das Kondom ab und reinigt sein bestes Stück. Sein Gesichtsausdruck zeigt so gut wie keine Emotion. Er ist ernst, ohne Regung.

»Hat es dir nicht gefallen?«, frage ich verunsichert.

Er sieht auf. In seinem Blick steht derselbe Hass, mit dem er mich das erste Mal in seinem Haus betrachtet hat, und ich weiche unbewusst zurück. Plötzlich fühle ich mich nackt und ausgeliefert, weswegen ich nach der Decke greife, die allerdings keinen guten Schutz bietet.

»Ich gehe schlafen.« Mehr sagt er nicht.

Ungläubig sehe ich ihm dabei zu, wie er seine Jogginghose wieder zurechtrückt, das Bett umrundet und das Zimmer verlassen will.

»Rot?«

Mit dem Türknauf in der Hand hält er inne. »Was?«

»Das Safeword ist doch dafür da, wenn ich nicht einverstanden bin.« Ich entscheide, mich nicht schutzlos zu geben, sondern verschränke selbstbewusst meine Arme vor der Brust. Nicht ich bin hier die Schwache, sondern er, wenn er glaubt, mich *nach so etwas* einfach abservieren zu können. Nö. Nicht mit mir.

»Und?«, fragt er abschätzig. »Ich lasse dich doch in Ruhe.«

»Eben damit bin ich nicht einverstanden«, erwidere ich achselzuckend. *Idiot!*

Er fährt herum. Jaden Carter, der sonst nicht viel mehr als ein ironisches Lächeln für seine Umwelt übrig hat, starrt mich wütend an. Seine Brauen sind verzogen, seine Lippen schmal und seine Körperhaltung zeugt von ungemeiner Anspannung. »Es ist keine zwei Wochen her, da dachte ich über dich Wörter, die selbst für deine durchtriebenen Ohren zu hart klingen würden. Eben auf dem Boot habe ich dir in aller Deutlichkeit gesagt, was ich über dich denke, und jetzt willst du, dass ich nach dem Fick den Kuscheltypen spiele, der dein befallenes Herz retten kann? Ist das dein Ernst?«

Mist. Er ist so ein riesiger Arsch, aber irgendwie mag ich ihn trotzdem. Seine Worte prallen einfach an mir ab. »Ich weiß nicht, wie du das unterscheidest, aber das gerade eben war mehr als ein Fick«, behaupte ich stur. Man müsste schon ziemlich dämlich sein, um das nicht zu erkennen.

»War es nicht«, zischt er. Noch immer bei der Tür.

Ach herrje. Der hat mindestens genauso ein großes Gefühlsduselproblem wie ich. »Gut, dann war es nicht mehr. Können wir trotzdem kuscheln? Es wäre mir wichtig und ich brauche das jetzt.«

Er lacht überrascht auf. »Was ist denn mit dir …« Dann scheint ihm etwas aufzugehen und seine feindselige Haltung verstärkt sich. »Du hast bekommen, was du wolltest, und jetzt ist dein kleines Ego handzahm und befriedigt. Es ging dir nur darum, dir selbst zu beweisen, dass ich bei dir schwach werden würde.«

Ich hebe eine Braue. »Ego?«

Er schenkt mir ein spöttisches Lächeln. »Ja, das Ding in deiner Brust, ohne das du nicht so hundsmiserabel mit anderen umspringen würdest und das du mit deinem Herzen verwechselst.«

»Du scheinst dich gut damit auszukennen.«

»Fick dich.« Jaden reißt die Tür auf.

Meine Kinnlade klappt. Wow, und der Typ ist über dreißig?

Er geht durch die Tür und wirft sie hinter sich zu. Dem Teppich sei Dank, knallt sie nicht. Zurück bleibt Stille.

Keine beklemmende, aber eine, die mich ausfüllt. Ich kenne Männer gut. Ich weiß, wie sie ticken und was sie tun, wenn man sie in die Ecke drängt. Manchmal habe ich das Gefühl, ich könne ihre Absichten und Gedanken erraten, bevor sie selbst davon wissen. Und auch, wenn er es abstreiten würde, habe ich bei Jaden Carter das Gefühl, dass seine Wut nicht mir gilt. Sein Hass nicht mich trifft.

Obwohl er mich so abgewiesen hat, wächst ein warmes Gefühl in meiner Brust, und als ich mich zur Seite lege und zu den künstlichen Sternen der Miami Beach Skyline hinaussehe, muss ich daran denken, wie unglaublich schön es war, mit ihm zu schlafen. Und ich lächle.

Jaden

Ich scrolle durch meine E-Mail-Eingänge und durch Telefonnummern. Als ich damals abgereist bin, zu einer Zeit, als es noch keine iCloud gab, habe ich mein Smartphone aus Frust zurückgelassen. Mit all den Kontakten darauf und der Rufnummer, unter der man mich für gewöhnlich erreichen konnte. Ich lese Namen, an die ich mich partout nicht erinnere, bei denen ich mich fragen muss, warum man Menschen abspeichert, wenn man sie eh wieder vergisst.

Auch Harriets Nummer ist noch vorhanden. Und natürlich Phillips. Ich überlege eine viel zu lange Zeit, ob ich ihn aus dem Schlaf reißen soll, um ihm zu sagen, dass ich weiß, was er getan hat, und es dieses Mal nicht ignorieren werde. Ich will ihm drohen und ihn leiden lassen, und ich würde auch direkt hoch in seine Villa fahren, um ihm den Schwanz abzureißen, wenn mich eine zweite Stimme nicht so stringent davon abhalten würde.

Woher weiß ich überhaupt, dass er ihr etwas angetan hat? Habe ich ihn gefragt? Habe ich mich vergewissert?

Habe ich auch nur eine Sekunde daran gedacht, dass Olivia mir etwas vorspielen könnte? Nein, habe ich nicht, weil mein verfickter Schwanz entschieden hat, der Frau in Nöten zu helfen, die durchnässt vor meiner Tür aufgetaucht ist.

Wieso hätte sie zu mir, ihrem Anwalt, fahren sollen? Wenn sie nicht etwas plant?

Ich bin der schlechteste Detektiv auf dieser Scheißwelt, dass ich nicht schon früher darüber nachgedacht habe!

Gottverdammt.

Ich weiß nichts über sie und habe ihr einfach so erzählt, dass Tiffany sich nicht scheiden lassen will. Aufgrund romantischer Gefühle für eine Intrigantin? Habe ich in meinem Leben denn nichts gelernt? Wie abtrünnig und gewissenlos Menschen sein können? Wenn es um Geld geht? Um ein paar Millionen? Um noch viel mehr?

Frustriert halte ich mit meinem Daumen über Logans Namen inne. Der Gedanke, ihn anrufen und mich ihm mitteilen zu können, befällt mich und lässt mich nicht mehr los. Ich habe alles falsch gemacht. Ich hätte Tiffany nicht helfen sollen, nicht den Anwalt spielen sollen, ich hätte nach meiner Ankunft am Miami Airport direkt zu ihm fahren sollen. Und doch habe ich es nicht getan. Warum? Weil auch Tiffany eine Frau ist und mich an den Eiern hat?

Die Zimmertür öffnet sich wie von Geisterhand und in dem entstehenden Spalt klafft Dunkelheit. Ich liege auf dem Bett und weiß nicht, was ich davon halten soll. Es ist kurz vor vier Uhr morgens. Mindestens ein paar Stunden wird sie also geschlafen oder sich irgendwie anders verweilt haben. Vielleicht braucht sie nur irgendetwas aus dem Haus?

»Darf ich reinkommen?« Olivias Stimme ist samtweich, so wie das letzte Mal, als ich sie kurz nach einem Traum geweckt habe.

Wenn's sein muss. Ich schweige und die Tür öffnet sich trotzdem.

Sie hat sich aus meinem Kleiderschrank ein weißes Armani-Hemd herausgesucht und trägt es wie ein Kleid über ihren nackten Beinen. Ihre Haare sind zerzaust und ihre Augen vom Schlaf klein. Sie huscht durch das Zimmer und krabbelt von der rechten Seite zu mir aufs Bett.

Ich liege noch immer in meiner Jogginghose auf der Bettdecke und sehe ihr ungläubig dabei zu, wie sie einen Teil der Decke, der nicht von meinem Gewicht festgehalten wird, zurückzieht und sich darunter einkuschelt.

Sie liegt mit dem Rücken zu mir, und nachdem sie sich wie eine Katze zurechtgelegt hat, bleibt sie liegen und atmet ruhig.

»Wie jetzt« Ich lege mein Handy zur Seite. »Du kommst hierher, um zu schlafen?«

»Pscht.«

»Du willst nicht reden? Mir irgendetwas davon erzählen, warum ich so ein Arsch bin?«

»Willst du mir davon erzählen?«, fragt sie interessiert und dreht sich in meine Richtung.

Falsches Angebot. Ich sehe zur Decke. »Nein.«

Als ob ich bejaht hätte, dreht sie sich ganz in meine Richtung. »Du bist süß.«

»Gosh«, stöhne ich genervt und reibe mir die Augen. Von allen Frauen, die ich hätte ficken können, ist es ausgerechnet Olivia. Sie wird nicht von mir weichen, bis sie bekommen hat, was sie will – oder ich sie so sehr verletze, dass ihr keine Wahl bleibt. *Aber habe ich das nicht eigentlich schon?*

»Jaden?« Sie rutscht zu mir herüber, sodass ihr sanfter

Atem die Haut an meinem Ohr trifft. »Darf ich dich etwas fragen?«

Die Antwort ist ganz klar ebenfalls Nein! Aber was bringt es mir, zu widersprechen, wenn sie ihren Kopf eh durchsetzt. Als ich nicht antworte, beugt sie sich zu mir hoch, nähert sich meinem Kopf und küsst mich.

Ihre weichen Lippen zu spüren und die Hingabe zu empfinden, mit der sie sich mir trotz meiner Abweisungen widmet, befriedigen eine Sehnsucht in mir, von der ich bis dato nicht einmal wusste. Meine Hand gleitet unbewusst in ihren Nacken und hält ihren Kopf fest, damit ich unseren Kuss intensivieren kann. Es wäre unerträglich, wenn sie sich von mir löst.

Olivia seufzt auf, und sollte sie nach Schlaf schmecken, so fällt es mir nicht einmal auf, auch wenn mich gerade das bei Küssen am Morgen normalerweise stört. Ich finde sogar, sie schmeckt gut. Eben wie sie.

»Warum hast du keine persönlichen Dinge in deinem Haus?«, fragt sie an meinen Lippen.

»Ich liebe Ordnung«, gebe ich murmelnd zurück. Wieso bekommt es diese Frau so unerträglich gut hin, dass ich mich ihr öffnen will? Keiner anderen, aber ihr?

»Und wieso bist du Single?«

»Olivia …«, wiegele ich sie ab. *Echt jetzt?* Ich weiß nicht, wer von uns beiden den Impuls gibt, vielleicht wollen wir es beide zur gleichen Zeit, aber plötzlich liegt sie halb auf mir, lässt sich von meiner Hand führen und stützt sich selbst ab. Sie küsst mich zunehmend hemmungsloser und stöhnt süßlich wie vorhin beim Sex. Leise, fast unhörbar.

Ich lasse meine Hände über ihren Körper gleiten, ihren nackten Rücken hinauf, und halte sie fest. Als sie sich mit ihrer Hüfte über meinen Bauch schiebt und mich ihre Nässe berührt, schalten meine Gedanken ab. *Fuck.*

»Ich habe kein Kondom hier«, sage ich zwischen unseren Küssen und kann mich nicht einmal dafür verurteilen, dass ich ein zweites Mal schwach werde.

»Aber ich.« Ich spüre ihre Zähne an meinen Lippen, als sich ihr Mund zu einem Grinsen weitet. Sie greift sich in die Brusttasche meines Hemdes und holt ein Gummi hervor.

Scheiße. Wieder einmal hat sie mich überrascht. Sie ist also mit der Absicht hierhergekommen, mich zu verführen? »Du kleines Biest«, necke ich sie, reiße ihr das Kondom aus der Hand und die Packung dabei auf. Ich übe festen Druck auf ihren Nacken aus, damit sie bloß nicht auf die Idee kommt, mit ihrem Kopf zurückzuweichen, während ich mir mit der zweiten, freien Hand das Kondom überschiebe.

Sobald ich meinen Arm zurückgenommen habe, rutscht sie tiefer, noch immer am Grinsen. »Wann hast du das letzte Mal zweimal hintereinander mit derselben Frau geschlafen?«

Sie trifft ins Schwarze. »Ich weiß es nicht«, wiederhole ich ihre Worte von vorhin und lege meine Hände auf ihre geschmeidigen Hüften, um sie dazu zu bewegen, sich auf mich zu setzen.

Sie hält inne, gerade als meine Spitze sie berührt. *Shit!* So ungeduldig und besessen darauf, eine ganz bestimmte Pussy endlich wieder zu spüren, war ich selten bei einer Frau. »Du hast doch keine Freundin, oder?«

»Falsche Frage, falscher Moment«, knurre ich und drücke sie tiefer.

Olivia stöhnt, als mein Schwanz ganz leicht in sie eindringt.

»Du bist nicht verheiratet, oder?«, fragt sie. Es bereitet ihr offensichtlich einige Anstrengungen, gerade jetzt solche unpassenden Fragen zu stellen, denn ihre Lider flattern gequält, und es ist klar, dass sie es ebenfalls kaum erwarten kann, mich zu reiten.

»Aber du«, erinnere ich sie.

Olivia seufzt auf, setzt sich tiefer und stöhnt, als sie mit ihren Schenkeln auf meine Hüfte trifft und vollständig von mir ausgefüllt wird.

Sie stützt ihre Hände auf meiner Brust ab und bewegt sich gemächlich auf mir. Ihre Augen sind dunkel, und doch habe ich das Gefühl, dass sie mich anstrahlen. »Das bist du doch von deinen Klientinnen gewöhnt, oder?«

Normalerweise sollte ich ihr diesen Spruch nicht durchgehen lassen, aber heute Nacht ist alles anders. »Halt die Klappe und fick mich.«

Sie fährt sich devot mit der Zunge über die Lippen und folgt meinem Befehl. Anders als vor ein paar Stunden ist sie wilder. Sie holt sich den Orgasmus, den ich ihr vorhin nicht gegeben habe, und dehnt die Befriedigung ihrer Lust eine süße Ewigkeit aus. Es ist ein Schauspiel der Sinne, sie auf mir zu sehen, wie sie sich vor- und zurückschiebt, die Arme stützend auf meinem Bauch, die Haare in einer wilden Mähne um ihr rötlich verfärbtes Gesicht, die Lider flatternd und den Mund leicht geöffnet. Ein angenehmes Stöhnen erfüllt den Raum, sie ist nicht übertrieben laut, aber nicht so leise und zurückhaltend wie vorhin.

Kurz befürchte ich, dass es mir schwerfallen wird, nicht ewig so weiterzumachen. Gleichzeitig will ich, dass sie sich von mir nimmt, was sie braucht. *Ich hasse diese abgefuckten Gefühle.*

Mit zunehmendem Druck und Tempo reißt Olivia plötzlich ihre Augen auf und sieht direkt in meine. Ihr Blick hat sich verloren in ihrer Lust, und trotzdem weiß ich, dass sie mich ansieht. Nur mich.

»Oh jaa, Baby«, knurre ich und helfe mit meinen Händen an ihrer Hüfte nach. »Komm.«

Als hätte sie nur darauf gewartet, lässt sie los. Ich spüre, wie sich ihr Gang um meinen Schwanz zusammenzieht und ihr Körper unkontrolliert zuckt. Auf dem Höhepunkt schreit sie spitz auf und erstarrt für eine winzige Sekunde. Die ganze Zeit über fesselt mich ihr Blick. Ich kann nicht wegsehen und ich will es auch nicht.

Als sie erschöpft auf mir zusammensinkt und sich auf meine Brust kuschelt, streiche ich wie automatisch mit meinen Fingern zärtlich über ihren Rücken.

Sie atmet schwer und ich genieße das Gefühl ihres fest schlagenden Herzens auf meiner Brust. Erst Minuten später fällt mir auf, dass ich nicht einmal daran dachte, ebenfalls zu kommen.

Und dieser Gedanke sollte mich wahrscheinlich am meisten von allen stören.

Er tut es nicht.

Olivia

Am nächsten Morgen reißt mich eine Klingel aus dem Schlaf. Shit! Die Sonne brennt sich in meine Augen, als ich versuche, sie zu öffnen, und ich fasse schlaftrunken um mich.

Als meine Hand auf einen warmen Arm trifft und ich auch das Bein wahrnehme, das sich an meines schmiegt, muss ich albern kichern.

Sobald sich meine Augen an die Helligkeit gewöhnt haben, sehe ich ihn mir an. Sein markantes, bartschattiges Gesicht, die entspannten Brauen und sanft geschwungenen Lippen, die so entspannt geradezu unschuldig wirken, gefallen mir viel zu sehr. Ich seufze verliebt auf und will gerade wieder wegdämmern, als es zwei weitere Male klingelt.

Jaden regt sich nicht.

Ein viertes Mal.

Hm. Irgendetwas Wichtiges? Aber an einem Sonntag?

Ich hauche Jaden einen Kuss auf die Wange, der im Tiefschlaf nicht einmal unter meiner Berührung zuckt, und stehe aus dem Bett auf. Ich ziehe mir meinen Slip an, schließe Jadens Hemd und laufe durch die Diele nach unten in den Flur.

Bis ich die Haustür erreiche, klingelt es ein paar weitere Male, und fixiert auf den Gedanken, dass Jaden nicht wach werden soll, öffne ich die Tür, ohne mich zu vergewissern, wer dahinter wartet.

Und das war ein Fehler.

Ich schlucke hart und überlege, die Haustür einfach wieder zufallen zu lassen. Warum kann ich nicht wie ein Kind meine Hände vors Gesicht halten und fest daran glauben, dass mich daraufhin niemand mehr sieht?

Noch bevor sein Blick über meinen spärlich bekleideten Körper wandern kann, werde ich puterrot. *Mist.*

»Geht es dir gut?« Obwohl Logan mich in einer ziemlich ungünstigen Situation erwischt, klingt seine Stimme verständnisvoll und besorgt.

»Ja«, stoße ich hervor. Gott! Was sage ich denn jetzt?

»Es tut mir so leid, dass ich einfach gegangen bin.« Er fährt sich über den Mund und sieht hinter mir in den Flur. »Carter hat dich also an Land gebracht? Das hat mir einer der Offiziere gesagt.«

»Mhm.« Die Schamesröte hat nicht nur mein Gesicht befallen, mir wird überall unerträglich heiß. Verdammt! Wie ich so etwas hasse! Normalerweise weiß ich immer ganz genau, was ich tue und wieso, und wenn ich mit einem Mann ins Bett steige, muss ich mich normalerweise niemandem gegenüber ungewollt rechtfertigen. Aber dass ich in Jadens Hemd vor ihm stehe, scheint Logan gar nicht zu stören.

Er macht einen Schritt auf mich zu, fasst an meine Arme und untersucht aufmerksam mein Gesicht. Er streicht mit einer Hand eine Strähne beiseite, als würde er mein Gesicht nach Blessuren untersuchen wollen.

»Ich weiß, was Phillip getan hat«, brummt er sehr, sehr leise. Es liegt so viel Wut und Stärke in seiner Stimme, dass ich zurückweichen will. »Es tut mir leid. Dass ich es nicht wusste. Und gestern …«

Ich beiße mir auf die Lippe. *Was soll ich sagen? Es hatte gar nichts mit Phillip zu tun, sondern damit, dass du einfach nicht der Mann warst, den ich an diesem Abend wollte? Jedenfalls nicht so ganz?*

»Habe ich es schlimmer gemacht?« Seine Miene ist ernst, alles an seinem Auftreten ist ernst und selbstsicher und aufmerksam. Er lässt mich schlagartig los, als ich nichts sage. Dann erst scheint ihm aufzufallen, dass ich eines von Jadens Hemden trage, und er bewegt die schwarzen Brauen nach oben. »Du hast dich nicht von Jaden –«

»Nein«, bringe ich schnell hervor. Einfach abstreiten, alles abstreiten. Ich kann ihm doch unmöglich sagen, dass ich zuerst mit ihm rummache und keine paar Stunden später in Jadens Bett lande. Irgh! Genau solche Schlampen verabscheue ich und ich wollte nie eine solche sein. Jedenfalls nicht, wenn es nicht unbedingt sein musste. Jedenfalls nicht, *ohne dass es zu einem höheren Plan gehörte.* »Er hat mich nur nach Hause gebracht und ich wollte in der Nacht nicht noch ein Taxi nehmen, weil …« Ich lasse eine Kunstpause entstehen, damit Logan sich denken kann, weshalb eine Frau nach einem Missbrauchsversuch nicht so gerne einsam in einem Taxi fährt, und wringe dabei nervös die Hände.

»Weiß Carter davon?«, fragt er nun. Seine tiefe Stimmlage hat sich verändert.

»Also …«

Seine Augen verengen sich misstrauisch.

»Er ist Anwalt, da habe ich mich ihm anvertraut.« Gott, hoffentlich weiß er nichts davon, dass Jaden mich bei meiner Scheidung vertreten wollte und das nicht im besten Sinne von Phillip. Aber gestern Abend hat er nichts in diese Richtung erwähnt, vielleicht hat mich Jaden gar nicht vor Logan verraten. Ihm nicht gesagt, was er über mich weiß.

Warum nicht? Könnte es nicht sein, dass er mein Verhalten zwar verurteilt, aber darauf hofft, Tiffany hätte vor Gericht mehr Chancen? Also auch er?

»Und?«, fragt Logan mit einem ironischen Lächeln. Etwas, das ich noch nie an ihm gesehen habe, aber durchaus mag. »Hat er dir schon helfen können?«

»Ahm.«

»Hör zu.« Er tritt noch näher und berührt mich schützend an der Schulter. »Ich kenne Jaden Carter gut. Du solltest ihm nicht vertrauen, er ist niemandes Freund, wenn er nicht seinen eigenen Vorteil daraus schlagen kann. Hat er dich die Nacht über wirklich in Ruhe gelassen? Das würde ihm nicht ähnlich sehen, aber du bist eine starke Frau, vielleicht hat er sich ausnahmsweise zurückgehalten.«

Ich presse die Lippen aufeinander. *Er hätte mich ja in Ruhe gelassen, wenn ich ihn nicht zweimal verführt hätte. Erst in der Dusche, dann im Gästebett.* »Ich war gestern Abend einfach nur …«, beginne ich den Satz und lasse ihn zwischen uns stehen. Mir kommt eine andere Idee. Was, wenn ich meinen Plan nicht so umsetze, wie ich es mir gedacht habe. Was, wenn ich mein Herz bestimmen lasse. Das Herz, das allein bei dem Gedanken daran, wie mich Jaden gestern Nacht nach dem Sex in den Arm genommen hat, zu flattern beginnt. Doch welche Aussichten haben wir, wenn wir zusammen sind? Er ist verschuldet, ich besitze nicht viel mehr als eine Corvette.

»Ich verstehe«, sagt Logan nickend. »Soll ich dich ins Hotel bringen?«

»Das würdest du tun?«, frage ich schüchtern, ein wenig schamhaft.

»Oder ich bringe dich zu deiner Corvette. Wo hast du sie geparkt? Ich habe sie am Yachthafen gar nicht gesehen. Du musst auf jeden Fall weg hier. Allein, dass du Carter davon erzählt hast, war nicht die beste Idee.« Er prüft seine Armbanduhr. »Ich habe eine Verabredung zum Lunch um eins. Bis dahin sollte ich zurück in der Stadt sein.«

»Oh, okay.« Das sind einige Stunden. »Dann … ich hole nur kurz mein Kleid, in Ordnung?«

»Tu das.« Er verschränkt die Arme vor der Brust und bringt sich vor der Haustür in Position. Als ob er erwarten würde, Jaden käme jederzeit hervor und würde ihn angreifen.

Mir bleibt also nicht viel Zeit.

Ich lehne die Haustür an und laufe hoch, zurück ins Schlafzimmer. Jaden liegt noch im Bett, er ist wach. Die Hände hinter seinem Kopf verschränkt, sieht er mich grinsend an, als ich eintrete. Sein Blick ist warm. »Ich dachte schon, du hättest mich sitzen gelassen.«

»Hör zu.« Ich setze mich zu ihm aufs Bett. War ich eben vor Scham gerötet, bin ich es jetzt aus Nervosität. »Logan ist an der Tür.«

Jaden setzt sich ein Stück auf und verspannt sich augenblicklich. »Was will er?«, fragt er feindselig.

»Sichergehen, dass es mir gut geht.«

»Logan, der Held«, kommentiert er ironisch. Allerdings ist Logan das tatsächlich. Ein Held. *Es wäre einfach zu früh, jetzt aufzugeben …* Logan ist ein guter Kerl, er braucht nur einen Anstupser. Einen im Stile von Olivia Bloom.

»Er hat gefragt, wie es mir nach Phillips Überfall geht

und ob etwas zwischen uns war und so weiter«, erkläre ich aufgeregt.

Seine Augen verdunkeln sich und er holt die Hände hinter seinem Kopf hervor. »Was freut dich daran so?«

»Er will mich noch!«, flüstere ich eindringlich. »Er wird mich gleich ins Hotel bringen, ich soll nur meine Sachen holen. Und jetzt hör zu. Wir ändern unseren Plan.«

Jaden hebt eine Braue. »*Unseren* Plan?«

»Ich werde ihn verführen.«

Seine Miene wird abfällig. »So einen Plan hatte ich nie.«

»Damit Tiffany vor Gericht besser dasteht. Und damit auch du!« Irgendwie ist er begriffsstutzig. »Wir arbeiten zusammen. Ich kann diese Frau zwar nicht ausstehen, aber es geht mir ja auch nicht um sie. Du wirst sie vertreten, ich werde dafür sorgen, dass nicht mehr sie diejenige ist, die einen Seitensprung hatte. Er wird nicht mehr der Unschuldsknabe sein. Am Ende sieht es so aus, als hätte er schon die ganze Zeit … mit mir … Ist das nicht clever? Es wird für ihn ganz übel.« Ich lächle Jaden zuversichtlich an. »Wir teilen das Geld. Du bezahlst deine Schulden …«

»Und du?«, fragt er abschätzig.

»Ich habe meine eigenen Pläne.« *Nicht ganz so, wie ich es wollte, aber es ist trotzdem gut genug.* Ob Logan Westham das Geld nun freiwillig an die Organisation zahlt oder ich es nach dem Rechtsstreit tue, ist für die Empfänger schließlich egal.

»Die da wären?«, fragt Jaden misstrauisch.

»Ich erzähle dir später davon«, sage ich schnell. »Ich muss los.« Ich beuge mich vor und gebe ihm einen Kuss auf die erstarrten Lippen. Er lächelt nicht, vermutlich ist er überrumpelt. »Was sagst du dazu?«, frage ich sicherheitshalber nach. »Ist das nicht eine gute Idee? Hier geht es nicht mehr nur um sechs Millionen, sondern gleich um sechzig.«

»Ja, ich weiß.«

»Gut«, nicke ich. Trotzdem scheint er nicht begeistert. Stört ihn etwa etwas anderes …? »Ich werde nicht mit ihm schlafen.«

»Hm?« Jaden hat die Arme vor der Brust verschränkt.

»Mit Logan. Ich glaube nicht, dass es nötig ist. Und ich will es auch nicht.«

Er lacht. »Na dann.«

»Du bist nicht gerade begeistert.«

Er öffnet den Mund für eine Erwiderung, aber dann überlegt er es sich anders und lächelt. Seine Augen bleiben kühl. »Etwas überrascht, nichts weiter.«

»Ich denke dabei an dich. Deine Schulden.«

»Das ist wahrlich großzügig.«

Ich zucke flirtend mit der Schulter. »Ich weiß.«

»Dann geh, kleine Schwindlerin«, er nickt mir lächelnd zu, »lass Mr. Westham nicht zu lange warten.«

»Wann sehen wir uns wieder?« Bevor ich aufstehe, will ich die Gewissheit haben, dass diese Nacht kein One-Night-Stand war. Denn so hat sie sich definitiv nicht angefühlt.

»Wir uns?«, fragt er rätselnd. »Ich denke nicht, dass das eine gute Idee ist.«

Mein gesamtes Herz zieht sich schmerzhaft zusammen.

»Was soll Logan dazu sagen?« Seine Mundwinkel zucken und ich atme erleichtert aus.

»Du hast recht, wir müssen vorsichtig sein. Telefonieren wir wenigstens …?«

Er sieht mich schweigend an. Hinter seiner Stirn arbeitet es. »Bestimmt.«

»Gut, bis dann.« Ich gebe ihm keinen Kuss mehr, ich

muss los. Als ich aus dem Zimmer husche und mein tropfnasses Kleid aus dem Badezimmer hole, mir gezwungenermaßen eine Jogginghose von Jaden leihe und überstreife, auch wenn das vor Logan etwas dämlich wirkt, fühle ich mich durch und durch beflügelt. Es tut gut, gemeinsam mit Jaden auf derselben Seite zu stehen.

Wir waren uns von Anfang an ähnlicher, als wir es wahrhaben wollten. Es tut gut, es zuzugeben.

Jaden

Gut. Es gibt Fehler, um aus ihnen zu lernen, und Olivia Bloom und ihr ganzes zum Himmel stinkendes Verhalten war ein solcher. Man muss mir zugutehalten, dass ich noch nie eine im Bett hatte, die derart gerissen ist, und man muss mir zugutehalten, dass der Sex es wert war.

Fast zu gut, um jetzt ›The Good Boy‹ raushängen zu lassen, klar. Aber dieser ganze Scheiß mit Logan ist nicht ihr Ernst. Das ist intrigante Kindergartenscheiße, zu der ich mich nicht mal als Anwalt herabgelassen habe.

Na ja. Jedenfalls selten.

Trotz meiner Abneigung, die mich befallen hat wie ein schimmeliger Pilz, stehe ich am Fenster und beobachte Logan und Olivia dabei, wie sie in sein Auto steigen. Sie lächelt ihn gewohnt charmant an, das sehe ich von hier oben. Ihre Masche ist zu gut, um von Logan durchschaut zu werden. Immer noch.

Oder er schaltet ebenfalls sämtliche Antennen aus, weil er sie ficken will so wie ich. Großartig. Er und ich, wir waren uns schon immer viel zu ähnlich, obwohl wir nach außen hin nicht unterschiedlicher sein könnten.

Oder will er es mir etwa heimzahlen …? Ein neuer Gedanke, eine ungewohnte Angst. *Würde er so weit sinken, nur um mir eins auszuwischen …?*

Ich verschränke nachdenklich die Arme vor der Brust und lehne mich in den Rahmen. Was hat Olivia gerade angedeutet? Ein *gemeinsamer* Plan? Das klang verdammt nach etwas, dem ich grundsätzlich aus dem Weg gehe. Sie hat ganz selbstverständlich mehr in die letzte Nacht hineininterpretiert. Woher nimmt sie nur dieses unendliche Selbstbewusstsein und weiß haargenau, dass alle meine Abweisungen reiner Selbstschutz sind?

Diese Frau drückt auf meine Nerven wie keine zuvor, und jetzt glaubt sie sogar, sie könne mich für ihre verrückten Spielchen einspannen.

Schlimmer noch, sie findet es in Ordnung, dass ich für sie jemand bin, der seine Freunde schamlos ausnimmt. Es stört sie nichts daran, sie findet es okay. Und gerade das zeigt, was für ein Mensch sie ist. Jemand, der nicht zu mir passt. Nicht mehr.

Ein unwohles Gefühl beschleicht mich, als Logan nicht zu Olivia einsteigt, sondern ihr etwas durch die offene Tür erklärt. Daraufhin schlägt er die Wagentür zu, lässt sie im Auto warten und kommt zurück zum Haus.

Ich verdrehe die Augen. Er will mit mir reden. Kann dieser Morgen noch besser werden? Ich überlege, ihm die Tür einfach nicht zu öffnen, als ich genervt feststellen muss, dass er ums Haus herumgeht und die offene Küchentür nimmt. Keine paar Sekunden später höre ich seine Schritte im Flur und seine Stimme, die meine Wände erzittern lässt.

»JADEN?« Er ruft mich wie ein übel gelaunter Vater seinen ungezogenen Sohn.

Ich habe gerade so gar keine Lust, ihm die Stirn zu bieten. Denn selbst wenn ich ihm offenbare, was Olivia Heiratsschwindlerin Herself gerade auf meinem Bett verkündet hat; er würde mir nicht glauben. Müde verlasse ich das Gästezimmer und treffe im Flur auf ihn. Er hat gerade die letzte Treppenstufe genommen.

Es fällt natürlich schwer, festzustellen, wann Logans Blut in Wallung gerät, dafür kann man die Wut an seinen Fäusten erkennen, da sie sich gefährlich anspannen.

Ich bleibe gelassen. Nicht *ich* werde gerade von Olivia verarscht, sondern er. Was soll ich ihm da groß erzählen?

»Hast du mit ihr geschlafen?«, fragt er fordernd. Nicht mal ein ›Hallo‹ bringt er über die Lippen.

»Du etwa?«, frage ich gelangweilt.

Logan tritt bedrohlich näher. Ich sagte ja schon, er ist der Kräftigere von uns beiden, und ich habe garantiert keine Lust auf seine Faust in meinem Gesicht. »Hast du oder hast du nicht?«

Ich frage mich, was an dieser Stelle die richtige Antwort wäre. Sage ich Ja, wird er sich hoffentlich von ihr abwenden. Aber auch von mir, denn dann hätte sich genau das wiederholt, weswegen wir uns vor drei Jahren in die Haare bekommen haben. Sage ich Nein, lüge ich, aber ich müsste nicht mit dem beschämenden Gedanken leben, ausgerechnet eine Bitch wie Olivia Bloom durchgevögelt zu haben. Ich könnte es sozusagen verleugnen. Eine interessante Option.

Logan gibt sich die Antwort selbst. Er sieht nach rechts, in mein Gästezimmer, er sieht nach links, ins Schlafzimmer. Beide Betten sind zerwühlt. Er kombiniert. »Also nicht.«

Ich zucke die Achseln. »Menschen ändern sich.« Das ist wenigstens keine Lüge, denn alles war anders mit Olivia. Ich habe gestern Nacht nicht einen einzigen Gedanken an Logan oder Phillip verschwendet, ich stufe das als persönliche Verbesserung ein.

»Warum hast du sie nicht einfach ins Hotel gebracht?«

»Mein Wagen steht in der Werkstatt«, erkläre ich unbekümmert.

»Und warum bestellst du kein Taxi?«, knurrt er.

Ich hebe die Brauen. »Hätte ich es getan, hättest du heute Morgen nicht den Helden spielen können. Wie hast du davon erfahren, dass Phillip sich an ihr vergangen hat?«

»Er hat es mir erzählt«, brummt er unzufrieden und steckt die gelockerten Fäuste in seine Tasche. »Er hat angerufen, gejammert, dass er es nicht wirklich wollte, und sich entschuldigt.«

Dafür habe ich nicht viel mehr als ein abfälliges Schnauben übrig. »Schön.«

»Was machen wir mit ihm?«

Wir? Also sind wir plötzlich doch Freunde? »Olivia möchte ihn nicht anzeigen, es ist ihre Entscheidung.«

»Wir können ihn nicht davonkommen lassen.«

»Was denn?«, frage ich grinsend, wobei ich keine echte Freude empfinde. »Wollen wir mit Baseballschlägern hoch und ihm eine Lektion erteilen? Das ist eine Sache zwischen Olivia und ihm. Wir kennen sie *beide* nicht gut genug, um uns einmischen zu können.«

»Wie meinst du das?«, fragt er argwöhnisch.

»Na ja …« Ich wiederhole meine Gedanken von gestern Nacht. Vielleicht, um ihn zu schützen, vielleicht, weil ich die Idee nicht ausstehen kann, dass Olivia ihre Zeit darauf verwendet, Logan zu umgarnen, und ich insgeheim doch hoffe, dass er sie endlich in Ruhe lässt. »Sie könnte es auch irgendwie darauf angelegt haben … Wie bei dem Betrug mit Harriet.«

»Das hat Tiffany auch gesagt«, knurrt Logan und seine

Haltung wird abermals feindselig. »Ihr habt doch einen Knall. Eine Frau, die sich freiwillig vergewaltigen lässt, weil es ihr Vorteile verschafft?! Es würde zu Phillip passen, dass er betrunken so etwas tut. Zu Olivia nicht. Tiffany ist eifersüchtig, nichts sonst.«

»Wer kann es ihr verübeln?«

»Hör auf«, zischt er und kommt meinem Gesicht näher, »mir irgendetwas über Tiffany erzählen zu wollen. Halt dich raus. Seit Tagen versuchst du, mir ins Gewissen zu reden, *ich habe die Schnauze voll davon.*«

Ich verschließe die Lippen und nicke. *Hätte ich auch.*

»Du willst es wiedergutmachen? Du bist doch zurückgekommen, um hierzubleiben, oder etwa nicht? Das alte Leben eines Jad Carter leben? Ich vergebe dir. Vergessen und vergeben, wie man so schön sagt. Aber halt dich gefälligst aus meiner Ehe raus. Endgültig.«

Ich verschränke die Arme hinter dem Rücken und erwidere nichts.

»Und was Olivia angeht …« Er schielt auf seine Uhr. Ganz der geschäftige Businessmann, dessen Zeit Geld ist. »Ich will, dass du auch sie in Ruhe lässt. Nimm dir jede andere Frau Floridas, aber nicht sie.«

»Was hast du bloß an ihr gefressen?«, frage ich, und es ist das erste Mal, dass ich Logan gegenüber so etwas wie Eifersucht empfinde. Fuck. *Diese Frau hat mich an den Eiern und jetzt auch noch das.*

»Es kann dir egal sein«, erklärt er knapp. »Du hast keine Ahnung, wie es ihr geht nach dem, was Phillip mit ihr angestellt hat. Wenn ich dich nur in ihrer Nähe sehe, weil du denkst, du müsstest mir und Phillip etwas beweisen, breche ich dir den Schwanz.«

Wow. Ernsthaft, so etwas hat er mir noch nie angedroht. »Blöde Frage, aber wie willst du das anstellen –«

»Halt dich fern von ihr und wir werden wieder

Freunde. Dieses Mal meine ich es so, und du weißt, dass du mir etwas schuldig bist. Eine ganze Menge.«

Na ja, eine ›ganze Menge‹ nun auch nicht. Er will also, dass ich ihm nichts davon erzähle, was Olivia plant? Bitte schön.

»Bis dann, Carter. Sei brav.«

»Bis dann, Dad!«

Obwohl unser Gespräch alles andere als friedlich verlaufen ist, muss er über meinen Witz lachen, als er sich abwendet. Und dann tut er auf dem Weg die Treppe hinunter etwas sehr Untypisches.

Er streckt mir den Mittelfinger entgegen.

Idiot.

Olivia

Die Tage verstreichen. Es ist schwül, es regnet, ich langweile mich. Logan hat nicht besonders viel Zeit für mich, obwohl er jede freie Minute für mich opfert. Jaden macht sich ganz rar. Mason ist auf dem Weg nach Hawaii und genießt das Leben mit seinem Lover, der noch immer hält, was er ihm versprochen hat. Ich freue mich ja für ihn, natürlich, aber die Zeit, in der wir miteinander sprechen, wird immer weniger.

Also muss ich mich wohl oder übel durch die Shopping-Malls schlagen und hier und da meine Bekanntschaften zu den Ehefrauen von Logans Freunden ausbauen. Langsam entstehen Gerüchte um uns herum. Man hat uns auf der Yacht zusammen gesehen und nun gehen wir öfters gemeinsam essen. Allein. Hier und da treffen wir dabei natürlich auf andere Pärchen seines Yachtclubs, Golfclubs, Sportvereins oder welchen Organisationen auch immer seine Freunde angehören. Ein wenig erfüllt es mich mit Stolz, zu sehen, dass sie neidisch sind. Aber es ist ein falscher Stolz, denn ich weiß, warum ich es eigentlich tue, und mit jedem freundlichen Wort Logans wird es schwerer, zu ignorieren, dass ich ihn nicht gerade fair behandle. Ich sagte ja schon, dass er mich verdient hat. Aber …

Jaden hält mich mit wortkargen SMS hin. Er hätte viel zu tun und er hielte es für besser, wenn wir uns vorerst nicht treffen, da alle Augen zurzeit auf mich gerichtet seien und Miami zwar groß, aber Miami Beach nicht groß genug sei. Schließlich könnte uns Logan oder sonst irgendwer sehen und damit wäre unser gesamter Plan hinfällig. Was für ein Quatsch!

Mit jedem weiteren Tag werde ich saurer. Mittlerweile kann ich nicht einmal mehr die Zeit mit Logan, der eine fabelhafte Begleitung in Restaurants, Theatern und Galerien ist, genießen, da ich ständig auf mein Handy schiele, ob irgendein Anruf oder eine Nachricht aus dem Hause Carter eingeht.

Natürlich nicht!

Nach zwei Wochen gebe ich völlig frustriert auf. Ich muss mich getäuscht haben, und es tut verdammt weh, als ich mir eingestehe, dass ich ihm erfolglos hinterhergerannt bin, weil ich mir irgendetwas eingebildet habe.

Er und ich, ein Team? Wegen einer heißen Nacht? Wir haben ja nicht einmal groß geredet, kennen tun wir uns auch kaum. Eigentlich war er immer nur gemein zu mir und hat mein Herz dennoch erfolgreich weichgeklopft, und so, wie ich es geahnt habe, haben mich ebendiese in mir geweckten Gefühle schwach und dämlich gemacht.

Mann!

Aus Frust trage ich heute besonders dick auf. Wir gehen zu einer Gala für … ich habe den Spendengrund vergessen, aber er hat irgendetwas mit Sportinvaliden zu tun und allein das ist lächerlich. Also ziehe ich das lilafarbene Kleid an, das ich gestern in Gedanken an einen Mr.

›Ich-bin-feige-und-mache-mich-ohne-Erklärung-rar‹ gekauft habe, nicht ohne meine Brüste mit einem Push-up hochzudrücken. Ich drehe mich vor dem Spiegel und sehe wie die Sünde pur aus, unangemessener geht es nicht.

Nun kennen die Leute mich ja zum Glück schon als diejenige, die sich overdresst, daher soll es mir recht sein.

Mein Gesicht schminke ich stärker als sonst und ich hänge mir eine Reihe von Armreifen um. Das Dekolleté lasse ich frei. Man wird sowieso vor allem auf meine Beine sehen, denn das Kleid endet knapp unterhalb meines Pos.

Als ich durch die Lobby spaziere, verfolgen mich die Blicke, und Logans Fahrer, der mich abholt, weiß gar nicht, wo er zuerst hinschauen soll. Auf meine Titten, meine knallroten, sinnlichen Lippen oder auf meine Oberschenkel. Er entscheidet sich für ein wirres Hin und Her seiner Augen, und ich bin froh, dass die Fahrt nicht allzu lange dauert.

Wir halten vor dem Fontainebleau Hotel, vor dessen Eingang eine Limousine nach der anderen hält. Der Chauffeur öffnet mir die Tür und ich stolziere hinaus. Meine Laune ist am Tiefpunkt.

Ja, Mist! Möglicherweise habe ich so etwas wie Liebeskummer. Ich bekämpfe ihn mit zwei Gläsern Champagner, die ich bereits vor dem Betreten des eigentlichen Festsaales leere.

Ich halte nach Logan Ausschau, sehe ihn inmitten einer Traube aus Gönnern stehen und greife gleich nach einem neuen Glas.

Mit Absicht habe ich mein Handy im Hotel gelassen, denn es könnte mir sonst passieren, dass ich zu viel trinke und gewisse Männer anrufe, um ihnen Vorwürfe zu machen.

Und Vorwürfe, die nicht gespielt sind, sind so gar nicht mein Stil.

Ich habe auch keine große Lust, mich zu Cathryn oder Elouise zu stellen oder der Gruppe von der Yachtparty Hallo zu sagen, und setze mich daher gut versteckt an die Bar. Ich bestelle irgendetwas Blaues, Gott, bin ich frustriert.

Also habe ich Jaden doch nicht richtig eingeschätzt. Der Sex war nicht so liebevoll gemeint, wie ich das dachte, und ich und mein sehnsuchtsvolles Herz haben sich eine romantische Gaunerkomödie ersponnen, in der er und ich das perfekte Paar spielen. Die ihr gesamtes Geld selbstverständlich in gute Zwecke investieren und am Ende das angesehenste Paar ganz Amerikas sind.

Hmm, Hollywood, warum gibt es dich nicht wirklich?

Logan wirft mir zwar immer wieder lächelnde und auch entschuldigende Blicke zu, denn immer dann, wenn er sich losreißen will, hält ihn der Nächste auf, aber nach gut einer Stunde wird es mir doch zu dumm.

Gerade als der erste Redner auftritt, rutsche ich von meinem Hocker hinunter und überlege, für die Zeit der Reden über irgendeinen Sport draußen spazieren zu gehen. Kaum nähere ich mich dem Ausgang, bemerke ich den Mann, der mir entgegenkommt.

Ich schrecke innerlich zusammen und verstecke mich hinter einer Menschengruppe, die keinen Sitzplatz mehr gefunden hat. Es macht mich befangen, ihn zu sehen. Ich kann mir kaum vorstellen, dass dieser verzweifelt wirkende Mann, dessen Gesicht so aussieht, als hätte er Tage in seinen Tränen gelegen, mich noch vor wenigen Wochen auf den Boden niedergedrückt hat.

Mein Ehemann. Auf halb vier.

Fuck!

Den kann ich so gar nicht gebrauchen. Hilflos sehe ich

mich zu allen Seiten um. Ich will auf gar keinen Fall einen Aufstand riskieren, und ich möchte schon gar nicht, dass er mich so sieht. Ich habe während unserer gesamten Ehe niemals einen Push-up getragen, und wer weiß, was es nun mit ihm anstellen würde, mich so zu sehen.

Also bleibt mir nur die Flucht durch den Hinterausgang. Ich laufe in einen Gang hinein, aus dem die Kellner strömen, finde aber keine Hinweisschilder auf einen Notausgang. Dieses Hotel ist zu groß!

Hinter mir applaudiert das Publikum dem Redner, und ich bete inständig, dass Phillip mir nicht in eine entlegene Ecke des Hotels folgt. Mein Herzschlag springt in meiner Brust, und ich ärgere mich über mich selbst, dass Phillip eine solche Wirkung auf mich hat. Ich hätte nicht shoppen gehen, sondern wirklich einen Selbstverteidigungskurs besuchen sollen! Das steht als Nächstes auf meiner Liste.

Ich stöckle um eine weitere Ecke, stehe vor einer geschlossenen Doppeltür und gehe beim Öffnen dieser sicher, dass mir niemand folgt. Als ich mich wieder nach vorn wende, bleibe ich wie angewurzelt stehen.

Was jetzt passiert, ist noch viel schlimmer als ein heulender Phillip, der handgreiflich wird. Es reichen Sekundenbruchteile aus, damit mein Herz begreift, was geschieht. Dann zerspringt es scheppernd am Boden. Ich hole japsend Luft, habe das Gefühl, dass sie mir wegbleibt, und etwas, das ich noch nie empfunden habe, setzt sich in das leere Loch in meiner linken Brust.

Tränen kämpfen ums Entkommen und mir wird schwindelig. *Fass dich. Fass dich, bleib stark!*

Jaden Carter, unverwechselbar dieser verdammt attraktive Mann in seinem bescheuerten Maßanzug, der jeden perfekten Muskel seines Körpers in Szene setzt, steht an der Wand gelehnt und küsst eine Frau. Ja, küssen ist untertrieben. Er macht mit ihr rum, auf eine unverschämt leidenschaftliche Art, und knetet dabei ihre Brüste, ebenfalls unverschämt leidenschaftlich. Die Träger der Blondine hängen bereits auf halb acht und ihr Minikleid ist wie von selbst hochgerutscht. Sie sieht leider noch billiger aus als ich. Ein Vorteil, denn Carter gelangt so ziemlich leicht an ihren entblößten Arsch, den er jetzt drängend in Richtung seines Schrittes presst.

Ich hasse ihn.

Eine unerträgliche Weile stehe ich da und schaue ihnen zu. Direkt vor ihrer Nase. Sie achten gar nicht auf mich, obwohl der Flur hell erleuchtet ist. Beide halten ihre Augen fest geschlossen, selbst Carter, was ja eigentlich untypisch für einen Mann ist.

Ich habe zwei Möglichkeiten: Ich mache mich vollständig zum Huhn und unterbreche den Beinahe-Fick, halte Jaden alles Mögliche zu Unrecht vor, denn schließlich hat er mir nie etwas versprochen, und breite vor ihm meine Verletzlichkeit aus, eine perfekte Zielscheibe für zukünftige Angriffe.

Oder ich mache kehrt, vergesse, was ich gesehen habe, packe meine Sachen und fliege augenblicklich nach Hawaii.

Möglichkeit zwei gefällt mir besser.

Ich mache kehrt, stöckle über den Steinfußboden zurück zur Tür und zerre sie auf.

Jedenfalls würde ich sie gerne aufzerren, aber sie bewegt sich kein Stück. »Fuck!«, keuche ich. Meine Tränen lassen sich nicht zurückhalten und ich habe mich noch nie so dumm gefühlt. Noch nie, nie, nie, nie. Selbst meine naive geplatzte Hochzeit mit achtzehn Jahren war nicht so schlimm wie das hier, denn damals war ich schließlich blutjung und konnte mir Fehler erlauben.

Eine Jugendsünde. Aber das hier?

Ich reiße an dem Türgriff. Verdammt, verdammt, verdammt!

Meine Schultern entladen sich in einem Schluchzen und ein Schatten kommt näher.

Nein! Einfach nein, nein, nein!

Der Schatten stellt sich neben mich, betätigt die Türklinke und drückt sie nach außen auf. Jaden bleibt in der Tür stehen, um sie mir aufzuhalten, ich davor.

Ich sehe stur geradeaus. Er wird an meinem Profil erkennen, wie aufgelöst ich bin. Und er erkennt auch, dass ich mich nicht mehr bewegen kann. Ich bin absolut befangen.

Es war nur ein One-Night-Stand. Er ist ein Arsch, du bist besser. Mach nicht so ein Drama aus etwas, das nie eines werden durfte.

»Wer ist das?«

Als ich mich nach einer geschlagenen Minute noch immer nicht rühre, seufzt Jaden auf. »Die Ehefrau von Phillip Raines.«

»Oh.« Blondie in meinem Rücken klingt hohl und doof. Was damit zusammenhängen mag, dass sie ihre Zunge in Jadens Mund hatte. »Braucht sie Hilfe?«

»Gute Frage«, entgegnet Jaden und mustert mich weiterhin von der Seite.

Ich hole zischend Luft, dann setze ich ein tapferes Lächeln auf, mache statt einen Schritt vor einen zurück und sehe ihm ins Gesicht. Tja, ich entscheide mich heute dafür, das Huhn zu sein. Aber da ich schon so lange Zeit keines mehr war, ist es wohl überfällig. »Du hättest wenigstens so fair sein können, mir eine ehrliche Antwort zu schreiben.« Meine Stimme klingt überraschend fest. *Hm, geht doch.*

Er zuckt unbekümmert die Achseln. Eine Geste, die mich nur noch mehr verletzt. »Ich war ehrlich. Ich dachte, es sei eine gute Idee, wenn ich mit Abigail was am Laufen hab. Für *unseren Plan.* Du weißt schon.« Er zwinkert zweideutig, doch nichts an seinem Gehabe ist echt.

»Wichser.«

Er hebt belustigt eine Braue. »Das sagt die, die vorschlägt, einen meiner besten Freunde auszunehmen.«

»Darum geht es dir?«, frage ich erstaunt und verschränke gleichzeitig abwehrend die Arme vor der Brust. Das hätte er einfach sagen können! Und ich hätte eingelenkt. *Hätte ich doch?* »Du warst derjenige, der zu mir kam, um Phillip sehr viel Geld abzunehmen«, zische ich zu seiner Erinnerung. »Ich wusste nicht, dass du so große Unterschiede zwischen deinen ›Freunden‹ machst.«

Er zuckt die Achseln. »Du weißt erstaunlich wenig von mir.«

Wer auch immer diese Abigail ist, ich hätte sie beinahe vergessen. Aber wenn ich mit Jaden streiten will, sollte uns niemand belauschen, bei dem, was wir zu bereden haben. Vor allem keine Blondine, die mir womöglich doppelt in die Quere kommen könnte.

Ich werfe ihr einen Blick zu. Sie sieht uns ziemlich verständnislos an und versucht wahrscheinlich, eins und eins zusammenzurechnen. Entweder Jaden hat sie nur benutzt, um mich eifersüchtig zu machen – aber er wusste nicht, dass ich ihnen in den Gang folgen würde –, oder das ganze Geknutsche hatte rein gar nichts mit mir zu tun. So oder so; ich greife nach Jadens Arm und ziehe ihn mit mir. »Wir reden. Aber nicht vor ihr.«

Er folgt mir widerstrebend. »Ich fürchte, wir haben alles gesagt.«

Ich betrachte ihn spöttisch. »Ich fürchte, das haben wir nicht.« Ich öffne eine beliebige Tür zu meiner Rechten – dieses Mal in die richtige Richtung – und ziehe ihn mit mir hindurch. Es ist eine Art Flur, der zu den Küchen und

Lagerräumen führt. Auf dem Boden liegen ein paar unordentlich gestapelte Kisten und ich stolpere prompt dagegen.

Da ich Jadens Unterarm umfasst habe, kann ich mich daran festhalten und er zieht mich gleichermaßen zurück in den Stand. *Himmel! Ich bin doch sonst nicht so ein Schussel.*

Ich stoße mit Schwung gegen seinen Körper und dann stehe ich plötzlich ganz nah.

Verdammt! Zwei Wochen habe ich mich nach nichts anderem mehr gesehnt, als ihn wiederzusehen und seinen Körper spüren zu können. Sein Atem trifft die Haut in meinem Gesicht und er sieht mir dunkel in die Augen. Jetzt ist er es, der mein Handgelenk umgriffen hat, und von dort breitet sich eine erregende Welle einmal durch meinen gesamten Körper aus.

Ich beiße mir auf die Lippe. Es sieht so aus, als wolle er sich zu mir herunterbeugen und mich küssen. Ein Gedanke an die Blondine reicht und ich reiße meinen Arm zurück. »Fass mich nicht an!«

Er weicht zurück, verengt die Augen und hebt abwehrend die Hände. »Hatte ich nicht vor.«

»Lügner!«

»Du glaubst, ich kann dir nicht widerstehen?«, fragt er grinsend und lässt seinen Blick mein Kleid hinabwandern. Bei meinen Brüsten hält er besonders lange inne. »Für wen hast du dich heute so aufgebrezelt? Gibt es einen Anlass? Es wäre mir neu, dass Logan auf billige Schlampen steht.«

Meine Hand zuckt nach oben. *Er ist so ein Arsch!* Doch bevor ich ihm die Ohrfeige geben kann, die er verdient, hält er mich fest. Seine Hand schließt sich abermals um mein Handgelenk, nur viel fester als zuvor.

Wir sehen uns kurz in die Augen. Ich könnte mein

Bein hochziehen und ihm in die Eier treten. Und er könnte mich auch daran hindern.

Er überlegt es sich anders. Meine erhobene Hand in seinem Griff, drückt er sie an die Wand in dem engen Flur und schiebt meinen Körper ebenfalls dagegen.

Ich schreie wütend auf, doch er macht sich nichts aus meinem Protest. Mit einem festen Händedruck gleitet er an meiner Hüfte nach oben, greift kurz in meine linke Brust, geht vor zu meinem Kinn.

Er zieht es so fest nach unten, dass es schmerzt, und presst seinen Körper an mich.

Ich kann mich nicht rühren. Meine freie Hand hängt hilflos hinab. Ich wüsste nicht einmal, wo ich ihm wehtun sollte, er würde sich wehren und das wäre schmerzhaft.

Außerdem will ich es viel zu sehr.

Mein Atem beschleunigt, als er sich mit seinen Lippen meinen nähert. Ich denke darüber nach, ihm in die Lippe zu beißen, sollte er mich küssen, aber er zieht meinen Kiefer so weit nach unten, dass ich nicht einmal das tun kann.

Dann streicht er mit seinen Lippen über meinen geöffneten Mund und dringt mit seiner Zunge tief in mich ein.

Ich spüre, wie seine Erektion an meinem Schritt wächst. Aber ich will nicht, dass er auf die Idee kommt, mit mir zu vögeln. Nicht jetzt, nachdem er gerade noch eine andere hatte. Nicht, nachdem er sich zwei Wochen rargemacht hat. Ich will ihn.

Aber für mich allein.

Ein Gefühl, von dem ich nicht wusste, dass ich es noch empfinden könnte.

Als ob er meine Gedanken erraten hätte, wird sein Kuss eine Spur zärtlicher und er lockert langsam seine Griffe. Erst als er sich von mir gelöst hat, lässt er auch mein Kinn vollständig los und macht sogleich zwei

Schritte zurück an die gegenüberliegende Wand, vermutlich, damit ich nicht auf die Idee komme, ihn abermals anzugreifen.

Am liebsten würde ich vor Demütigung und Liebeskummer heulen, aber diese Blöße kann ich mir nicht geben. *Ich bin so verdammt schwach.* Weshalb ich mit ihm reden wollte, habe ich vergessen.

»Du hast gewonnen, ich kann dir nicht widerstehen. Wie soll ich das auch aushalten, dich nicht anzurühren, wenn du *so* hier aufkreuzt?«, fragt Jaden beiläufig, vergräbt die Hände in seinen Anzugtaschen und mustert mich emotionslos. Seine Augen bleiben dabei an meinem Dekolleté hängen. »Ich musste Druck ablassen.«

»Bei Abigail?«, frage ich spitz. Was für ein Arsch.

»Na ja … ich muss schließlich Abstand …«

»Du willst dich auf diese Art rausreden?«, unterbreche ich ihn ungläubig. Mist! Ich klinge wie die eifersüchtige Freundin, die ihrem Lover einen Vortrag hält. Das ist doch sonst so gar nicht mein Stil! »Es geht dir doch gar nicht darum, dass Logan nichts von«, ich wedle um mich herum, »dem hier mitbekommen darf.«

»Ich will mich nicht rausreden. Ich bin nur vorsichtig, damit das Ganze auch klappt«, erwidert er achselzuckend. Er meint das ironisch. Er hält nichts von meinem Plan. »Baby«, beginnt er mit veränderter Stimmlage, »warum interpretierst du in das, was wir hatten, so viel rein?«

Ich schlucke. *Ja, warum eigentlich?* »Mein Fehler.«

Seine Miene öffnet sich und ein echtes Lächeln befällt seine Züge. Jadens Augen strahlen verwundert und seine Haltung wird weniger feindselig. »Du magst mich wirklich«, erkennt er süffisant. »Olivia Bloom hat ein Herz.«

»Kein Grund für dich, so damit umzugehen«, zische ich und mache unbewusst einen Schritt auf ihn zu. Wenn ich nicht aufpasse, hebe ich gleich noch warnend den Zeigefinger. »Leugne es, wenn du unbedingt musst, aber unsere gemeinsame Nacht war mehr. Wieso warst du nicht –« Ich beiße mir auf die Zunge. Nein, ich werde ihn nicht fragen, weshalb er nicht ehrlich zu mir war. Das muss er nicht begründen. Es liegt an mir, mich dagegen zu entscheiden, so behandelt zu werden – nicht an ihm. »Du willst so tun, als wäre nie etwas gewesen?«, gehe ich sicher.

Jaden mustert mich schweigend, bevor er nach einer geschlagenen Minute antwortet. »Nein, ich tue selten so, als wäre nie etwas gewesen.« *Dann küss mich doch, du Idiot! Und mach nicht mit der Falschen rum!* »Ich bin nicht der Typ, für den du mich hältst«, erklärt er zögernd und ich bleibe dümmlich vor ihm stehen.

»Ach so, doch kein Arschloch?«

Er lacht kurz. »Ich habe die ganze Scheiße hinter mir. Leute austricksen, nur um mich daran zu bereichern. Dinge tun, für die man sein Gewissen vergraben muss, weil ein Grundstück in Miami Beach so verdammt teuer ist. Ich habe all diesen Sachen den Rücken gekehrt.« Pause. »Du nicht.«

Ich hebe zweifelnd eine Braue und halte meinen Mund fest geschlossen, damit mir kein ›Hä‹ entweicht. Ist nicht Logan derjenige mit der weißen Weste? Carter kann nicht von sich behaupten, weniger egoistisch zu sein als ich selbst. »Und was ist mit deinen Schulden? Wieso verkaufst du nicht dein Haus in Miami Beach?«

Jaden lacht ein weiteres Mal. »Was interessieren dich meine Finanzen? Olivia, du kennst mich gar nicht. Kann dir mein Konto bitte so egal sein wie die restlichen Dinge meines Lebens?«

Seine Worte weiten das Loch in meinem Herz. Ich habe mich noch nie so gefühlt. Vielleicht liegt es daran, dass ich nicht damit umzugehen weiß und mir keine Erwiderung einfällt.

Auch Jaden bemerkt, dass etwas an mir anders ist, und er verzieht seine Lippen zu einem überraschten Lächeln. »Was ist denn mit dir? Du weißt doch sonst immer auf alles eine Antwort?«

Ich zucke nur die Achseln und schaue angestrengt zu Boden. Ich sollte den Raum fluchtartig verlassen, aber eine irrationale Stimme hält mich zurück. *Er könnte schließlich noch etwas sagen, das mein Herz wieder zusammenflickt.* Oh, wie ich diese irrationale Hoffnung hasse! In meinen Augen stehen echte Tränen, und sollte ich jemals wieder in Bedrängnis kommen, auf Kommando heulen zu müssen, bräuchte ich nur an diesen Moment zurückzudenken.

»Olivia?« Ein wahnsinniger Stoß elektrischer Energie fährt durch mein Gesicht, als Jaden seinen Zeigefinger an mein Kinn legt und es zu sich hochzieht. Ich bin beinahe versucht, die Augen zu schließen, so sehr sehne ich mich danach, er möge mich streicheln und berühren. »Hast du dich etwa in mich verliebt?«

Ich möchte ›Ja‹ schreien, aber ich halte mich zurück, denn es würde nur noch mehr wehtun. Es ergibt keinen Sinn, ich weiß! Es ist vollkommen bescheuert, natürlich! Er und ich, das wird nie funktionieren, warum sollte es auch! Und trotzdem … habe ich tatsächlich zwei Wochen darauf gewartet, dass er mir die Abfuhr erteilt, die von Anfang an absehbar war?

»Ich bin niemand, in den man sich verlieben sollte.« Seine Stimme hallt von weit her in mein Ohr.

»Hast du Familie in London?« Die Frage ist schneller über meine Lippen, als ich darüber nachdenken kann. Wenn er die Frage bejaht, wäre alles einfacher. Verständlicher und besser, und ich könnte gehen und es wäre okay.

»Du meinst Frau und Kinder?«, fragt er lächelnd.

»Hör auf, mich anzulächeln!«, zische ich.

Er lässt mein Kinn los und sein Lächeln stirbt. »Nein.«

»Wieso nicht? Jemand wie du, nicht verheiratet? Woran liegt es?«

»Ist nicht mein Stil.«

»Nicht mal Kinder?«

Er antwortet nicht.

»Also nicht.«

»Nein«, knurrt er unwirsch. »Und du? Hat keiner deiner Ehemänner welche haben wollen oder sind sie zu Hause in Mississippi und niemand weiß etwas davon?«

»So schätzt du mich ein?«, frage ich ungläubig.

Er zuckt die Achseln. »Wer weiß.«

»Und Abigail? Meinst du nicht, dass es sie stört, dass du an mich denken musstest, während du sie überall begrabscht hast? Glaubst du, das sei den Frauen egal?

Er weitet verwundert die Augen. Ich liege goldrichtig mit meiner Annahme. Jaden Carter ist nicht halb so cool, wie er tut. »Ich habe nicht an dich gedacht«, lügt er.

»Natürlich nicht. Ich gehe dann mal zurück und wünsche dir noch viel Spaß mit ihr.«

»Danke.«

Ich halte noch kurz inne und würde ihm am liebsten die Augen auskratzen. Sein Verhalten ist wirklich unter aller Sau. Er ist feige und blöd, und es ist unverschämt, dass ausgerechnet er die Macht hat, mich so sehr zu verletzen.

Aber der Anflug von Rachegelüsten verflüchtigt sich, sodass ich mich ohne ein weiteres Wort abwenden und den Raum verlassen kann. Ich schaffe es in meinen High Heels gar nicht schnell genug, Abstand zwischen ihn und mich zu bringen, und als ich Schritte hinter mir höre, überlege ich, sie einfach von meinen Füßen zu ziehen und fortzuwerfen.

Einerseits wünsche ich mir nichts sehnlicher, als dass er mich zurückruft und sich für alles entschuldigt, zu seinen Gefühlen steht und wir die Nacht von vor zwei Wochen in alle Ewigkeit wiederholen – *hust* –, andererseits weiß ich nicht, ob es eine gute Idee wäre, ihm sein Verhalten von heute Abend jemals wieder zu verzeihen.

Also laufe ich schneller. Die Schritte verfolgen mich, Tränen verschleiern mir die Sicht, und ich erreiche die Gala nicht, bevor mich seine Hand packt und zurückzieht.

Als hätte mein Körper nur darauf gewartet, bleibe ich stehen und drehe mich zu ihm um. Am liebsten wäre es mir, wir würden gar nicht mehr reden, denn mir ist alles klar, doch gerade als sich das Glück in meinen untreuen Adern ausbreiten will, sehe ich, wer mich zurückgehalten hat, und das Kribbeln unter meiner Haut verwandelt sich in Panik.

»Phillip!«

»Olivia-Süße.« Er lässt mich los. Sein Gesicht gleicht einer verunstalteten Kartoffel, so aufgedunsen ist es. Seine Augen sind gerötet und wässrig, seine Lippen zittern.

Ich weiß nicht, wie ich reagieren soll. Ich könnte um Hilfe schreien und fliehen, aber die Angst hat mich erstarren lassen. Nüchtern und verheult erinnert er nicht an den Mann, der mich auf den Boden gezwungen und beinahe vergewaltigt hat – und trotzdem tauchen die Bilder vor meinem Inneren auf und lassen mich erzittern.

»Können wir reden?«

Ich schüttle den Kopf.

»Bitte«, fleht er. »Ich habe einen Fehler gemacht. Ich hätte nicht so viel trinken sollen, ich habe nicht damit gerechnet, dass du an diesem Abend nach Hause kommst, bitte, Olivia-Süße …« Seine Stimme wird weinerlich und alles an ihm ekelt mich an. Schwer vorstellbar, dass ich mit diesem Kerl einmal geschlafen habe, und ich hoffe, ich kann die Erinnerung daran irgendwann aus meinem Gedächtnis bannen. »Wie kann ich es wiedergutmachen?«

»Du kannst es nicht gutmachen«, erwidere ich leise. Mit einem Mal bricht der gesamte Schmerz über mir zusammen. Phillip, Logan, Jaden. Wo bin ich hier nur hineingeraten? Wann hat mein Leben aufgehört, in geordneten Bahnen zu laufen?

Was habe ich falsch gemacht, obwohl ich doch nie an diesem Punkt landen wollte?

»Lass mich einfach in Ruhe«, sage ich aufgelöst unter Tränen und wende mich ab. Wie eine Schlange schnellt seine Hand vor und hält mich abermals fest. Zu fest, ich kann mich nicht befreien. *Scheiße!*

»Lass sie sofort los.« Der Befehl schallt durch den leeren Flur, doch Phillip reagiert nicht. »*Sofort,* Phil.«

Er gehorcht.

Dankbar atme ich auf und mache ein paar Schritte von ihm weg. Im gleichen Moment ist mein Retter bei mir und stellt sich schützend neben mich. »Alles in Ordnung mit dir?«, fragt Logan liebevoll.

Ich nicke.

»Gut.« Er wendet sich an Phillip, der ihn aus großen Augen mustert. Ihm dürfte nicht entgangen sein, wie vertraut Logan mit mir gesprochen hat. Dieser stellt sich nun halb vor mich und direkt vor seinen Freund, sodass ich sein Gesicht nicht sehen kann. Aber seine Stimme klingt erstaunlich hart. »Ich habe dir gesagt, dass du dich von Olivia fernhalten sollst.«

Phillip mahlt mit dem Kiefer. Die beiden Männer gleichen sich in Größe und Statur, wobei Phillip bei einem Kampf wohl verlieren würde. »Sie ist *meine* Frau.«

»Und sie hat Rechte. Du scheinst vergessen zu haben, in welchem Jahrtausend wir leben. Geh nach Hause und lass dich nicht wieder blicken.«

Phillip wird rot im Gesicht. Erst scheint es, als wolle er es zurückhalten, aber dann platzt es aus ihm heraus. »Was bin ich für euch, he? Ich dachte, wir seien Freunde! Aber das sind wir schon seit damals nicht mehr! Ich hätte niemals auf euch hören sollen, es wiederholt sich alles!«

»Hier geht es nicht um eine Sache von früher«, erklärt Logan ruhig.

»Ihr habt mich immer nur ausgenutzt! Ich war nie euer Freund!«

»Du hast wohl vergessen, was du Olivia antun wolltest«, zischt Logan drohend. »Solche Freunde habe ich nicht.«

Phillip geht gar nicht darauf ein. Es scheint, als sei er leicht wahnsinnig. Empfindet er etwa dieselbe Art Liebeskummer wie ich und macht sich deshalb zum Trottel, ohne es wirklich zu beabsichtigen? »Und was sagt Jad dazu, dass du Olivia für dich beanspruchst?« Ein gemeines Grinsen, das allein Logan gilt, stiehlt sich auf sein Gesicht. »Ist dir nicht aufgefallen, wie er sie anglotzt? Schon als er zu mir gekommen ist, hatte ich ein ganz übles Gefühl.«

Logan schnaubt spöttisch. »Sieh dich an, du machst dich durch und durch lächerlich.«

»Er fickt sie!«, brüllt Phillip ihm ins Gesicht. »Du bist derjenige, der zu doof ist, das zu verstehen! Du lässt das zu! Du hast mir damals versprochen, dass es nicht wieder geschieht!«

Logan schüttelt den Kopf und wendet sich ab. Er legt schützend einen Arm um meine Schultern und führt mich zum Ausgang.

»Es ist dieses Mal anders! Es geht ihm ausnahmsweise nicht darum, dir etwas zu beweisen!«

Logan seufzt. Wir entfernen uns von Phillip, der tobend im Flur zurückbleibt.

»Du hast es versprochen!«, brüllt er uns hinterher.

Logan öffnet mir die gläserne Tür nach draußen und mit der tropischen Wärme empfängt uns auch augenblicklich Stille. »Es tut mir leid.«

»Mir tut es leid«, murmle ich.

»Wieso?«, fragt er besorgt, aber er geht nicht weiter darauf ein. Er winkt einem Valet-Parker und führt mich über den roten Teppich zum Bordstein. »Olivia …« Er streicht sich einmal über die kurz geschorenen Haare. »Ich weiß, dass das St. Regis ein wirklich gutes Hotel ist, aber … ich fände es sicherer, wenn du zu mir ins Gästehaus ziehst.«

Mein Magen macht einen Hüpfer. Gleichzeitig denke ich an Tiffany, und ich empfinde sehr wenig Lust, sie jeden Morgen sehen zu müssen. »Aber …«

»Tiffany ist in das Apartment am Surfside Beach gezogen. Sie wohnt nicht mehr in meinem Haus. Und da Phillip keine Anstalten macht, auf mich zu hören … Ich kenne ihn, und ich möchte schlicht und ergreifend nicht, dass du ein weiteres Mal in Gefahr gerätst.«

»Okay«, erwidere ich andächtig. Etwas anderes fällt mir dazu nicht ein. Es täte so gut, nicht mehr alleine im Bal Harbour wohnen zu müssen.

»Du stehst ziemlich neben der Spur, oder?«, fragt er freundlich und streichelt mir über die Wange. Seine Berührung tut gut. Er ist in jeder Beziehung der perfekte Mann. Aufmerksam, galant, ein Retter. Er wird mich nicht so verletzen, wie Jaden es getan hat, nur weil sein Ego es braucht. Logan lächelt, als er bemerkt, wie sehr ich die zärtliche Berührung seiner Hand genieße, und dann tut er etwas, das nur beweist, wie perfekt er ist. Er öffnet die Arme und zieht mich an sich. Er tröstet mich und nährt mein zerbrochenes Herz.

Allerdings hat er keine Ahnung davon, was wirklich mit mir geschehen ist. Ich müsste es ihm sagen, aber gerade bin ich einfach nur froh, nicht in mein einsames Hotelzimmer zurückkehren zu müssen. Nicht allein sein zu müssen.

Vorerst.

»Es wird eine Weile dauern, bis die Klimaanlage angelaufen ist. Aber dann ist es hier drinnen wirklich schön.«

Jetzt ist es einfach nur heiß.

»Wenn du hier die Tür öffnest«, Logan tritt vor eines der Fenster und zieht die Gardinen beiseite, »stehst du direkt vor deinem eigenen Pool.« Er lächelt mir über die Schulter zu, während er die Terrassentür für einen Moment öffnet. Es ist windstill und draußen nicht wesentlich kühler als drinnen. Hinter dem Pool liegt ein kleines Stück des Gartens, daran grenzt unmittelbar das Meer an. Ich werde kalt duschen, um der Hitze im Gästehaus zu entgehen. »Wenn du etwas brauchst, kannst du mich anrufen. Das Bett sollte frisch bezogen sein, Erica wird morgen für dich einkaufen, wenn du das möchtest. Schreib ihr einfach eine Liste. Kommst du zurecht?«

»Mhm.« Ich nicke tapfer. »Hast du vielleicht … Ich meine, willst du sofort schlafen gehen? Vielleicht könnten wir gemeinsam … einen Film gucken?« *Bloß nicht allein sein.*

»Einen Film?« Er lächelt wissend, bevor sich seine Miene verdüstert. »Ich kann leider nicht. Mein Flug nach Chicago geht morgen um fünf Uhr.«

»Oh.«

»Wenn ich wiederkomme, haben wir noch einige Gelegenheiten, einen Filmeabend zu machen.« Das klingt ganz gut, aber wie lange wird er denn wegbleiben? »Im ganzen

Haus sind Kameras installiert. Phillip wird es nicht mal aufs Grundstück schaffen, aber falls doch … Du bist hier sicher.«

»Danke«, erwidere ich schüchtern.

Er lächelt gönnerhaft und greift nach dem Türknauf. »Gute Nacht.«

»Gute Nacht«, flüstere ich, als er hinaustritt und mich zurücklässt. Jetzt bin ich also dort, wo ich von Anfang an hinwollte. Warum nur fühlt es sich nicht mehr so an, als sei dies der richtige Weg?

»Ich bin so froh, dass ich rechtzeitig weggekommen bin, bevor der Sommer richtig eingebrochen ist«, seufzt Mason am anderen Ende der Leitung. Bei ihm ist es taghell und er kommt gerade frisch aus dem Fitnessstudio seiner Apartmentanlage. Mason ist gutaussehend, immer braun gebrannt, färbt sich die Haare mal blond, mal gesträhnt oder auch mal mahagonibraun – je nachdem, wem er gefallen möchte – und er achtet sehr auf Mode. Die meisten Frauen reagieren enttäuscht, wenn sie erfahren, dass der attraktive junge Kerl, der so gut darin ist, andere um seinen Finger zu wickeln, schwul ist. Und zwar wirklich schwul. Sein Herz wird nie für eine Frau schlagen – außer für mich. Im freundschaftlichen Sinne.

»Das kannst du auch.« Ich war im Pool, ich habe geduscht und die Klimaanlage voll aufgedreht, aber es ist noch immer unerträglich heiß. »Du wolltest mir irgendetwas sagen?«

»Ja … genau.« Er druckst herum. Etwas, das ich nicht von ihm kenne. »Also … ich weiß, es kommt zu spät. Also wirklich viel zu spät, aber du hast es ja schließlich trotzdem in sein Gästehaus geschafft, bist ja sozusagen am Ziel, du wirst mir doch nicht böse sein, oder?«

»Wovon sprichst du?«, frage ich nervös.

Er atmet tief durch. »Ich habe … also du weißt doch, wann ich Jack kennengelernt habe. Im Juni.«

»Und?«

»Na ja … Er hat … er wollte ja immer mehr Zeit mit mir verbringen und so …«

»Ja?«

»Dann wollte er eine Beziehung und … ja, ich glaube, ich war ziemlich verknallt in ihn. Also bin ich immer noch … Nur …«

»Mason, was ist denn?«

»Ich konnte es nicht tun. Also ich konnte ihm das nicht antun. Das wäre zu weit gegangen. Ich bin nicht untreu, wenn ich denn mal 'ne Beziehung hab …«

Ich schlucke hart. »Was wäre zu weit gegangen?«, frage ich tonlos.

»Ich habe nicht mit ihr geschlafen.«

»Was?!«, keuche ich.

»Ich konnte es nicht!«, jammert er ins Telefon. »Olivia, Schatz, bitte! Ich konnte es einfach nicht!«

»Das erzählst du mir *jetzt*?!« Oh mein Gott. Tiffany … hatte keinen Seitensprung? Keinen Sex mit einem anderen? Sie ist ihm nicht verfallen? Sie war Logan immer treu? Sie trifft keine Schuld?

»Hm … ja. Da sich dieser Logan ja trotzdem von ihr getrennt hat …«

»Aber doch unter völlig falschen Voraussetzungen!«, rufe ich schrill. Die Fenster sind aufgrund der Klimaanlage fest geschlossen, niemand kann mich hören. *Oh Mann.*

»Hase, du weißt doch, dass es eigentlich nichts ändert. Sie ist trotzdem schrecklich auf sich fixiert, also kein schlimmer Mensch in dem Sinne, aber es ging dir doch um etwas anderes. Es ging *uns* um etwas anderes. Ich habe diesen Logan gesehen, als er uns gesehen hat. Ich dachte einfach, das reicht. Hat es doch auch, oder?«

»Er hat sich von ihr getrennt, weil er glaubt, dass sie ihn betrogen hat …«

»Ja gut, hat sie nicht. Aber nach wie vor hast du freie Fahrt! Nutz doch deine Chance und dann kannst du ja immer noch dafür sorgen, dass sie wieder zusammenfinden.«

»Ich will aber … ich will keine Chance nutzen.« Mir ist übel und ich fühle mich furchtbar schuldig. »Ich dachte, Tiffany sei ein lügnerisches Biest, aber das ändert doch jetzt alles!«

»Ja … stimmt, das ist sie eigentlich wirklich nicht. Keine Ahnung, ob ich sie überhaupt hätte verführen können. Sie schreibt mir immer noch … also … musst du wissen.«

Was?! »Und das erzählst du mir auch erst jetzt?!«

»Na ja, ich will sie halt trösten!« Oh je … mein lieber, lieber Mason, der es nicht übers Herz bringt, eine Frau wirklich zu verarschen. Wir sind beide nicht die besten in unserem Fach. »Sie schreibt mir, dass Logan ihr nicht glaubt … und so weiter. Und ich erfahre so, was sie über dich denkt. Ich dachte, das könnte dir vielleicht helfen …«

»Weißt du, dass ich davon geträumt habe? Ich hatte einen Albtraum, der von dir und Tiffany handelte, und jetzt sagst du mir das alles! Mason, wir haben uns geschworen, niemals so zu werden«, erinnere ich ihn bitter. »Ich wollte nie … etwas zerstören, das eine Chance hätte haben können.«

»Ja, ich weiß.«

Oh Gott. Ich falle zurück ins Sofa und weiß nicht

mehr, was ich denken oder fühlen soll. »Ich muss mit ihm sprechen. Ich sage es ihm.«

»Mit Logan?«

Mit Jaden auch ... »Ja.«

»Hm. Wenn du das für das Richtige hältst. Andererseits ...«

»Niemand auf dieser Welt verdient es, so hintergangen zu werden. Das ist nicht der richtige Weg.«

Mason knickt ein. »Ich hab's versaut.«

»Vielleicht hätte es sowieso nicht funktioniert«, gebe ich zu. Also stimmt es? Will Tiffany Logan wirklich einfach nur zurück? Weil sie nie einen Fehler begangen hat? Weil sie sich nie in einen anderen verliebt hat? Weil sie trotz der Probleme an ihm festgehalten hat?

Und ich habe mich dazwischengedrängt. Ich habe dafür gesorgt, dass ihre Ehe kurz vor dem Scheitern steht. Es ist meine Schuld, ganz allein meine.

Wie habe ich das zulassen können?

Jaden

»Vielleicht in dem Schubfach in dem kleinen Holzstuhl bei der Tür. Der ist antik und hat ein Geheimfach in der Lehne.«

»Wieso solltest du deinen USB-Stick dort verstecken?«

»Ich weiß es nicht! Es kann ja sein. Schau doch mal nach.«

»Mhm.« Ich bleibe am Fenster stehen. Die Aussicht ist zu vielversprechend.

»Oder auf dem Türrahmen. Obwohl … Erica hätte ihn dort gefunden, das ergibt keinen Sinn.«

»Und du brauchst die Urlaubsfotos unbedingt jetzt?«, frage ich abwesend und sehe Olivia dabei zu, wie sie – ihre Haare zu einem lockeren Dutt nach hinten gebunden – sportliche Bahnen zieht. Ihr Kopf taucht unter, taucht wieder auf. Sie sieht mich nicht, wie ich hier in Tiffanys Büro stehe und sie beobachte.

»Wenn du schon mal da bist … Hast du ihn?«

»Nein …«

»Ist Olivia da?«

»Ja …«

»Oh, super! Dann vergiss diesen Stick! Obwohl es natürlich ein guter Vorwand wäre …«

»Ich nehme einfach meinen eigenen«, denke ich laut und greife in meine Tasche, um zu überprüfen, ob ich einen dabeihabe.

»Und was wirst du ihr dann sagen?«, fragt Tiffany neugierig.

»Vielleicht werde ich gar nicht reden.«

Olivia schwimmt aus und bewegt sich Richtung Treppe. Langsam erhebt sich ihr Körper aus dem Wasser. Ihr Bikini ist knapp und auch ohne Push-up locken mich ihre Brüste.

»Du meinst also …« Tiffany gibt ein gekichertes ›Wow‹ von sich. »Wirst du mir dann alles erzählen?«

In welcher Stellung ich Olivia durchgenommen habe? Sicher nicht. »Natürlich.«

»Melde dich dann sofort!«

»Was auch sonst, Honey.« Ich lege auf und stecke das Handy weg. Auf dem Weg nach draußen überprüfe ich diesen hässlichen Stuhl neben der expressionistisch gezeichneten Weltkarte und finde tatsächlich einen USB-Stick in der Stuhllehne. *Was für Urlaubsfotos sollen das sein, dass Tiffany sie in einem Stuhl versteckt …?* Ich denke darüber nach, den Inhalt zu überprüfen, vergesse es allerdings, als ich in den Flur trete und sich die Terrassentür am Ende des Ganges öffnet.

Olivia. Ein Wickelkleid um ihren verführerischen Körper gebunden, die Haare nass, die Augen vor Verwunderung geweitet.

Ich will sie, sofort. Ungeachtet der Kamera, die über ihrem Kopf an der äußeren Kante der Tür thront, will ich sie spüren und ficken. Ich bin wahrlich am Arsch durch diese Frau und kriege meinem Schwanz schlicht nicht erklärt, dass sie und ich nicht zusammengehören

Alles, was ich zu ihr sagte, war so gemeint. Und doch habe ich mich noch niemals so dabei gequält, einer Frau *nicht* nachzulaufen, sie *nicht* anzurufen, und immer dann, wenn sie mir eine SMS geschickt hat, hätte ich ihr am liebsten in Romanform geantwortet, denn in jeder einzelnen Minute gehört ein verschwendeter Gedanke ihr.

Fuck this!

»Mr. Carter«, ruft sie freundlich, doch ihre Augen bleiben so kühl wie noch nie. Habe ich es mir bei ihr verscherzt? Und wenn schon! »Welch hoher Besuch.«

Keep cool. »Nicht wahr?«, frage ich mit einem Lächeln und mache ein paar lockere Schritte auf sie zu. Je näher ich komme, desto mehr verschwimmt der Plan, den ich unter einem Vorwand, Tiffany zu helfen, gefasst habe. Eigentlich weiß ich gar nicht mehr, was das für ein Plan war.

Auf meinen Lippen liegt eine Entschuldigung, meine gesamte Brust ist davon erfüllt. Ich möchte mich dafür entschuldigen, sie gehen gelassen zu haben, ich möchte mich dafür entschuldigen, dass ich sie austricksen wollte, es immer noch will, am liebsten würde ich ihr vorschlagen, nicht in Logans luxuriösem Gästehaus zu wohnen, sondern bei mir. Ich weiß zwar nicht, womit sie sich den Tag über beschäftigt, aber sollte ihr verdammter Lebensstil teuer sein, ich würde ihn bezahlen.

All solchen Scheiß denke ich, während ich auf sie zugehe und eigentlich plane, sie zu verraten.

Wenn ich Logan beweisen kann, dass Olivia auf mich reagiert, wie sie gewöhnlich auf mich reagiert, wird er das Interesse an ihr verlieren – oder mich töten. Solange ich meine Finger von ihr lasse, hoffe ich auf Ersteres. Da ich aber nicht plane, vor den Kameras etwas mit ihr anzufangen, dürfte seine Enttäuschung einzig und allein Olivia gelten.

Und das ist schließlich das, was er braucht, um zu verstehen, dass sie nicht die Richtige für ihn ist. Und er nicht länger seine Zeit mit ihr verschwenden muss. Dass es dabei nicht allein um Tiffany, sondern auch um meinen Schwanz geht, ist selbst mir klar.

Ich will sie für mich. Oder wenigstens will ich nicht, dass Logan sie bekommt.

Ich weiß nicht, wann es angefangen hat, aus dem Ruder zu laufen. Vielleicht hatte ich bei dem ganzen Theater nie die Ruder selbst in der Hand.

Ich bleibe vor Olivia stehen, meine Kehle ist trocken. *Sorry? Dass ich so ein Wichser war?*

Baby? Kannst du mir verzeihen?

Doch ich bringe die Worte nicht über meine Lippen, vielleicht deshalb, weil ich so verdammt schlecht darin bin, mich für Fehler zu entschuldigen. Noch nie war mir eine Frau, vielleicht sogar überhaupt ein Mensch, so wichtig, dass ich Reue empfunden habe und von ihr erlöst werden wollte.

Gott, was läuft falsch bei mir?

»Logan ist verreist.«

»Hm?« Ich brauche einen Moment, um in die Realität zurückzukehren. Die Realität, in der Olivia nichts weiter ist als eine gewissenlose Schwindlerin. »Und?«

»Du wolltest doch sicherlich zu ihm?«, fragt sie mit einem spröden Lächeln und zieht ihr Wickelkleid enger um die Brust. »Ich glaube, er kommt erst am Wochenende wieder.«

»Ich weiß.« Eines seiner Pferde tritt beim Rennen an. Das ist ihm unverständlicherweise heilig, und er wird jeden Termin in Chicago verlegen, damit er pünktlich zurück in Miami ist.

»Tiffany ist ausgezogen …«, fügt Olivia an, als würde sie ernsthaft glauben, dass ich das noch nicht wusste. »Oder gibt es etwas, das wir zwei klären müssen?«

»Ja.« Mir fällt einiges ein, das wir klären müssen, aber ich habe erstaunlich wenig Eier in der Hose, es laut auszusprechen. Ich nähere mich. Vielleicht ist es einfacher, die dämlichen Worte Worte sein zu lassen. Ich muss sie berühren, spüren …

Sie weicht zurück. »Und was?«, fragt sie abweisend und hebt eine Braue.

Eine Abfuhr. Und was für eine. Ich streiche mir über den Mund. »Ich hätte diese Dinge nicht zu dir sagen sollen.«

»Welche von den vielen, die unmöglich waren?«, fragt sie interessiert.

»Du hast mich. Hör mir zu, es …«

»Jaden, gibt es etwas, meine Scheidung betreffend, über das wir miteinander sprechen müssen, oder warum bist du hierhergekommen?«

Jetzt bin ich es, der eine Braue hebt. Ich wollte mich gerade fucking erklären und selbst das blockt sie ab? Ich kann gerade noch sehen, wie ihre Augen zur Kamera in meinem Rücken huschen, und mir ist plötzlich klar, was hier läuft. Sie will nicht, dass es auf den Überwachungsbändern so aussieht, als ob etwas zwischen uns läuft. Was ja ausgerechnet *mein* Plan war. Sie will an Logan festhalten, nach wie vor. *Fein …* »Ich habe von Phillip gehört, dass du ihm die Scheidungspapiere noch nicht geschickt hast.«

»Nein«, erwidert Olivia kühl. »Und? Weißt du was, vielleicht war das alles keine gute Idee. Könnte ich bitte noch einmal diese Nummer von diesem Shephard haben? Du warst mit Phillip befreundet, vielleicht solltest du mich nicht vertreten.«

»Es ist nicht besonders schlau, als Flittchen durch Logans Villa zu turnen, wenn du deine fünfzig Prozent behalten willst.«

»Hast du fünfzig Prozent in den Vertrag gesetzt?« Sie ist baff.

»Du hast ihn nicht gelesen?«

Sie merkt ihren Fehler und verschränkt abwehrend die Arme vor der Brust. Wie am Samstag … Ein Schutz, vor mir, dem gefühlskalten Arschloch. »Ich bin kein Flittchen.«

Natürlich nicht. »So könnte es aber wirken.«

»Weil Logan so freundlich war, mich zu sich einzuladen?«

»Weil Phillip um dich kämpft und jeder Richter sich denken kann, was in Logans Gästehaus läuft.«

»Das ist bescheuert. Er will mir einfach nur helfen.«

Ich zucke die Achseln. »Ganz abgesehen davon, dass er ganz sicher mehr als das will; *mir* brauchst du das nicht zu erzählen.«

»Du bist eifersüchtig«, erkennt sie zischend. »Warum? Lass mich einfach in Ruhe, ich brauche deine Hilfe nicht.«

Der Drang wird unbeschreiblich, sie zu packen. Ihr Körper giert geradezu danach, dass ich über ihn bestimme, auch wenn sie es nicht wahrhaben will. »Ich wollte dich nur warnen.«

»Schön, danke für die Warnung. Ist sonst noch etwas?« Sie will an mir vorbeigehen, und dann überkommt es mich. Ich greife nach ihrem Handgelenk und ziehe sie an mich, sodass meine Lippen ihr Ohr beinahe berühren.

»Ich kann ihm einfach sagen, wer du wirklich bist, und dein ganzer Zauber wäre verflogen«, knurre ich. Fuck, die Eifersucht in meinem Blut nimmt Überhand, ich kann mich nicht beherrschen.

»Wem? Phillip oder Logan?«, fragt sie abfällig.

Dass sie überhaupt noch darüber nachdenkt, sich

Logan weiter anzunähern, nach allem, was gewesen ist! »Ich müsste ihm nur sagen, was vor zweieinhalb Wochen in meinem Haus gelaufen ist, und dann hätte all dieser Scheiß hier endlich ein Ende.«

»Das wirst du aber nicht tun«, erwidert Olivia süffisant und befreit sich von meinem Griff. Ihre Lippen umspielt ein böses Lächeln. Ganz die Bitch, als die ich sie kennengelernt habe. »Denn du möchtest nicht, dass einer deiner Freunde davon erfährt, wie du mich ausgenutzt hast, nachdem es mir schlecht ging. Du willst, dass sie dir glauben, du hättest dich geändert. Der neue Jaden Carter vögelt nicht die Ex-Frau von Phillip und die Zukünftige von Logan, denn so etwas wie mit Tiffany soll sich schließlich nicht noch einmal wiederholen. Hm?«

»Woher weißt du davon?«, frage ich fassungslos.

»Google und das große Einmaleins«, erklärt sie süßlich und schenkt mir einen falschen Augenaufschlag. »Nun ja, und es ist nicht so schwer, aus dir schlau zu werden, wie du vielleicht denkst.«

»Du willst es also durchziehen?«, frage ich kalt. Ich bin absolut heruntergekühlt. Ihre falsche Art ist nicht zum Aushalten. »Logan betrügen, für ein paar Millionen?«

»Ich betrüge ihn nicht«, erklärt sie nonchalant im Vorbeigehen. »Und ich spekuliere nicht auf Millionen.«

Nein, auf Milliarden. »Ich werde das nicht zulassen.« Das ist genau dasselbe, was ich schon vor fünf Wochen gedacht habe.

»Tja, bisher hattest du nicht viel Erfolg dabei, mich davon abzuhalten. Aber du und deine guten Absichten; ihr seid ja auch noch Anfänger.«

»Was zur …«

»Vielleicht wechsle ich auch gleich die Kanzlei«, ruft sie mir über die Schulter zu. »Irgendwie ist mir das Carter-Imperium nicht länger geheuer. Wir sehen uns beim

Pferderennen.« Sie winkt mir mit abgespreizten Fingern zu und verschwindet hinter einer Tür.

Wieder einmal packt mich völliger Unglaube ob der Gerissenheit dieser Frau.

Wenn ich ihr Spiel spielen – und gewinnen – will, sollte ich mich auf das Wochenende besser vorbereiten. Pferderennen, meine alten Freunde, eine berechenbare Schlampe und ich?

Es sollte nichts leichter sein als das.

Olivia

Es ist der bisher heißeste Tag im August. Ich trage einen schwarzen Sonnenhut, ein leichtes, weißes Kostüm und eine Dior-Tasche als Accessoire. Nur ungern verlasse ich meine klimatisierte Corvette und nähere mich dem Eingang zum VIP-Bereich.

Trotz der Hitze sind einige Besucher und Touristen gekommen, die sich vor dem Eingang stauen. Ich hingegen gehe an der Reihe vorbei, sage dem Türsteher meinen Namen und werde drinnen sogleich mit einem Drink empfangen.

Da Logan direkt vom Flughafen aus hierhergefahren ist, sehe ich ihn erst jetzt das erste Mal seit letztem Samstag. Als er mich sieht, kommt er direkt auf mich zu und begrüßt mich mit einem Kuss auf die Wange.

»Schön, dass du es einrichten konntest.«

Witzig. Was soll ich auch sonst an einem Samstag vorhaben? »Natürlich, ich freue mich schon.« Das ist eine glatte Lüge. Ich hasse nichts mehr als Pferderennen. Es gibt Leute, die behaupten, es sei keine Tierquälerei, aber für mich sieht es immer so aus. Ich frage mich, ob irgendein Pferd auf dieser Welt freiwillig in dieser Hitze um die Wette laufen würde … Aber egal. Deswegen bin ich ja hier, um Einfluss darauf zu nehmen, wie Logan über gewisse Dinge denkt.

Jedenfalls war das mein Plan, bevor ich erfahren habe, dass er seine Frau zu Unrecht verlassen hat. Ich muss im Anschluss mit ihm reden. So viel steht fest.

»Möchtest du wetten?«, fragt Logan grinsend und führt mich zum Aussichtspunkt. Der Raum hier oben mit perfektem Blick über die Rennbahn ist selbstverständlich klimatisiert. »Ich werde keine Empfehlungen aussprechen, aber wenn du dich für die Nummer *meines* Stars interessierst …«

»Und wenn du verlierst?«, frage ich charmant. »Dann haben wir beide verloren, wenn ich auf dich höre.«

»Guter Einwand«, lobt er mich, bevor er von einem seiner Freunde unterbrochen wird.

»Logan!«, ruft dieser aufgeregt und greift nach seiner Hand. Sie umarmen sich und dann werde ich vorgestellt. Sagte ich schon, dass ich diese Veranstaltungen gähnend langweilig finde? Es ist ein fragwürdiger Sport, aufgebauscht für Zuschauer, und somit wie Golf nur eine Möglichkeit, über Geschäfte zu reden, die nur dazu dienen, die Armen ärmer und die Reichen reicher zu machen – und all dieser Kram.

Ich greife fröhlich nach einem weiteren Cocktail. Nach den ersten Wochen meiner Ehe mit Phillip habe ich mich von diesen Events und somit auch vom Alkohol ferngehalten, aber solange ich in der ›Übergangsphase‹ bin, muss ich da durch.

Am besten benebelt.

»Du solltest immer auf das Pferd wetten, auf das Michael setzt. Er gewinnt immer.«

»Na ja«, lacht der fette Michael und grinst mich an.

»Und ob er das tut«, behauptet Logan und prostet ihm zu, bevor er beginnt, über Details zu sprechen, von denen ich nichts verstehe. Er sieht gut aus, obwohl er gerade einen langen Flug hinter sich hat, und seine Augen strahlen gut gelaunt. Es widert mich an, dass er sein Geld verwettet, auch wenn ich weiß, dass er kein Spieler in dem Sinne ist. Sein Freund Michael ist noch widerwärtiger. Klein und pummelig, dafür reich wie Krösus. Er schaut den Kellnerinnen auf den Arsch, während sie vorbeigehen. Er kann sie alle haben, auf einen Schlag, sie würden mit ihm gehen.

Vielleicht nicht ganz alle. Nicht jede Frau ist käuflich.

»Na? Suchst du dir schon dein nächstes Opfer aus?«

Die Haut an meinem Ohr lodert auf und ich bleibe stocksteif stehen. Logan und Michael haben sich zum Fenster abgewandt und fachsimpeln über den Zustand der Rennbahn, sodass sie nicht mitbekommen haben, wie Carter sich genähert hat.

»Er ist steinreich, braucht ganz sicher eine führende Hand und, du glaubst es nicht, aber er ist ein Junggeselle und Single. Vielleicht versuchst du es bei ihm?«

»Lass mich in Ruhe«, gebe ich stur zurück, ohne ihn überhaupt anzusehen.

»Na, na«, tadelt er mich mit sanfter Stimme und löst dabei auf meiner Haut ein unerträgliches Prickeln aus. »Warum so unfreundlich? Wir sind doch Freunde, oder nicht? Du. Und ich.«

»Halt dich von mir fern«, zische ich. Jaden steht nah. Zu nah. Und vermutlich trägt er wieder einmal diesen Anzug, der seinem Körper unverhältnismäßig gut schmeichelt.

»Das würde ich, wenn es mir nicht so äußerst schwerfallen würde …«

Ich beiße mir auf die Lippe, doch ich schaffe es nicht, eine Erwiderung zurückzuhalten. »Lass die blöden Anspielungen.« Ich fahre mit dem Kopf zu ihm herum. »Ich bin nicht dein Spielzeug, und wenn du nicht möchtest, dass Logan …« Sicherheitshalber beende ich den Satz, denn Logan hört just in diesem Moment auf zu sprechen. Er bemerkt mich im Augenwinkel und nimmt auch Jaden wahr, der augenblicklich einen Schritt zurückweicht und an mir vorbei auf ihn zugeht. Die Hand ausgestreckt.

»Michael!«, ruft er gespielt fröhlich und schüttelt die speckige Hand des Dicken. »Ich freue mich so, dich zu sehen. Wie geht es dir? Wie war Paris?«

Michael schüttelt ein wenig perplex Jadens Hand und antwortet ihm auf die Frage. »Paris war kalt, na ja … und ich bin ein Kulturbanause, für mich ähnelte jedes Museum dem vorigen«, lacht er blöd.

Ich verdrehe die Augen. Jaden will sich ganz offenbar zwischen uns drängen. *Wie werde ich ihn wieder los?*

Die Antwort ist: gar nicht. Jaden bleibt die gesamte nächste Stunde über dicht an Logans Seite, unterhält sich mit ihm und macht Scherze. Die meisten davon gehen auf meine Kosten. Anspielungen, die nur er und ich verstehen, Flirts, die ich allesamt abblocke, und Blicke, die es verdammt noch mal in sich haben.

Wieso lässt er mich nicht einfach in Ruhe? Was will er denn? Sich zwischen Logan und mich drängen? Was hat er davon? Es scheint ihm um mehr zu gehen als um Eifersucht. Irgendetwas anderes spornt ihn dazu an, Logan und mich zu entzweien. Hat es etwas mit Tiffany zu tun? Will er ihr dabei helfen, Logan zurückzugewinnen? Das könnte zusammenpassen … Aber es würde auch bedeuten, dass er selbstlos und loyal ist, und so habe ich ihn ja eigentlich nicht kennengelernt.

Was für eine selten dämliche Idee von Tiffany, Jaden

vorzuschicken, sollte es stimmen. Warum redet sie nicht selbst mit ihm, wenn sie doch die ganze Zeit über unschuldig ist? Wieso kämpft sie nicht um ihn? Aber ich habe Tiffany noch nie als besonders intelligente Frau wahrgenommen. Vielleicht ergibt ihr Verhalten deswegen so wenig Sinn.

»Und? Magst du es?«

Ich zucke zusammen. Nur kurz habe ich mich von Logan und seinen Freunden gelöst, um mich ans Fenster zu stellen, da ist mir Jaden natürlich schon gefolgt. Er achtet darauf, es nach außen hin zufällig wirken zu lassen, dass wir nebeneinanderstehen. Ich überlege zwar, einfach abzurücken, doch ich hoffe ein wenig, Jaden möge mir meine Langeweile vertreiben. Ich habe bereits den dritten Cocktail intus.

»Ich hasse es«, erkläre ich mit einem Lächeln und sehe knapp zu ihm hoch.

»Tatsächlich?«, fragt er und grinst das Fenster an. »Dann hast du dir ja den richtigen Mann für all deine weißen Träume ausgesucht.«

»Magst du es etwa?«, frage ich. Plötzlich habe ich Lust, zu flirten. Er ist doch nicht grundlos ständig an meiner Seite. Wenn er ein Spiel spielt und mich von irgendetwas abhalten will, sollte ich mitspielen. Auf meine Art.

Er ist tatsächlich kurz erstaunt, dass ich auf ihn eingegangen bin. »Ich hasse Pferderennen auch. Aber ich bin kein Mann für Träume, Baby«, setzt er raunend nach und berührt ganz zufällig meine Hand mit seinem kleinen Finger.

Ich wünsche mir sofort, er würde die Berührung wiederholen. Shit! Dabei war ich die letzten Tage so gut darin, einen kühlen Kopf zu bewahren. Und nun? Steht er vor mir und weckt die Lust in meinem Körper. »Wieso bist du dann hier?«, frage ich halb desinteressiert, halb neugierig.

»Du hast mich eingeladen. Erinnerst du dich nicht?« Sein Grinsen wächst.

»Das war keine Einladung.« Wie es wohl wäre, ihn jetzt zu küssen? Vor allen Leuten?

»Es kam mir so vor. Bei dir und deinen Launen weiß man nie, ob etwas ernst gemeint …«

»Du bist unmöglich«, unterbreche ich ihn und beobachte stur das Treiben auf dem Platz.

»Ich glaube, das hast du schon ein paarmal gesagt, ja.«

Ich trommle mit den Fingern auf das Geländer. Soll ich? Oder soll ich nicht? »Du wiederholst dich auch ständig.«

»Ach, echt?«

»Mir kommt es so vor. Immer dieselbe Leier, was ich hier tue, was ich von Logan will, warum ich nicht nach Hause gehe und so weiter, ach, ich kann es gar nicht wiederholen.« Ich wende mich ab und sehe für einen Augenaufschlag auf. Und dann sage ich es. »Damentoilette. In drei Minuten.«

Jaden hebt spöttisch eine Braue, doch er erwidert nichts.

Ich stoße mich von dem Geländer ab, verpasse ihm absichtlich beim Herumdrehen einen Schlag mit meiner Handtasche und stolziere durch den überfüllten Raum davon. *Komm doch, wenn du dich traust.* Du willst spielen?

Aber nur nach meinen Regeln, Süßer!

Jaden

Ich folge zwei cremeweißen Pumps durch die Menge. Immer wieder verschwindet ihre Gestalt hinter Menschentrauben, aber ihre Pumps bleiben sichtbar.

Ich folge ihr möglichst unauffällig, und als sie nach rechts zur Damentoilette geht, drehe ich nach links ab. Sie hat sich nicht einmal vergewissert, dass ich ihr nachgekommen bin. Sie ist sich ihrer Sache sicher. Verdammt sicher.

Vor dem Spiegel in der Herrentoilette halte ich inne und versuche, mich ein letztes Mal davon abzubringen, dieser Frau zu verfallen. Aber warum eigentlich? Ist es nicht mal wieder an der Zeit, etwas zu wagen, das zu einer bitteren Enttäuschung führen kann, einfach für die Erfahrung?

Was bringen mir die zahlreichen One-Night-Stands, wenn ich nie den Kick habe, sie zu wiederholen? Und warum überhaupt verbringe ich die kostbare Zeit meines Lebens damit, Olivia auf ein dämliches Pferderennen zu folgen, nur weil ich den Gedanken nicht ertrage, sie könnte Logan ein paar zu hübsche Augen machen?

Der letzte Schritt zum Erwachsenwerden ist wohl das Eingestehen dieser Gefühle, die man immer leugnen wollte.

Ich richte mein weißes Hemd, befeuchte meine Haare und erkenne ungläubig, dass ich nervös werde, da ich neues Terrain betrete. Dinge tue, die ich das letzte Mal mit sechzehn getan habe, damals noch, ohne zu wissen, wie schmerzhaft es ist, wenn es sich am Ende nicht so entwickelt, wie man es sich erhofft.

Klinge ich wie eine Pussy? Mhm, but who cares?

Es sind genau drei Minuten verstrichen, als ich die Herrentoilette verlasse. Im Gang gegenüber geht die Tür auf, doch nicht Olivia kommt zum Vorschein, sondern Caroline.

Eine von den One-Night-Stands, an die ich eben noch gedacht habe.

»Oh, hi, Jad«, begrüßt sie mich kühl lächelnd. Ich habe sie nicht zurückgerufen und zu unserem Dinner bin ich auch nicht gegangen. Yep, es hat mich nicht gereizt und es tut mir nicht einmal leid.

»Carrie. Du wettest auf Pferde?«

Sie verzieht eine Braue nach oben. »Ich begleite Egan Warms. Ich muss ihn bei Laune halten, weil sich die Staatsanwaltschaft für seinen Geschmack zu viel Zeit lässt.«

»Egan Warms«, wiederhole ich nachdenklich. »Sagt mir nichts.«

»Das ist das Problem daran, wenn man für einige Jahre verreist und glaubt, nichts hätte sich verändert.« Caroline spitzt die Lippen. Keine Ahnung, worauf sie anspielen will. Ich sollte überprüfen, ob Olivia noch auf mich wartet, und gehen, sollte sie es nicht.

Das Einschleimen bei Klienten habe ich schon seit Jahren aufgegeben. Ich trete einen Schritt zurück. »Dann grüß ihn doch von mir.«

»Ich bin nicht sicher, ob er noch weiß, wer du bist«, erklärt sie schnippisch und zieht von dannen. Aha. Es geht ihr also darum, dass ich vor drei Jahren abgehauen bin, kurz nachdem wir es auf ihrem Schreibtisch getrieben hatten. Meine Flucht hatte jedoch so wenig mit ihr zu tun wie die Umlaufbahn des Plutos mit dem Mond.

»Dann ist wohl er derjenige, der etwas verpasst«, entgegne ich murmelnd. Früher hat es mich schlicht nicht interessiert, was Frauen von mir denken – tut es heute noch nicht. Bis auf eine.

Endlich stoße ich die Tür auf und bin froh, Olivia vor dem Spiegel stehen zu sehen. Sie zieht sich gerade den Lippenstift nach. Ich bemerke mein eigenes Lächeln im Spiegel. Es ist überraschend freundlich und offen.

Fuck! Ob das gut geht?

Die Tür hat zum Glück eine Verriegelung, sodass ich sichergehen kann, dass uns niemand stört.

»Lass uns gehen.« Mit nur drei Schritten bin ich bei ihr und berühre ihre Arme. Wir sehen uns über den Spiegel an. »Weg von hier. Nur wir zwei.«

»Was?«, bringt sie erschrocken hervor und sieht mich groß an.

Ich beuge mich lächelnd vor und küsse ihren Nacken. Mit den Lippen knapp über ihrem Hals halte ich inne. Ich höre, wie ihr Atem beschleunigt und nehme ihre Oberarme fester in meine Hände. »Wir sind beide keine Tierquäler und ich habe seit der Uni kein Geld mehr für eine Wette hingeblättert. Lass uns durch die Hintertür verschwinden und zusammen sein.«

Ihre Kinnlade klappt nach unten und ihre Wangen verfärben sich himmlisch rot. »Warum sagst du so etwas«, fragt sie tonlos.

»Weil wir keine Kinder mehr sind, die Mensch-ärgere-dich-nicht spielen. Komm schon, ich will dich und dir deine vielen schlechten Gedanken austreiben, und du willst mich auch und mich herausfordern. Lass es uns versuchen.«

Olivia kneift die Augen zusammen und reagiert derart skeptisch, dass ich grinsen muss. »Das meinst du ernst?«

»Kommt es dir nicht so vor?« Ich lasse meine Hände an ihrem Arm hinuntergleiten, schiebe meine rechte Hand in Richtung ihres Schrittes, die andere zu ihrem Arsch. Doch verstört, wie sie ist, geht sie nicht einmal darauf ein.

»Nein.«

»Baby …« Ich drücke ihre Hüfte gegen meine und schließe genießerisch die Augen. »Key West, ein überteuertes Zimmer, sehr viel Sangria, du und ich. Wir brauchen nur ein paar Stunden, dann sind wir dort.«

Sie schüttelt den Kopf, ich spüre die Bewegung. Und dann wird mir klar, dass es so niemals funktionieren wird. Ich nehme augenblicklich Abstand. Ich muss ehrlich zu ihr sein. Bin ich nun kurz davor, den größten Fehler meines Lebens zu begehen, wenn ich ihr vertraue?

»Ich wollte Phillip nie vor Gericht ausnehmen.« *Jetzt ist es gesagt.* Jetzt muss auch der Rest folgen. »Es war nie mein Plan, dir dabei zu helfen, ihn arm zu machen. Und es gibt auch kein Vermögen, das er vor dir verbergen wollte. Der Typ besitzt definitiv keine zwölf Millionen.«

Sie blinzelt mich ungläubig über den Spiegel an, dann fährt sie wütend herum. »Du hast mir etwas vorgemacht?!«

»Ich wollte dich dazu bringen, mir zu vertrauen.«

Ihre Augen weiten sich vor Entsetzen. »Aber was hattest du davon?!«, fragt sie schrill.

Sie weckt das unbeschreibliche Gefühl in mir, sie schützend in den Arm zu nehmen.

Shit. Noch immer habe ich das Problem, dass Tiffany sich hundertprozentig auf mein Wort verlässt, also kann ich Olivia nicht die ganze Wahrheit sagen. Wobei es die halbe Wahrheit auch tut. Denn vielleicht kommt sie der ganzen näher, als ich es anfangs glauben wollte. »Du hast eine Faszination in mir ausgelöst. Ich wollte herausfinden, wer du bist und wie du tickst. Glaub mir, ich habe eine Reihe Frauen vor Gericht vertreten, aber keine war wie du …«

Ein lauter Schlag knallt durch das Bad, und ich realisiere erst, was geschehen ist, als Olivia ihre Hand wieder herunternimmt und der Schmerz einsetzt.

Scheiße, tut eine Ohrfeige weh. »Und wofür war die jetzt?«, frage ich säuerlich.

»Du bist so ein Arsch!«

»Du bist eine Schlampe!«

Ihre Augen werden Schlitze. »Ich habe dich nie belogen!«

»Aber meine Freunde«, knurre ich und halte mir die glühende Wange. Bravo! Dieses Versöhnungsgespräch verläuft wie Sahne.

»Und wer bist du? Ihr Talisman? Haben sie dich als ihren Beschützer vorgeschickt, damit du dafür sorgst, dass ich aus ihren Leben verschwinde?«

»Nicht ganz, aber ja.«

»Warum?«, fragt sie misstrauisch. »Warum sollte ein egoistisches Schwein wie du, der gerade mal bis zu seiner Schwanzspitze denken kann und nicht wei-«

Ich umfasse mit zunehmender Ungeduld ihre Wangen und ziehe sie an mich heran. Ihr albernes Gelaber ersticke ich mit einem Kuss. Meine Zunge gleitet schnell und forschend in sie, und ich denke darüber nach, sie noch hier auf dem Waschtisch zu ficken.

Ihr Körper jedenfalls will es. Wie auf Kommando schmiegt er sich in meinen unnachgiebigen Griff und ihre Lippen sind so weich und sehnsüchtig wie nie zuvor. Ihre Zunge giert nach meiner, die Lider hat sie fest geschlossen und sie seufzt süßlich auf.

Es ist vermutlich besser, wenn ich nicht weiter den Softie raushängen lasse. *Hauptsache, sie scheuert mir eine!* Das bekommt sie so was von zurück.

Ich umgreife hart ihr Kinn und stoße ihren Oberkörper unsanft von mir, während meine Hüfte sie bereits an den Waschtisch drückt. Sie spürt meinen harten Schwanz in ihrem Schritt und ihre Lider flattern vor Lust.

»Was bin ich?«, frage ich drohend. »Wiederhol das.«

»Ein egoistisches – aaaah!« Ich greife nach ihrem Arm und reiße ihn grob nach hinten, sodass sie sich zwar abstützen kann, es aber nicht besonders sanft geschieht. Sie funkelt mich aus bösen Augen an. »Schwein!«

Ich drücke ihren Arm tiefer ins Waschbecken und sie keucht schmerzerfüllt auf. Doch ihre Wangen glühen und ihre Pupillen sind geweitet vor Lust. Nichts an ihrem Körper blockt mich wirklich ab. Sie ist eher neugierig darauf, wie weit ich gehen werde. Und ob ihr das gefallen wird.

Das kann sie haben. »Das glaubst du?«, frage ich raunend.

Sie grinst und erwidert nichts.

»Ich werde es nicht noch einmal wiederholen«, sage ich ruhig und halte sie dabei in einer Art Schwitzkasten. Einem, der uns beiden sehr gut gefällt, denn mein Schwanz drückt unnachgiebig gegen ihre Klit. »Hörst du mir zu?«

Sie antwortet nicht. Wieder ein Test.

»*Hörst du zu?*«, frage ich drohend und presse ihren Oberkörper weiter nach hinten. Es wird immer unbequemer für sie.

»Ja, *Mr. Carter*«, sagt sie mit einem scheelen Grinsen.

»Hör auf, mich anzugrinsen, als wäre ich eine Witzfigur für dich«, befehle ich sofort. »Wenn ich etwas nicht bin, dann ein egoistisches Arschloch. Aber es scheint mir, als würdest du genau das wollen, oder? Logan, Phillip und deine anderen Ehemänner, die braven Typen von nebenan, reizen dich nicht genug?«

Wieder schweigt sie, aber diese unbeantwortete rhetorische Frage lasse ich ihr durchgehen.

»Wir verlassen jetzt diese stinkende Toilette«, befehle ich ruhig und lockere nur eine Spur meinen Griff. »Hörst du das?«

Sie nickt.

»Braves Mädchen. Wir gehen durchs Treppenhaus. Niemand wird bemerken, dass wir gemeinsam gehen. Du steigst in deine hübsche Corvette, ich fahre dir hinterher und am Boulevard treffen wir uns. Verstanden? Wenn du nicht freiwillig mit mir kommen willst, werde ich dich zwingen.«

»Ich könnte immer noch über den Highway entkommen«, hält sie dagegen und ihre Mundwinkel zucken.

»Gefährlicher Vorschlag, wenn du gerade eingekeilt vor mir stehst«, gebe ich bitter zurück. »Aber wir wissen beide, dass du es nicht tun wirst.«

Sie zuckt, so wie es ihr möglich ist, die Achseln, doch innerlich ist ihr klar, dass ich recht habe. »Lässt du mich dann los?«

Ich schmunzle. »Ich weiß nicht, vielleicht sollte ich dich noch dazu bringen, mir einen zu blasen.«

Sie fährt sich devot mit der Zunge über die Lippen. »So etwas mache ich nur freiwillig oder gar nicht.«

»Es ist gut, wenn du denkst, dich noch für etwas freiwillig entscheiden zu können«, raune ich und lasse sie urplötzlich los. Sie taumelt und fängt sich, dann reibt sie sich den Arm, den ich nach hinten verdreht habe.

»In fünf Minuten. Unten am Parkplatz.« Ich nehme Abstand und richte mein Hemd. Entweder sie würde mir wirklich einen blasen oder ich müsste ihr Cabrio in eine ungesehene Ecke fahren, denn drei Stunden halte ich es ganz sicher nicht mit dieser Latte aus.

Ich wende mich ab, gehe zur Tür und hege nicht den geringsten Zweifel daran, dass sie in fünf Minuten unten sein wird. *Warum nicht? Warum bin ich mir so sicher?*

»Jaden?«

Ich bleibe stehen.

Olivias Stimme hat sich verändert. Langsam nähert sie sich mir von hinten, ihre Schuhe klackern über die Fliesen. Sie wirkt schüchtern, vorsichtig. »Du wirst doch dort sein, oder?«

»Wo?«

»Das ist kein Trick?«

Ich muss ein nachsichtiges Lächeln unterdrücken. »Nein.«

Sie kommt noch näher. »Aber du sagtest, man dürfe Anwälten nicht trauen.«

Gott, sie ist herrlich, wenn sie so eingeschüchtert ist. Es weckt in mir einen ganz bestimmten Beschützerinstinkt und ich genieße ihn durch und durch. Ich öffne meine Arme als Einladung, dass sie näher kommen soll, und sie folgt. Die ganze Machotour hat zwar ihre Wirkung erzielt, aber es ist nicht ganz das, was ich will.

Die Hände an meine Brust erhoben, schmiegt sich Olivia an mich und legt ihren Kopf an meinen Hals. »Ich bin so schrecklich doof, dass ich es trotzdem tue«, seufzt sie leise.

Ich streichle ihr durchs Haar und lege meine Lippen an ihre Stirn. Tatsächlich hat sie viele gute Gründe, mir nicht zu vertrauen. Auch ich *glaube* nur, sie durchschaut zu haben. Wer weiß, ob wir nicht beide noch Karten in der Hinterhand haben, die dazu führen, dass es wieder zerbricht? »Es gibt absolut keinen Grund, weshalb du mir vertrauen solltest, ich weiß.«

»Wann hast du mich noch angelogen?«, fragt sie wispernd.

»Keine Ahnung. Vielleicht, als ich sagte, mir hätte unsere gemeinsame Nacht nichts bedeutet.«

Sie lacht und sieht auf. »Du bist ja richtig süß.«

»Ich versuche nur, dir zu geben, was du brauchst«, sage ich mit einem Grinsen. »Wie fühlt sich das für dich an?«

»Sehr gut«, schwärmt sie und nähert sich meinen Lippen. Kurz bevor sie meine berührt, hält sie inne. »Küss mich vor allen Leuten. Draußen, gleich.«

Ich hebe eine Braue. »Du willst sie von ihren teuren Pferden ablenken?«

»Ja«, erwidert Olivia rauchig, und mir wird klar, was sie da vorschlägt. Wenn sie mich küsst, verspielt sie ihre Chance auf Logan. Wenn sie mich küsst und jeder es sieht, ist ihr Spiel vorbei. Sie würde ihren guten Ruf verlieren, wäre nicht länger die betrogene Ehefrau. Schlimmer noch; sie hat ja keine Ahnung, was die Leute über sie denken würden, wenn sie sich öffentlich ausgerechnet auf mich einlässt.

»Das geht nicht.« Absolut undenkbar.

»Warum nicht?«, fragt sie fordernd. »Du willst, dass ich mich für dich und all deine Zwielichtigkeit entscheide, und dann willst du mich nicht einmal offiziell küssen?«

»Ich erzähle dir auf der Fahrt von dem Grund«, weiche ich aus.

Nicht mit Olivia. Sie stößt sich von mir und funkelt mich herausfordernd an. »Nein, jetzt.«

Ich streiche mir durch die Haare. *Das war ja klar.* »Teste doch erst mal das Wochenende aus, ob ich überhaupt der Typ bin, mit dem du gesehen werden willst.«

»Ich will nichts testen«, fährt sie mich ungeduldig an. »Das wird sowieso nicht funktionieren, ich werde fallen, weil du mich lässt. So ist das immer mit Männern. Dann will ich wenigstens den Kick spüren und sie alle schocken. Du machst nicht mit?« Olivia verschränkt unbeeindruckt die Arme vor der Brust. »Dann geht es eben auch nicht nach Key West.«

»Du bist verrückt.« *Was soll ich sagen?* »Es ist nicht gerade so, dass du Logan egal wärst, Olivia.«

»Na und? Du sagst doch die ganze Zeit, dass Tiffany ihn zurückwill und all das. Was soll ich mich weiter dazwischendrängen? Soll sich jemand anderes darum kümmern, dass die Fabrikarbeiter in Mexiko besser bezahlt werden. Ich muss auch mal an mich denken.«

»Moment, was? Mexiko?« Was hat das denn mit Logan zu tun?

»Eine von Logans Firmen stellt Textilien her«, erklärt sie von oben herab. »Das wusstest du nicht?«

»Doch … schon …«

»Und? Warst du schon einmal in Mexiko und in einer der Produktionsstätten dort?«

»Warte mal …«

»Ich auch nicht. Mason schon. Einige seiner Verwandten arbeiten dort. Ich weiß, wie schlecht die Arbeitsbedingungen sind und dass die Westhams sich einen Scheiß dafür interessieren.«

»Das wäre mir neu.« Was für ein abstruses Gespräch. Wie kommt sie jetzt darauf? »Kurz bevor ich nach London gegangen bin, hat Tiffany doch diese Stiftung …«

»Sie hat es geplant, ja. Aber dann hat sie erfahren, dass sie keine Kinder bekommen kann, und all das Geld floss in Forschungen, die sich nur damit beschäftigen, dass die Weißen auch noch mit über fünfunddreißig ihre Kinder bekommen können. Dort unten müssen die Kinder unter schlimmsten Bedingungen arbeiten, ganz abgesehen davon, dass sie in vielen anderen Teilen der Welt hungern, aber Hauptsache eine Tiffany Westham hat einen funktionierenden Eisprung!«

Ich lache erstaunt auf. »Deswegen ... das ist ... das war dein Plan? Du willst ...«

»Ich sagte doch, dass ich meine Ehemänner läutere. Andere versuchen es mit Politik und all dem langweiligen Kram, der zu nichts führt. Ich bin lieber eine hübsche Frau an der Seite schlechter Ehemänner, die perfekte Ehefrau, und bewirke wie im alten Griechenland, dass sie hinterher das Richtige tun.« Sie zwinkert mich an. »Bin ich nicht genial? Ich betrachte es wie eine Art Job. Aber du mit deiner scheißdominanten Art musstest mir ja in die Quere kommen.«

»Aber dein erster Mann ...«

»War eine Enttäuschung, ja.« Sie seufzt und holt aus. »Nach der Scheidung hat mich Mason darauf gebracht, es ein weiteres Mal zu probieren. Ich habe nur darauf geachtet, dass es ein Staat ist, in dem die Ehefrau nach fünf Jahren fünfzig Prozent von allem erhält. Ich hatte Pech und geriet an einen Spieler. Ich war schließlich noch Anfängerin. Ich konnte mir nicht vorstellen, fünf Jahre mit ihm zusammen zu sein, vor allem, da bis dahin ohnehin sein gesamtes Vermögen verspielt gewesen wäre. Wenigstens brachte ich ihn dazu, eine Therapie zu machen. Er hat mittlerweile sein Geld gespendet und lebt irgendwo auf einem Hausboot.«

»Wow.«

»Meinem dritten Ehemann gehörte eine Pferderennbahn.«

»Auf der du Phillip und Logan getroffen hast.«

»Ja. Mason hat Logan erkannt. Ich forschte nach und schleuste mich in den Kreis der Mächtigen und Berühmten Miamis ein. Bevor ich allerdings hierherzog, ließ ich mich scheiden und bekehrte meinen dritten Ehemann. Er hat die Pferderennbahn verkauft und ist auf dem besten Weg zum Veganer.«

Ich muss grinsen. »Sehr schön.«

Sie zwinkert. »Nicht wahr? Und? Bist du nun dazu bereit, zu deinen Gefühlen zu stehen, oder bleibe ich für immer deine Affäre?«

Ich liebe ihren Wechsel zwischen der toughen Frau, die so genau weiß, was sie will, der devoten Olivia, die nur darauf wartet, dass ich über sie bestimme, und dem schüchternen Mädchen, das meinen Schutz und meine Nähe sucht. Sie ist wie ein Tornado, wechselt prompt die Richtung, aber in ihr verborgen steckt ein ruhiger, selbstbewusster Kern.

»Ich kam etwas später in die Pubertät als meine Freunde«, setze ich an. Es ist das erste Mal, dass ich mit jemandem darüber spreche und dazu stehe, wie kindisch ich mich früher benommen habe. »Der blasse Junge aus Wisconsin, der sich durch die Umstände ständig mit den reichen Kids messen musste.«

»Logans Tante«, ergänzt sie. Einen Teil der Geschichte hatte ich ihr ja bereits erzählt.

»Ich hatte kein Geld, keine teuren Klamotten und schon gar keine geilen Autos. Für Noten interessierte sich niemand und als Student brachte mir mein späterer Ruf als wahnsinnig geiler Anwalt noch nichts.«

Sie lacht belustigt auf.

»Die einzige Möglichkeit also, mich irgendwie zu messen …«

»War Sex«, kombiniert sie. »Wow. So einfach! Daher dieses ganze Machozeug?«

»Ich hatte irgendwie immer schon ein Händchen dafür«, erwidere ich achselzuckend. »Das Problem war nur, dass ich auch vor meinen besten Freunden nicht Halt gemacht habe.«

Olivia betrachtet mich kritisch. Vielleicht ahnt sie schon, was jetzt kommt.

»Ich machte es mir zur … sportlichen Aufgabe, die Frauen, die eigentlich vergeben waren …«

»Deinen besten Freunden auszuspannen. Logan und Phillip.« Sie nickt unbekümmert, als würde ich mit ihr über etwas Geschäftliches sprechen, doch dann reißt sie plötzlich die Augen auf. »Auch Tiffany?!«

»Das war noch … etwas anders, aber ja.«

»Wie anders?«, fragt sie angewidert. »Du hast mit dieser Frau geschlafen?«

Ich hebe eine Braue. »Du hast mit Phillip geschlafen. Das halte ich dir auch nicht vor.«

»Hm. Stimmt.«

»Tiffany war mit Phillip zusammen. Ihre Eltern hielten ihn für eine sehr gute Partie. Dann traf sie Logan. Und er war schwarz. Probleme vorprogrammiert.« Mehr brauche ich dazu nicht zu sagen, sie kommt schließlich aus dem Süden. »Ich war zunächst mehr ihr Seelentröster, bevor sie mit Logan zusammenkam …«

»Du hast sie aus Freundschaft gevögelt, schon klar.«

Ich reibe mir die Schläfen. »Ich weiß ehrlich gesagt selbst nicht mehr, warum ich es getan habe. Das ist schon so lange her.«

»Und Logan hat das herausgefunden? Deswegen bist du nach London abgehauen?«

»Damals noch nicht. Das war auch nicht der Grund. Und ich bin nicht abgehauen«, brumme ich. »Ich habe gewisse Gelegenheiten genutzt …«

»Du bist abgehauen«, sagt sie grinsend. »Aber warum ist auch Phillip nicht gut auf dich zu sprechen?«

Ich presse die Zähne aufeinander. Bin ich es ihr wirklich schuldig, mich komplett nackt zu machen? »Harriet.«

Sie stößt einen überraschten Laut aus. »Wirklich?! Sie auch?«

»Das war lange Zeit danach. Er hat wegen ihr gesoffen und sich dann geprügelt. Er schlug sein Gegenüber fast krankenhausreif, nur weil der einen blöden Kommentar abgelassen hat. Harriet, ein paar andere und ich standen daneben. Weil auch sie vernommen wurde, stand ich als Anwalt natürlich an ihrer Seite …«

»Und hast sie hinterher gefickt. Gott, du bist ja noch zehnmal schlimmer als ich!«

Ich war es. »Tiffany hat es mitbekommen. Sie versprach mir, Phillip nichts zu sagen, wenn ich eine Falschaussage vor Gericht mache. Wenn ich sage, Phillip wäre nicht derjenige gewesen, der angefangen hat. Ich sagte ihr, dass es mir nicht so wichtig wäre, meinen Job für eine wie Harriet zu riskieren, die mit jedem schläft, der ihr ein bisschen Einfühlungsvermögen entgegenbringt. Und ich sah nicht ein, wieso Phillip davonkommen sollte. Tiffany mag vielleicht egoistisch sein, aber sie steht ihren Freunden und ihrer Familie loyal gegenüber. Sie wollte Phillip unbedingt beschützen. Sie kennen sich ja schon von klein auf. Also drohte sie mir zusätzlich, Logan einzuweihen. Ich nahm sie nicht ernst, aber da ich stur geblieben mit, hat sie ihre Drohung wahrgemacht. So erfuhr Logan alles und das Ganze ist wieder hochgekocht.« Ich stecke die Hände in die Taschen. Was für eine jämmerliche Geschichte. »Ich hatte auf einen Schlag zwei meiner besten Freunde verloren und selbst Tiffany sprach nicht mehr mit mir. Phillip hat seinen Kopf auch ohne meine Falschaussage irgendwie aus der Schlinge ziehen können. Ich habe die genaue Entwicklung nicht mehr mitbekommen, denn kurz darauf kam von einem Studienkollegen eine Einladung nach London. Ich habe sie, ohne lange zu überlegen, angenommen und alle meine offenen Fälle an eine mir bekannte Kanzlei übergeben.«

»Und warum bist du zurückgekehrt?«, fragt Olivia ruhig.

»Ein Anruf, drei Uhr morgens, europäische Zeit. Eine hysterische Tiffany auf der anderen Seite, die mir geschworen hat, Logan nicht betrogen zu haben, obwohl er das von ihr glaubt. Sie bat mich, zu kommen, um mit ihm zu reden.«

»Es ging dir nie ums Geld«, erkennt sie ehrfürchtig.

»Nein. Hör zu.« Ich mache einen Schritt auf sie zu und nehme ihren Kopf zwischen meine Hände. »Logans und mein Verhältnis ist zurzeit nicht das beste. Wenn er uns zusammen sehen würde, würde er natürlich das für ihn Naheliegende von mir denken. Dass ich dich ausnutze, weil es mir darum geht, ihm etwas zu beweisen, um nichts sonst. Das ist aber nicht wahr. Es geht mir um mehr. Nicht um ihn und irgendeine alte Rivalität.«

»Ich verstehe«, wispert sie. Ihre Wangen verfärben sich abermals rot. »Und Abigail? Sie war …«

»Nur eine Ablenkung, da ich mir geschworen hatte, dich nicht wieder anzurühren, es mir aber fast nicht möglich war. Es tut mir leid. Das war weder ihr noch dir gegenüber fair.«

»Wow, ich bin sehr beeindruckt, Mr. Carter.«

Ich lächle. »Ich von Ihnen auch, Mrs. Weltretterin Bloom.«

»In fünf Minuten am Parkplatz?«, haucht sie.

»Kann es kaum erwarten.«

Sie schließt lächelnd die Augen, bevor ich meine Hände herunternehme, damit sie an mir vorbeigehen kann. »Du weißt aber, dass die Zimmer dort unten teuer sind, oder?«

»Die fünfhundert Dollar für zwei Nächte kriege ich gerade noch so zusammen«, sage ich zwinkernd. Es wird Zeit, sie darüber aufzuklären, dass auch mein Schuldenberg nur eine Lüge war. Aber das Wissen darüber, dass sie selbst einen vermeintlich verarmten Typen wie mich will, ist gerade zu berauschend.

Olivia

»Es war ein Spiel.« Jaden hat sich eine Schachtel Zigaretten gekauft, doch seit einer halben Stunde dreht er sie nur in der Hand und hofft vielleicht, wir würden am Strand eine windstille Ecke finden, um sich eine anzünden zu können. Er hofft vergeblich. Der Wind fegt uns kühlend um die Ohren, die Gischt spritzt, das Wasser ist aufgewühlt. »Ich war der Gamemaster. Ich habe meine Freunde vor solchen Frauen wie dir beschützt.« Er wirft mir einen fragenden Blick zu, ob mir missfallen könnte, was er sagt.

»Warum hast du mich dann nicht gleich zu Anfang verführt?«

Er grinst breit. »Hättest du dir das gewünscht, ja? Ich habe es dir doch angeboten, aber du hast abgelehnt. Außerdem wollte ich ein Held sein und es ohne meinen herausragenden Sex-Appeal schaffen.«

Ich schlage ihm scherzhaft auf den Oberarm. »Du bist so schrecklich von dir selbst überzeugt!«

»Das ist das Wichtigste an meinem Job«, erklärt er

achselzuckend und steckt die Schachtel Zigaretten zurück in seine Hosentasche.

»Aber du hast Bindungsängste!«, werfe ich ihm grinsend vor. »Gib es zu! Irgendeine Frau hätte dich ansonsten längst geangelt.«

»Ich habe eben auf die Richtige gewartet, ist das nicht logisch?« Jaden lächelt mich ironisch an und doch sorgen seine Worte für einen kleinen Orkan in meinem Inneren. »Weißt du …« Er sieht nachdenklich Richtung Meer. »Es gab nicht eine einzige von all den Frauen, die sich an Logan oder Phillip rangeschmissen haben, die mir nicht verfallen wäre. Das hat nicht gerade dazu beigetragen, dass ich Lust hatte, mich auf eine Beziehung einzulassen. Ich wurde von ihnen enttäuscht, ohne jemals wirklich selbst von ihnen enttäuscht zu werden. Damit hatten Logan und Phillip zu kämpfen. Ich denke, mit Harriet und Tiffany war es anders … Und deswegen bereue ich es auch. Sie waren schwach, und ich habe es ausgenutzt, weil ich nicht mehr zwischen oberflächlichen Schlampen und verunsicherten Frauen unterscheiden konnte. Das war der Moment, an dem ich beschloss, etwas zu verändern.« Er bückt sich nach einem Stein und wirft ihn schräg in die hohen Wellen. »Verfrühte Midlifecrisis oder so.«

Nachdem er einen zweiten Stein geworfen hat, greife ich nach seiner Hand und ziehe ihn zu mir hoch. Ich streiche ihm eine Strähne seines vom Wind zerzausten Haares aus der Stirn. Meine Hormone spielen verrückt, während ich ihn so ansehe, und doch habe ich große Angst davor, was er sagt, wenn er davon erfährt, dass ich an der Trennung seiner engsten Freunde schuld bin. Wird er mir verzeihen? Kann ich es?

»Und du?«, fragt er leise, sodass ich ihn im Wind kaum höre. Der Strand ist fast leer. Die Palmenblätter stehen senkrecht, so stark bläst die Luft sie Richtung Inselmitte.

Von hier bis zur gegenüberliegenden, windstillen Seite sind es nur wenige Meilen. Key West ist klein. Und wunderschön. »Dein Mitgefühl für mexikanische Fabrikarbeiter in allen Ehren, aber war da nie ein Mann, dem es nicht gefallen hat, auf welche Art und Weise du … dein Geld verdienst?«

Ich verenge die Augen. »Ich habe mich nie prostituiert, wenn du das meinst. Ich hatte genauso wie du immer Spaß am Sex. Aber er war eben trotzdem gefühllos.«

»Dann kann es nicht wirklich Spaß gemacht haben.« Er greift nach meiner Hand und hält sie sich an die Wange. »Also gab es keinen?«

»Doch.« Es tut weh, daran zurückzudenken, und ich sehe zur Seite. »Ich war einmal verliebt. Glaube ich.«

»Und?«

»Ich war achtzehn und ich wollte ihn heiraten.«

»Er war derjenige, der dich vor dem Altar stehen gelassen hat?«

»Ich bin schon mit vierzehn mit ihm zusammengekommen. Ich habe ihn geliebt, erst war es das typische erste Verliebtsein, aber mit den Jahren wurde es mehr. Ich war vernarrt und blind, wie ein richtig dummes Mädchen. Er war ein paar Jahre älter, hat die Schule irgendwie geschafft und bekam eine Geschäftsidee, von der ich damals noch nicht viel verstand. Er hatte nie Geld, alles, was er besaß, floss in seine Ideen, in die Vermarktung, in Reisen zu wichtigen Leuten. Zusammen mit seinem Bruder versuchte er, eine Marke aufzuziehen. Ich habe ihm neben der Schule alles abgenommen, obwohl meine Eltern selbst verschuldet waren, habe ihm den Rücken freigehalten und mein ganzes Erspartes ging für unsere Miete drauf. Das ging zwei Jahre so, ich habe bis zuletzt gehofft, dass es irgendwann besser wird.

Es wurde besser. Er versprach, mich zu heiraten, weil

ich zunehmend das Gefühl bekam, ich wäre nicht so wichtig wie sein … Unternehmen, aber auch, weil meine Eltern das wollten. Natürlich hat er mich damit rumgekriegt, ich fiel wieder in einen Strom aus Liebe und Glück und konnte unsere Hochzeit kaum erwarten. Kurz vorher hat er erfahren, dass meine Eltern verschuldet sind. Er flog nach New York, ließ sogar seinen Junggesellenabschied ausfallen, weil er ein wichtiges Gespräch hatte.

Er kam nie wieder zurück. Seine Geschäftsidee wurde nicht nur aufgekauft, er wurde sogar Geschäftspartner. Das erfuhr ich von seinem Bruder, mehr aber auch nicht. Irgendwann, als ich endlich genug Geld für ein dämliches Flugticket hatte, bin ich ihm hinterher. Monate später. Ich hatte Hoffnung, aber dann erfuhr ich es. Er war verlobt, seine Freundin, die reiche Tochter seines Bosses, bereits schwanger. Er hat nie wieder einen Gedanken an mich verschwendet, ja nicht einmal daran gedacht, mir irgendetwas zurückzugeben. Gar nichts. Er hat sich in die reiche Gesellschaft eingeheiratet, seine Idee vermarktet und mich für den Weg dahin nur benutzt.«

»Und da hast du dir überlegt, dass du dich an allen Männern stellvertretend für ihn rächen musst?«

»Nein, da habe ich festgestellt, dass diese beschissene Ehe eine Lüge ist! Und sie nichts bedeutet! Dass sie nur dann wichtig ist, wenn man dadurch Steuervorteile hat oder einen Pass bekommt. Und dass man ohne Trauschein verlassen wird und mit dem ganzen Mist und den Schulden zurückbleiben muss. Es ist ein merkwürdiges Konstrukt aus zwielichtiger Sicherheit, das wir uns geschaffen haben und das für alles steht, aber nicht für Liebe. Ich habe dann einfach irgendeinen geheiratet, damit meine Eltern Ruhe gaben. Und zum Glück Mason getroffen, sonst wäre ich vermutlich an meinem Selbstmitleid gescheitert.«

»Das hast du deinen Eltern nie verziehen«, errät er und betrachtet mich mit tiefgründigen Augen. »Deswegen bist du noch immer in Florida, statt nach allem, was dir passiert ist, zu ihnen zu fahren.«

»Und deine Eltern?«, stelle ich die Gegenfrage. »Wieso müssen sie auf ihren einzigen Sohn verzichten?«

»Ach …« Er richtet sich auf, lässt meine Hand los und blickt erneut Richtung Meer. »Ich muss mir schon von meinen besten Freunden meine Fehler vorbeten lassen, da brauche ich nicht auch noch die Familie, die mir jedes Mal erklärt, ich sei zu alt, um ledig in meinem Haus in der Bucht zu leben, und all der typische Kram einer amerikanischen Familie aus Wisconsin, die Schwierigkeiten damit hat, über den Tellerrand hinauszublicken. Wie klingt das? Philosophisch, oder?«

»Nach einem Jungen, der flieht.«

Jaden presst die Lippen aufeinander. »Eine meiner Schwächen.« Dann lächelt er plötzlich, auch wenn seine Augen verschüchtert bleiben. »Gehen wir etwas essen? Ich kenne ein Weltrettercafé, garantiert glückliche Biopflanzen, es wird dir gefallen.«

Ich werde misstrauisch. »Wieso kennst du so eine Art Café?«

»Weil ich nicht halb so egoistisch bin, wie du dachtest«, erwidert er lässig und bietet mir den Arm an, damit ich mich einhake. »Und danach hoffen wir darauf, dass wir ein Zimmer finden und nicht auf die Hotels am Flugplatz ausweichen müssen.«

»Hast du keine Angst?«, frage ich ihn. Denn ich habe sie. Vor allem, wenn ich daran denke, was ich ihm beichten muss. Bald, spätestens morgen.

»Angst vor dir?«, fragt er grinsend. »Dass du auf die Idee kommen könntest, mich zu ›läutern‹? Hm. Irgendwie gefällt mir der Gedanke sogar.«

»Ich glaube, das wird mir alles mittlerweile zu viel Kitsch.« Das meine ich ernst. So viel Romantik ist untypisch. Für mich, für ihn. Irgendetwas wird geschehen, das alles wieder zerstört.

Wir erreichen die Corvette.

»Okay«, sagt Jaden und drückt mich mit dem Rücken gegen das niedrige Auto. Er lässt eine Hand unter mein Top wandern und zieht meinen Kopf mit der anderen bestimmend zu sich heran. »Lassen wir den Smalltalk und tun wir das, was ich am besten kann.«

Mein Atem beschleunigt, als seine Lippen meinen Hals streifen.

»Denn ich weiß, dass dir nichts mehr gefällt als das.«

Wir betreten die Ferienunterkunft über die weiß gestrichene Veranda. Vom Flur führen drei Türen ab, wir haben das günstigste Zimmer ganz hinten in der Ecke. Das Holzhaus ist im Kolonialstil eingerichtet, und unsere Bleibe hat zwar ein Waschbecken, aber nicht einmal eine eigene Dusche. Ich muss lachen, als ich sehe, wie winzig es ist. Wann habe ich zuletzt so einfach gewohnt?

Jaden wirft den Schlüssel geräuschvoll auf die uralte Holzkommode und löst seine Krawatte. »Ich liebe es. Und du?«

Was soll ich sagen? Gerade ist alles viel zu schön, um wahr zu sein. Ich gehe zum Fenster und sehe hinaus in den Hinterhof. Ich war noch nie in Key West und bin schon jetzt der kleinen Stadt mit ihren vielen Bars, den wunderschönen Kolonialhäusern und Galerien verfallen. Der Wind sorgt für eine angenehme Brise auf der Haut und schon die Fahrt im offenen Cabrio über die vielen kleinen mit Brücken verbundenen Inseln war ein Traum.

Jaden tritt von hinten an mich heran, streicht meine vom Wind zerzausten Haare beiseite und küsst mich im Nacken. Zärtlich streicht er mit seinen Lippen über meine Haut und löst eine Gänsehaut aus. »Bad oder soft?«

»Was?«, frage ich flüsternd, schließe die Augen und lehne mich zurück.

»Wie soll ich dich ficken? Wie das Arschloch oder wie dieser Romantiker, der dich ohne Geschwindigkeitsübertretung hierhergefahren und dich mit echtem lokalem Kaffee versorgt hat. Hm?«

»Das mit dem Speed Limit hat mich ehrlich beeindruckt«, seufze ich lustvoll, als er mit seinen Händen von hinten meine Brüste umfasst und sie sanft knetet. »Ich hätte gedacht, du nutzt es aus, ein Auto mit fremdem Nummernschild zu fahren, das so schnell ist, dass du den Cops spielend hättest entweichen können.«

»Du bist manchmal so anspruchslos«, raunt er neckend und fährt mit der Zunge über mein Ohr, sodass ich wimmern muss, »dich von so einem Scheiß beeindrucken zu lassen.«

»Und du?« Ich drehe mich grinsend zu ihm um, sodass ich zwischen seinen Armen stehe, die er auf die Fensterbank stützt. Es fühlt sich so gut an, mit ihm zusammen zu sein. Ganz langsam gewöhnt sich mein flatterndes Herz daran, dass es tatsächlich einmal bekommt, wonach es sich gesehnt hat. »Ich wette, du bist noch anspruchsloser als ich.«

Er grinst wissend und ohne Hemmungen. Seine weißen, gepflegten Zähne blitzen auf und seine vom Wind zerzauste Frisur lässt ihn jugendlicher als sonst erscheinen. Er hat nur einen leichten Bartschatten und nicht wie sonst einen Dreitagebart. »Ich bin verdammt anspruchslos.« Jaden zeigt einmal mit den Augen um uns herum, und mir wird klar, dass er das kleine Zimmer meint. Sein Schlafzimmer ist nicht wesentlich größer.

»Und was sagst du? Bad oder Good?«

Er hebt eine Braue. Ich liebe seinen fragenden, immer einen Tick ironischen Gesichtsausdruck. »Wofür ich mich selbst entscheiden würde?«

»Ob du mich als Good Girl willst oder ob du das Bad Girl bevorzugst«, erkläre ich rauchig, gehe mit meinen Fingern zu seiner Hose und öffne den Gürtel.

Er weitet die Augen. »Ich wusste nicht, dass ich zwischen beiden Optionen wählen kann.«

»Soll ich dir zeigen, was ich meine?«, frage ich devot und fahre mir mit der Zunge über die Lippen. Ich sinke auf die Knie.

Jaden stöhnt auf, noch bevor ich überhaupt nach seinem besten Stück gegriffen habe. »Verdammt, ja.«

Ich grinse breiter, ziehe seine Hose tiefer und befreie seine Lust. Mit den Fingern bearbeite ich sie zur vollen Größe und lehne meinen Kopf dabei an die Fensterbank. Ich schiebe seine Vorhaut zurück und umkreise seine freie Spitze mit der Zunge. Er stöhnt auf, stützt sich mit der Hand an der Wand ab und sieht mir ganz genau dabei zu, wie sein Schwanz immer tiefer zwischen meine Lippen dringt.

»Geiles Stück, du.«

Ich weiß. Ich schlage die Augenlider verführerisch nieder und bewege meinen Kopf langsam vor und zurück. Ich hätte erwartet, dass Jaden mich dominant führt, aber er lässt mir völlig freie Hand. Immer wenn ich aufblicke, kribbelt es in meinem Bauch. Noch nie habe ich während eines Blowjobs so gerne einen Mann von unten betrachtet. Noch nie fand ich ebendiesen Mann so wahnsinnig anziehend und attraktiv. Ich verspüre unglaubliche Lust, ihn in mir kommen zu lassen, Lust darauf, ihn dabei anzusehen, wenn er sich in meinen Mund ergießt.

Szenen entstehen in meinem Kopf, in denen Jaden mich hart von hinten nimmt oder liebevoll und innig in dem kleinen Bett. Ich denke an unseren ersten Kuss im Bal Harbour, den ich nie wieder vergessen habe, und bin mir sicher, dass es daher vollkommen richtig ist, jetzt mit ihm hier zu sein.

Wenn sich etwas so gut anfühlt, warum sollte es dann falsch sein?

Jaden hält es nun doch nicht aus und umfasst meinen Kopf, um sich zwischen meine Lippen stoßen zu können. Als ich hochsehe, stelle ich fest, dass er mich noch immer beobachtet. Den Mund atemlos geöffnet, die Augen verklärt vor Gier und ein sanftes Lächeln auf seinen Lippen.

»Ich weiß nicht, ob jemals eine Frau so schön war, auf die ich hinabgesehen habe«, sagt er in die Stille und etwas in meiner Brust explodiert vor Glück.

Fuck! Wieso muss man Verliebten nur ein wenig Kitsch um die Ohren hauen und schon schlägt ihr Herz schneller?

»Komm nicht auf die Idee, dem widersprechen zu wollen«, befiehlt er dominant und drückt sich abermals zwischen meine Lippen. Er stöhnt auf, ohne den Blick zu heben, und dann spüre ich, wie er kurz davor ist, zu kommen.

Gerade in dem Moment klingelt mein Handy. *Ich glaub's ja nicht!* Warum haben die hier unten denn überhaupt Empfang? Muss man selbst am Ende der Welt von ihr gestört werden?

Ich ignoriere das Klingeln und Schaben, da sich das Handy mit Vibration auf dem Nachttisch bewegt, und mache weiter.

Doch Jaden hält meinen Kopf plötzlich fest und zieht sich aus mir zurück. »Das ist das Lincoln-Krankenhaus.«

»Was?«

»Der Anrufer. Ich kenne die Nummer.«

Ich bleibe empört am Boden sitzen. »Du kennst eine Telefonnummer von einem Krankenhaus auswendig?« *Und kommst auf die Idee, deinen Sechs-Sterne-Olivia-Bloom-Blowjob zu unterbrechen?* So sehr kann es dir dann ja wohl nicht gefallen haben, Blödmann.

Jaden greift zum Nachttisch und schiebt seine Boxershorts zurück über seinen Schwanz. »Patricia, Logans Tante, war gut ein Jahr dort. Daher kenne ich die Nummer. Du solltest rangehen.«

Er hält mir das Handy hin.

Ich verdrehe die Augen und nehme es an. Ich empfinde große Lust, es einfach auszuschalten. Ich mache hier gerade etwas Dummes, lasse mich von Mr. Arschloch persönlich entführen, der mich mit ein paar Entschuldigungen und ziemlich derben Sprüchen von sich überzeugen konnte, und dann soll ich mit einem Krankenhaus telefonieren?

Vielleicht geht es um meine Blutspende von vor einem Monat? Wenn ich Aids habe, will ich das jetzt erst recht nicht erfahren!

»Bitte«, sagt Jaden eindringlich. Er scheint ein schlechtes Gefühl zu haben. Oder aber die Telefonnummer erinnert ihn an einen Menschen, den er wie eine zweite Mutter gesehen hat und daher schmerzlich vermisst.

Ich gehe also ihm zuliebe ans Telefon, bestätige meinen Namen und höre der Sekretärin des Lincoln-Krankenhauses genau zu.

Mir wird gleichermaßen kalt wie schwindelig, und ich muss sie bitten, die Worte zu wiederholen. Zweimal. Dann erst begreife ich, wovon sie spricht, und eine riesige Welle aus Dunkelheit bricht über mich ein.

Erstarrt lasse ich das Telefon sinken, es fällt mir aus der Hand.

Nein. Unmöglich. Das ist nicht geschehen. Wie konnte mein Plan, den ich anfangs gefasst habe, zu so etwas führen? Bin ich schuld? Bin ich an allem schuld?

An einem Tod?

Jaden

»Gehören Sie zur Familie, Sir?«

»Nein, aber ich –«

»Dann kann ich Sie leider nicht durchlassen.«

»Hören Sie, das ist einer meiner engsten Freunde …«

»Sind Sie nicht der ehemalige Pflegejunge von Mrs. Westham?« Die Assistenzärztin, eine dunkelhäutige Frau in einem viel zu engen Kittel für ihre ausladenden Hüften, mustert mich kritisch. »Ich erkenne Sie doch. Mr. Carter. Sie sind Anwalt, dann wissen Sie ja, dass es nicht möglich ist.«

»Aber …« Verdammt! Olivia wirft mir einen Blick zu. Sie wurde natürlich ins Zimmer durchgelassen, doch ich kann von hier aus nicht auf das Bett sehen, obwohl ich mich verrenke.

»Mr. Carter, ich bitte Sie. Warten Sie hier draußen.«

Murrend gebe ich auf und lasse mich von der pummeligen Ärztin auf einen Platz neben der typischen Kaffeemaschine verweisen. Zwei Plätze weiter wartet eine knochige Frau, die jetzt über den Zustand ihres Mannes aufgeklärt wird. Sie vergießt keine Träne, aber man sieht ihr den Schock und die Trauer an.

Ich spiele nervös mit meinem Smartphone, während Olivia im Krankenzimmer aufgeklärt wird und ich hier draußen warten muss. Wir haben noch keine Ahnung, was genau geschehen ist. Die dreieinhalb Stunden Fahrt zurück glichen einer Hölle, Olivia war nicht ansprechbar. Jetzt ist es längst tiefste Nacht und die Intensivstation liegt ruhig da.

Ob Tiffany oder Logan mehr weiß? Vermutlich, denn soweit ich weiß, hat Olivia seit dem Vorfall mit Phillip eine neue Telefonnummer und sie werden ihn oder Tiffany als Vertraute angerufen haben, um nach dieser zu fragen.

Nach fünfzehn Minuten werde ich so unruhig, dass ich Tiffany anrufe. Ich nehme mir vor, nicht zu verraten, dass ich mit Olivia zusammen war. Falls Tiffany Bescheid weiß, werde ich es ohne große Nachfrage erfahren – und ich liege goldrichtig.

»Oh mein Gott, endlich rufst du an!«

»Endlich?« Sie hat es kein einziges Mal bei mir versucht, warum hat sie dann auf einen Anruf gewartet?

»Es ist etwas Schreckliches passiert!«, schreit sie schrill. »Ich wollte dich ja anrufen, aber ich habe es ganz vergessen, es ist so … Die Polizei, oh Gott, Jaden!«

Die Polizei? Ich versteife mich auf meinem Stuhl. »Was ist los?«

»Phillip! Ein Unfall! Also … so sollte es jedenfalls aussehen. Aber es war ein Mordversuch! Die Polizei ist hier, es ist alles … das ganze Haus ist ein Tatort.«

Ich versuche ihr zu folgen. »Und wer soll ihn ermord-«

»Olivia!« *Niemals.* »Phillip hat einen Stromschlag beim Baden in der Badewanne bekommen … Der Föhn fiel ins

Wasser! Er ist … auf der Intensivstation. Irgend so ein Junge, der sich um seine Autos kümmert, hat ihn rechtzeitig gefunden. In allerletzter Minute! Und nur weil ein Krankenwagen bei den Stones zwei Häuser weiter war, konnte man ihn rechtzeitig defibrillieren! Stell dir vor, ein dämlicher Föhn!«

»Wann ist das geschehen?«

»Heute Mittag!«

Heute Mittag. »Und wer sagt, dass es kein … Unfall war?«

»Also, das dachten sie ja erst! Du glaubst gar nicht, was sie herausgefunden haben! Ich hatte die ganze Zeit recht! Ich hatte recht, Jad!«

»Könntest du mir den Gefallen tun und es in einer verständlichen Reihenfolge erzählen? Was ist geschehen? Und was hat Olivia damit zu tun?«

»Okay, hör zu«, beginnt sie eindringlich. »Dieser Student hat Phillip in der Badewanne gefunden. Der Strom ist ausgefallen und irgendetwas ist ihm merkwürdig vorgekommen. Als er ihn fand, rief er sofort den Notarzt und hat Phillip in der Zwischenzeit wiederbelebt. Sie gingen von einem Unfall aus. Aber dann konnten sie Phillips Ehefrau, also Olivia, nicht erreichen. Nur seine fernen Bekannten irgendwo … ach, ich weiß gar nicht, wo die wohnen. Bis dann irgendjemand auf uns Westhams kam. Sie haben mich angerufen. Nun ja, und ich habe Olivias Telefonnummer auch nicht, also musste ich Logan …«

»Und so weiter, und dann?«

»Logan hat die Nummer dem Krankenhaus mitgeteilt und ist sofort hingefahren. Aber sie haben ihn vorerst nicht reingelassen, weil Phillip ausdrücklich verfügt hat, dass nur engste Familienmitglieder im Krankheitsfall unterrichtet werden dürfen. Aber ich kenne Sally von der Intensivstation. Sie brauchte mir nicht viel zu sagen, da habe ich sofort die Polizei eingeschaltet.«

»Und du hast ihnen erzählt, dass du glaubst, Olivia sei an dem Unfall beteiligt gewesen?«, kombiniere ich ungläubig.

»Ja, natürlich! Es war kein Unfall!«

Ich schnaube spöttisch. »Olivia war beim Pferderennen. Ich habe sie dort selbst gesehen.«

»Ja, das weiß ich von Logan«, klärt sie mich nüchtern auf. »Aber die Polizei sagt, die Tat geschah vermutlich gegen halb zwei. Und Olivia kam erst um Punkt zwei zum Calder Race Park. Sie hätte das Motiv. Wir kennen sie! Sie ist gerissen!«

»Wie geht es Phillip? Sie lassen mich nicht rein.«

»Sie sagen, er hat gute Chancen.« Sie schluchzt auf und heult dann laut ins Telefon. »Diese gemeine Kuh hat unser aller Leben zerstört! Sie wollte Phillip töten! Sie kam ins Bad und hat den Föhn ins Wasser fallen lassen! Niemand hat sie dabei gesehen … es ist alles … und dann hat die Polizei gerade …« Ihre Worte gehen in Schluchzern unter. War sie eigentlich schon immer so nah am Wasser gebaut?

»Was hat die Polizei?«, hake ich mit einem unguten Gefühl nach.

»Sie sind an Phillips Computer gegangen.«

»Und?«

»Dabei sind sie auf E-Mails gestoßen, die ich angeblich geschrieben haben soll. Dieselben E-Mails, die Logan auf meinem Computer gefunden hat und die niemals von mir stammten!«

»Und die Polizei hat sie dir einfach gezeigt?«

»Sie haben mich befragt, natürlich.«

»Gott!«, stöhne ich. »Tiffany, hast du einen Anwalt vor Ort? Du kannst doch nicht einfach so in einem Mordfall aussagen. Fuck.«

»Ich habe doch nichts getan!«

»Das sagt die Gegenseite in meinen Verfahren auch immer«, seufze ich. »Also hat Phillip diese E-Mails geschrieben?«

»Bestimmt nicht! Es war Olivia! Ich wusste, dass sie etwas damit zu tun hat! Sie wollte Logan und mich auseinanderbringen, ganz gezielt! Und es hat ja auch funktioniert.«

Ich muss schmunzeln. »Und wie soll sie diese E-Mails in deinen Verlauf bekommen haben? Für so etwas braucht man Hackerkenntnisse. Das ist Schwachsinn.«

»Sie war anderthalb Jahre auf dem College und hat Programmierkurse belegt.«

»Klar doch.«

»Habe ich alles von Coreay. Außerdem hat mir der Detective gerade gesagt, dass man auch nachgoogeln kann, wie man so etwas hinkriegt. Und wenn man noch ein paar Programmierkenntnisse hat …«

Mir wird heiß und kalt gleichermaßen. Scheiße. »Tiffany … hast du ihnen alle Unterlagen, die du über Olivia gesammelt hast, gegeben?«

»Natürlich«, sagt sie sofort. Gott im Himmel!

»Bitte.« Ich fluche innerlich. Die gutgläubige Tiffany, der nie etwas Schlechtes widerfahren ist, hat keine Ahnung, was sie da gerade getan hat. »Bitte geh nach Hause und besprich dich mit einem Anwalt –«

»Ich spreche doch mit dir.«

»… der sich in diesen Sachen auskennt.«

»Ach, ich vertraue dir blind.«

»Danke für das Kompliment, aber …« Ich bin ebenfalls verdächtig. Einer Mörderin bei der Flucht ans Ende Floridas helfen? All so ein Scheiß kann auf mich zukommen. Die Türen zu Phillips Krankenzimmer öffnen sich und Olivia kommt daraus hervor. »Ich rufe später noch einmal an«, sage ich schnell, stecke das Handy ausgeschaltet zurück in mein Jackett und stehe auf. Olivia strafft ihre Schultern und kommt auf mich zu. Offenbar will sie sich an mich schmiegen, doch ich gehe rechtzeitig einen Schritt zurück.

Sie sieht mich verwundert an, aber ihre Gedanken kreisen um andere Dinge, sodass sie es nicht weiter stört. »Du solltest zu ihm reingehen«, murmelt sie leise und sieht sich auf dem Gang um, ob uns jemand belauscht. Die ältere Dame ist vor fünf Minuten gegangen. »Ich sehe in ihm nur den Mann, der mich nicht in Ruhe lassen wollte. Und ich kenne ihn doch kaum. Er hat überall diese Schläuche und all diese Geräte piepen … Ich weiß nicht, was ich da drin soll. Du solltest reingehen, ich fühle mich einfach nur … leer. Nicht einmal das … Ich weiß nicht.«

»Wo warst du heute um halb zwei?«

»Hm?« Sie sieht fragend auf und doch durch mich hindurch. »Sie sagen, es wäre ein Föhn gewesen. Ein Unfall. Aber wer schaltet denn einen Föhn –«

»Wo warst du heute um halb zwei, Olivia«, wiederhole ich meine Frage.

Sie runzelt die Stirn. »Warum fragst du das? Ging das Pferderennen nicht um zwei los?« Sie steht neben der Spur.

Ich umgreife fest ihren Arm, damit sie etwas wacher wird. »Die Polizei geht von versuchtem Mord aus. Wo warst du heute um halb zwei?«

Ihre braunen Augen betrachten mich stumpf. »Wer sollte ihn denn …«

»Du! Hast du ein Alibi?«

Sie schüttelt verstört den Kopf.

»Hat dich jemand gesehen, als du Logans Gästehaus verlassen hast?«

Sie schüttelt ihn weiter. »Ich verstehe nicht …«

»Du hast das perfekte Motiv, Olivia.« Es fällt mir unfassbar schwer, ruhig zu bleiben. »Du warst heute in Logans Gästehaus und bist von dort aus direkt zum Pferderennen gefahren, ist das korrekt?«

Sie beginnt wild zu zittern. »I-ich, j-ja …«

Der Wunsch, sie in den Arm zu nehmen und vor dem zu beschützen, was jetzt kommt, wird übermächtig. Aber ich kann sie weder hier im öffentlichen Flur in den Arm nehmen, noch kann ich mir sicher sein, dass ich sie beschützen muss. Vielleicht ist sie schuldig. Vielleicht hatte ich die ganze Zeit ein verklärtes Bild von ihr.

»Hast du die E-Mails, die angeblich zwischen Tiffany und ihrer Affäre hin und her gingen, auf ihren Computer geschleust?«

»Was hat das mit Phillip zu tun …«, fragt sie verwirrt. Gott, sie ist kaum ansprechbar.

»Warst du es?!«

»Die E-Mails?«

»Der Grund, weshalb Logan sich von Tiffany getrennt hat. Weswegen du überhaupt die Gelegenheit bekommen hast, dich ihm zu nähern.«

»Ich habe …«, stottert sie. »Glaubt die Polizei wirklich, ich sei …?«

»Hast du Phillip versucht zu töten?«

Ihre Pupillen, die vorher verwirrt über mein Gesicht geirrt sind, sehen mich mit einem Mal scharf an. »Ich?«

»Hast du?«

Sie öffnet den Mund zu einer Erwiderung, doch in genau diesem Moment knallen die Türen zu beiden Seiten des Krankenhausflures auf. Ein paar Krankenschwestern kreischen.

»Polizei! Hände hoch!«

Fuck.

Vier, fünf, sechs Officers stürmen auf uns zu, die Pistolen schussbereit.

Ich hebe meine Arme und zische Olivia an. »Los, Arme hoch.«

»Was?«, fragt sie völlig verwirrt.

»Ma'am!«, brüllt einer der Cops. »Nehmen Sie sofort Ihre Arme hoch. Sie sind verhaftet.«

»Aber ich …« Sie gehorcht und wird sofort in Handschellen gelegt. Jemand betet ihr die Rechte vor, zwei andere wenden sich an mich.

»Kennen Sie diese Frau?«

»Ein wenig.«

Die einzige weibliche Polizistin wirft mir einen scheelen Blick zu. »Waren Sie heute Mittag gegen halb zwei Uhr mit Olivia Bloom zusammen?«

Mein Gehirn arbeitet. Ich bin nicht der Typ für Falschaussagen, außerdem sind Schusswaffen nicht meine Freunde. Wenn ich jetzt die Wahrheit sage, könnte es für Olivia das Aus bedeuten. Aber was, wenn ich mich all die Zeit in ihr getäuscht habe und sie noch viel schlimmer ist, als ich dachte?

»Antworten Sie, Sir.«

»Gehen Sie an meine Gesäßtasche, ich bin Anwalt. Rufen Sie mich an, wenn Sie Fragen haben.«

Die Officerlady gehorcht und zieht mein Portemonnaie hervor. »Sind Sie der Anwalt von Mrs. Bloom?«, fragt sie geschäftig, während sie eine meiner Visitenkarten überprüft.

Olivia steht mir gefesselt gegenüber. In ihrem Gesicht steht reiner Schock. Sie nickt unmerklich.

»Nein.«

»Nein?«, wiederholt die Polizistin skeptisch. »Sie sind also … Freunde?«

»Jaden, bitte«, wispert Olivia.

»Das ist nicht mein Rechtsgebiet.« Ich schaffe es nicht mehr, ihr in die Augen zu sehen.

»Gut. Dann werden wir uns bei Ihnen melden.« Die Polizisten führen Olivia ab.

»Jaden …«, wimmert sie und verdreht ihren Kopf zurück in meine Richtung. »Ich brauche dich.«

Ich weiß nichts zu sagen. Meine Instinkte flüstern mir zu, dass sie nicht schauspielert. Und habe ich nicht von Anfang an gesagt, dass sie nicht besonders überzeugend schauspielern kann? Aber wie hat sie Phillip und Logan sonst rumgekriegt? Wenn nicht durch Schauspielerei? Was, wenn ich ihr auch aufgesessen bin? Wie Logan? Wie … Phillip? Nur Tiffany, weil sie keinen Schwanz besitzt, hat Olivia von Anfang an durchschaut und immer daran festgehalten, dass sie diejenige ist, die an allem schuld ist. Sie behielt recht.

Was, wenn Olivia nie aufgehört hat, ein abgekartetes Spiel zu spielen?

Eine Badewanne? Ein Föhn? Das schreit geradezu nach einer abtrünnigen Ehefrau, die das Erbe einstreichen will. Phillip hat keine Kinder. Keine nahen Verwandten, keine Ex-Frauen, da ist nichts. Olivia würde alles bekommen.

Was ist, wenn ich mich täuschen ließ? Den Fokus verloren habe, das Wichtige übersah?

Ich bleibe stehen, während Olivia abgeführt wird. Sie kann nicht glauben, dass ich ihr nicht folge.

Und ich kann nicht glauben, dass ich es jemals getan habe, ohne genau über sie Bescheid zu wissen.

Olivia

»Scheiße, Scheiße, Scheiße.« *Mason! Geh ran, du Idiot!* Aber nein, auf Hawaii ist es fünf Uhr abends, und das bedeutet, er genießt den lauen Abend am Strand oder schwimmt im Pool und kann meinen Anruf nicht hören. Da sie mir mein Telefon weggenommen haben, kann ich niemanden sonst anrufen. Ich kenne nur Masons Handynummer auswendig.

Und jetzt? Ich starre auf das fette Telefonbuch Miamis und habe letztendlich nur eine Wahl. Ein Anruf, eine Wahl.

Logan Westham oder Jaden Carter? Beide stehen im Telefonbuch.

Logan könnte meine Kaution bezahlen, aber vielleicht denkt er ebenfalls, ich sei an Phillips Tod beteiligt gewesen. Was für ein Wahnsinn! Wieso sollte ich so etwas tun?

Und Jaden? Er weiß, wo ich bin, und ist trotzdem nicht hier. Aber vielleicht wollte er nur vor den Polizisten nicht mit mir sprechen. Vielleicht sagt er mir am Telefon mehr. *Wird das Gespräch eigentlich abgehört?*

»Carter?«

»Ich bin es.«

Stille.

»Warum rufst du an?«

Der Telefonhörer rutscht mir beinahe aus der Hand, weil meine Finger so schwitzig sind, und ich möchte augenblicklich in Tränen ausbrechen. »Ich weiß nicht, was ich tun soll«, sage ich mit einem gewaltigen Kloß im Hals.

»Sie stellen dir doch einen Anwalt.«

»Ich kann aber keinen bezahlen.«

»Wäre mir neu, dass man das in den USA muss.«

»Du wirst mir nicht helfen?« Meine Hoffnung zerspringt am Boden und die Scherben fließen zurück in mein Herz.

»Phillip könnte sterben.«

»Aber dafür kann ich nichts!«, schreie ich aufgelöst.

»Woher soll ich das wissen? Alles, was du getan hast, war eine Lüge. Ein Spiel. Du hast allein an deinen eigenen Vorteil gedacht, als du Tiffany diese E-Mails untergeschoben hast. Niemand weiß, was du gestern Mittag getan hast. Mich eingeschlossen. Du bist eine Schwindlerin, Olivia. Und deine Moralvorstellungen sind verschoben. Sicherlich empfindest du es als Gerechtigkeit, wenn er stirbt, schließlich wollte er sich an dir vergehen. Wie soll ich dir da helfen? Der Staat Florida denkt nicht so wie du. Hier gibt es die Todesstrafe. Selbst wenn ich es wollte, könnte ich dir nicht helfen. Ich kenne mich damit nicht aus.«

»Ich habe nichts getan«, flüstere ich stimmlos.

»Dann überleg dir, wie du das beweisen kannst.«

Ich starre die Wand vor mir an. Es dauert eine Weile, bis ich antworten kann. Meine Stimme ist brüchig. »Du lässt mich also im Stich.«

»Phillip könnte sterben!«, brüllt er ins Telefon. »Fuck!

Du hast meine besten Freunde entzweit! Einfach, weil dir dein Scheißsinn danach stand! Und jetzt erwartest du, dass ich mich blind vor dich werfe? Weißt du, wie es auf die Staatsanwaltschaft wirken wird, dass wir nach Key West gefahren sind? Warum bist du überhaupt mitgekommen? Wer sagt mir, dass du nicht geplant hattest zu fliehen? Dass du mich nicht benutzt hast? Ist dir nicht klar, dass ich so gut wie nichts über dich weiß, um urteilen zu können?«

»Ich war es nicht«, sage ich mit letzter Kraft.

»Das hoffe ich für dich.«

Stille. Mir schießen eine Menge Wutausbrüche durch den Kopf, die mir allesamt nichts bringen. Ich habe ihm vertraut, er tut es nicht. Ich wurde verlassen, so wie man immer verlassen wird, wenn man sich auf jemanden einlässt. Ohne ein weiteres Wort hänge ich den Hörer ein.

Das war mein Anruf, der einzige, den ich habe. Und ich habe genau den falschen gewählt.

Jaden

Es ist kurz nach sechs Uhr morgens. Die Sonne kriecht über den Asphalt und löst mit ihrem Licht ein paar der Straßenlaternen ab. Es regnet und ist verdammt schwül. Ich habe meinen Maserati aus der Werkstatt abgeholt, was mich einen großen Gefallen für Kenneth gekostet hat, den ich dafür aus dem Bett scheuchen musste. Nun stehe ich mit laufender Klimaanlage vor dem Bungalow, den Larry Briton mit seinen zwei Mitbewohnern gemietet hat. Die Gegend ist schäbig, aber für Studenten ein Paradies. Niemand schert sich um den Garten des Nachbarn und abends ist es hier vermutlich am lautesten.

Ich warte weitere fünf Minuten ab, dann ist der Regenschauer vorüber, und ich bin froh, leger gekleidet zu sein, denn Larrys Bruchbude sieht nicht danach aus, als würde die Klimaanlage gut funktionieren. Ich kann mir eigentlich denken, dass sieben Uhr morgens an einem Sonntag nicht die beste Zeit für Studenten ist, aber da muss Larry jetzt durch

Ich gehe über die Steinplatten auf die Haustür zu und drücke die Klingel, die in einem hellen Ton losschrillt.

Es dauert ungefähr fünf Minuten, bis jemand öffnet. *Ich übe mich in Geduld.*

»Ja?« Ein verschlafener, dunkelhaariger Typ Mitte zwanzig blinzelt mich aus müden Augen an. Er trägt ein weites Shirt und Boxershorts.

»Larry Briton?«

»Mhm?«

Ich zücke eine meiner Visitenkarten. »Jaden Carter, Anwaltskanzlei für Familienrecht. Ich habe –«

Larry tritt, noch während ich spreche, zurück und öffnet mir die Haustür.

»Danke.«

»Setzen Sie sich«, grummelt er in seinen Zehntagebart und schlurft am Sofa vorbei in einen Raum, in dem die Küche liegen muss. »Kaffee?«

Geduld. »Warum nicht.«

»Okey dokey.« Larry verschwindet in der Küche und macht Licht.

Ich sehe mich dazu gezwungen, auf dem halb vergammelten Sofa Platz zu nehmen – zugegeben, so schlimm ist es nicht, aber ich muss mich unwillkürlich fragen, wann der Bezug zuletzt gereinigt wurde … Wow, zehn Jahre später und ich bin ein echter Spießer.

Die Kaffeemaschine röhrt und in Zimmertür zwei erscheint ein weiterer Typ und geht, ohne zu grüßen, ins Bad.

Larry kommt zurück, stellt zwei Tassen Kaffee auf den Tisch und drei verschiedene Milchsorten in Tetrapacks, die er umständlich unterm Arm geklemmt hielt. Mandel, Soja, Reis.

»Reis kann ich nicht empfehlen, macht den Kaffee dünn, aber mein Mitbewohner schwört drauf.« Er selbst greift nach der Mandelmilch. »Sorry, dass ich gestern nicht mehr angerufen habe.«

»Angerufen? Warum?«

»Na, wegen dem Brief?«, fragt Larry beiläufig, rührt seinen Kaffee mit dem Finger um, lutscht ihn ab und trinkt die Tasse mit drei kräftigen Schlucken halb leer. Er stellt sie zurück auf den Tisch und grinst mich an. »So, jetzt kann ich denken.«

»Was für ein Brief?«

»Na, Ihrer.« Er betrachtet mich skeptisch. »Weswegen sind Sie denn sonst da?«

»Haben Sie Mr. Raines bei einem Vergewaltigungsversuch an seiner Frau unterbrochen?«

Er verzieht das Gesicht. »Ja, üble Nummer. War das wirklich Vergewaltigung? Ich meine, klar, er lag auf ihr und war irgendwie betrunken … Aber sofort, als ich reinkam, ist er aufgesprungen, und noch Minuten, nachdem Mrs. Raines weg war, hat er beteuern wollen, dass es nicht so gewesen wäre, wie es aussah …«

»Und Sie haben ihm geglaubt?« Ich versuche, ernst zu bleiben und das bittere Lächeln zu unterdrücken.

»Na ja …«, weicht er aus und sieht woanders hin. »Er zahlt gut, wissen Sie …«

Und das ist das Problem mit diesem Geld.

»Also, ich hab für den Fall 'ne Tonaufnahme gemacht.« Er druckst mit deutlich schlechtem Gewissen herum und trinkt zögerlich noch einen Schluck Kaffee. »Ich dachte, wenn das Ganze bei der Polizei landet und mich jemand als Zeuge will, dass ich dann eben auch genau aussagen kann, weil ich alles auf Band habe. Wollen Sie die Tonaufnahme hören?«

»Nicht nötig.« Es reicht, dass er dabei war und Olivia nicht gelogen hat.

»Es ist ja auch ganz gut, dass ich nicht aufgehört hab,

für ihn zu arbeiten, denke ich. Ich hätte ihn sonst nicht rechtzeitig gefunden.«

»War noch irgendjemand anderes beim Haus gestern?«

Er verzieht nachdenklich den Mund und schüttelt den Kopf. »Nee, wer auch?«

»Seine Frau?«

Larry hebt eine Braue und winkt locker ab. »Ach, das haben mich die Cops auch schon alles gefragt, keine Sorge. Nee, da war niemand. Und überhaupt, warum sollte er einen Abschiedsbrief schreiben, wenn es ein Mord war?«

»Einen Abschiedsbrief?«, frage ich fassungslos. »Die Polizei hat keinen gefunden.«

Plötzlich stiehlt sich ein breites Grinsen auf das Gesicht des Typen, und er greift nach einem Umschlag, der verkehrt herum auf dem Fernsehtisch liegt. Daran befestigt sind ein paar Hundertdollarscheine und ein gelber Notizzettel.

Ich habe den Umschlag bereits in die Hand genommen, als ich die Schrift darauf erkenne, und sofort werfe ich das Ding von mir. »Shit!«, fluche ich laut.

»Hm? Was denn?«, fragt Larry verdutzt.

»Verdammte Scheiße! Das ist doch Beweismaterial! Warum hast du das?«, fahre ich ihn an. »Warum hat das nicht die Polizei?«

»Da steht doch: Letzter Wille«, erwidert er perplex und zeigt auf den Umschlag, der mit dem Notizzettel nach oben auf dem Couchtisch gelandet ist. »Ich hab das einfach befolgt.«

Gott. Ich kläre ihn besser nicht darüber auf, dass durch das Zurückhalten dieses Beweisstückes Olivia gerade im Knast sitzt. *Was für ein Idiot. Phillip, Larry, sie beide.*

Auf der Notiz steht:

Letzter Wille.
Reiche diesen Brief an Jaden Carter weiter.
Das Trinkgeld ist für dich.

»Wie einfallsreich und untypisch«, erkenne ich murmelnd und löse die Notiz vorsichtig von dem Brief. Das Geld drücke ich Larry in die Hand. Fast tausend Dollar. Und er kriegt seinen Arsch nicht schon gestern Abend hoch, um mich anzurufen?!

»Ich hab das Geld extra nicht angerührt!«, verteidigt sich Larry nun. »Aber ich weiß ja nicht, was drinsteht. Die Polizei hätte ihn doch beschlagnahmt … und das Geld hätte ich auch nicht bekommen. Ich dachte, einem letzten Willen muss man folgen.«

»Ja, und wieso hast du es dann nicht getan?!«, blaffe ich. »Ich hätte den Brief gestern Nachmittag gebraucht!« Fuck! Nämlich, bevor ich Olivia im Stich gelassen habe, weil ich für einen Moment so außer mir war, dass ich sie nicht mehr verteidigen wollte.

Und gestern Nacht der Anruf aus der Untersuchungshaft? Sie muss sich fürchterlich von mir verraten fühlen. Wegen eines verschlafenen, trantütigen Studenten!

Ich reiße den Brief unsauber und schlecht gelaunt auf. Wieso überhaupt schreibt Phillip *mir* einen Abschiedsbrief? Und nicht Olivia? Oder Tiffany? Meinetwegen Logan?

Warum mir?

An Jaden,
ich habe eine schlechte Lebensversicherung. Wenn sie denken, es sei Selbstmord gewesen, dann zahlen sie nicht. Du kennst dich doch damit aus. Bieg das gerade, du schuldest mir etwas.
Und dann wäre da noch Olivia. Es tut mir leid für das, was ich

getan habe. Gib ihr alles, aber nicht das Haus. Krieg das irgendwie hin, dass Harriet das Haus bekommt.
Sie ist schwanger. Ich weiß nicht genau, von wem.
Aber es ist ja auch egal.
Sie soll glücklich werden.
Ich weiß, dass du talentiert und gerissen genug bist, um das hinzubiegen.
Ich wollte eigentlich Tiffany schreiben, aber dieser Weg über dich erschien mir sauberer. Grüß sie von mir.

Ich habe euch immer geliebt, Jungs. Habe nur versäumt zu sagen, dass ich nie wusste, was ich mit meinem Leben anfangen soll. Ich treffe falsche Entscheidungen, ich bin nicht mehr der Alte. Heirate aus Frust und glaube dann, diese Frau zu lieben. Ich habe immer zu euch aufgesehen, aber ihr wart ja eigentlich noch schlimmer.
Egal …
Jaden. Ich vertraue dir, du elender Dreckshund von einem Anwalt. Ich habe nie verstanden, warum du weggegangen bist. Vielleicht hast du recht und du hast dich verändert. Sei gut zu ihr.
Logan. Ich war immer stolz darauf, dein Freund sein zu dürfen.
Phil

Olivia

»Sie dürfen gehen, Miss.«

Ich bin mir nicht einmal sicher, ob er wirklich mich meint. »Ich?«

»Ja. Jemand ist für Ihre Kaution aufgekommen, Miss.«

»Oh mein Gott!« Die war doch sicherlich unbeschreiblich hoch? Ich darf dieses Loch verlassen? Weil irgendjemand doch Gnade mit einer Unschuldigen gezeigt hat?

Wow. Ich bin wie paralysiert, als ich dem Polizisten hinterhergehe. Meine Knie sind wackelig, und ich begreife erst viel später, dass draußen die Sonne scheint und es helllichter Tag ist. Wie viele Tage und Nächte war ich hier? Drei Wochen? So hat es sich angefühlt.

Aber als mir jemand mein Handy zurückgibt, sehe ich, dass es nicht einmal zwanzig Stunden waren.

Gott. Nie, nie, nie wieder.

»Wie geht es dir?« Ein schwarzer, attraktiver Mann lächelt mich mit seinen strahlend weißen Zähnen an. Ich bin so unglaublich froh, ihn zu sehen, und würde mich am liebsten direkt in seine Arme werfen.

»Mir geht es furchtbar.«

»Ich weiß«, sagt er einfühlsam und legt schützend einen Arm um meine Schultern. Er führt mich direkt hinaus, ohne Zeit zu vergeuden. »Ich bring dich fort von hier. Vertrau mir, es wird alles gut.«

»Wirklich?«, frage ich zweifelnd. Plötzlich bin ich wieder den Tränen nahe.

»Ja. Es war ein Unfall. Und niemand wird dir das Gegenteil beweisen können. Die Polizei hat nichts gefunden. Sie hätten dich in ein paar Stunden gehen lassen müssen, aber ich wollte die Sache … nun ja, für dich beschleunigen.«

»Du bist wundervoll«, murmle ich. Nicht wie der Mann, der mir sagte, ich solle ihm vertrauen. Kaum verlassen wir das Gebäude, schlägt uns die Mittagshitze entgegen. Puh. Zum ersten Mal bin ich froh, sie zu spüren.

»Ich bin nicht wundervoll. Ich tue nur, was ich kann.« Logan hält mir die Tür seines Sportwagens auf. »Bitte versuch, das alles für einen Moment zu vergessen. Ich weiß, es ist schwer. Eine Nacht in der Zelle vergisst man nicht so leicht.«

»Hast du etwa Erfahrung damit?« Ich steige in den Sportwagen und sehe zu ihm hoch.

Seine dunkelbraunen, fast schwarzen Augen strahlen mich an und er lächelt zweideutig. »Möglich. Ich fahre dich nach Hause. Es ist alles vorbei.«

Nach Hause. Noch nie haben sich diese Worte so gut angefühlt.

Nachdem ich ein beruhigendes Gespräch mit Mason geführt habe, folge ich Logan in sein Wohnzimmer. Mein erster Gedanke ist: *Sieht das hier immer so aus*? Dann bemerke ich, dass etwas falsch ist.

Es dämmert draußen. Von dem schrecklichen Polizeipräsidium bis zu seiner Villa in Star Island sind es durch den Stau auf dem Highway mehr als anderthalb Stunden Fahrt gewesen. Logan hat dem Sonnenuntergang entgegengewirkt und Kerzen angezündet. Sehr, sehr viele Kerzen. Zusätzlich stehen unverhältnismäßig viele Blumen im Raum. Rosen. Ich bin verwirrt. Ist er vielleicht doch schwul?

»Hast du mit deinem Freund gesprochen?«

»Ja«, bringe ich hervor. Die Umgebung schneidet mir die Kehle zu. Logans Wohnzimmer ist wie sein restliches Anwesen modern eingerichtet. Und so, wie er dasteht, direkt vor dem weißen, schlanken Sofa, eine Flasche Wein öffnet und eines seiner schicksten Hemden trägt, wirkt er wie ein schwerreicher Gott, aber ganz sicher nicht schwul. – *Natürlich können auch heterosexuelle Männer eine Vorliebe für übermäßig viele Rosen und Kerzen haben. Logan ist schließlich ein gutes Beispiel.* »Er ist froh, dass es mir gut geht.«

»Ich bin auch sehr froh«, sagt er lächelnd und gießt uns ein. »Möchtest du dich zu mir setzen?«

Ein Instinkt in mir schreit sehr laut: ›Nein!‹ Aber mein Kopf bejaht. Schließlich ist auf meine Instinkte und mein Herz kein Verlass. Die Nacht sitzt mir im Nacken, und ich habe nicht einmal heulen können, so sehr hat mich Jadens Abweisung geschockt.

»Gerne«, sage ich also schmeichelnd und nehme auf dem Sofa Platz. Logan setzt sich neben mich, näher als sonst, sodass sich unsere Oberschenkel gleich vom ersten Moment an berühren.

»Auf dich und darauf, dass alles gut wird.« Er drückt mir mein Glas in die Hand und stößt sanft dagegen. Da ich nicht weiß, was ich darauf erwidern soll, weil mich all die romantischen Kerzen schlicht nervös machen, nippe ich ein paarmal häufiger an meinem Glas als er. Ich lasse meinen Blick dabei durch die tiefen Fenster über die schmale Gartenanlage bis hin zum Wasser gleiten.

»Ich weiß, ich überrumple dich jetzt bestimmt.«

Ich möchte nicken. *Gott!* Ich komme doch gerade erst aus dem Knast, habe kaum geschlafen und jetzt stößt er mit mir an? Worauf? Darauf, dass mein Leben beschissen ist und ich in einen Kerl verschossen bin, der mich noch vor unserer zweiten Nacht im Stich gelassen hat?

»Aber wie wäre es … wenn alles vorbei ist … Ich habe mir gedacht, du willst vielleicht nicht hierbleiben.«

»Hm«, mache ich hilflos. *Natürlich nicht!*

»Du solltest mich nach New York begleiten.«

Oh Gott. Mehr Wein.

»Du weißt sicherlich, dass ich viele Monate im Jahr dort bin. Normalerweise verbringe ich den Sommer nicht in Florida, aber dieses Jahr hat sich alles verschoben. Meine Freunde zeigen mir bereits den Vogel, dass ich für die beste Jahreszeit den Bundesstaat verlasse, aber es ist leider nicht anders möglich. Nur … du solltest nicht alleine hier zurückbleiben. Wenn Phillip …« Er spricht es nicht aus. »Ich halte es für eine sehr gute Idee, dass du mich begleitest.«

Mein Kopf neigt sich wie automatisch Richtung Brust. »Okay.«

Er schmunzelt. Es ist ein ganz anderes Schmunzeln als das von Jaden. Ihm fehlt die Ironie, der Sarkasmus. Logan lächelt wirklich. »Ich habe mich in dich verliebt. Das solltest du wissen, bevor du dich entscheidest.«

Mein Herz zieht sich eigenartig zusammen. Sofort muss ich ein paar Tränen unterdrücken.

»Es ist mehr als Freundschaft. Für mich.«

Wie sehr habe ich mir diese Worte gewünscht.

»Wenn wir nicht beide jeweils verheiratet wären …«

Aber nicht von ihm.

»… hätte ich dir längst einen Antrag gemacht.«

»Oh Gott.«

Sein Lächeln weitet sich. »Oh Gott?«, wiederholt er leicht irritiert.

Ich sehe ihn einfach nur an. Shit! Shit, Shit, Shit!

»Ich will dich, Olivia«, sagt er dominant und greift nach meinen Händen. Er zieht mich an sich.

Was soll ich sagen? Was nur? Sorry, Logan, du bist wahrhaftig hinreißend, aber ich habe dich nicht verdient?

»Du denkst vielleicht, ich könne jede haben, aber ich will dich.«

Jede auf dieser ganzen Welt. Aber mich nicht.

»Nur dich.«

»Ich …« Meine Stimme fühlt sich an, als würde sie noch in meinem Mund zerbröckeln. »Logan …«

»Schsch«, macht er sanft und legt mir einen Finger auf die Lippen. »Ich musste es loswerden. Das ist alles.«

Ich war gestern mit Jaden in Key West! Verstehst du nicht? Er hat mich durchgefickt und ich habe ihm nur zu gerne einen geblasen, bevor er mich auf die undenkbarste Art abserviert hat, die es für eine Frau nur geben kann. Das sollte ich ihm sagen. Das oder etwas anderes. »Logan, ich bin schuld.«

»Woran?«, fragt er freundlich. Seine Augen bleiben warm.

»An allem. Ich bin …«

»Es war ein Unfall, Olivia.«

»Ich habe Tiffany die Mails auf den Computer kopiert. Sie hat nie mit einem Mister Starman geschrieben. Und der Typ, den sie getroffen hat, war …«

Logan weitet die Augen.

»Es war mein bester, schwuler Freund.«

Für einen Moment sieht er mich sprachlos an.

»Ich wollte euch auseinanderbringen. Ich habe es geschafft. Ich bin an allem schuld, es tut mir leid. Ohne mich wärt ihr noch glücklich, es wäre alles nie geschehen –«

»Ich weiß.« Er hat sich wieder gefangen. Seine Augen sind ebenso warm wie zuvor.

»Was?«

»Ich weiß, dass du … diese Dinge getan hast.«

Ich starre ihn fassungslos an.

»Ich bin froh, dass du es getan hast. Du wolltest mich. Von Anfang an. Ich musste erst einmal aufwachen, musste merken, dass mir nichts an Tiffany liegt. Ich will dich.«

»Was?!«

Er grinst wieder. »Olivia, was ist daran so schwer zu verstehen? Mir war klar, was du geplant hattest. Von Anfang an. Aber ich habe befürchtet, dass es dich verschrecken würde, wenn ich es dir offenbare, also habe ich mitgespielt. So lange, bis es zu ernst wurde. Phillips Unfall ist ernst. Dir muss es furchtbar gehen. Du hättest niemals eingesperrt werden dürfen. Das alles hing mit Tiffany zusammen. Sie hat dich an die Polizei verraten, sodass sie dich verdächtigt haben. Ich will dich hier fortschaffen. Mit dir nach New York. Ein neues Leben anfangen. Ein neues Apartment kaufen. Eines für mich, gegenüber eines für dich. Ich will es probieren. Es auskosten, ich will dich für mich, ohne meine eifersüchtige Ex-Frau oder deinen triebgesteuerten Mann dazwischen. Nur wir beide. Etwas Neues.«

Ich kann nicht mehr atmen. Vermutlich ist das hier nur ein verrückter Traum und ich liege halb verhungert in meiner Zelle. Was soll ich tun? Was ist passiert?

Ich weiß es nicht, und ich weiß es noch weniger, als Logan sich vorbeugt und mich küsst. Stürmischer als jemals zuvor. Getriebener. Er gleitet mit seiner Zunge zwischen meine Lippen, seine Hände wandern zu meinen Brüsten. Ehe ich mich versehe, hat er mir das Top bis zum Hals hochgestreift und packt mich dominant.

Ich lasse es geschehen. Natürlich. Denn auch wenn mein Herz nicht bei der Sache ist, ich angestrengt versuchen muss, nicht an einen anderen Mann zu denken, hat Logan mir gerade den Himmel zu Füßen gebettet, nach dem ich mich sehne. Etwas Perfektes. Eine Möglichkeit auf eine Flucht. Nach New York. Ins kalte, nüchterne New York. An seiner Seite.

An der Seite eines Mannes, der immer gut zu mir war. Der mich liebt.

Ein Traum, den jedes Mädchen hat, ist gerade in Erfüllung gegangen.

Warum fühlt es sich dann nicht so an?

Jaden

Ein dumpfes Pochen dröhnt in meinem Kopf. Höllische Kopfschmerzen. Zu wenig Wasser, zu viel Hitze, zu viele Sorgen.

Das Klopfen wird lauter.

»Jad!«, klingt es dumpf in meinem Schädel.

Himmel …

»Jad! Herrgott noch mal! Mach doch die Tür auf!«

Ich schrecke hoch. Brauche einen Moment, um mich zu orientieren. Tatsächlich. Ich sitze in meinem Auto, es ist immer noch verdammt heiß, ich schwimme in meinen Klamotten und ich bin eingenickt.

Neben dem Fenster steht Tiffany und schlägt wie wild gegen das Glas. Ich fahre die Scheibe geistesgegenwärtig herunter und sehe zu ihr hoch.

»Warum schläfst du denn hier drin?«, fragt sie mich voller Erstaunen.

Doofe Frage. Ich habe die letzte Nacht kein Auge zugetan und jede einzelne Minute darüber nachgegrübelt, ob

Olivia unschuldig ist und wenn ja, wie ich es beweisen könnte. Ich war bei Phillips Villa, ich habe Larry ausgehorcht und anschließend mit Logan gesprochen. Ich habe ihm den Brief gezeigt und wir haben uns dafür entschieden, ihn der Polizei erst zu zeigen, wenn Olivia vor Gericht steht oder Phillip nicht überlebt. Solange eines von beidem nicht eingetreten ist, wäre es zu riskant, ihn weiterzugeben, denn Phillip spricht offen darüber, eine Versicherung betrügen zu wollen … Außerdem gibt es eine Videoaufnahme von Logans Gästehaus. Olivia ist zwar nicht ganz darauf zu sehen, aber mit ein paar Zeugenaussagen von der Rennbahn, die bestätigen, dass sie genau diese Pumps und diesen Hut getragen hat, wird das Alibi wasserdicht.

»Ich muss mit dir reden, hörst du mir zu?«

Ich fahre mir über den Mund. »Mhm?«

Tiffany ist topgestylt. Ich weiß nicht, wie sie es schafft, bei dieser Hitze ständig so auszusehen, als hätten wir nicht viel mehr als vierundzwanzig kühle Grad. »Sie haben nichts gefunden«, erklärt sie bitter. »Sie mussten Olivia wieder gehen lassen. Und jetzt stell dir vor, wo sie wohnt!«

»In Logans Gästehaus«, sage ich unbeeindruckt. Ich hielt es für eine gute Idee. Auch, um nicht verdächtig zu wirken, denn Logan darf weiterhin nichts von meinem Verhältnis mit ihr erfahren. Vorerst.

»Ja!«, kreischt Tiffany wütend. »Gott, ich hasse sie! Und ihn! Das macht er alles mit Absicht. Ich habe ihm jetzt gesagt, dass du mit ihr geschlafen hast.«

Ich schrecke hoch. »Was?!«

Sie grinst mich fröhlich an. »Mein Detektiv hat von euch Fotos gemacht. Es sind tolle Aufnahmen dabei, wirklich. Ich habe Logan eine Mail geschrieben. Gerade eben.«

»Bist du vollkommen irre?!« Ich starre sie an, meine Gedanken rasen. »Was war denn auf den Scheißfotos zu sehen? Wann hast du sie gemacht? Bist du uns gefolgt? Warum wusste ich davon nichts?!«

»Beruhig dich doch, Süßer«, sagt sie liebevoll und zum ersten Mal in meinem Leben möchte ich Tiffany Westham den Hals umdrehen. »Mein Detektiv Coreay wusste ja nicht, dass du es bist. Es ist ein Foto von dem Kuss am Strand hier bei deinem Haus und eines nach dem Pferderennen gestern, wie ihr gemeinsam davonfahrt. Aber ich habe natürlich der Polizei nichts gesagt. Nicht dass es dann heißt, du wolltest mit einer Mörderin fliehen.«

»Du hast der Polizei alles gesagt, aber das nicht?! Wie ehrenhaft von dir!« Ich werfe mich zurück in den Sitz. Mein gesamter Blutkreislauf gerät aus den Bahnen. »Tiffany.« Ich muss ruhiger werden. Es bringt mir gar nichts, ihr Vorwürfe zu machen, dann schnappt sie ein und haut ab. »Olivia hat Phillip nicht umgebracht. Verstehst du das? Sie ist keine Mörderin. Und weißt du, was Logan tun wird, wenn er erfährt, dass ich mit Olivia im Bett war?«

»Sie hoffentlich abservieren?«, fragt sie strahlend.

»Er wird sie erst recht haben wollen«, korrigiere ich sie bitter und fasse mit beiden Händen in meine durchgeschwitzten Haare. Gottverdammt! »Er wird sie haben wollen, um mir zu beweisen, dass er sie trotzdem bekommt.« Ich spreche zur Windschutzscheibe und mehr mit mir selbst als mit Tiffany. »Ich habe ihm jede Frau ausgespannt, nur bei dir hat es ihn zum ersten Mal gestört. Er denkt, kaum hat er die nächste, dränge ich mich wieder dazwischen wie bei Harriet und Phillip, um ihm etwas zu beweisen. Einfach, weil ich es früher auch immer getan habe.«

»Hm, meinst du wirklich?«, fragt Tiffany ahnungslos.

»Ich habe das so verstanden, dass alle Frauen, die sich von dir verführen ließen, für ihn unattraktiv wurden. Wie ein Spiel, das ihr gespielt habt, weil er so viel Geld hatte und die Frauen nur daran interessiert waren. War es nicht so?«

Ich sehe zu ihr hoch. »Erraten. Bis du in dieser einen Nacht zu mir kamst und alles anders war als sonst. Und dann auch noch Harriet … Ich hab 'nen miesen Ruf bei ihm und er wird es mir heimzahlen wollen!«

Sie weitet verwundert die Augen. »Aber das war doch, bevor ich richtig mit ihm zusammen war! Und Harriet auch!«

»Na und?«

»Du meinst … er wird Olivia trotzdem wollen, obwohl sie nur sein Geld will, weil du …?«

»Ich muss zu ihm.« Nicht auszudenken, was er mit Olivia tun wird, wenn er glaubt, mir dadurch eins auswischen zu können!

»Du stehst auf sie«, erkennt sie baff. »Hast du dich in Olivia verliebt, Jad?«

Ich fahre die Scheibe wieder hoch und schließe in weiser Voraussicht die Türen von innen ab, als ich den Motor starte.

»Keine einzige Frau konnte dein Herz erweichen, aber diese schreckliche Schlange?!«

»Sie ist nicht halb so schrecklich, wie du denkst«, murmle ich und setze zurück.

»Jad!«, ruft sie wütend und zerrt an der Fahrertür, die sich nicht öffnen lässt. »Wieso ausgerechnet sie?!«

Das wüsste ich auch gerne, denke ich im Stillen, setze auf die Straße, wende und rase los, das Speed Limit ignorierend.

Logan wird versuchen, Olivia zu verführen. Und Olivia wird nicht Nein sagen. Nicht mehr.

Nach allem, was ihr geschehen ist, darf ich das nicht zulassen. Meine eigenen Gefühle und mein Arschlochverhalten gestern Nacht hin oder her. Ich muss sie beschützen. Jetzt nicht mehr nur vor mir selbst.

Olivia

Der Teppich unter meiner nackten Haut fühlt sich weich und gut an. Logan hat seine Hand in meinen Nacken gelegt, er küsst den Ansatz meiner Brüste.

Ich habe die Augen geschlossen und genieße die Berührungen, das Gefühl, aufrichtig begehrt zu werden, geliebt.

Er wandert mit seinen Lippen tiefer, drückt mit seiner Handinnenseite in meinen Schritt. Ich entscheide mich dafür, lustvoll zu stöhnen, um ihm zu zeigen, dass es mir gefällt. Dass ich mehr will.

Von ihm.

Jahrelang habe ich so gelebt. Monatelang habe ich darauf gewartet, dass mir die Ehemänner verfallen, habe geschauspielert und sie dann verlassen. Logan werde ich nicht verlassen. Ich habe genug. Ich bleibe bei ihm. Nicht nur wegen des Geldes. Sondern auch, weil er mir die Sicherheit bietet, die ich nirgends sonst bekäme.

Und wenn er mich dann doch von sich aus verlässt? Dann soll es so sein, und ich kann immer noch meine

Krallen ausfahren und mich dagegen wehren, abserviert zu werden.

Doch nie wieder werde ich einem Mann blind vertrauen. In die Ecke gestellt, auf ihn angewiesen. Habe ich all die Zeit denn nichts gelernt? Habe ich nicht gelernt, dass Männer Arschlöcher sind, beziehungsunfähige Mistkerle? Die mit ihrem Schwanz denken und ihn einziehen, sobald es kompliziert und anstrengend wird?

Wieso bin ich dann entgegen meiner Erfahrungen einem von ihnen verfallen? Das wird es nicht mehr geben. Ich habe mein Herz verschlossen, ich lasse niemanden mehr hinein.

Mein Stöhnen wird lauter. Eine Tür knallt.

Logan unterbricht seine Liebkosungen, ich reiße die Augen auf.

»Du willst das nicht wirklich tun.« Jaden Carter steht an der Tür. Er sieht auf uns herab. Seine Miene ist Granit, sein Körper verspannt. »Tiffany hat dich nicht betrogen. Das weißt du jetzt. Mach nicht die Dummheit und spiele ein Spiel, vor dem du mich selbst gewarnt hast.«

Logan richtet sich auf und knurrt. »Raus.«

Jaden bleibt stehen. Ich will ihn töten. Wie kommt er dazu, uns zu unterbrechen? Wie kommt er dazu, hier aufzukreuzen und über Tiffany zu sprechen? Logan davon abzuhalten, es mit mir zu versuchen? *Nachdem* er mich gestern auf erniedrigendste Weise im Stich gelassen hat?! Er ist das größte Arschloch dieses Planeten. Ich setze mich auf und schließe den BH wieder, den Logan gerade öffnen wollte.

»Ich werde nicht gehen, Logan.«

»Du wirst gehen«, zischt Logan drohend und steht langsam auf. Ich sollte ihn davon abhalten, Jaden zu Brei zu schlagen, auch wenn er es offensichtlich liebend gern tun würde. Das ist nämlich mein Part. »Verschwinde.«

»Du erinnerst dich noch an deine Worte? Von vor dreieinhalb Jahren? Der beste Winter in Miami, zu viele Shots für Phillip, eine zu lange Party …«

»Ich erinnere mich genau«, knurrt Logan und richtet sein Hemd. Nun, da er steht, füllt er den Raum mit seiner charismatischen Präsenz, doch Jaden weicht nicht zurück. Er bleibt unbeeindruckt.

»Du hast mich gefragt, wann ich aufhören würde zu spielen. Du hast mir vorgeworfen, Harriet sei zu schwach und verwirrt gewesen und ich hätte das ausgenutzt. Du hattest recht. Ich habe es ausgenutzt. Ich habe gespielt. Aber ich habe mich verändert. Jetzt bist du es, dem ich all das vorwerfen muss.«

»Du hast einen kleinen Knall, Carter.« Logan beachtet mich nicht weiter. Die beiden Männer fixieren sich. Etwas liegt in der Luft, das Jahre her ist und doch so viel Macht hat, noch heute zu wirken. »Du solltest aufhören, dich in Dinge einzumischen, die dich nichts angehen.«

»Sie gehen mich was an, du dämlicher Idiot!«, blafft Jaden. Seine Augen blitzen grün auf. »Du bist verdammt noch mal mein bester Freund, Tiffany bedeutet mir verdammt noch mal etwas, und es tut mir auch für Phillip leid, okay?! Es tut mir leid! Ich stehe vor dir und bitte um Vergebung, aber du gehst jetzt zu weit! Mir musst du nichts beweisen. Toll, ja, du kriegst Olivia rum, weil du vier Nullen mehr auf deinem Konto vorzeigen kannst. Aber ich habe begriffen, dass Menschen schwach sind. Dass sie Fehler machen, sich nicht perfekt verhalten und viel zu schnell verführt werden können. Ich habe es bei Tiffany geahnt. Ich habe es bei Harriet erkannt. Und was auch immer du mit Olivia tun wirst, ich weiß es auch bei ihr.«

»Was weißt du?«, fragt Logan dunkel und formuliert so die Frage in meinem Kopf.

»Dass sie verdammt noch mal verletzt wurde und lieber dich und deine Sicherheiten einem Typen wie mir vorzieht.« Er sieht mich bei seinen Worten nicht an, als wäre ich gar nicht da. So denkt er über mich? »Aber Mann, Logan. So bist du doch nicht! Willst du wirklich alles aufgeben? Alles, was Tiff und du hattet?«

Für eine Weile herrscht Schweigen. Dann räuspert sich Logan und holt sein Smartphone hervor. »Du kannst freiwillig gehen oder ich rufe die Security des Viertels.«

Jadens Mund öffnet sich fassungslos, doch er schließt ihn schnell. »Wichser«, zischt er. »Ich hätte nie weggehen und meinen besten Freund aus den Augen lassen sollen.« Mit diesen Worten wendet er sich ab und knallt die Tür hinter sich zu.

Stille.

Ich brauche einen Moment, bis die Wut, die während seiner Rede bedauerlicherweise verflogen und einer nervenden Sehnsucht gewichen ist, mich wieder erfüllt, dann sehe ich Logan an. »Würde es dich stören, wenn ich mit ihm spreche?«

»Nur zu«, sagt er wenig begeistert und deutet mit einer offenen Armbewegung zur Tür. »Wenn du glaubst, das Gespräch wäre fruchtbar.«

»Oh, keine Angst«, erwidere ich süß über die Schulter, als ich Jaden folge. »Es wird definitiv fruchten.«

Als ich aus der Haustür trete, muss ich Jaden zurückrufen, da er schon beim Gartentor ist. »Carter!«

Er bleibt stehen, dreht sich um und blinzelt mich an.

Erst jetzt fällt mir auf, dass ich nur in eine kurze Jeans und einen BH gekleidet bin. Aber mich soll es nicht stören.

Er lässt seinen Blick über meinen halb nackten Oberkörper gleiten, bevor ich ihn erreiche. Seine Miene ist noch immer verschlossen, jede Ironie, jedes Lächeln gewichen.

»Du willst mich schlagen?«, fragt er tonlos.

»Das wäre zumindest eine gute Idee, findest du nicht?«, erwidere ich achselzuckend, bin allerdings enttäuscht, dass er mich darauf anspricht, denn nun verspüre ich keine Lust mehr auf die Ohrfeige, die ich eben noch geplant hatte. »Was wagst du es, hier aufzutauchen?« Ich senke meine Stimme. »Willst du mein Leben zerstören? Geilst du dich daran auf, ist es das? Alle sollen so unglücklich sein wie du? Hm?«

»Ich will nicht, dass du unglücklich bist.« Er sagt es ohne jede Gefühlsregung.

Ich gebe ein hohes Lachen von mir. »Du bist ein lügnerischer Arsch, Jaden! Weißt du, wie es gestern Nacht für mich war? Weißt du, wie es war –«

»Ich weiß es.« Er unterbricht mich raunend. »Ich weiß es genau. Ich habe dich im Stich gelassen und es sofort bereut. Ich hätte dir glauben sollen. Es war falsch, es nicht zu tun.«

»Das hättest du«, zische ich. Woher kommt jetzt plötzlich diese Reue? Ist das auch nur ein Spiel? »Warum lässt du es nicht einfach gut sein, wenn es dir doch offensichtlich leidtut? Wieso lässt du mich nicht mit Logan glücklich werden?«

»Weil er dich nur fickt, um mir etwas zu beweisen«, zischt er zurück. »Gott, Olivia.« Er streicht sich durch die Haare und sieht sich in der Einfahrt um, als glaube er, uns könne jemand belauschen. »Es tut mir leid, das zu sagen, aber alles, was Logan heute zu dir gesagt hat, war sehr wahrscheinlich eine Lüge. Er will mich verletzen, mir etwas heimzahlen, mich erziehen, was weiß ich.«

Ich hebe eine Braue. »Das ergibt überhaupt keinen Sinn.«

»Tut es doch!«, blafft er mich an. »Du hast ihn betrogen! Mit mir! Verstehst du das nicht? Er hat Fotos gesehen. Von uns. Tiffany hat sie ihm zugespielt.«

Ich starre ihn an.

»Er weiß, dass wir was hatten. Haben, was auch immer. Und heute habe ich ihm den Brief ... Sogar Phillip hat erkannt, dass ich mehr für dich empfinde als für jede Frau jemals vorher. Okay? Logan findet dich attraktiv, ganz bestimmt, sonst hätte er sich nicht mit dir ablenken wollen. Aber ihn stört es, dass wieder ich derjenige bin, der ihm in die Quere kommt. Und anstatt es an dir auszulassen, denn du bist ja schließlich nur ›mein Opfer‹, will er es mir heimzahlen. Er will mir zeigen, dass du nur sein Geld willst und nicht mich. Ich weiß, dass das total kindisch und bescheuert von ihm ist! Aber er ist schließlich mein bester Freund, irgendwas muss er ja mit mir gemeinsam haben.«

»Eine interessante These«, bringe ich hervor. Meine Gedanken überschlagen sich. Was hat er gerade gesagt? Wie ... passt das alles zusammen? Passt das zusammen?

»Olivia ...«, beginnt er zögernd.

»Wenn du so viel für mich empfindest«, ein Kloß in meinem Hals hindert mich beinahe am Sprechen, »wieso hast du mich dann gestern Abend im Stich gelassen?«

»Weil ich schuld bin!« Er schreit die Worte beinahe in mein Gesicht. »Ich bin zu ihm gefahren, zu Phillip, und habe ihm gesagt, dass ich dich nur austricksen will, um ihn und Logan vor dir zu beschützen. Dass es mir nicht darum geht, ihm zwölf Millionen abzunehmen, die er sowieso nicht hat. Ich habe ihm Whiskey eingeschenkt. Ich habe ihm durch irgendetwas an meiner Art offenbart, dass ich dich will. Dass die Gedanken an dich mich nicht mehr loslassen.«

»Wann hast du das getan?«, frage ich stimmlos.

»Am Freitag vor drei Wochen. Nur meinetwegen hat er getrunken. Nur meinetwegen hat er …« Jaden fährt sich mit den Fingern seiner rechten Hand über den Mund und sieht mich verzweifelt an. »Nur meinetwegen wollte er nicht damit leben, was er getan hat. Meinetwegen hat Logan, sein einziger Freund, sich von ihm abgewandt. Ich bin schuld, dass er sich umbringen wollte.«

»Er wollte sich …«

Jaden schüttelt den Kopf. Also nur eine Vermutung? »Ich bin nicht der Typ, der sich entschuldigt. Denn niemand kann mir die Schuld jemals wieder nehmen. Aber es tut mir leid. Es tut mir leid, dass du nur meinetwegen so leiden musstest. Das hast du … du hast es nicht verdient. Anders als ich dachte, tatsächlich.« Ein kurzes Lächeln. »Ich bin der Einzige aus dieser ganzen Runde, der noch immer nicht erwachsen geworden ist und jetzt alles verantworten muss. Ich will nur, dass du dich nicht in etwas hineinstürzt –«

»Mit Logan?«

»Ja. Er nutzt dich aus.«

»Und wenn schon.« Ich recke mein Kinn und verschränke die Arme vor der Brust. »Bei ihm weiß ich wenigstens, woran ich bin.«

Jaden zuckt zusammen, als hätte ich ihn tatsächlich geschlagen. In seinen grünen, klaren Augen steht ein Schmerz, von dem ich nicht dachte, dass er ihn empfinden können würde. »Du hast recht«, sagt er leise. »Vielleicht wird ihm eine Olivia Bloom sogar guttun und ihn wieder zur Vernunft bringen. Das ist schließlich deine Spezialität.« Was vielleicht als Scherz gemeint war, kommt todernst rüber. »Dann bleibt mir wohl nicht viel mehr, als dir dabei Glück zu wünschen, oder?«, fragt er resignierend und greift nach dem Türgriff des metallenen Tors. »Du wirst schon wissen, was du tust.«

Und das sind Jaden Carters letzte Worte, bevor er Logans Grundstück verlässt und zu Fuß die Straße hinuntergeht. Zu seinem Motorrad oder Auto oder Fahrrad oder womit auch immer er gekommen ist.

Ich werde wissen, was ich tue.

Ja, vielleicht hat er recht.

Jaden

Nur einen Tag später klingelt es an meiner Tür. Fast will ich aufspringen und zu ihr rennen. Die Hoffnung verfolgt mich, sie ist wie ein großer Hund, der in meinem Rücken sitzt und triezend bellt.

Aber keine unfassbar sexy, kurvige Olivia Bloom mit vollem, wehenden Haar steht vor meinem Haus, sondern eine Frau, mit der ich niemals gerechnet hätte.

»Harriet.«

Ihre Lippen bestehen aus schmalen Strichen und ihre Augen sind rot unterlaufen. Sie hält sich die Hand vor den Bauch, als hätte sie Schmerzen, obwohl ihre sonstige Haltung das eigentlich nicht vermuten lässt. »Hallo, Jad.«

»Wie komme ich …« Ich weiß nicht ganz, ob es eine Ehre ist. »… zu dieser Ehre?«

»Ich muss mit dir sprechen. Über …«, sie zögert, »Phillip.«

Ganz automatisch öffne ich die Tür für sie. Harriet ist klein und schmal. Sie war schon immer das unscheinbare Mädchen von nebenan, die Tochter einer Angestellten der

Raines. Kein Geld, geringe Möglichkeiten. Im Grunde die perfekte Partie für Phillip, der nie den Prunk gesucht hat. Jetzt, da ich so darüber nachdenke und sie nach Jahren wieder einmal vor mir habe. Wenn mich nicht alles täuscht, hat auch sie geheiratet – und auch sie hat sich wieder getrennt. Das war wenige Monate, bevor ich sie das letzte Mal gesehen habe. »Komm herein.«

»Danke«, sagt sie schüchtern. Sie kennt mein Haus. Von dieser einen Nacht. Ich erinnere mich allerdings nicht mehr daran, wo wir es getan haben und ob sie mehr meiner Zimmer gesehen hat als den Flur, doch sie geht in mein Büro, als würde sie den Weg genau kennen.

Überraschenderweise setzt sie sich dort auf den Stuhl vor dem Schreibtisch und zwingt mich so, mich dahinterzusetzen, als würde ich eine Klientin empfangen.

»Wie kann ich dir helfen?«, frage ich daher auch ziemlich geschäftlich.

»Ich bin schwanger.«

Okay, ja, das hatte Phillip in seinem Brief geschrieben. *Und was sage ich jetzt?* »Das freut mich …«, weiche ich dämlich aus.

»Von ihm.«

»Von ihm?«, frage ich. »Von wem.«

»Von Phillip.«

What. Mein Mund öffnet sich ohne mein Zutun. »Du bist …«

»Ich bin schwanger von ihm …« Sie schluchzt auf und holt ein Taschentuch aus ihrer hellgelben Tasche hervor. »Wir haben … Ich war so doof, es war … Ich habe mich … und dann … Wir haben nicht verhütet, weil … und jetzt bin ich …«

»Schwanger.« *Wow.* Wow, Scheiße. »Ich möchte dir nicht zu nahe treten …«

»Tust du nicht«, lenkt sie sofort ein, schluchzt und lächelt mich schüchtern an.

»Aber wieso bist du zu mir gekommen?«

»Ich wollte deswegen noch mal mit ihm sprechen, über ihn und mich … und das Baby, vorgestern«, sagt sie leise. »Ich war bei seinem Haus. Und habe all die Polizei gesehen. Dann bin ich schnell wieder weg. Ich habe dann durch alte Bekannte, die bei Nachbarn von ihm arbeiten, erfahren …«, wieder ein Schluchzer, »was geschehen ist.«

»Und jetzt hoffst du darauf, dass dein Kind von ihm erbt?« Ich bin so in dieser Schwindlergeschichte drin, dass ich einfach direkt fragen muss.

»Was?«, fragt sie erstaunt. »Nein! Ich will nur zu ihm. Verstehst du? Ich will zu ihm ins Krankenhaus und ihn sehen … vielleicht ein letztes Mal, du weißt …« Sie bricht in schreckliche Tränen aus.

»Wie, du möchtest zu ihm?« Ich stehe auf dem Schlauch.

»Sie lassen mich doch nicht!«, ruft sie unter Tränen. Ihr geht es tatsächlich hundsmiserabel. Keine ihrer Tränen, die ihr über das bleiche Gesicht rinnen, ist gespielt. Ihre blonden Haare tragen auch nicht gerade dazu bei, dass sie gesund aussieht. Sie braucht dringend ein paar Vitamine, sollte sie wirklich schwanger sein. »Ich bin ein Niemand, ich darf nicht zu ihm! Aber vielleicht … also weil ich die Mutter seines Kindes bin …«

Deswegen ist sie zu mir gekommen?

»Du bist Anwalt, und ich habe kaum Geld, einen zu bezahlen, aber vielleicht … ich dachte, vielleicht kannst du mir helfen?«

Ich sitze tatsächlich da und starre sie für eine geschlagene Minute an. Wow. Sie will kein Geld. Sie will einfach nur Phillip ein letztes Mal sehen. Den Mann sehen, den sie nie aufhören konnte zu lieben. Olivia hat ganze Arbeit geleistet, Chapeau. »Ich werde mir etwas überlegen.«

»Wirklich?«, fragt sie erstaunt und ihre geröteten Augen weiten sich. »Das wirst du tun?«

»Am besten, wir schleusen dich rein, ganz unsauber und mit ein paar Tricks. All der Papierkram würde zu lange dauern.« Ich bewege die Maus, um auf dem Bildschirm nachzusehen, wie viel Uhr es ist, und öffne damit auch das Dokument, das ich zuletzt bearbeitet habe. Ein Scan von Phillips Brief. Die Notizen dazu, wie Harriet das Haus bekommen könnte, entsprechend seinem letzten Willen. Nun. Das sollte jetzt kein Problem mehr sein, wenn ihm denn die Vaterschaft nachgewiesen werden könnte, und Olivia würde ihren Teil auch erhalten. *Als hätte er es geahnt.* Hat er sich umgebracht, weil er dachte, sie sei von *ihm* schwanger? Das würde er nicht tun. Nein, vermutlich hat er von der Schwangerschaft über zu viele Ecken erfahren und irgendjemand hat einen möglichen Vater dazugedichtet und er hat es prompt geglaubt. Und jede Hoffnung aufgegeben, sie jemals zu bekommen. Toll! Jetzt wird sein Kind womöglich schon als Halbwaise geboren. Kann es nicht sogar sein, dass er nur deshalb so um Olivia gekämpft hat, weil er Harriet auf jeden Fall verloren glaubte …? »Wir sollten vielleicht jetzt sofort losfahren. Die Schwester vom Wochenende hat hoffentlich keine Schicht, dann schleuse ich dich rein.«

»Oh, gut«, gibt sie von sich und betrachtet mich mit ganz neuen Augen. »Du bist wirklich verändert.«

»Ach ja?« Ich sehe sie nachdenklich an und stehe schon halb, als das Telefon klingelt. »Jaden Carter?«

»Ich bin's.«

»Stell dir vor, Mr. Billion, es ist gerade sehr ungünst-«

»Er ist aufgewacht. Er hat's überlebt. Tiffany hat einen Anruf von ihm bekommen. Scheinbar ganz der alte.«

»Phillip?«

»Mein Großvater! Wer sonst, Mr. Oberschlau!«, blafft Logan. »Wir treffen uns im Krankenhaus. In einer Stunde.« Er legt auf.

Ich halte den Hörer in der Hand, sehe von ihm zu Harriet, zurück zum Telefon. Dann fällt mit einem Mal eine furchtbare Last von meiner Schulter und ich fühle mich großartig und befreit.

Er ist nicht tot. Die Liebe seines Lebens steht in meinem Büro. Und irgendwie habe ich das Gefühl, doch nicht alles falsch gemacht zu haben. Einige wenige Dinge jedenfalls nicht.

Auch wenn ich nicht darauf hoffen kann, dass Logan Olivia mit ins Krankenhaus bringt. Ein Gefühl sagt mir, dass sie nicht da sein wird. Nie wieder.

»Sie sollten diese Friedhöfe klimatisieren.« Das ist Logans Begrüßung, als er mich kommen sieht. Er darf sich nicht beschweren, er trägt einen Anzug, eine Krawatte, ein Hemd und all das Zeug, das man in Miami nicht tragen darf, wenn es August ist und man vorhat, das Haus zu verlassen.

»Du könntest dir deinen eigenen Friedhof kaufen, nur zu.« Ich versuche mich an einem zurückhaltenden Lächeln. Ich weiß nicht mehr genau, wer von uns das Treffen vorgeschlagen hat und warum wir uns ausgerechnet diesen Ort dafür ausgesucht haben, aber vermutlich wollten wir es beide. – Bis auf diese Friedhofssache, die Idee kam sicherlich von Logan.

Er steht, die Hände in den Taschen, vor dem Grab seiner Eltern und seiner Tante.

Lucia & Paul Westham. Patricia Westham. Er hat sie innnerhalb kürzester Zeit verloren. Nach Patricias Tod hatte ich noch weniger Gründe, hier in Miami zu bleiben und meine Fehler auszubaden. Vielleicht war gerade diese Flucht ein Fehler, denn er hätte mich als Freund gebraucht.

»Tiffany kann keine Kinder bekommen.«

Ich stecke die Hände ebenfalls in die Taschen und sehe aufs Grab.

»Wir haben alles versucht. Na ja … jedenfalls das meiste. Ich war dagegen, dass sie all ihre Energie darauf verwendet, es medizinisch zu versuchen …« Er seufzt auf. »Aber vielleicht habe ich ihren Kinderwunsch nie so ganz nachempfunden. Ich hatte unglaublich viel zu tun. Ständig das Hin- und Herjetten. Meine Firma in Ohio, pleite, neue Gesetze für Transaktionen nach China, ich war mehr als ausgelastet. Am Ende dachte ich, es lag vielleicht an mir.«

Ich schweige.

»Als ich sie mit diesem gutaussehenden Kerl gesehen habe … so ein durchtrainierter, smarter Typ, der ihr schöne Augen gemacht hat ... Ich dachte, sie will es vielleicht mit ihm versuchen. Ich wusste nicht, was besser war: Eifersucht oder Verzweiflung. Ich entschied mich dafür, nicht um sie zu kämpfen, als ich diese dämlichen E-Mails gefunden habe. Jede Nachricht war ein Verrat. Jedes Wort bezeugte mein Versagen. Ich habe sie im Stich gelassen, jahrelang, seitdem du weg warst, ich habe mich nicht ausreichend darum bemüht, auf ihre Bedürfnisse einzugehen, war blind. Ich dachte einfach, es sei Zeit für einen Neuanfang. Aber dann …«

»Fing sie an, selbst eifersüchtig zu werden.«

»Ich wusste nicht, was das sollte. Mittlerweile hatte ich mich so verrannt in meine Gedanken, dass ich dachte, es sei für sie besser, wenn sie sich von mir trennt. Damit sie Kinder bekommen kann, damit sie es versucht.

Nicht mit mir. Sondern mit einem anderen. Aber allein dieser Gedanke hat mich ebenfalls so wahnsinnig gemacht …«

»Dass du dich ablenken musstest.«

Er sieht mich von der Seite an. »Sagen wir … es überblenden. Du kennst meinen Frauengeschmack. Auch mir hat sie sehr gefallen.«

»Und Tiffany hat es nur schlimmer gemacht, indem sie dir wie eine eifersüchtige Ex nachgestellt hat, statt dich in einem ruhigen Gespräch darüber aufzuklären, dass diese E-Mails nicht von ihr stammten und mit Mason niemals mehr gewesen ist als ein paar Tassen Kaffee.«

»Ich hätte ihr zuhören sollen. Ich habe ihr nicht vertraut. Vielleicht, weil es mir so logisch erschien, weil ich insgeheim dachte, es sei ihr gutes Recht, sich einen anderen Mann zu suchen. Einen, mit dem man verdammte Kinder zeugen kann. Nicht einen wie mich.«

»Es gibt doch Hollywoodvorlagen für dieses Problem!«, erinnere ich ihn scherzhaft. »Und mir war, als wärest du ebenfalls –«

»Adoptiert?«, ergänzt er den Satz. »Du meinst, wir sollen ein Kind adoptieren?«

»Wenn ihr wollt, auch einen ganzen Haufen. Wenn irgendjemand das Geld für so etwas scheißt, dann ja wohl ihr.«

Er betrachtet mich zweifelnd. »Geld ist nicht alles.«

»Dann verkauf ein paar deiner Firmen und du hast auch mehr Zeit. Warum machst du dir diesen Stress?« Ich lächle ihn brüderlich an. »Ernsthaft, Logan. War es nicht das, was wir uns immer geschworen haben? Dass wir nie vergessen, wofür man lebt? Und was haben wir getan? Uns zu Tode geschuftet, um im Golfclub die Gebühren zahlen zu können. War es das wert?«

Er runzelt nachdenklich die Stirn. »Ich werde nie

wieder im August in der Hitze Golf spielen. Verlass dich drauf.«

Ich muss lachen und er steigt mit ein.

Wir sehen uns in die Augen, spüren die ehemalige Verbundenheit und sehen zurück zum Grab.

»Sie hat mir übrigens gestanden, was sie getan hat.«

Mein Magen dreht sich um. »Wer?«

»Ich habe sie verführen wollen, da hat sie es mir gestanden.« Plötzlich grinst er und sieht mich an. »Hatte wohl so große Angst davor, mit mir schlafen zu müssen, dass sie mir schnell gesagt hat, dass sie nur dich will.«

»Sie hat es dir … gestanden?« Ich sollte cool bleiben, aber das ändert viel.

»Ja«, sagt er nachdenklich und lässt seinen Blick schweifen. »Alles. Das mit ihrem besten Freund, den E-Mails, dass sie eine Schwindlerin ist. Nur das mit den Fabrikarbeitern in Mexiko musste ich dem Gespräch entnehmen, das Tiffanys fleißiger Detektiv von euch beim Pferderennen aufgezeichnet und abgetippt hat. Olivia ist wirklich eine Nummer für sich. Eine ziemlich besondere Frau.«

»Jeder versucht auf seine Art, die Welt besser zu machen. Sie schrägerweise mehr als wir.«

»Ich habe gestern Morgen den Mexikanern erst mal eine Party organisiert.« Wieder ein Seitenblick und ein Grinsen. »Man kann nicht gleich die ganze Fabrik in ein Paradies verwandeln, das funktioniert nicht. Sollte Olivia jemals zurückkommen, können wir darüber gerne diskutieren. Ich kann den Arbeitern auch nicht eine Woche freigeben, dann saufen sie und kommen nie wieder zurück. Aber eine Party. Und billigeres Essen, so was ist machbar. Die Welt lässt sich leider nicht retten, nur weil man ein paar hundert Millionen in sie investiert. Auch dafür gibt es Hollywoodvorlagen.«

»Komm schon«, ich verdrehe genervt die Augen, »komm mir jetzt nicht mit deinem Christenscheiß, ja? Der Regenwald? Wenigstens den könntest du kaufen und retten.«

»Jaja«, lacht er. »Ich bin nicht so glorreich wie du, gehe nach England und ziehe eine wohltätige Organisation auf. Verstehe schon.«

»Aufgezogen habe ich da gar nichts«, wiegele ich ab. »Das war das Egoistischste, was ich jemals getan habe. Ich musste zu mir selbst zurückfinden, und diejenigen, denen ich geholfen habe, mussten dafür herhalten.«

Logan lächelt mich nachdenklich an. Erst nach einer Weile antwortet er. »Willst du mir sagen, dass du sie liebst? Meintest du das ernst?«

»Fuck.« Ich wedle abwehrend mit der Hand. »Können wir dieses Gespräch überspringen, bitte? Ich will mir nicht von dir anhören müssen, dass du nur darauf gewartet hast.«

»Na ja … im ersten Moment dachte ich, du wärst nur gekommen, um Tiffany endlich wieder flachlegen zu können, aber ich habe mich zum Glück getäuscht, das hättest du nicht überlebt. Aber Olivia? Ja … warum nicht? Sie kann genauso durchtrieben und gerissen sein wie du. Das werden tolle Kinder.«

»Halt deine Fresse.«

Er lacht laut. »Ich mein ja nur! Du solltest langsam auch an so etwas denken.«

»Sie ist fort, oder nicht?« Ich kann nicht mitlachen und das ärgert mich am meisten. »Sie hat Phillip die Papiere unterzeichnen lassen und ist verschwunden. Sie wird nicht zurückkommen, und ich beauftrage sicherlich keinen Detektiv, damit ich herausfinde, wo sie hin ist.«

Logan schmunzelt. »Das hat Tiffany auch getan, und es hat mir geholfen, einiges über sie herauszufinden. Warum also nicht? Ich würde an deiner Stelle alles tun und um sie kämpfen.«

»Und du?«, frage ich zweifelnd. »Wirst du?«

Wir sehen uns lange an. Ich habe die warmen, schwarzen Augen vermisst, in denen viel mehr Tiefe steckt, als man zuerst ahnt. Ich habe meinen besten Freund vermisst. Zu lange. »Ich werde es langsam angehen.« Nach einer kurzen Pause fügt er an: »Vielleicht auch nicht, denn es ist verdammt einsam in der Villa ohne sie. Und all das Getratsche und Gefrage in der Nachbarschaft, dann überall ihre Fotos, ich habe extra ein paar gesammelt und sie ans Bett –«

»Jaja, schon gut!«, unterbreche ich ihn grinsend. »Dann hoffen wir darauf, dass auch Phillip es hinkriegt, seine Harriet zu bekommen. Und dann sind zwei von uns für immer glücklich und der Dritte vögelt einfach die Schwestern.«

»Ich glaube, du vögelst für die nächste Zeit erst mal keine Neue«, foppt er mich. Er dreht sich nach Osten und wir treten den Rückweg zum Parkplatz an. »Ich seh dir das doch an, du hast auch irgendein Foto von ihr.«

»Tatsächlich habe ich keines.« Und das wurmt mich.

»Noch ein Grund mehr, ihr einen Detektiv nachzuschicken. Ich würde es als Erstes in Mississippi versuchen. Dann lernst du auch gleich ihre Mutter kennen. Glaub mir, die Schwiegereltern sind dein Tod, wenn du Pech hast.« Er tut so, als wäre er überzeugt davon, ich müsse nur nach Mississippi reisen und schon könnte ich *Sweet Home Alabama* spielen. Dumm nur, dass in Miamis Hollywood keine Filme mit Happy End gedreht werden. Hier gibt es diesen Krimithriller-alle-sterben-Scheiß.

Ich wusste schon immer, dass es eine schlechte Idee war, von Wisconsin hierherzuziehen.

Olivia

DREI WOCHEN SPÄTER

Es wird Herbst. Das bedeutet in Florida, wieder rausgehen zu können, ohne das Gefühl zu haben, die Schwere der Luft würde einen niederdrücken. Es bedeutet, dass ich meine Lieblingskleider tragen kann, ohne in ihnen zu zerlaufen. Rot und luftig, locker und frei. High Heels, Sonnenbrille und ein breiter Hut.

So stehe ich am Rande von Phillips Anwesen und blicke zurück. Auf eine Zeit, die mich mehr geprägt hat als alles sonst in meinem Leben. In ebendiesem Garten habe ich ihn geheiratet, in dieser Einfahrt verlassen. Dort hinten zwischen den zwei schlanken Palmen, vor denen jetzt ein halb offenes Festzelt aufgebaut ist für die geringe Wahrscheinlichkeit, dass es regnet, stand einst unser Hochzeitsbogen.

Die meisten Anwesenden sind in Weiß gekleidet. Ob es Zufall ist oder Mode? Vielleicht ist das Motto der Party auch White-White. Vielleicht kam Harriet auf eine solche Idee. Phillip ganz bestimmt nicht.

Mein Cabrio parkt unauffällig zwischen den vielen anderen Bonzenschlitten in der Einfahrt, die ich ein Jahr lang mein Eigen nennen konnte. Hier hat es begonnen und jetzt endet es.

Ja, ein wenig Wehmut empfinde ich.

Aber auch Aufregung. Ein klein wenig mehr.

Da ich vorerst darauf verzichten möchte, Logan, Tiffany oder Phillip wiederzusehen, hole ich mein Handy aus meiner winzigen Handtasche hervor, in die nicht viel mehr passt als ein Smartphone und Lipgloss, und wähle seine Nummer.

Unromantisch! Ich weiß! Aber soll ich ewig hier stehen und nur darauf hoffen, dass er mich findet und vögelt? Nö, dafür bin ich wirklich zu ungeduldig.

Das Fest und all die anwesenden Gäste sind weit entfernt. Ich kann nicht einmal Harriet klar erkennen, auch wenn ich glaube, dass es die Frau in dem weißen Kleid neben Logan ist. Eine Liveband spielt. Die Vögel zwitschern. Der Springbrunnen läuft. Hach! Es ist wirklich ein tolles Happy End für Phillip und Harriet, so wie ich es mir die ganze Zeit ausgemalt habe.

Am äußeren Tisch steht jemand in einem schwarzen Anzug auf. Wenn mich nicht alles täuscht, hält sich dieser Mann ein Telefon ans Ohr. Und kurz darauf höre ich seine Stimme.

»Ja?«

»Hast du mich vermisst?«

Stille. Unendliche, lange Stille. Was wird er jetzt tun? Seine vielen Affären schnell beiseiteschaffen? Auflegen? Mich anbrüllen? So tun, als hätte er meinen Namen vergessen?

»Ja.« Der Mann im Anzug bewegt sich. Er entfernt sich von der Partylocation. »Ich hätte nicht damit gerechnet, dass du anrufst. Können wir reden?«

»Worüber?«, frage ich forsch, doch ich grinse breit. »Ich finde, wir sollten zuerst ein Spiel spielen.«

»Ein Spiel?«, wiederholt Jaden.

»Ich sehe was, das du nicht siehst, und das ist rot.«

Wieder Schweigen. Der Mann dreht sich um. Und ja, jetzt erkenne ich seine Statur, jetzt sein Gesicht. »Bist du hier?«, fragt er zögernd.

»Nein, die Girlande über der Bühne ist es nicht.«

Er sieht sich weiter um. »Die hässliche Brosche von Mrs. Chaper, die ihr gesamtes Outfit zerstört und mindestens dreitausend Dollar wert ist? Meinst du die?«

Ich muss lachen. »Die kann ich auf die Entfernung nicht sehen.«

Er dreht sich Richtung Haus, hält sich die Hand vor die Augen und entdeckt mich. »Diese atemberaubende Schönheit dort am Horizont, von der ich dachte, dass ich sie nie wiedersehe?«

»Beeil dich, sonst ist sie ein weiteres Mal fort«, erwidere ich flirtend. Mein Puls geht schneller.

»Ist gut.« Er entfernt sich von der Feier, ohne aufzulegen. »Du solltest ein wenig zurücktreten, wenn du nicht gesehen werden willst, denn mir werden jetzt alle Blicke folgen.«

»Wieso?«, frage ich verwundert.

»Ich bin der attraktivste Junggeselle bei diesem Fest. Was meinst du, wie viele Körbe ich heute schon verteilen musste? Und wie sehr sie danach gieren, auf meinen Rücken und Arsch schauen zu können, sobald ich den ganzen Weg zu dir hochlaufe?«

Ich muss wieder lachen. »Warum verteilst du Körbe? Das ist doch so gar nicht dein Stil?«

»Liebeskummer. Du kennst das sicher.« Er kommt so nahe, dass ich die Züge in seinem Gesicht erkennen kann. Er strahlt. Jetzt höre ich auf ihn und weiche in den

Schatten der Rosenbüsche zurück. »Bist du mit dem Auto gekommen?«

»Ja, wieso?«

»Dein Führerschein, wo ist der?«

»Mein Führerschein?«, frage ich verdutzt.

»Deine Kreditkarte?«

»Was?«

»Ich muss das wissen, damit du mir nicht einfach entkommen kannst.« Nun kann ich seine Stimme nicht nur übers Telefon hören. Ich meine, seine grünen Augen leuchten zu sehen. Sie nehmen mich gefangen. Viel zu sehr. »Ich habe mir gedacht, ich lasse dich nie wieder gehen, solltest du zurückkommen.«

»Habe ich Mitspracherecht?«, frage ich atemlos. Ich habe ja auf vieles gehofft. Habe gehofft, er würde sich freuen. Vermutet, dass es ihn überrumpelt, wenn ich einfach in Phillips Garten aufkreuze. Aber ich hatte auch Angst. Davor, dass er mit einer anderen Frau hier sein würde. Einer Ablenkung, so wie Abigail. Oder Caroline. Oder wie sie alle heißen mögen. Dass er nun auf mich zukommt, den Blick auf mich fixiert, das Gesicht zu einem schiefen Grinsen verzogen und in seinen Augen das tanzende Glück, verunsichert mich. Das ist ein wenig zu viel für das Herz einer Olivia Bloom, das ein Happy End nicht gewöhnt ist.

»Du hast kein Mitspracherecht, nein«, sagt er sanft. Er hat mich erreicht und nimmt sein Telefon herunter. Sein Blick gleitet von meinen Augen zu meinen Lippen und bleibt daran hängen. Mein Atem beschleunigt. Er steht vor mir. Einfach so. »Wieso bist du gekommen?«, fragt er vorsichtig und sieht mir zurück in die Augen.

»Ich musste doch überprüfen, ob mein Plan funktioniert hat«, wispere ich atemlos.

Jaden steht keine halbe Armlänge entfernt. Er verzieht

eine Braue. »Der Plan, dass ich den künstlich aufgeschütteten Hang hochgehe, nur um dich wie einen Geist anstarren zu können?«

Ich schmunzle. »Nicht ganz. Es hat eher weniger mit dir und deinem Ego zu tun.«

Er steckt die Hände in die Taschen, runzelt die Stirn und sieht zurück zur Feier. »Phillip und Harriet? Du meinst die beiden?«

»Sie ist schwanger und hat ihn gerettet«, erkläre ich. Mein Gesicht wird heiß. »Ich habe gehört, er hat eine Therapie begonnen, um ein etwaiges Alkoholproblem präventiv zu lösen.« Gott, es ist erstaunlich, dass ich noch ganze Sätze zustande bringe!

»Du … hast die Schwangerschaft geplant?« Jaden fährt zu mir herum und betrachtet mich bewundernd. »Du hattest eine Nacht. Und du willst mir erzählen, es sei dein Plan gewesen, dass sie schwanger wird?«

Ich zucke nonchalant die Achseln. »Ja?«

Jaden kneift die Augen zusammen. »Wie hast du das angestellt?«

»Das wird für immer mein Geheimnis bleiben«, erwidere ich flüsternd und senke die Lider.

»Du Biest«, zischt er und greift nach meinem Handgelenk. Sofort glüht die Haut an meinem Arm auf. »Komm mit rein, ich brauche eine Erfrischung.«

Er zieht mich bestimmend zum Seiteneingang, stößt die Tür auf und schiebt mich hindurch. Wir stehen in der Küche, die zu einem der zwei Salons führt. Er drückt mich Richtung Zimmertür, zieht sie auf und lässt sie geöffnet stehen, ohne weiterzugehen. Er hält an, und ehe ich weiß, wie mir geschieht, hat er mich in eine feste Umarmung gezogen. Sein Kopf an meinem Haar, seine Hände stark und schützend an meinem Rücken. Er atmet ruhig, atmet uns ein und bleibt für mindestens eine Minute so stehen.

Alles in mir kribbelt wie verrückt.

»Ich möchte reden«, raunt er an mein Haar. »Bitte, Baby, bevor du wieder gehst, möchte ich mich erklären.«

»Langweiler«, murmle ich.

»Hm, was?« Er nimmt Abstand und hält mich von sich. »Du kannst es wohl kaum erwarten, oder? Geh vor, ich hole uns Drinks.«

Jaden lässt mich los und sucht im Kühlschrank nach kühlen Getränken. Ich bleibe im Türrahmen stehen und sehe ihm zu. Er wirft mir beim Öffnen der Limonadenflaschen einen Blick über die Schulter zu und lächelt. Wieder ironisch, wieder zuversichtlich, wieder er.

Als er noch Gläser hervorholt, um den Flascheninhalt umzufüllen, stoße ich mich vom Türrahmen ab und gehe in den Salon, um auf ihn zu warten. Ich könnte mich vielleicht ausziehen, dann käme er gar nicht auf die Idee, zu reden. Reden kann man auch hinterher!

Gerade als ich mich setzen will, geht hinter mir die Küchentür auf und ich schrecke schnell zurück. Phillip muss ich nun wirklich nicht treffen. Nicht heute! Ich rücke an die Wand neben der Tür, die an die Küche angrenzt, und hoffe stark, dass er mich nicht bemerkt, sollte er hier durchgehen wollen.

»Oh Gott, da bist du ja!«

Mein Magen zieht sich zusammen. Kein Phillip, nein. Diese Nervensäge muss überall stören!

»Tiff«, sagt Jaden. Er klingt wenig begeistert. »Hast du mich gesucht?«

»Du warst einfach weg und dabei haben wir doch noch gar nicht gesprochen. Du bist die letzten Tage untergetaucht, kann das sein? Ich habe mich noch gar nicht persönlich bei dir bedankt. Du bist mein Held! Wirklich!«

»Spricht Logan wieder mit dir, ja? Freut mich zu hören.«

»Mehr als das. Wir waren gestern im Palme d'Or essen, es war ein Traum …«

»Noch besser.« So abweisend, wie er klingt, wäre ich längst verschwunden.

Aber nicht Tiffany. »Hättest du nicht mit ihr geschlafen, wäre vielleicht alles anders gekommen. Ich danke dir so sehr, mein Süßer.«

»Ahm, Tiff …«

»Ich hab's mir doch gedacht! Der Plan war also doch grandios. Ich hatte kurz befürchtet, du hättest dich … na ja, irgendwie in sie verliebt oder so …«

»Tiff, halt einfach deine Klappe.«

»Was?«, fragt sie und ignoriert die Schärfe in seiner Stimme einfach. »Weißt du, was ich glaube? Ich glaube, sie dachte, du hättest dich in sie verliebt. Dass du das nicht nur getan hast, um sie zu testen.«

»Ich habe sie nie getestet, Tiff.«

»So? Wie nennst du das dann? Du wolltest herausfinden, ob sie Phillip oder Logan oder beide wirklich liebt. Was sie offenkundig ja nie getan hat. Ich bin so froh, dass du sie enttarnt hast, auch wenn du dafür mit ihr schlafen musstest.«

»Hier. Nimm die Limonade. Geh raus zu Logan. Und bezirze ihn weiter. Abgemacht?«

»Kommst du nach?«

»Nein.« Uuuh, Abfuhr an Tiffany.

»Gar nicht mehr?«, fragt sie überrascht.

»Geh einfach!«, zischt er und schiebt sie, den Geräuschen nach zu urteilen, zur Tür. Sie kichert und lässt sich von ihm führen.

»Bis später!«, zwitschert sie, die Tür fällt ins Schloss.

Ich atme einmal tief durch. Was sie wohl gesagt hätte, hätte ich plötzlich vor ihr gestanden? Ich verlasse mein Versteck und trete zurück in die Küchentür.

Jaden dreht sich um, seine Finger streichen nervös durch sein chaotisches, dunkles Haar und er mustert mich besorgt. »Ich geb's zu, ich hätte es gemacht.«

»Mich gevögelt, um Tiffany einen Gefallen zu tun?«, frage ich skeptisch.

»Aber nicht nach dem Vorfall mit Phillip.«

Ich verschränke die Arme vor der Brust und lehne mich in die Tür. »Jaden Carter.«

Er sieht verlegen auf. »Glaub mir, ich hätte …«

»Wann kommst du endlich her, sagst mir, dass du mich liebst, und küsst mich?«

Seine Mundwinkel zucken. Er richtet sich auf und kommt schließlich auf mich zu. »Ich werde dir all das sagen, aber nicht hier«, raunt er, als er vor mir stehen bleibt und eine Hand in meinen Nacken legt. »Welches Auto nehmen wir für die Fahrt in unser neues Leben? Deines oder meines?«

»Deine Schrottkiste? Ganz sicher nicht.« Ich strecke ihm die Zunge heraus und er grinst.

Selbstbewusst greift er nach meiner Hand, verschränkt unsere Finger und führt mich aus dem Haus. Er nimmt wieder eine Abkürzung über die Veranda. Das ist gut, denn so muss ich nicht an den Vorfall in der Eingangshalle denken.

Er zieht einen Funkschlüssel, der anscheinend zu seinem Auto gehört, und hält ihn in die Luft. Ein Seitenblick zu mir. »Du weißt, ich bin verarmt?«

»Du könntest deine Häuser verkaufen, aber …«

»Ist es dir klar?«, fragt er scharf.

»Ja.«

»Und du willst mich trotzdem?«, hakt er grinsend nach.

»Ja, verdammt!«

»Warum?« Er wird misstrauisch und lässt den Arm

sinken, ohne den Funkschlüssel zu betätigen. »Ich habe dich hintergangen und verraten. Warum verzeihst du mir?«

»Ich habe …« Ich hole Luft. »Logan hat mir von dem Brief erzählt. Dass du ihn dazu gebracht hast, die Kaution zu hinterlegen. Er hat sich entschuldigt … und mir … also eigentlich hat er ziemlich von dir geschwärmt, ich musste ihm glauben, sonst hätte er nicht mehr aufgehört.«

»Er hat geschwärmt?«, fragt Jaden irritiert.

»Na, wie Milliardäre das eben so machen! Ich konnte ihm nichts ausschlagen.«

»Niedlich.«

»Du bist ein Idiot und gleich überlege ich es mir anders!«, zische ich.

Er hebt grinsend den Arm und drückt auf den Funkschlüssel. Gleich ein Wagen in der vordersten Reihe leuchtet auf. Er ist klein, nicht allzu lang, schwarz poliert und eine typische überteuerte Schwanzverlängerung.

»Was ist das?!«

»Mein Auto.«

»Dein Auto …? Du bist … du hast gar keine Schulden!«

»Nein, ich habe keine Schulden.«

»Gar keine?«

»Nein. Ich brauche auch keine sechs Millionen Dollar und alle meine Häuser sind abbezahlt.«

»Du hast mich angelogen.«

»Ich habe dich angelogen. Viel zu häufig.«

Ich beiße mir auf die Lippe. »Arsch.«

Jaden lacht auf und zieht mich an sich. »Sei froh«, raunt er an meinem Mund. »Wir können ein Wettrennen machen, und ich weiß nicht, ob ich gewinne.«

Ich presse meine Lippen zusammen und sehe zur Seite. Auch wenn ich es wie nichts sonst genieße, mich in seinen Arm zu schmiegen.

Er hebt mein Kinn an, sodass ich gezwungen bin, ihn anzusehen. »Ich liebe dich, Olivia. Ganz gleich, für welches Auto du dich entscheidest und wofür du mein Vermögen verprasst. Du musst dich nur noch entscheiden, ob wir die Route 10 oder die 75 nehmen.«

»Die zehn? Nach Tallahassee? Was sollten wir da wollen?«

»Die zehn Richtung Mississippi.«

»Was?!«

»Baby, vertrau mir, wir müssen erwachsen werden, und das fängt nun einmal damit an, dass du mich deiner Familie vorstellst. Das wolltest du doch? Deswegen bist du zurückgekommen? Oder wolltest du nur einen Quickie? Echt jetzt?«

Ich starre ihn an. »Jaden …«

»Ja, was?«

»Ich … Das geht nicht. Du kannst da nicht einfach auftauchen, was willst du ihnen sagen, wer du bist?«

»Ich werde mich als Jad Carter vorstellen, ist das ein Problem?«

»Sie werden uns all die unangenehmen Fragen stellen … wann wir heiraten und ob wir Kinder …«

»Nun, Las Vegas liegt nicht unbedingt auf dem Weg, aber wenn du möchtest, machen wir einen Abstecher.«

Ich lache nervös auf. »Las Vegas?«

Jaden greift nach meinen Händen und hält sie sich vor die Brust. Es tut so unglaublich gut, von ihm berührt zu werden, doch was er vorschlägt, ist reiner Irrsinn.

»Es wäre ja nicht dein erstes Mal, halb so schlimm«, sagt er grinsend. An seinem Verhalten ist gerade so gar nichts erwachsen.

Ich schlucke, doch als ich ihm meine Hände entziehen will, wird sein Griff fester. »Ich habe mir geschworen, nie aus Liebe zu heiraten …«, weiche ich aus.

»Und ich habe mir geschworen, niemals zu heiraten.« Er führt eine meiner Hände an sein Gesicht und legt sie an seine Lippen. Das meint er alles nicht ernst! »Das sind doch die besten Voraussetzungen für eine prunkvolle Südstaatenhochzeit, oder?«

Ich schüttle stumm den Kopf, und als er breit grinst, nicke ich. *Warum auch immer, ich bin verrückt.*

»Einen Vorteil hätte es, wenn ich dich unter die Haube bringe, Baby.«

»Und welchen?«, frage ich wispernd.

»Du würdest es niemals wagen, dich von mir scheiden zu lassen, da dir der Anwalt fehlt, der mich besiegen kann. Ich würde vor dem Richter noch den Anspruch auf deinen unwiderstehlichen Körper geltend machen, glaub mir, das habe ich drauf.«

Ich lache aus vollem Herzen. »Sag es noch mal.«

»Hm?«, fragt er neugierig und nähert sich meinen Lippen. Sein Atem trifft meine Haut. »Was?«

»Dass du mich liebst.«

»Ich liebe dich. Und ich werde nicht von deiner Seite weichen, bis ich meine Schwiegermutter kennengelernt habe. Dann vielleicht schon.« Jaden grinst und erstickt mein Lachen mit seinen Lippen. Er zieht mich fest an sich und legt seine Hand in meinen Nacken, damit ich nicht auf die Idee kommen kann, zurückzuweichen. Sein Kuss ist fordernd und weich zugleich.

Und noch nie hat es sich so richtig angefühlt, jemandem zu vertrauen. Selbst wenn er mich dazu bringt, vierzehn Stunden mit dem Auto nach Jackson zu fahren. Ich werde jede einzelne Minute davon neben ihm genießen und ja, vielleicht, vielleicht wird es für immer so sein.

EPILOG

»Wir sind da.«

Olivia schreckt hoch, als hätte sie die ganze Zeit über wach neben mir gesessen. Ihre Hand lag die Fahrt über wohltuend in meinem Schritt, doch nun zieht sie sie pikiert zurück und betrachtet das Gebäude direkt vor unserer Windschutzscheibe. »Wir werden das nicht wirklich tun, oder?«

»Baby, das hast du mich schon vor der Abzweigung nach Jackson gefragt.«

Sie knirscht mit den Zähnen und sieht mich verlegen an. »Ich habe dich angefleht, weiter nach Las Vegas zu fahren, oder?«

Ich nicke.

»Und einen ziemlichen Aufstand gemacht, weil ich auf keinen Fall nach Jackson zu meiner Familie will?«

»Das hast du.«

»Und dann hast du mich ziemlich zärtlich geküsst und mir das Gefühl gegeben, dass alles gut wird, und bist tatsächlich nach Las Vegas weitergefahren?«

Ich lehne schmunzelnd den Kopf in den Nacken. »Du hast mich angefleht.«

»Ja, aber doch nur, damit du mich nicht zwingst, dich meiner Familie vorstellen zu müssen!«

Ich sehe sie von der Seite an. Die Reklame draußen taucht Olivias Gesicht in satte Farben. Ihre Wangen sind gerötet, ihre Augen groß und braun wie die eines unschuldigen Tiers. »Hast du deinen Ausweis griffbereit?«

Ihre Lippen beginnen zu zittern. »Wenn ich dich heirate, werde ich dich nie wieder los.«

Ich hebe eine Braue und öffne bereits die Fahrertür. »Das ist der Plan.«

»Das kannst du mir nicht antun!«, ruft sie mir hinterher. Als ich dennoch aussteige, die Tür hinter mir schließe und die Corvette umrunde, kommt sie aus dem Auto gestolpert, ehe ich ihr heraushelfen kann. »Jaden Carter!« Sie richtet sich selbstbewusst auf und streicht sich durch ihr von der Fahrt zerzaustes Haar. »Ich bin eine Heiratsschwindlerin, das geht nicht!«

»Ich bin Anwalt«, entgegne ich schulterzuckend und gehe weiter auf sie zu.

»Ich bin beziehungsunfähig.«

Ich setze zum Sprechen an, doch mir fällt keine Erwiderung ein. »Das war mein Satz.«

»Alle meine Ehen sind gescheitert«, trägt sie mir weiter vor. Ihre Augen blitzen getrieben und schielen zu dem Kreuz über der Tür des Holzhauses.

»Baby.« Ich stehe jetzt ganz nah und lege meine Hände an ihren Hals.

»Und ich bin hoffnungslos verliebt in dich«, sagt sie seufzend.

Sie entlockt mir ein Lächeln. »Wir gehen da jetzt rein«, ich hauche ihr einen Kuss auf die Lippen, »und kaufen uns Ringe«, sie will panisch den Kopf schütteln, doch mein

Griff ist zu fest, »wir treten vor den Pfarrer«, ein Kuss auf ihren rechten Mundwinkel und sie seufzt auf, »und geben uns ein Gelübde.«

»Ich habe schon wieder vergessen, was man bei so einem Gelübde sagt!«, unterbricht sie mich atemlos.

»Dann schwörst du mir die ewige Treue und küsst mich vor den Augen Gottes.«

»Bist du eigentlich gläubig? Jaden, siehst du nicht, dass wir uns noch gar nicht gut genug kennen?«

»Und dann ficke ich dich hart.«

Eine Welle purer Erregung gleitet durch ihren Körper und sie zittert für ein paar Sekunden in meinem Griff. Unbewusst habe ich sie näher an die Hauswand geschoben.

»Das meinst du alles nicht ernst, oder?«

Ich senke meine Lippen an ihren Hals und fahre mit meiner Zunge über ihre zarte Haut. »Wieso bist du zurückgekommen, wenn du mich nicht willst?«

»Ich wollte ja nicht zurückkommen, aber Mason hat mich in L.A. einfach in einen Flieger gesetzt und mich so gezwungen, zu Phillips Geburtstag zu fahren! Er ist an allem schuld!« Ihm habe ich alles zu verdanken. »Jad … Ist eine wilde Ehe nicht auch eine Ehe?«, fragt sie verzweifelt.

Ich gehe mit meinen Lippen tiefer, hinab an ihr Dekolleté. Es war die beste Idee, mit ihr hierherzufahren. So gut habe ich mich ewig nicht mehr gefühlt. »Nein.«

»Wie nein?« Sie sträubt sich unter meinen Küssen. »Jaden, ich war die ganzen letzten Jahre immer nur verheiratet, kannst du nicht -«

Ich packe scharf ihr Kinn und bringe sie damit zum Schweigen. Olivia atmet mir ins Gesicht, ihre Augen suchen in meinen nach der Wahrheit. »Du hast ein letztes Mal die Möglichkeit, mich zu vögeln ohne Gottes Segen.«

Ihr Atem geht schneller und sie schluckt. »Jetzt sofort?«

»Natürlich.« Ich streiche sanft mit den Lippen über ihren geöffneten Mund, dann stoße ich mich ganz plötzlich mit meiner Zunge in sie vor und presse mich an sie. Die Wand in ihrem Rücken, ihre Hüfte an meiner, meine Hände gleiten zu ihrem runden Arsch. Sie stöhnt auf, schlingt das rechte Bein um mein linkes und drückt sich mir entgegen. Wie zwei verliebte Teenies knutschen wir an der Hauswand, während ich sie langsam, aber bestimmt Richtung Tür drücke. Erregung öffentlichen Ärgernisses im Süden?

No, thanks.

Olivia krallt sich an meinen Kragen und gibt sich mir seufzend hin. Ich stoße die Tür auf, drücke sie in den dunklen Raum und sofort zurück an die Wand neben der Tür.

Ich greife nach ihrem Bein und lege es um meine Hüfte, während ich sie weiter küsse.

»Du willst … in einer Kirche?«, errät sie, doch ich lasse ihr keine Möglichkeit für einen Widerspruch. Ich schiebe ihr rotes Sommerkleid nach oben, öffne meinen Gürtel.

»Jaden …«, murmelt sie überrumpelt, doch da habe ich ihren Slip schon nach unten gedrückt und fahre mit meiner Hand durch ihren feuchten Schritt. Sie reißt den Kopf in den Nacken und wehrt sich nicht mehr.

»Wer kocht?«, frage ich raunend und gleite mit meinem Schwanz zwischen ihre Beine.

»Hm?«

»Wer bleibt bei den Kindern?«

»Was?!«

»Wir sollten solche Dinge vorher klären.«

»Ich behalte mein Cabrio!«, bestimmt sie aus dem Zusammenhang gerissen und wimmert, als ich mit meiner Spitze gegen sie stoße.

»Ziehst du bei mir ein?«

»Oh Gott, Jaden!«

Ich quäle sie, indem ich erregend langsam in sie eindringe. Ich drücke sie halb mit meinem Gewicht an die Wand, halb hält sie sich selbst. »Dann darfst du die Corvette behalten.«

»Hast du mich gerade gefragt, ob –« Ihr Satz geht in einem spitzen Schrei unter, als ich tief und kräftig in sie stoße. Ich ficke sie schnell und hart gegen die Holzwand in ihrem Rücken, so, wie ich es schon seit unserem ersten Abend tun wollte. Es tut gut. Erst jetzt fällt mir auf, wie sehr ich sie vermisst habe und wie viel Angst ich hatte, sie nie wieder spüren zu können. Die gesamte Anspannung und all dieser Gefühlsscheiß entladen sich in Sex. In Leidenschaft und meinetwegen auch Liebe, aber vor allem in Sex.

Sie krallt sich sehnsüchtig an mich, während ich ihr gebe, was sie sucht. Sie hat mich überrascht. Von Anfang an. Nie hat sie sich so verhalten, wie ich es erwartet hätte. Schon im Café in Miami Beach nicht, später an meinem Pool nicht. Und auch heute, als sie plötzlich auf Phillips Anwesen erschienen ist, mich anrief und keinerlei Scheu zeigte, mir zu verzeihen, hat sie mich fasziniert. Mit ihrer Art, die so selbstbewusst ist, obwohl sie sich tief in ihrem Inneren doch nur nach der einen Sache sehnt.

Nach einem Mann, der sie aufrichtig liebt. Und, verdammte Scheiße, ja, ich will dieser Mann sein.

Ich treibe uns beide zum Höhepunkt und warte darauf, bis sie kommt, um mich in ihr zu ergießen. Außer Atem, zufrieden halten wir inne und bleiben für einen Moment an der Wand stehen. Dann bewegt Olivia ihren Arm, kommt gegen den Lichtschalter und erstarrt.

Stille.

Das ganze Zimmer ist in Licht getaucht.

»Du Arsch!«, flucht sie laut.

Ich lache.

»Du bist ein riesiger, gemeiner Arsch!« Sie schlägt mir auf den Rücken, damit ich von ihr ablasse, und funkelt mich wütend an. »Jaden Carter! Du hast mich ausgetrickst.«

Ich grinse sie offen an und streiche mir durch die Haare. »Ich wollte unbedingt wissen, wie sich eine Olivia Bloom in einer Kirche vögeln lässt.«

»Wo sind wir denn überhaupt?!«, keift sie und rückt ihr Kleid zurecht. »Du bist gemein! Ich dachte wirklich, ich hätte gerade eine Kirche entweiht!«

Ich kann mich nicht mehr halten vor Lachen. Ihre Empörung ist zu niedlich. Mit verschränkten Armen vor der Brust sieht sie sich in dem Motelzimmer um und bleibt wütend im Raum stehen, während ich mich schon aufs Bett setze und meine Schuhe ausziehe. Als sie sich auch nach einer Minute noch nicht vom Fleck bewegt hat, schalte ich das Deckenlicht aus und dafür die Nachttischlampe ein und winke sie zu mir aufs Bett.

»Komm schon, Baby.«

»Du hast das Zimmer gebucht, während ich im Auto geschlafen habe?«, fragt sie säuerlich.

»Wie ein Engel. Ich musste es ausnutzen, als ich das Kreuz über unserer Zimmertür sah.«

»Und was war das für eine Reklame draußen? Wir sind noch gar nicht in Las Vegas?«

»Noch längst nicht.«

Sie streicht ihr Kleid glatt und setzt sich gut einen Meter von mir weg auf den Bettrand. »Das kriegst du zurück.«

»Ich bitte darum«, sage ich grinsend, greife nach ihrem

Handgelenk und ziehe sie bestimmend zu mir. Augenblicklich löst sich ihre Anspannung, als könnte ihr Körper gar nicht anders, und sie legt sich in meine Armbeuge. Sie sieht von unten zu mir hoch, der Quickie sorgt für eine leichte Rötung ihrer Wangen und ihr Atem hat sich noch immer nicht ganz beruhigt.

»Versprich mir, dass dies hier kein Traum ist.«

»Ich verspreche es dir«, erwidere ich leise und fahre mit einem Finger durch ihr volles Haar.

»Bitte sei morgen nicht verschwunden.«

»Auf keinen Fall.«

»Fahren wir nach Las Vegas?«

»Wir können überallhin fahren.«

»Musst du nicht arbeiten?«

Ich schmunzle. Woher all diese Fragen? »Nicht unbedingt. Ich dachte, du wolltest die Welt retten. Vielleicht kann ich dir dabei helfen.«

»Wirklich?«, fragt sie wispernd. »Du meinst so ganz ohne Schwindel und Intrigen und Lügen? Sondern total erwachsen und vernünftig?«

Ich zögere, bevor ich lächelnd antworte. »Lass uns das nicht jetzt festlegen. Ich liebe dich und deine Gerissenheit.«

Sie schmiegt sich enger an mich. »Ich liebe dich auch.«

Es kommt ihr leicht über die Lippen, ein paar Worte, die sie schon hundertfach zu Männern gesagt hat, aber ich bin mir sicher, dass sie schon eine sehr lange Zeit nichts mehr dabei empfunden hat. Jetzt muss sie mir nichts vorspielen, es ist alles echt. Und ob wir morgen nach Las Vegas fahren oder drei Wochen in diesem Hotelzimmer verbringen und uns Dosenfutter auf dem Gasherd warm machen; es ist alles möglich und es wird sich alles gut anfühlen.

Ich bin mir zum ersten Mal in meinem Leben sicher,

dass ich keinen Grund finden werde, fliehen zu wollen. Ich muss mir keine zehn Optionen offenhalten, es wird keine Möglichkeit für mich geben, zu gehen.

Und genau darauf habe ich gewartet.

Ende